U0548542

三岛 由纪夫

三岛由纪夫

奔马

ほんば

奔马

(日)三岛由纪夫 著

陈德文 译

北京联合出版公司
Beijing United Publishing Co.,Ltd.

雅众文化 出品

一

昭和七年[1]，本多繁邦三十八岁。

他在东京帝国大学法学系读书时，经高等文官司法科考试及格，大学一毕业，就进入大阪地方法院充任见习法官，其后一直住在大阪。昭和四年，担任审判官，接着升为地方法院右陪审席，去年调往大阪控诉院[2]，成为控诉院的一名左陪审席。

本多父亲有位审判官好友，大正二年[3]，在全面修订法院组织法时受命退职，本多二十八岁时同这位父执的女儿结

1　1926年为昭和元年。昭和天皇在位期间(1926.12.25—1989.1.7)，史称昭和时代。

2　控诉院，旧制地方法院的直接上级法院，即高等法院。

3　1912年为大正元年。大正天皇在位期间(1912.7.30—1926.12.25)，史称大正时代。

了婚。婚礼在东京举行，紧接着夫妻相偕来到大阪，十年之间未得子息。然而，妻子梨枝温柔贤惠，夫妇琴瑟甚合。

本多的父亲三年前亡故，他本想卖掉东京的旧居，将母亲迁往大阪，母亲不同意，仍然一个人住在东京，守着广宅大院度日月。

本多夫妻二人租住一幢楼房，雇了一名女佣。楼上两间，楼下连门厅共五间，庭院二十坪[1]，房租三十二日元。

一周三次出勤，其余为在宅日。每逢上班的日子，他离开天王寺阿倍野筋的住宅，乘坐市营电车，在北浜三丁目下车，渡过土佐堀川和堂岛川两条河，走过鉾流桥，桥头一旁就是法院。这座红砖建筑的大门屋檐下，高悬着巨大的菊花徽章，光芒灿烂。

对于法官来说，最重要的是那只包袱皮。来来往往，都要携带着文件。当然文件少的时候还好，可平时总是满满登登的，提包里放不进去。不论是厚是薄，包袱皮用起来更自在。本多用的是大丸公司配发的中号薄纱包袱皮。但有时还是装不下，为防万一，他又另外叠放进去一只包袱皮。这只包袱皮是工作的生命线，规定乘坐火车时，决不允许放在网架上。有的法官，从法院下班后和同僚一道去喝酒，时常用一根布带系住包袱皮的结子，套在脖颈上。

1　坪，土地面积单位，一坪约合 3.3 平方米。

判决书当然不是不能在法院法官的办公室里写就，然而，即使碰到不开庭的日子，桌椅也很少。再加上耳畔时时响着有关法律的论战，见习法官为了学习，都站在那里倾听，从旁接受教育，所以本多并不能安心起草判决书，还是关在自己家里开夜车更好些。

本多繁邦是刑事案件的专家，有人说，在刑事犯罪极少的大阪，本多很难有出头之日。他对这一点并不介意。

居家的日子，他彻夜阅览下次法庭所要审理的案件卷宗，包括警察调查书、检察官调查书和预审笔录，摘录一份作为备忘录，转发右陪审席传阅。表决后还要起草由审判长当庭宣读的判决书，直到天亮，才好容易写上“依如主文判决”的文字。审判长订正退回后，再用毛笔誊写一遍。本多的手指头就像抄写员一样，磨出了膙子。

本多会去有艺妓出席的热闹场合只有一年一度的忘年会。会场一般设在北新地的静观楼，席上，部长和陪审官竞相痛饮。有人喝醉了，对着控诉院院长发酒疯。

平素，他只去梅田新道的咖啡馆或小饭铺喝点酒，玩上一阵子。有家咖啡馆，服务周到，当客人向女招待询问时间时，女招待会猛然掀开裙子，露出绑在大腿上的钟表回答，这是某些咖啡馆的服务的一种。不用说，审判官中也有守旧派，他只当咖啡馆是规规矩矩喝咖啡的地方。所以，当审理贪污千元大案时，被告供述钱全花在咖啡馆里的时候，这位审判官勃然大怒，骂道：

“胡说！一杯咖啡才五分钱，怎么能喝那么多咖啡？”

虽说减了薪，本多每月三百日元工资，相当于军队中联队长的级别，手头颇为宽裕。他们之中有人爱读小说，有人迷上观世流谣曲[1]和单人舞，也有的聚在一起写俳句[2]、画俳画[3]，但说到底，大多都是为了饮酒而寻找借口。

爱时髦的审判官都去跳舞。本多虽然不喜欢跳舞，但经常听爱好跳舞的同事谈论跳舞的事。大阪市城市条例上规定禁止跳舞，那就只能去京都的桂[4]或蹴上[5]的舞厅，再不然就只能到尼崎田野中央的杭濑舞厅了。从大阪坐出租车，出一日元钱车资就到了。雨夜，孤零零的大楼矗立于雨中的操场上，窗内灯火明灭，舞影幢幢，仿佛乡间过节，狐步舞的音乐响彻雨脚泛白的原野。

……这就是最近一个时期本多生活的概貌。

1 观世流谣曲，古典戏剧能乐各流派用于演出的台本。

2 俳句，由五七五共十七音节组成的短诗。

3 俳画，含有俳谐(滑稽)意味的水墨淡彩画。

4 桂，京都西京区中心地区，桂离宫所在地。

5 蹴上，京都东山区北端一地区。

二

三十八岁，多么奇异的年龄！

青春终结于遥远的往昔。自打青春消逝直到今日，未能留下任何鲜明的记忆。为此，反而感到继续生活在同青春一壁之隔的境况里。“邻居”的动静时时清晰可闻，可是墙壁上已经没有通道了。

在本多看来，所谓青春，早已伴随着清显的死消泯了，在那里凝聚、结晶，燃烧殆尽了。

如今，每当夜半草拟判决书倦怠之时，本多时常翻看清显的遗物——《梦日记》。

多数是些没有任何意味的谜语般的文字，其中也有暗示夭折的不祥的美梦。紫褐色的晓暗浸染着窗户，屋子正中放着清显躺卧着的白木棺椁，而他自身的灵魂却在半空里飘荡，俯瞰着这一切。谁料到这个梦一年半之内实现了，梦中那位扒着灵柩啼哭、前额梳着富士山发型的女子确实是聪子，然而在清显的葬礼上，却看不到现实中聪子的身影。

已经过去十八年了。在本多的记忆里，梦境和现实的界限已经变得模糊起来，要想借助这件唯一的遗物《梦日记》中清显的手迹获得确证，那么，只有他做过的梦，犹如残留于筛子缝隙里的金沙，比起清显曾经存在的现实本身更加灼然夺目。

各种记忆之中，随着时间的推移，梦境和现实变成等价的东西。曾经发生过的和似曾发生过的境界逐渐淡漠。在梦幻和现实迅速消蚀的基点上，过去又和未来酷似。

早在青春年少之时，现实只有一个，未来看样子却孕育着种种变相。随着年龄的增长，现实变得多样化了，而过去显得扭曲于无数的变相之中。而且，过去的变相一个接一个同多种现实相结合，于是和梦境更加浑然一体了。因为，这种游移不定的现实的记忆，早已同梦境相去无几了。

昨日刚见过面的人名字都记不得了，但对清显的记忆却始终鲜明，呼之欲出。较之今早看惯了的街角的风景，昨夜的噩梦所留下的影像却历历在目。一过三十岁，人的名字就像剥落的油漆，逐渐淡忘起来。这些名字所代表的现实比起梦境更加恍惚、无用，从日常生活里一一零落。

本多自己的生活已经没有波澜，世上不论刮什么风，自己只能以整然有序的法制体系的网眼加以过滤，这就是他唯一的工作。他已经清楚地属于理论世界了。较之梦境，较之现实，唯有这一点更加实际些。

当然，通过众多刑事案件，他不断接触情绪激动的人们，但自己未曾有过一次激动。在某些人的人生之中，通过众多事例，他发现了一种情念所具有的恶魔般宿命的力量。

他果然是安全的吗？仔细想想，仿佛远处的银堆铿然崩塌，自己内里的远方，曾经有过的危险崩溃了。自那以来，他对于任何魅惑充耳不闻，感到具备了铜墙铁壁般的自由。那遥远崩落的危险就是清显，那魅惑也是清显。

他本来喜欢谈论与清显共同生活的时代，所谓时代的青春，对于活着的人来说，只能是一种免疫力。况且，他三十八岁了。这个年龄，论起活过来了，未免显得过于轻率，对于青春来说，如今却拖曳着不情愿的死影。这个年龄，经验微微散放着腐臭，新奇的欢忭日渐贫乏。这个年龄，任何一件愚行都会急速招致美德的减弱……本多开始爱上了这桩奇妙的抽象的职业。这种职业中工作的热情，意味着同感情的远离。

——回到家里，在进入书斋之前，他和妻子两人一起吃晚饭。时间不定，居家的日子，六点用膳；开庭的日子，加班之后回家，有时在八点左右。不过，旦已不像预审法官时代，常在半夜里被叫醒了。

不论下班多迟，梨枝总是等他一同吃晚饭。丈夫一旦晚归，妻子总是赶忙将饭菜重新加热。本多为着等吃饭，一边翻阅晚报，一边倾听妻子和女佣在厨房里一阵忙碌的声响。饭前饭后是本多一天中最重要的休息时间。他想起自己同父亲一起度过的轻松的夜晚，尽管住居的规模不同，但自己不知不觉也像父亲一样了。

他和父亲不同的地方是，自己缺少那种不自然的明治时代的威严之风。他没有小孩以便显示应有的威严。全家只保有更为自然而单纯的平明的秩序。

梨枝言语无多，决不违逆丈夫，没有追根到底的癖好。她患有轻度的肾炎，偶尔稍微有些浮肿。不过，每当这时候，她就把妆化得重一些，使得那惺忪的眼眸，反而显得更加妩媚动人。

五月半的一个星期日晚上，梨枝又是一副这样的表情，她已经很久没有这样了。明天是开庭的日子，本多打周日午后起就着手工作，这样继续干下去，赶在晚饭前就能完成全部事务。本多打算今夜不做完工作就不吃晚饭，所以他在进入书斋之前就吩咐妻子，晚饭的时刻要看工作的进展而定。完成之后已经八点了。今天虽然居家，但很少这样迟才吃晚饭。

本多没有什么特别的爱好，因为长期在关西生活，梨枝知道他有个小小的享受，那就是对陶瓷感兴趣，日常餐具多有精品。他使用仁清[1]风格的茶碗，晚酌用的是粟田瓷的第三代传人与兵卫制作的酒器。梨枝也于烹调上费尽心思，力求为整日伏案的丈夫制作几样合乎健康的菜肴：其中包括带有怀石[2]风味的芥末拌小鲇鱼，关东口味的素烧鳗鱼，以及葛粉凉拌冬瓜等等。

季节的变更，人们对于长火钵里的火焰和铜壶的丝丝水声，已经开始感到疏远了。

“今晚可以喝点儿酒。由于牺牲周日的白天，事情都办完了。”

本多似乎是自己说给自己听的。

“太好啦。”

梨枝一边斟酒一边应道。

端出酒盅的手和向里面倒酒的手往来交错，有着平淡的调和。手与手之间仿佛有一根无形的纽带互相连接，好似做游戏一般，具有生活自然的律动。梨枝决不是一个打乱这种律动的女子，宛若厚朴木兰的花香布满夜间的庭院，确实是近在目前、全身可以感触得到的。

1　仁清，江户前期陶工，丹波人。通称壶屋清右卫门。以所制彩陶茶壶风格优雅而闻名。

2　怀石，茶道中品茶前的简单食品，取“暖石温腹”之意。后来发展成为日本料理中一大菜系。

这一切都静谧地罗列在这里，伸手可及，举目可视……这就是一个有为的青年二十年后所得到的东西。过去的时代，即便对于本多来说，也几乎没有什么触摸得到的实际的东西。正因为他对这些一点儿也不感到焦灼不安，所以一切都弄到手了。

他悠然地喝着酒，嵌满绿莹莹的豌豆粒的小豆米饭的热气，轻轻掠过脸孔。本多正要开始吃饭，这时听到一阵叫卖“号外”的铃声。

他吩咐女佣快点儿跑去买张报纸来。这份儿“号外”印刷得十分仓促，纸面裁得歪歪斜斜，活字的油墨很容易粘在手上。这是“五·一五事件”[1]最初的报道：犬养首相受到海军军官们的袭击。

“唉呀，最近刚刚发生血盟团事件[2]，现在又……”

本多感慨地说。然而，他自觉已经从世人黯然慨叹时世的习俗中获得救赎，早已属于一个更加澄明的世界。一副醉态确保他对这个世界看得越来越明晰。

“您又要大忙起来了。”

---

1 “五·一五事件”，1932年5月15日，海军青年军官联合陆军士官候补生和爱乡塾生，发动军事政变，袭击首相官邸，杀死首相犬养毅，结束了政党内阁制。

2 血盟团事件，1932年二三月间，井上日召等以实行国家革新为目的的右翼组织血盟团，暗杀井上准之助和团琢磨。

梨枝说道。他为妻子的无知感到遗憾，她似乎不像是审判官的女儿。

“不，这件事属于军法会议审理。”

这个问题牵涉到不同的管辖范围。

三

连日来，法院审判官办公室里一直谈论着这件事。但一入六月，大家每天都为一大堆诉讼案件忙得不可开交，没有人继续沉溺于与自己不相干的事件之中了。至于被报纸上的新闻所掩盖的真相，法官们早已心知肚明，各自也都充分交换了情报。作为剑道家的控诉院须川院长，对“五·一五事件”的被告显然抱有同情，关于这一点，审判官们人人都看得很清楚，但没有一个敢于触及这件事。

事件就像立于沙滩之上面对夜间大海的波涛，一道接一道奔驰而来。远海的三角波翻腾着小小的白浪，迅速逼近，汹涌澎湃，破碎了，消退了。本多想起十九年前在镰仓海岸，他和清显还有暹罗王子们，一同躺在海滩上眺望海涛时退时消的情景。但这一事件所掀起的波涛本身，沙滩是没有责任的。沙滩的任务只是拼死抵御着，决不使它充溢到陆地上来。对那些从浩瀚的恶劣的大海上奔涌而来的波涛，沙滩一次次将它们屏退，押回原来的死亡和悔恨的领域。

要问本多何为恶，何为罪，从本质上说，这个问题并不属于他所考虑的范围，而应从国家正义的角度加以思考。他内心里考虑的罪恶，犹如用肮脏而皲裂的手指挤压柠檬汁，潜隐着一种极富刺激的浓郁的香气。这多半是清显所留下的难以抹消的影响。

尽管如此，这种“不健全”的思想并不强烈，以至于促使他用来同对方作战。本多善于从理智上取胜，这种性格反而使他缺乏一种使正义回归正义的狂热信念。

六月上旬的一天，上午的法庭审理出乎意料地提早结束了。本多回到办公室，离吃午饭还有一段时间。

他打开佛坛形状的桃花心木衣橱，摘掉嵌入紫线的黑色法冠，脱去自黑色的前胸至肩部绣着紫色花纹的法衣，放进衣橱。然后，他站在窗边，心绪茫然地抽着香烟。

雨似有若无地下着。“我已经不再年轻。”本多想，“不管别人如何考虑，只管做自己的事情，在认真笃诚、循规蹈矩之中享有一种满足。我在工作上已经得心应手，黏土在掌中自由回旋，随心所欲，自然成型……”

他所一直注视着的被告人的面孔，如今眼看就要迅速

忘却了。他一个劲儿坚持住，轻轻摇摇头。然而，那张面孔再也未能鲜明地复苏过来

检察院占据着三楼南侧沿河的一排房子，因此审判官办公室有着一排朝北的阴湿的窗户，眼里看到的几乎都是拘留所的景象。

这里的法院，为了使被告出庭时不暴露在众目睽睽之下，在法庭和拘留所之间隔着一道红砖墙，墙上开凿了通道，将两边连接起来。

本多注意到，墙壁的漆面因潮湿而凝聚着水滴，他敞开窗户，让风吹进来。眼底下红色砖墙那边，围绕着一群白砖建筑的两层楼高的拘留所监舍。楼房和楼房的分界点上，有一座高高耸峙的状如牧场青储窖的岗楼，那里的窗户没有安装铁格子。

拘留所瓦屋顶和有烟囱的小型瓦屋顶，同样又黑又湿，像砚台一般闪闪发光。背后有一根巨大的烟囱高高矗立于雨雾迷蒙的天空。从本多眼前的这扇窗户望去，那一带风景全被遮挡了。

拘留所的墙壁极有规律地开着窗户，每一扇窗户都镶嵌了白色的铁格子和挡眼板。一排排窗户下，是污秽的白色衬衣般的雨湿的白砖墙，上面用阿拉伯数字标着巨大的号码。30、31、32、33……并且一楼窗户的号码和二楼窗户的号码错开一个数字，二楼 32 号窗下对着一楼的 31 号。

墙上设有一排长方形的换气孔，相当于一楼地面位置上，开有一列掏取便溺的洞口。

本多猛然想到，刚才那位被告究竟住在哪座监舍里呢?审判官无缘知道这些。被告是高知县乡下的贫苦农民，将女儿卖到大阪，因为没有得到预先约定好的半数价钱，一气之下，又跑到娼家吵闹，反而当面受到辱骂。结果，他失手把老鸨给打死了。但是，被告那张岩石般毫无表情的面孔，再也没有清晰地浮现出来。

香烟的烟霭从本多的手指缝里无力地向雨雾里渗透。这香烟在一墙之隔的那个世界，像宝石一般金贵。一瞬间他感到，被法律隔绝的两个世界价值观的对比是多么不合理啊！在那个世界，香烟的美味被推崇至绝顶，而在这个世界，香烟只不过是极其乏味的消闲之物。

拘留所楼房中间的庭院，有一方专为囚犯开辟的扇形运动场。每一块隔档内，大致可供两三个人在里头做做体操，转悠几圈儿。从这边的窗户里，可以清楚地望见他们蓝色的囚衣和青须须的光头。今天因为下雨，运动场犹如死光了鸡的鸡舍，悄无声息。

这时，眼下传来好似用力关闭挡雨窗的巨响，打破了阴湿而沉默的风景。

紧接着，周围的沉默又向这一响声包抄过来，雨雾在微风鼓荡之下，细粉一般洒向本多的眉梢。本多正在关窗的当儿，结束另外一桩庭审的同僚村上审判官走了进来。

“刚才听到了执行死刑的响声。”

本多似乎立即想说明一下情况。

“我最近也听到过，心情很不好。刑场只隔一道围墙，近在咫尺，这是设计的错误。”

村上说着脱下法衣。

“该去餐厅了吧？”

“你今天午饭吃什么？”

“还不是老样子，池松盒饭。”

同僚审判官回答。

两人一同走在通往三楼高等官[1]餐厅晦暗的走廊上。这无疑是一顿边吃饭边谈论案件的午餐。门外挂着写有“高等官餐厅”字样的大木牌，门扉上嵌镶着绘有新艺术派曲线花纹的彩色玻璃，映着室内的灯光，灼灼耀眼。

餐厅内排列着十张三尺宽的大圆桌，各自摆着全套的茶壶、茶碗。本多对先来的几位客人扫视了一下，看看有没有控诉院院长。院长为了同审判官们说说话儿，时常特意赶来吃午饭。每当这种时候，颇有心计的司务长大婶就

1　高等官，按日本的旧制官吏制度，位于判任官以上的官吏等级，除亲任官之外，分为一等官到九等官。亲任官和一等、二等官为敕任官，其他为奏任官。

立即为院长送来小茶壶，里边盛的不是茶，而是酒。

今天，院长没有来。

本多和村上面对面坐下，卸掉套盒中盛菜的部分，像平时一样，盒底被下面米饭的热气濡湿了，斑驳的红漆粘上了饭粒儿。他有些不快，伸出手指从下面小心地捏住，送入口中。

村上发现本多有这个习惯，笑着说：

“你是每天早晨用米粒儿跪拜小小的农夫铜像长大的吧？那铜像盘腿而坐，两腿之间放着蓑笠。我也和你一样，每当榻榻米上掉下饭粒儿，大人总是叫我拾起来吃进去。”

“武士到底是武士，他们总为自己不劳而食感到自卑。此种教育仍然在继续。你的家乡是如何教育孩子的呢？”

“照旧用老爷子的那一套做法。”

村上带着爽朗的神情，痛痛快快地回答。村上作为一名审判官，自觉自己的面孔缺乏威严，有一阵在鼻下留一撮小胡子，遭到上级和同僚们的嘲笑，因而作罢了。他爱读文学书籍，时常谈到这一话题。

“奥斯卡·王尔德[1]说，当代世界上没有什么纯粹的犯罪，只有出自某种需要的犯罪。从最近的案件来看，抱着

1　奥斯卡·王尔德（Oscar Wilde，1854—1900），英国唯美主义作家，主张为艺术而艺术。著有童话《快乐王子》，剧本《莎乐美》，小说《道连·葛雷的画像》等。

这种看法的人很多。作为审判官，这种人是不合格的。”

村上说道。

“是的。或者可以叫作社会问题自然延续上的犯罪。多数案件中的犯罪，都是社会问题发展到极端的产物。这也体现着这样一个问题：这些几乎毫无知识的人，都是自己稀里糊涂之中犯了案。”

本多慎重地回答。

“听说东北地方农村十分凋敝。”

“幸好，这里的控诉院管辖的区域情况不太严重。”

大正二年以来，大阪高等法院管辖区域，包括大阪、京都、兵库、奈良、滋贺、和歌山、香川、德岛和高知等二府七县，一概都是富裕地区。

接着，两人就愈来愈多的思想犯罪的问题，以及检察院对此持有的态度等谈论了一会儿。说话之间，本多的耳朵深处依然残留着先前听到的死刑执行的枪响。这是散发木材香气的、令人神清气爽、并能唤起工匠的满足感的声音。尽管如此，他的食欲依然亢进。本多不使这种声音引起感觉的不快，他已经在自己的心灵深处，嵌入一枚精美的水晶楔子。

——控诉院须川院长进来了，大家对他行注目礼。司务长大婶连忙去拿小茶壶。院长坐在本多和村上附近。

这位有着一副古铜脸膛、身材魁伟的剑道家，本是北辰一刀会的教士，担任过武德会的顾问。他每次作训示时，总是引用《五轮书》[1]中的词句，因此背后有人取笑他，说他搞五轮法学。然而，他是个心地极其善良的人士，他的判决富于人情味。每逢辖区内举办剑道大会和大型比赛，他总是应邀急匆匆赶到会场致贺。他自己也同神社结缘，在与武道有缘的神社大型祭祀上，作为来宾出头露面。

“事情糟了。”院长一坐下就说道，“以前答应的事，如今怎么也不成了。”

本多猜想又是和剑道有关的事，一问果然不错。

六月十六日，在奈良县樱井的大神神社，举办该神社全国信徒神前供奉剑道竞赛，东京地区大学的优秀选手也将参加。院长本来应邀前往致贺，但当天必须赴京出席控诉院院长会议，根本不可能亲临现场了。按理，审判官是不应该牵扯到行政事务中的，但他又不愿强求别人替代，于是只好出此下策，看看他们两个能否助自己一臂之力。村上和本多翻了翻记事本，村上那天要开庭，不能相帮，本多正好碰到居家的日子，而且要处理的案子也很简单。

院长满面喜色，说道：

“真是太好啦。这么一来，我也保住了面子。有你代理，即使写上令尊的名字，神社方面肯定也会感到满意的。这

1 《五轮书》，宫本武藏著，武道书，分地、水、火、风和天空五卷。

样吧，干脆算你出差两天，比赛的当天晚上，就住在奈良饭店，那里很安静，可以在饭店查阅材料。第二天在大神神社的摄社，观看位于奈良市内的率川神社的三枝祭，怎么样？我也曾经看过一次，那种优美而古雅的祭典真是无与伦比。就这么定了吧，本多君要是同意，今天我就及早写信，做好准备……呀，请一定赏光，那可是很值得一看的啊。”

在院长善意地敦请之下，本多有些不太情愿地答应下来了。

观看剑道比赛，还是二十年前在学习院上学的年代。打那时起，他和清显就厌恶剑道部的队员及练习场上的狂呼乱叫。从少年的感觉上来说，那种叫声仿佛使人将五脏六腑翻腾出来，顶在鼻尖上闻一闻一般。他们的兴趣在于将那种血腥的、令人窒息的、无耻的疯狂，故意打扮成神圣的疯狂，听起来不能不感到痛苦。然而，清显和本多，他们厌恶的性质多少有些不同。清显感到那种叫声是对纤细的感情的侮辱，而本多则觉得是对理性的侮辱……

但是，此种感觉是过去的事情，本多已经修炼得很成功了，如今不论眼睛看什么，耳朵听什么，他都不会动一动眉毛。

离下午开庭还有一段时间，像今天这样的日子，要是碰上天气晴明，本多就喜欢沿着堂岛川河岸散步，观望驳船拖着泛起白色水沫的木材的情景。要是下雨就不成了。审判官办公室也是人声嘈杂，很难静下心来。本多告别村上，来到玄关一排打磨出斑驳花纹的大理石廊栏旁边。描绘青白两色的橄榄树的彩色玻璃，漏泄出惨白的光芒，照彻了整个走廊，含蕴着微弱的反光。本多在那旦站了一会儿，忽然想起了什么，便到会计室那里拿钥匙。

他借来钥匙，打算登上塔顶。

红砖建筑的法院的高塔，是大阪一处著名的景观，从对岸看起来，印在堂岛川里的影子十分美丽。但另一方面，这座塔又被称为伦敦塔，传说塔顶有个绞刑架，在那里执行死刑。

对于英国设计师独出心裁设计的这座娱乐场所，不善于有效利用的法院，竟然使得这座塔内部灰尘堆积，一直空锁在那里。审判官们一时心血来潮，也会登上去看看。晌晴的日子，景象开阔，可以一直望到淡路岛。

打开锁进去，充塞于眼前的尽是一派荒芜、不堪收拾的灰白的空间。塔基正对着玄关门厅天棚的部分，由那里到塔顶留有通风道。四围的白壁经雨水浸渍，污迹斑斑。窗户只开在塔顶的四面墙上。沿着窗户内侧，装设着一道狭窄的露台。连接露台的铁制的阶梯，宛若爬墙虎一般，弯弯曲曲沿着墙壁直上塔顶。

本多自然明白，手扶在阶梯的栏杆上，指头定会沾满堆积的灰尘。虽说是雨天，塔顶的窗户漏泄下来的光线，为这座巨塔的内部空间，增添了几分可厌的黎明般的光亮。不论是空阔长大的墙壁还是莫名其妙的阶梯，本多每当来到这里，总是感到进入一个被人故意拉扯得变了形的世界。他认为，这个空间的中央，理应屹立着一尊肉眼看不见的巨大的雕像——满脸含着怨恚之情的巨人雕像。

否则，这个空间未免显得太虚空，太没有意味了。塔顶那些窗户，走近了看会很大，可从这里望去，犹如一个个火柴盒。

本多沿着下面透着隙缝的铁制阶梯一步步向上攀登。一阵阵脚步声在塔内引起的回响，听起来犹如电闪雷鸣。他明明知道，坚固的铁梯不会有什么危险，但每登一步，仿佛脊梁骨内猝然产生一阵战栗，高大的阶梯从上到下，刹那间传来铁的眩晕与抖动。跟着而来的是，尘埃向着次第变远的地面，静静地降落下去。

对于本多来说，登上塔顶透过窗户远望，已经不再感到新鲜了。雨中虽说不利于赏景，但堂岛川缓缓向南迂回之后，同土佐堀川的汇合之处，却看得十分清楚。南面，公会堂、府立图书馆和日本银行的青铜圆形屋顶，蹲踞在河对岸，中之岛的一幢幢楼房，看起来低伏于地面。西面，附近高耸的厅堂、大厦的背后，可以望到哥特风格的回生病院的正面。连接法院东西两厢的翼楼的红砖，经雨水淋过后，十分鲜艳。中庭里小小的草坪一片青翠，宛若绿色的天鹅绒台球桌面。

由于离地面太高，看不到人的身影。只有栉比鳞次的大楼里大白天点燃的灯火，无抵抗地淋着雨，沉溺于大自然一无例外的冰冷的慰藉之中。

本多想：

“我身居高处，目迷四方的高处。这里不是权力和金钱的峰顶，而是代表国家理性，立于一如钢铁建筑般的逻辑的峰顶。”

来到这里，较之坐在桃花心木的法庭更加切身感到，作为一名审判官，自己已经保有一副鸟瞰一切的目光。从这里望去，地上的诸般事象，过去的事象，好似一幅雨湿的地图。如果说理性尚有童趣，那么，鸟瞰一切就是最为符合理性的游戏。

下面发生了各种事情：大藏大臣被枪杀，总理大臣被枪杀，赤色教员大批被捕，流言蜚语交飞，农村危机加深，政党政治进一步面临瓦解……说到本多，他居于正义的高处。

当然，对于这样的自己，本多可以任意加以丑化。就是说，自己身居正义的高处，用镊子将各种黑暗的激情挟起来加以估价，然后包在温暖的包裹里背回家中，作为写作判决词的素材。将一切神秘拒之门外，整日忙于精心加固法律砖墙涂装的手工作业……

尽管如此，身居高处，由人性上方的清澄部分鸟瞰底下，依然有着确实的感觉。比起现象，以法律为邻总是富有意义的事。正如马夫沾染马的气味一样，三十八岁的他，已经被此种法律正义的气味所熏陶。

四

六月十六日，一大早就酷热难当。有时，盛夏会在一天里提前降临，鸣奏着阳光的鼓笛，热热闹闹，宣示着仲夏的起始。因为院长派车来接，午前七时，本多离开家前往樱井。

官币大社大神神社，俗称三轮明神，以三轮山本体为御神体。三轮山又简称为“御山”，海拔四百六十七米，周围约十六公里。全山生长着茂盛的杉、桧、红松和米槠等树木，凡是活着的，一棵也不许砍伐，禁止一切不净进山。这座居于大和国家之首的神宫，被看成是日本最古的神社，传承着最古的信仰形式。寄情于古神道的人，必定要来这座神社参拜一次。

“三轮”（miwa）的语源有两种说法：一说是酿制古

酒之素烧器[1]——（mika）之讹误；一说是韩音“米醞”（mion）之义。将神酒和神本身同一视之，音训作“神”（miwa）。祭神大物主大神，是大国主神的和魂，自古奉为造酒之神。

境内有祭祀荒神的狭井神社，军人信仰笃诚，前来祈求“武运长久”者甚多。在乡军人会长，五年前曾来这里举办奉神剑道比赛仪式，由于狭井神社境内褊狭，改在御本社前的广场举行了。

院长如此这般对本多说明了来历。

大牌坊旁边标着“下车”的木牌，本多在那里下了车。

铺满碎石子的参道迂回屈曲，左右杉树林立，树枝之间连着细绳，每隔一定的间距就系上一张白纸条，幽幽然随风晃动着。松柏露出的根部上的苔藓，被昨日的雨水浸湿了，呈现着海藻的绿色。左方不远沿着河畔，细竹和羊齿苋下面水声哗然，头上杉树枝叶纵横之间的天空，洒下的强烈的白光散落在下边的草地上。渡过神桥，进入曲折的石阶上面的幽深之处，一眼瞥见拜殿上白底带紫花的帷幔的一端。

本多登上石阶尽头，擦了擦汗。三轮山山麓，耸峙着威严的拜殿。殿前广场的石子，被收拾一番，堆成了四角

1　素烧器，不挂彩釉烧制的陶器。

形。颜色微露的红土地面，盖上了一层沙子。赛场的三面并排放着椅子和马扎。巨大的天幕遮掩着左右两边的观众席。本多发现，自己即将就座的来宾席，就在天幕下边。

穿着白衣的祢宜[1]们前来迎接他，告诉他宫司已经在等他。本多回望一下映照在赛场地面上的鲜红的朝阳，随着他们向社务所走去。

平素惯于神情严肃的本多，并非是个虔敬的神的信徒。当他看到拜殿背后神山之上挺秀的杉林，凛然辉耀于晨空的时候，他不能不感到那里确实是神灵的住所，但是，他的一颗心并未沉浸于虔敬的思绪之中。

神秘宛如清冷的空气充溢这个世界，这种感觉和那种虽然承认神秘，但却作为例外而看待的感觉，二者迥然不同。当然，本多对神秘抱着一副温情，将此当作母亲的心怀。不过，没有母爱照样走自己的路，本多自十九岁起，就保有如此自负的青年的心态。这种心态多半是天生就有的。

本多同来宾中当地的名士们交换名片，久久交谈了一会儿，然后由宫司陪伴，走向拜殿。两位巫女站在通往拜殿的渡殿上，用木勺往客人伸出的手臂上浇祓禊之水。拜

1　祢宜，神社里位于神主之下、祝者之上的神职官员，奉宫司之命主管祭祀。

殿上身穿比赛服装的五十名选手已经依次坐定，形成巨大的蓝色方阵。本多被安排在上上席入座。

伶人[1]吹奏笙与筚篥[2]，身穿礼服、头戴乌帽子的神官，趋步走到神前奉致祝词：

“此大神神社永久供奉于神灵所镇守之山岳、森林间，与世长存。口称圣名，不胜惶恐，大和大物主神亦称栉魂命。今于大神大神高贵神社之前庭……”

接着，便用玉串[3]，在众人头上左右拂动。

继主办者一方，本多代表来宾奉奠玉串。选手代表是一位六十岁光景的老者，穿着褪色的蓝布比赛服，上来奉献玉串。在这种森严的仪式进行期间，天气越发炎热起来，本多的衬衫里头浸满汗水，就像虫爬一般，很不舒服。

参拜完毕，大家一同来到前院，来宾坐在来宾天幕下面的椅子上，选手打坐在选手天幕下的草席上。露天的椅子座席上已经坐满了观众，这些人面对拜殿和神山，正处于东边位置，午前的太阳当头照着，人们各自用扇子和手帕遮住阳光。

有的祝辞和慰问词甚为冗长，本多也走向前去，煞有介事地大讲一通。据说，今天的神前比赛一共进行五场，

1　伶人，即乐师。

2　筚篥，类似胡笳的九孔竹笛。

3　玉串，缀有一串白纸条的杨桐树叶。

五十名选手分红白两组，每组二十五名，各组每次各出五名，实行淘汰制。在本多后头上去致辞的是在乡军人会会长，他的讲话老是没完没了。其间，邻席的宫司向本多耳语道：

“请看，对面天幕下第一排左端的那位少年，他是东京国学院大学预科一年级学生。在首场比赛中，那少年将是白军组的先锋。您不妨留意观看一下，剑道界对他抱有极大希望，刚十九岁就获得了三段。”

“他姓什么？”

“姓饭沼。”

本多听到这姓，想起一个人来，他又问道：

“饭沼……他父亲也是剑道家吗？”

“不，他父亲叫饭沼茂之，是东京著名的国粹团体的塾长，也是本神社热心的信奉者。但他自己似乎不习剑道。”

“他今天来这里吗？”

“他今天本来想看看儿子的比赛的，可是不巧，同大阪那边的一个集会相冲突，听说不能来了。”

看来，他肯定是那个饭沼。饭沼茂之，此人相当有名气。其实，本多得知他和清显的那位学仆饭沼是同一人物，是仅仅两三年前的事。当时，法院审判官办公室里，大家提到思想运动，本多从一位对这方面进行周密调查的同僚那里，借阅各种最新出版的杂志资料，其中有一篇题为《右翼人物总览》的文章，在“饭沼茂之”项下，写着这样一段文字：

> 晚近渐渐崭露头角的饭沼茂之，乃纯粹萨摩[1]人也。自初中时代起，即赢得全县第一秀才之美誉。因家中贫寒，受乡党举荐，上京充任松枝侯爵家公子之学仆，勤于公子之教育与自己之学习。其后，同侯爵家中女佣美祢发生热恋而出奔。热血男儿，苦心经营，遂成其今日饭沼塾之大业矣。于今，同现夫人美祢育有一子。

打那时起，本多知道了从前那个饭沼的行末。但从未同他见面和往来，留在记忆中的整个饭沼，仅仅是在松枝宅邸晦暗的长廊上，那副走在先头的穿着蓝色碎白花衣服的忧郁的背影。限于此种记忆，饭沼始终只是一个沉潜于阴郁背影中的“不知其底里”的人物。

清扫过的赛场地面落下一只牛虻的影子，尚未静止又旋即飞向来宾席铺着白色桌布的长条桌，耳边立即响起嗡嗡的鸣声。一位来宾用扇子扇了几下，那副打开扇子的姿势和扇动扇子的方法，看上去真是难以形容，使本多想起

1　萨摩，日本古国名，今鹿儿岛县。

刚才在那人名片上见到的剑道七段教士的头衔。在乡军人会会长冗长的讲话还在继续。

这个时候，从眼前四方形的空间，腾起一派威猛而灼热的空气，将罩在本殿上的元宝形大屋顶、碧绿的神山和明亮的天空溶合在一起。眼看就要充满狂叫和竹刀相互搏击声响的沉默的空间，时时有热风吹来，那透明的风的四肢，在激战前兆的驱使下，充满着阴柔而婉曲的幻象。

本多的眼睛时不时被坐在正对面的饭沼儿子的脸孔所吸引。二十年前，比自己和清显年长五岁的饭沼，只不过是个乡间出身的学仆，如今竟然成为这么大儿子的父亲。想到这里，没有孩子的他，不由一惊，从而想起无形之中被遗忘了的年龄迅疾的步履。

那少年姿势端正地坐在草席上，纹丝不动地倾听着永无止境的讲话。至于是否真正听进去了，则无法断定。只见他双目炯炯，凝视着正前方，似钢铁一般，不受外界任何干扰。

眉目清秀，面色浅黑，嘴唇抿作一直线，似乎含着一道刀刃。确乎带着饭沼的面影，然而，那脸上却将条条重浊而悒郁的印痕重新雕制，使之含有明快的调子，增添了轻巧和锐敏之趣。“一副完全不懂人生的面孔。”本多想，“这张脸不相信刚刚飘落的积雪，不久会消解和污染。”

每位选手的膝前，整齐地摆放着护手，上面覆盖着手巾。透过手巾的缝隙，微微闪现着一部分金属面罩的光亮。并排着的蓝色膝头周围漏泄的这种光亮，同战前敏锐而危险的烦恼情绪十分相合。

——裁判和副裁判两人出现了。

“白军选手饭沼出场!”

听到呼唤自己的姓名，全身裹在防护服中的少年，赤脚踏上灼热的地面，对着神灵恭恭敬敬地行礼。

本多满心希望这位少年取胜。最初的一声喝叫，少年的面孔发出被惊醒了的野鸟般的鸣叫。

这叫声将本多的一颗心，一下子推回到自己少年时期的岁月里。

他曾经对清显说过，大正初年的他们虽然正当青春年少，但过了几十年之后，那种纤细的感情的襞褶将完全被忘却，同当时剑道部的成员一样，统统囊括于时代的“愚神信仰”之下。关于这一点，倒是被自己言中了。但是，令他感到意外的是，如今自己颇为怀念那个愚神，较之自己过去盲目信仰的更加高尚的神明，反而感到愚神的美丽。此种心情，萌生于不知不觉之中。眼下，本多被推回而又陷落其中的少年时代的洞穴，准确地说，并非和过去存在于同一位置上的那个洞穴。

于是，撞击着本多耳鼓的“裂帛”般的呐喊，听起来犹如细细裂缝迸发出的少年灵魂的火焰。昔日，胸中怀抱此种荆棘之火的郁闷的内心（尽管那个年代的本多，几乎同此种郁闷无缘），如今竟在当时自己切实有所感的鲜烈的胸膛里重新燃烧起来。

这是时光这个东西在人的心目中导演的不可思议的真正的戏剧。过去银色的记忆所附着的微妙的谎言的锈蚀，在尚未强行剥落之前，又重新演示出交织着梦和愿望的整体的形象，依靠这种演技，企图达到往昔自己未曾意识到的更深层的本质的自我。好似站在遥远的山顶，眺望曾经居住的村庄，即便忽略掉住在那里时的微细的体验，也会使曾经居住的意义更加明确起来。就连居住时曾认为很重要的广场上脚踏石的凹坑，远看起来也因石面上水洼里的一点闪光而变得异常美丽，这是一种不受任何约束的美丽！

少年饭沼发出第一声喝喊的瞬间，这位三十八岁的审判官立即感到，这喊叫犹如箭矢深深扎进少年的胸膛，本多自己也立即感受到那箭矢一般深深刺入少年心胸的锥心的疼痛。对于被告席上年轻人封闭的心灵，他从未试图进入窥视一番。

对手是红军组的，仿佛鱼儿鼓动着两腮，双肩高耸起护肩，大喊一声，雄赳赳地出场了。

少年饭沼心闲气定。两位选手相互平举着竹刀，一次回旋，再一次回旋。

少年饭沼将脸转向这方，防护面罩金属格子的暗影和闪光的内里，黝黑的剑眉和明亮的眼眸，以及发出呼喊时两排雪白的牙齿，历历可见。他转过肩头，脑后折叠整齐的手巾和蓝色纽扣下，显露出剃得高高的清丽而劲健的颈项。

突然，犹如巨浪中的两只小船相互碰撞，少年饭沼背后代表白军的白布条儿剧烈翻舞之间，一声脆响，对方被击中了正面。

掌声骤起，饭沼战胜第一个对手。

面对新的对手，少年饭沼蹲踞着身子，从腰中欻地一声拔出竹刀，单凭这英武而果敢的动作，早已在气势上制服了敌手。

本多对剑道一窍不通，但即使在他眼里，少年饭沼比赛时端正的姿态也十分突出。不论多么激烈的每一刹那，他的形体好比蓝色的纸型，始终粘贴在空间，一丝不乱。身体决不嵌入空气的淤泥而失掉均衡。因此，唯有他周遭的空气不会成为灼热而胶黏的污泥，看起来，好似清澄而欢快的流水。

少年饭沼自天幕的阴影所及之处跨进一步，此时，他那幽幽闪光的黑胴，随之掩映于明丽的蓝天之下。

对手后退一步，洗得褪了色的剑道服和浓淡不均的宽腿裤间，背后系成十字花形衣带的地方，斜斜的十字磨得更加泛白，那里坠着鲜红色的布条儿。

本多已经看得非常清楚戴着护手的饭沼选手，又向前迈进一步，护手猝然处于临战的紧张状态中。

从护手里裸露的前臂已经涨大，不像是少年的手臂，腕子内侧白皙的肌肉，露出一根根青筋，护手内白色的皮子，被外侧蓝色涌动的犹如黎明时分天空中抒情的色彩玷污了。

两只竹刀的尖端犹如初会的猎犬，神经质地互相嗅着。

“杀！”

对手狂叫了一声。

“杀，杀，杀！”

少年饭沼响亮地呼喊。

敌方从正面刺来，饭沼支起竹刀从右边遮挡，发出一阵噼噼啪啪的爆竹般的响声。接着，两人剑锋相合，脸面相接，裁判硬是将他们分开。

“开始！”

裁判一声令下，步步紧逼过来的少年饭沼，不给对方喘息的时机，犹如翻滚的蓝色波涛，连连进攻对方的头部。

他的每一次进攻都严谨而规范，锋利而果决，组合紧密，风雨不透，一段和二段，都被对方左右挡回，第三段采取正面进攻，一剑击中对方。

正副裁判同时举起三角形的白旗。

就这样，饭沼选手连胜两人，场内响起掌声和赞叹声。

“他被对手的威严所压倒，穷途末路，被迫投降。”本多身边的剑道教士，一副装腔作势的口气，“红方看着白方的剑尖儿，那怎么行？不能光看对方的剑尖儿。否则，就会心慌意乱。”

本多尽管对剑道一窍不通，但他心里十分明白。少年饭沼的体内，存在一根能够发出蓝紫色光芒的发条，他的灵魂的跃动纹丝不乱，通过形体表现出来，瞬间之内，强使敌方产生心灵的空白。

犹如真空状态立即引入空气将空间填满一般，敌手的这种空隙，主动将饭沼的剑锋引诱进来，而饭沼那支被规范而定型化了的竹刀，好似闯进没有上锁、大敞门扉的屋子，兵不血刃，直取敌巢。

第三位对手仿佛婴儿撒娇，半推半就，左右扭曲着身子逼近过来。

敌方面罩中的布巾有些散乱，面罩的白线没有对准额头正中，布巾的一端坠落到右眉梢上。他微微躬着背，好像一只奇矫的、狂乱的野鸟。

然而，他是个不容忽视的对手，是个在剑锋的一放一收上，都含有某种苦味的沙场老将。好似鸟儿一瞬间啄到食饵而迅速逃离，对手从远方瞄准饭沼的护手，一旦击中，又迅即逃回远方，欢呼雀跃。而且，对方为了防御，不择手段，奇丑无比。

面对这样的敌手，饭沼那种昂首挺胸、好似滑行水面的风姿，已经显得脆弱而危险了。这会儿他想，自己的优雅与纯正，将会给自己带来灭顶之灾。

比赛中的一招一式都被对方躲闪开了，敌手妄图将自己的丑陋传染给饭沼，也想把自己的焦虑传染给饭沼。

本多自刚才起就已忘记了暑热，忘记了时常叼在嘴里的香烟，他发现眼前的烟灰缸里的烟头，一点也没有增加。

白色桌布的皱褶如水波叠起，本多正要伸手拉平的时候，坐在一旁的宫司，不由喊叫了一声：

“哎呀。”

只见裁判把小旗交叉在一起，挥动了几下。

“好险哪，差点儿被对方击中了。”

宫司接着说道。

少年饭沼正在苦苦思虑，如何才能追击到时时退回远方的对手。他跨前一步，对手就后退一步。而且防守严密，那种护身的方法，就像用狡猾的水藻将自身严严实实缠绕起来。

“杀——！”

饭沼进击时，对方立即冷笑一声保护好身子，于是两人剑锋顶着剑锋，相持不下。

两支竹刀几乎直立相接，一如泊船的桅杆，微微晃动。胴似船腹，闪耀着光亮。如今，两位选手正齐心协力，共同捧起一方绝望的蓝天。急促的喘息、汗水、紧绷的肌肉、对峙着的力的消耗所引起的焦躁和不满……所有这一切，充溢在两个人岿然不动的、均衡的构图之中。

裁判为了将他们分开，正要喊叫“停止”的时候，少年饭沼凭借对手顶回来的微小的推力，飞身跳到一旁，剑锋击中对方的胴，发出一声可怕的脆响。

两位裁判举起小白旗，全场观众掌声雷动。

本多终于点着了一支香烟，然而，在桌布上的阳光辉耀中，香烟的火焰似有若无，令人怀疑究竟有没有点着。本多立即索然无味了。

少年饭沼脚下的泥土，洒满了血一般黑色的汗滴。他从蹲踞的姿态站起身来的时候，被尘土弄脏的蓝布裤子的裤腿里，后脚脖子上苍白的筋腱，凛凛然飞翔似的伸展开来。

五

饭沼三段连胜五人，结束了第一场比赛。

五场终了，宣告白组胜利，饭沼荣获个人优胜银杯。他走向前接受奖杯时，脸上已经拭去了汗水，红潮涌上夺冠者的双颊，洋溢着清凉的谦恭的馨香。本多很久没有遇见过这般优秀的年轻人了。

本多本想同这位少年谈谈他父亲的事，但有人催促他，带他到配殿去吃午饭，因而失掉了时机。午饭时，宫司问本多：

“到山上去看看吧？”

本多站在大厅望着照射在广阔庭院里的阳光，犯起了踌躇。

宫司接着说：

“普通人自然是不许入山的，平时只限于那些老一代虔敬的信徒进出，但规定十分严格。听说，在山顶膜拜盘座的人，会感受到一种神秘，那心情就像遭受雷击一般。”

本多再一次注视着辉耀于绿色庭院里的炎阳，想象着如此光明的神秘，心中受到了诱惑。

对他来说，可以接受的神秘，必须是无比明亮的。如果有一种至为明晰的神秘，他会主动相信的。当神秘只是例外的奇迹、停留于一种现象的时候，等于依然隐没在薄明之中。如果说真有曝露于烈日炎炎之下的神秘，那就应当属于一种规范的法则，亦即属于本多的这个世界。

饭后稍稍休息了一会儿，本多便在一位祢宜的陪伴下，沿着浓绿中缓缓的参道，走了五六分钟，到达摄社的狭井神社。准确地说，应该叫作狭井坐大神荒魂神社。按规定，先在这里参拜，接受祓濯参拜神佛前沐浴净身，之后才可以登山。

杉林环绕中的这座葺着桧树皮屋顶的简素的拜殿，的确是一处荒野游魂的安息之所。屋脊后面，几棵高高而立的秀挺的红松，令人想起长着一双绯红而修长的大腿、身段轻捷的古代武人。

祓濯已罢，祢宜将本多介绍给一位上了几分年纪的向导。那人脚穿胶底靴子，态度和蔼。到达登山口时，本多初次看到一棵野百合花。

“这就是明天三枝祭要用的百合吧？”

“是的。这座山上采集不到三千枝，从附近的摄社末社也搜集了一些，现今养活在本殿里，还要托今天参加奉纳比赛的学生们，尽义务背到奈良去。”

向导这样回答。接着，他提醒本多，昨天因为下雨，黏土质的山路泥滑难走，要多加小心。他一边说，一边迅速带头向山上攀登。

三轮山方圆约有十六公里，包括西边主神社背后大宫谷的禁区在内，周围分布着九十九道峡谷。登了一会儿，可以窥见右方栅栏里的禁区。其中，树根周围绿草繁茂的红松枝干，映着午后的太阳，闪耀着玛瑙般的色彩。

禁区之内，树木、羊齿苋和细竹丛，以及遍照万物的日光，也许是心有所悟吧，这一切看上去显得尊贵而纯净。就连那野猪掘过的杉树根新鲜的土色，也令人怀念起古代典籍中以异族化身而出现的原始的野猪来了。

但是，从感情上说，要想将自己足下的这座山体，想象为神的御座，就不那么容易接受了。本多一边惊叹那位上了几分年纪的向导那双健足，一边紧跟其后，连汗也顾不上揩拭一下。过午的太阳越来越炎热，可喜的是，他们走的是溪流一旁遮蔽阳光的林中小道。

太阳被挡住了，路却越发难走了。山上多杨桐树，比起城里所见到的，这里的杨桐是叶子特别大的幼树，随处一派墨绿，叶丛里缀满了白花。越向上游走，溪流越急。

到达三光瀑布，专供沐浴净身的人用的小屋，挡住了瀑布的一半。据说，瀑布周围这一带，森林最为苍郁。各处树丛之中，储满了阳光，仿佛置身于透明闪亮的筐笼里。

实际上，通往山顶的道路，从此地开始才是艰难之途。依靠岩石和松根攀登无路可走的光裸的悬崖，一旦有稍微平坦的路径相连，不久又出现了午后炎阳炙烤下的山崖。本多气喘吁吁，汗流浃背，于是他感到，只有在这种苦行的酩酊之中，才能准备迎迓即将来临的神秘。这，就是法则。

本多看见山谷中静静矗立着一簇簇直径一丈多的红松和黑松；看见衰朽的松树上，缠络着常春藤和蔓草，叶子一律变成砖头的颜色；还看见山崖的中央长着一棵杉树，入山的信徒似乎感到一种神性，在树干上张挂稻草绳[1]，摆上了供品。这棵杉树一侧的树干布满苔藓，呈现着青铜色。随着神山的顶峰逐渐接近，似乎一草一木都赋予了神性，自然地变成神的化身。

例如，米槠高高的树冠随风飘下淡黄色的花瓣儿，在人迹罕至的深山密林里往来交飞，这时就会像突然带了电似的，这些花儿本身也会带上神性。

“再加一把劲儿，就要到达山顶了，那里就是冲津磐座

1　稻草绳，原文作“七五三縄”，新年或祭祀时用于防止不净之物侵入的草绳。

和高宫神社。”

向导说道，他的呼吸一点儿也不急促。

冲津磐座忽然出现在山崖小道的上头。稻草绳内盘踞着一堆巨石，犹如遇险的巨轮的残骸，奇形怪状，有的尖利，有的破裂。自太古时代起，这群违反某种规则的巨石，决不按照世界万物的秩序而组合进来，却以可怖的纯洁的杂乱独立于形骸之外。

岩石与岩石对阵，相互搏击之后，倾倒、破裂，另外一些岩石伸展着过于平坦的斜面。与其说这一切都是神的安静的御座，不如说是战场，或者进一步说，这里是难以置信的恐怖的遗迹。即便是神一度坐过的地方，地上一切风物也都面目全非了，不是吗？

太阳无情地照射着岩石上疥癣般的青苔。果然，一到这里，风也活了，这一带的森林轻轻喧闹起来。

位于磐座上方的高宫神社，标高四百六十七米，这座小祠的简素的严谨，安抚着因磐座的暴烈而引起的畏怖。合掌造[1]的屋脊那小巧的、呈现颇为尖利的锐角形的木梁，被青松包裹，像直立的头巾扣儿一样秀挺。

本多参拜之后，擦擦汗水，经向导允许，打破禁令，

1　合掌造，屋脊呈陡峭锐角三角形的古式民房，以飞驒白川乡和富山县五箇山最有名。

点上一支香烟，悠悠地吸起来。老实说，这久久运动着的稚弱的双腿，终于完成了一项任务，由此获得的满足，使得本多的心灵得到解放。周围松风谡谡，含蕴着明丽而温馨的神性，本多置身其中，不由得感到不论多么难以置信的事情，如今也可以相信了。

抑或地形和高度相似的缘故，本多蓦然想起十九年前夏天，攀登“终南别业”后山的情景。当时，暹罗的王子们透过林间看到长谷大佛，立即跪地合掌膜拜，清显和他两个暗暗嗤笑，要是放在今天，再看到这种情况，决不会再笑话他们了。

轰鸣的绿色风涛阵阵掠过，间歇之中，静寂如水滴点点滴落。耳畔响起牛虻飞过的羽音。众多的杉树林梢，长矛一般直刺蓝天。飞动的流云。绿叶簇簇的樱树，过滤着忽浓忽淡的阳光……本多沉浸在忘我的幸福里。而且，唯有这微微含着薄荷般莫名的悲愁的幸福，才是恒久不变的。

——下山并非如想象那样容易。脚下屡屡打滑，本以为可以指望树根的红土，其实更易滑脚。来到三光瀑周围的林中小道，更是大汗淋漓，浸透了衣衫。

“净净身吧，怎么样？会凉快些的。”

“凭着这番心情洗浴，是对神的不敬吧？”

“不，经过瀑布冲洗，头脑就会变得清净。这是一种修行，用不着担心。”

本多走进小屋，看到钉子上挂着两三件运动服，知道里头有别的客人。

“是参加过比赛的学生吧？因为要留下来运送百合花，所以先在此处净身，不是吗？”

本多脱去衣服，只穿一件内裤，走出通往瀑布的屋门口。

高耸的瀑布流水口阳光明艳，草木茂密，挂着稻草绳。只有这一带，绿草随风飘拂，白色纸条儿不住地翻动。目光从这里向下移动，在一群灰暗的岩石守护下，一座不动明王的小祠藏在岩穴之间，被飞沫溅湿的羊齿苋、紫金牛和杨桐树一片暗黑，唯有一条银白的瀑布细流，回荡在群岩之中，水声凄然。

身着内裤的三个年轻人，身子聚在一起，流水在他们的肩膀和头顶上四散开去，哗哗的响声中，混合着流水击打年轻而富有弹力的肌肉而发出的鞭子声。走近一看，经瀑布冲击泛红的肩肉，在飞溅的水珠下面看起来滑艳而透明。

他们看到本多，其中一人捅捅学友，离开瀑布，对本多郑重行礼，要把瀑布让给他。

本多立即从中认出饭沼选手的面孔。他走进被让出位置的瀑布，猛然间，流水像棍棒一阵乱打，他的肩头和胸脯耐不住水力，跳离出来。

饭沼快活地笑着走进去，让本多站在一边，教他如何承受瀑布的扑打。饭沼高举两手，跃入瀑布正中，好半天像捧持着沉重的飞沫的花篮，张开手指承接着水流，朝本多笑了笑。

本多学着饭沼走进瀑布，倏地对少年的左边腹胁瞥一眼，发现左乳外侧平时被上臂掩盖的部位，清清楚楚聚集着三颗小小的黑痣。

本多战栗了，凝视着水中微笑着的少年一副凛然峻厉的面孔。他那于水流中颦蹙的眉峰下，一双不住眨巴的眼睛一直望着这边。

本多想起清显临死前说的话：

“还会见到的，一定能见到，就在瀑布下边。”

六

安静的奈良饭店的一个房间，窗外只有猿泽池的蛙鸣传来。桌子上堆着诉讼文件，本多懒得翻动一下，一味陷入沉思之中。他熬过了一个不眠之夜。

……他想起今天下午乘汽车离开大神神社时，在一片晚霞映照的田地间，遇到运货板车的情景。车上堆积着割下来的野百合，刚刚被山间的曙色染红，用稻草绳捆绑着。一个学生拉车，他的学生帽上扎着白手巾。两个学生推车，穿着白衣的祢宜手捧白纸条儿走在先头。他们看到坐在汽车里的本多，拉车的少年饭沼站住了，脱帽致敬，另外两个学生也跟他一样。

自从在瀑布下边有过奇异的发现之后，本多的内心便失去了平衡，就连神社的一切款待也全然不放在心间。当他再度看到田间夕阳辉耀的百合花旁扎着白布巾的年轻人时，他心情茫然，不能自已。汽车疾驰而过，少年被抛在飞扬的沙尘之中，尽管面孔、肌肤的颜色完全不同，但生命形态本身却酷似清显那个人。

……当他一个人待在饭店的时候，心里十分不安。他感到，自己以往停驻的世界，自今天开始尽皆变形了。他立即走出屋子来到餐厅，心不在焉地吃完饭。回到房间，看到整理过的床上床单儿三角形的折痕，散射着白色的光泽，犹如一本大书白色的书页，浮现在台灯薄明的光影里。

他打开房里的电灯，使神秘不要靠近身边，但未能如愿。本多停驻的世界既然允许这样的奇迹，今后指不定还会发生什么事情。

此外，他清清楚楚目睹了奇异的转生，自见到的一瞬间起，就成了谁也不能告诉的秘密。假如说了，人家只能认为他疯了，不适合做审判官。而且，一定会一个个迅速地传扬开去。

不过，神秘具有自身的合理性。正如十八年前清显所说的，“还会见到的，一定能见到，就在瀑布下边。”本多确实在瀑布下见到了一位青年，他和清显在身上同样的地方生着三颗黑痣。由此，他回忆起清显死后，他遵从月修寺门迹的教诲，阅读了各种佛书，其中有一条是关于“四有轮转”的论述。根据这种论述，自清显死去的日子算起，今年满十八岁的少年饭沼，正好符合转生的年龄。

“四有轮转”中的“四有”，是指“中有”“生有”“本有”和“死有”，此被作为有情的轮回转生的一个周期。在两种生命之间，有一段短暂的因果报应期，称为“中有”。“中有”的期限短则七天，长则七七四十九天，在这个期间内投胎再生。少年饭沼虽然生日不详，自打大正三年早春清显死去当天算起，他当在七天后至七七四十九天内出生。

据佛典所言，“中有”并非仅仅是灵魂的存在，还具有五蕴之肉体，犹如五六岁幼儿之体形。“中有”身段轻灵，耳聪目明，不论多么遥远的声音都能听到，不论什么样的障壁都能透视，想到哪里就能立即达到哪里。不为人畜肉眼所能见，只有那些极纯净的得通天眼的人们，才能看见这些童儿徘徊飞翔于空中的姿影。

通体透明的童儿们，一面迅速在空中盘旋，一面食香保其生命。故而，“中有”又称为“寻香”，其原语为gandharva，标音为“健达缚”。

童子在空中飘泊，当看到将成为未来父母的男女相交的情景，他们会神魂颠倒，不可遏抑。“中有”的有情若为男性，就会对未来母亲的丽姿怦然心动，从而憎恶作为未来父亲的身姿。此时，一旦父亲流泄的不净之物进入母胎，就一心认为是自己之物而欣喜若狂，随之中止“中有”，投胎托生。这种托生的一刹那，即为“生有”。……

佛典上有此一说，本多过去只将佛书当作童话阅读，如今又忽然想起了这些。

本多感到，神秘这种东西同“中有”的手法十分相似，不管你愿意不愿意，只是蛮不讲理地一头闯进来，盘踞不动了。危险的礼物。好似一个变化多端的彩球，从外界被一脚踢进冷峻而整然有序的法律秩序和理性的建筑的中央。而且，球的色彩变化也有一定的法则，只是这种法则不同于我们理性的法则，因而，只能使这只球从人的眼睛里消隐。

不论本多承认不承认，神秘已经深深刻印在他的心中，再也逃脱不掉了。假如真有逃脱的办法，那就是不逃脱，尽量寻找可以分享秘密的对象。其中一人是少年饭沼，另一个人就是少年的父亲。然而，如今尚无证据证明这两个人中任何一个已经知道这个秘密。抑或可以认定，应该见过清显裸体的饭沼茂之，也许知道他和儿子身体的相似之处。不过，即使知道，饭沼也许会隐匿不说。应当怎样向这对父子问个清楚呢？或者说，询问本身就是一件愚蠢的事情呢？首先，他们即使知道秘密，也不一定愿意公开出来。如果他们没有这个心思，秘密或许将像一只沉重的包袱，永远压在本多的心头。

如今，本多这才体验到清显留给他青春时代那种生命的锐利的搏击。尽管本多从未仿照他人的人生而活着，但清显迅速而美丽的生命，却在本多生命之树最为重要的数年间，如开着淡紫色花朵的寄生兰一般扎下了根。因而，清显的生命代表着本多生命的意义，成就了本多原来无法开放的花朵。这种事情莫非又要重新演示？这种转生的意义究竟是什么呢？

一方面为诸多之谜而困惑，一方面在本多心中，又如地下水一般渗出了喜悦之情。清显复活了！他于生命的途中犹如突然被砍伐的幼树，又再次萌生了碧绿的新芽。而且，十八年前，两位朋友都很年轻，如今，本多青春已逝，而朋友依然在花样年华中闪耀着光辉。

少年饭沼缺乏清显似的美丽外貌，但却具有清显所没有的英雄之气。虽说表面的观察尚不知底里，但少年饭沼不像清显那样傲慢，而具有清显所缺少的刚毅。这两个人虽然有着光与影之别，但相辅相成的特性，使得各人成为青春的化身，这一点是完全一致的。

本多想起曾经和清显一起生活的日子，怀念和悲悯交织，同时又感到一种不可预测的希望。他觉得，既然承受着如此心灵的振颤，即使将自己过去囿于理性的确信全部抛掷，也将无怨无悔。

无论如何，在与清显有缘的奈良地方，能够遇见这种转生的奇迹，又是何等的奇缘巧遇啊！

“清晨起来，首先要做的事，不去率川神社了，先乘车去带解，趁早拜访尼寺的聪子。打从清显死后，好久没有音讯，先向她表示歉意，再向她报告转生的喜讯。即使她不相信，这也是我的义务。从前的门迹已经薨去，依稀听说现在的门迹就是她的尊称。这次，从那张日渐衰老的美丽的面庞上，或许可以看到真诚而热烈的欢乐之情吧。”

此种想法赋予本多一股青春的活力，不久头脑又冷静下来，及时控制住了由于一时激动而产生的轻率之举。

“不行，我不能这么做。她连清显的葬礼都没有露面，可见遁世之志何等坚决。如今，我没有骚扰她的权力。不论清显几次再生，那都是被她抛弃的俗界的事，同她没有任何关系。哪怕找出确实转生的证据，她也一定会无动于衷、不屑一顾的。这尽管对自己是个奇迹，但对于她所居住的世界，早已不存在任何奇迹了。不可因一时之昂奋，将两个世界混同起来。这种事儿万万做不得。

“还是不去为宜。假如这种转生的奥秘来自真正的佛缘，自己即使不跑去拜访，聪子自然也会有机会同再生的清显见面的，只管等着那个时机逐渐成熟后，自动到来好了。”

本多一直琢磨着这件事儿，更加难于合眼了。枕头和床单也都焐得很热，别指望能很快入睡。

……窗户渐渐泛白。室内的灯光，犹如残月映在桃山风格的雕花玻璃窗上。渐次明亮的天空底下，池水周围森林的后方，已经出现兴福寺五重塔的姿影。由这里望去，只能看到上面的三层，以及刺破黎明前的黑暗巍然耸立的相轮[1]的影像。但是，那几乎是剪影般的外形，于尚未发亮的天空的一隅，仿佛刚刚苏醒过来，又立即堕入别的梦境，摆脱了一种不合理，接着又陷进另一个更典型的不合理中。那三层塔微妙翘起的屋顶，似乎在讲述着多重的梦的故事。梦，从绝顶沿着相轮的九轮和水烟，就像看不见的雾霭消融在拂晓的天空。即使看到这些，本多还是没有确证，证明自己确实是清醒的。因为虽然醒来，可能仍有九分九厘踏入同现实完全一样的另一个梦境。

小鸟欢快地鸣叫着。本多突然泛起一种想法，得以复活的也许不光是清显。换句话说，得以复活的，指不定就是本多自己。走出那种精神的冻结，走出那种整然有序的死亡，走出封锁在数千万文书中的麻木的痛苦，走出“自己的青春已成为过去”这种永远反复不止的喟叹……

抑或受清显生命的严重的蚕食，抑或与之共同埋没于渺远的深处，本多的生命招引来了这种互相关联的复活，宛如明丽的晨光由一棵树梢，迅速转向另一棵树梢。

本多这般思忖的同时，开始产生一种奇妙的安然的情绪，迷迷糊糊的睡意终于袭上他的心头。

---

1 相轮，佛塔顶之装饰物，有露盘、伏钵、请花、擦管所承载的九轮，九轮顶端又有宝珠、龙车和水烟之饰物。

七

他忘记请人叫醒自己了，愕然睁开眼来，连忙准备出发。到达率川神社时，三枝祭的祭神仪式已经开始。本多躬身打众人中间穿过，走向天幕下为自己空着的马扎儿，悄悄坐下，无暇环顾一下周围，凝神注视着活动现场。

率川神社位于距离奈良车站不远的街面上，内有三殿，中央是御子神姬蹈鞴五十铃媛命，由父神三轮大神和母神分别于左右守护着。这三座围着朱栏的美丽的小神殿，通过一道绘着松竹的金碧辉煌的白底屏障连接起来。而且，每座殿前筑起三段洁净的石阶，再向上便是直抵门扉的十段木阶梯。深长的庇檐掩没了朱栏及其金黄的断面，殿前悬挂的稻草绳上的白纸条儿，浮现在深深的暗影里，犹如野兽洁白的牙齿。

为着今天的祭祀活动，石阶上新铺了草席，殿前石子路面还残留着扫帚的痕迹。前面是回廊式的红漆木柱的拜殿，左右守着神官和乐师，参加祭典的人们穿过这座拜殿观看祭祀活动。

神官开始修祓，在众人低垂的头上挥动着杨桐叶子，上面缀着的三只小铃铛发出了响声。念诵祷文之后，大神神社的宫司捧着一把系着红纽儿的金钥匙走上来，跪在殿前的木阶梯上。宫司穿着白衣，阳光照在他的脊背上。权宫司站在他背部一边的光与影之间，“噢——噢——！”高声喊叫了两次。宫司进前将钥匙插进桧木大门的锁眼里，恭恭敬敬地将门扉向左右两边推开。紫黑色的神镜光芒四射。其间，乐师谐趣般地拨动琴弦，故意弹出几声走了调的音响。

权宫司在殿前铺上新的草席，宫司和权宫司捧来盖着柏树叶的神馔，摆在四面缀着白纸条儿的黑木香案上。于是，三枝祭眼看就要进入最精彩的阶段了。

盛满白酒的酒樽和盛满黑酒的酒瓮，已经装饰一新，正等着运过来。樽是白木樽，瓮是陶瓷瓮，都罩着百合花，看不到什么形状，只觉得好像竖立着两束百合花。

实际上，酒樽周围严严实实地覆盖着强健的绿色百合花茎，白色闪光的苎麻编织于其上，不漏一点空隙。由于紧紧地捆扎在一起，花和叶夹着花蕾，错综纷繁，密不透风。红绿相间的花蕾，虽然有些鄙俗，但盛开的百合花瓣上，分布着极为淡绿的花筋，同时又含有几分薄红的羞赧之色。其中有的污染了砖灰色的花粉，花尖儿反转着，缭乱一团。而且，花瓣儿透露着白色的亮光。尽管枝叶凌乱，但花儿一律垂着头。

少年饭沼他们运来的三千株百合，在其中选取姿态最优的，用来装饰酒樽和酒瓮。其余的养在瓶子里，摆放在殿前各个地方。放眼望去，尽是百合花，微风里也飘溢着百合的香气。各处执拗地一再重复百合这个主题，仿佛世界的全部意义都含蕴于百合花之中了。

神官们亲手将酒樽和酒瓮运过来。捧在手里低于两眉的酒樽和酒瓮上的花朵，在他们的白衣、黑冠和黑纱帽缨子的陪衬下，高高耸过头顶，晃荡着美丽的颜色。其中，被捧得最高的一茎百合花，色彩惨白，犹如一位紧张的少年昏迷前的面影。

笛声嘹亮，羯鼓咚咚。摆放在黝黑石墙前边的百合，立即涨起红潮。

神官蹲伏下来，扒拉开百合的茎，用木勺舀酒。另有几位神官，捧来白木瓶子盛着酒，分别供在三殿之前。鼓乐喧阗，令人想象着这场神宴该是多么热闹。殿门白昼的黑暗中，似乎依稀窥见了诸神的醉态。

拜殿之上，四个巫女跳起了杉舞。她们个个都是俏丽的少女，头上盘着杉树叶子，黑发上用金色的系子缀着红白纸花，浅红的裙裤拖曳着白纱的裙裾，白净的绢纱上描绘着银色的稻叶。衣领红白相间，六层合在一起。

百合花露出青绿的花萼，挺然开放。少女们站立在纷披缭乱的百合花影下，每人手里都握着一束百合花。

音乐声起，少女们四角相对，翩翩起舞，高举着百合花，颤颤摇摆。百合伴随着舞姿，时而昂然挺立，时而横向移动，时而会合，时而分离。时而欻然从空中划过，形成一条颤巍巍的锐利的白线，看上去如舞动的刀刃。

一连串急风暴雨般的动作，使得百合花渐渐枝叶低垂下来，音乐和舞蹈固然柔美而又优雅，唯有手中的百合，仿佛遭到了残酷的愚弄。

……看着看着，本多次第沉醉其中了。他从来没见过这样优美的祭神活动。

睡眠不足，头脑昏昏，使得他的印象模糊起来。眼前的百合花祭和昨日的剑道比赛混淆在一起，竹刀变成百合花束，百合进而又变成白刃。缓缓舞动着的少女们粉脂浓艳的面颊上，阳光照耀下修长的睫毛落下的阴影，同剑道比赛时防护面罩颤动的光亮，化为一体了……

——来宾等敬献玉串仪式完了，殿门再度关闭，神事活动临近中午结束，随后在殿内举行分享神宴祭品的午餐会。

宫司带来一位陌生的中年男子同本多见面，背后跟着头戴白线帽的少年饭沼，看来这人就是饭沼茂之。饭沼蓄着八字髭须，本多一时没有认出来。

“哎呀呀，是本多先生吧？幸会幸会，十九年没见了吧？听说昨天我儿子勋得到您的照顾，哎呀，真是奇缘巧遇啊！”

他说着，从怀里掏出一把名片，找出自己的一张送给本多。洁癖的本多一眼发现名片的边角受到折损，有些脏污了。名片上印着：

靖献塾塾长　饭沼茂之

令本多惊愕的是，饭沼比过去变得能言善辩、胸怀磊落了。过去的饭沼绝非如此。不过，仔细一瞧，那从领口可以看到的龌龊的胸毛，带着棱角的宽肩膀，阴暗、忧郁，稍显畏怯的眼神，和往昔相比一无改变，只是待人接物的态度全然不同了。

饭沼看着本多名片上列着的头衔，说道：

“说起来，真是有些失礼，您可真的大大发迹啦。其实，您的大名早就如雷贯耳，但我们这种人，单凭过去有些熟悉就贸然前去打扰，未免有些造次，于是一直未得见面。呀，今日见面仿佛又回到过去。要是少爷还活着，您可是他最信赖的朋友啊！况且，我后来也听说了，您守着这份儿友谊，一直呵护着少爷。大家都夸您是个好人啊！”

本多听着听着，多少有点儿被侮弄的感觉。看他毫无顾忌地谈论着清显，似乎并没有发现儿子转生的秘密。再进一步推测，或许他故作磊落，先发制人，警告对方切勿触及那个秘密。

话虽如此，看到饭沼一身印花裤褂的背影里站着一位少年勋，一切都变得稀松平常了。聚集于饭沼肌肤上的岁月的油脂和世俗的鳞片，如今尽皆散放着无比强烈的“存在的馨香”。本多打从昨夜的梦境所引起的遐思，也只是一夜之幻影。不仅如此，就连少年勋腋下的三颗黑痣也变得模糊不清了。

本多尽管今晚有要完成的工作，但他还是禁不住问饭沼父子：

“在关西能住多久？”

“打算今天乘坐夜班车回东京。”

“太遗憾啦。”本多稍稍思忖了一下，果断地说，“这样吧，今晚临行前，和令郎一道去我家吃晚饭。这是个难得的机会，务必好好聊一聊。”

“哎呀，真是无上光荣啊，我和儿子太给您添麻烦啦。”

“不必客气，你们爷儿俩一起来吧。你不是和你父亲同乘一班车吗？”

本多直接对勋说道。

“知道了。”

勋当着父亲的面，似乎有些不好意思。饭沼茂之也就顺水推舟，答应午后到大阪办理完两三件事情后，父子一起前往拜访。

“昨日，令郎在比赛中表现得很出色，您未能亲眼观看，真是太遗憾了。那胜利的场面真是激动人心啊!”

本多望着父子二人的面孔说道。

此时，一位穿着西服、身材清瘦、健美的老人，伴着一位三十光景的漂亮女子，朝这里走来。

“这是鬼头中将和他的女公子。”

饭沼对着本多的耳朵低声说。

“鬼头中将？就是那位爱写和歌的吗？”

“对，对，是的。”

饭沼全身紧张起来，就连低声会话也带着警示的调子。

鬼头谦辅是退役陆军中将，以歌人[1]而知名。有人评价他的作品是《金槐集》[2]歌风在现代的再现。他的评价极高的歌集《碧落集》，经人介绍，本多也曾拜读过。那是一本具有古雅的简素之美的歌集，很难想象是现在的军人所作。

1　歌人，指和歌诗人。

2　《金槐集》，镰仓时代大臣源实朝的和歌集（“镰”字偏旁为“金”，“槐”乃“大臣”之意），以万叶之风的短歌见长。

本多自然也能够背诵其中的两三首和歌。

饭沼向中将颇为殷勤地打着招呼，他回头看看这边，将本多介绍给他。

“这位是大阪控诉院审判官本多繁邦先生。”

假若饭沼基于过去的老关系作些私人性的介绍倒也罢了，他竟为了抬高自己的身价，突然进行职位的介绍，弄得本多也只好站在职业的立场上，不得不变得神情威严起来。

中将在等级森严的军队里长大，看来很是精通这方面的奥秘。他每当微笑时眼角总是刻着深深的皱纹，他带着这种毫不夸张的微笑，极其自然地说道：

“我姓鬼头。”

“我很早就拜读过您的大作《碧落集》。”

“真叫人汗颜之至。”

老人不为权势所囿，具有老军人那种平易近人的优点。他年轻时从本该赴死的职业中侥幸活了下来，他的老年时代虚空的爽朗，犹如冬日照耀下的障子门纸一般明亮，而那障子门纸张贴在古老的、质地优良的门框上，既不扭曲，也不歪斜。门外到处都是残雪。他就是这样一位心地坚强的老人。

两个人三言两语地聊起来了，中将那位美丽的女儿对勋说道：

“听说你昨天连胜五人，获得个人冠军，祝贺你了。”

本多倏忽瞟了她一眼，中将介绍道：

“这是小女槙子。”

槙子恭敬地低头致意。

本多满心指望她仰起那束秀发，露出面孔的一瞬间。从近处看，几乎未经化妆的脸上白皙的肌肤，犹如细绵纸上的纹络，留下了年龄老衰的痕迹。端庄的脸型仿佛总是笼罩着淡淡的哀愁。紧紧闭合的唇角含蕴着一丝不知是冷笑还是绝望的表情。然而，她的眸子里又洋溢着优柔而温舒的莹润之光。

本多和中将父女正在谈论优美的三枝祭，这时，穿着白上衣和杏黄裙裤的祢宜，实在耐不住了，开始催促客人们赶快入席。

中将父女两个又遇到其他熟人，先行离去了，本多和他们之间立即被众人隔断了。

“这么标致的女儿，还没有出嫁吧？”

本多自言自语地问道。

“结过婚又离了，已经三十二三岁了。竟然也有这样的男人，连如花似玉的老婆都不要了。”

饭沼像是在微微碾动着长满八字须的嘴角，语调含含糊糊地回答。

人们蜂拥着走到客殿门口换鞋的地方，一边争抢，一边谦让。随着人流向上走去，透过众多的肩膀空隙，看到筵席雪白的桌布上，装饰着众多的野百合花。

不知何时，本多同饭沼也走散了。本多挤在人群里，想到转生的清显也明明混杂在这些俗众之中，而在初夏时节光天化日之下，这又是如此奇异的幻想。过分明亮的神秘，这回蒙蔽了他的双眼。

一条水平线将海天连在一起，梦幻和现实也会在遥远的地方互相融合。这里，至少在本多其人周围，人们尽皆置于法制之下，同时又受到法的保护。本多是这个世界现实法律秩序的维护者。现行法律如同一只沉重的锅盖子，盖在现世的杂烩锅上。

“吃饭的人……消化的人……排泄的人……生殖的人……爱憎着的人。”

本多忖度着。这些就是处于法院统治之下的人们。这些人，一旦稍有差池，就会立即成为被告。他们是唯一一种具有现实性的人们。只要是爱打喷嚏、爱发笑、不住晃荡生殖器的人们……无一例外，都属于这种人。所以，他们就不会畏惧神秘，哪怕人群中隐藏着一个转生的清显。

本多被请到上席入座，眼前摆着食盒、清酒和小碟儿。每隔一定距离就有一瓶活鲜的野百合花。槙子和本多坐在同一侧，他只能偶尔瞟一下她那娇艳的侧影和散乱的秀发。

初夏的太阳在庭院里洒下斑驳的日影。众人的盛宴开始了。

八

午后，本多回到家里，吩咐妻子为客人准备晚餐。他睡了会儿午觉，梦中出现了清显，两人为再次见面而高兴，正要搭话时，本多醒过来了。他丝毫不为这场梦所动，那只不过是昨夜的思路残留于疲倦的脑际，描绘出一幅图像罢了。

六点钟，饭沼父子来了。他们背着旅行包，说是要从这里直接去火车站。

坐下来之后，本多和饭沼谈论起最近的政治和社会现象，谁也不愿立即回到往昔的话题。不过，饭沼顾及到本多的职业，没有明确显露出对于现实世界的一番慨叹。少年勋正襟危坐，双拳置于膝头，聆听父辈们的谈话。

昨日剑道比赛时防护面罩里炯炯有神的眼眸，如今闪耀着清澄、敏锐的光芒。这副目光一旦回到寻常家庭生活之间，总显得有些格格不入。这是一双时常怒目而视的眼睛，在此种场合，只要被他瞥上一眼，就会感到非比寻常。

本多和饭沼谈话的当儿，不愿意看到那副眼神。他真想提醒那位少年："对于这样的谈话，你的目光极不适宜。"这样的目光和日常生活中细微的变化无缘，因而，过于澄澈的目光使人感到是在责备自己。

人们对于共有的往事，可以狂热地谈上一个多小时。但是，那不是会话。孤立的怀旧之情，只有找到可以分享自己的对象，方可进行长久的梦幻般的独白。各自的独白继续下去，不久就会发现，眼下的他们并不具备任何可以互相交谈的共同话题。两个人只是站在桥梁断绝的两岸悬崖上。

同时，又无法忍耐沉默，话题只好回到过去。本多忽然记起，饭沼曾经在右翼团体的报纸上发表过题为《松枝侯爵的不忠不孝》的署名文章。于是问他，为何要写这篇文章。

"噢，您说那个？其实，我向多年照顾我的侯爵发难，也是犹豫了很长时间。我写那篇文章是怀着死谏的心情，一心只想着国家啊。"

这种不假思索、张口而出的回答，自然不能使本多满意。本多告诉饭沼，清显读罢那篇文章，觉察出饭沼的用意，非常怀念他。

于是，饭沼多少有些醉意的脸上，明显露出令人十分困惑的感动之情。他的八字须微妙地震颤着。

“是吗？少爷是这么说的吗？他到底还是了解我的内心的。我写那篇文章的动机，该怎么说才好呢？我是想让天下人都知道，少爷是没有任何罪过的，即便牺牲侯爵，我也在所不顾。我害怕这样放着不管，少爷的事就会流传到社会上去，可能会给少爷惹来意想不到的灾祸。我考虑再三，认为抢先揭发侯爵的不忠，却可以避免累及少爷。再说，假若侯爵还有父子之情，他也会主动为儿子承担恶名。没想到，侯爵终于为这件事大动肝火，我也实在没有办法。少爷既然明白我的一番苦心，我感到十分难得，内心里激动难言。

“……本多先生，您听着，让我借着酒劲儿说下去吧。听到少爷去世时，毫不夸张地说，我整整哭了三天三夜。我很想去参加守灵，跑到松枝府邸，结果吃了闭门羹，想必门房也接到指示。我去出席告别式，又被特派警察赶了出来。最后，我连一支香都没有烧成。

“虽说是自作自受，但这毕竟是我一生的遗憾，事到如今，我依然经常向妻子发牢骚。那位少爷真是可怜，直到死都未能如愿以偿，年纪轻轻二十岁就这么没了，一想到这些我就……”

饭沼从怀里掏出手帕，揩拭着满眼泪水。

本多的妻子出来斟酒，她也说不出话来。少年勋大概从未见过父亲如此失态，停下手中的筷子，默默低着头。

明亮的灯光下杯盘狼藉，本多隔着饭桌，目不转睛地远远凝视着饭沼。饭沼的一片真情，看来是无可置疑的。假若这是真的，假若他的悲伤发自心灵肺腑，他就不会知道清显的转生这件事。要是知道了，他的悲伤就会变得不纯、暧昧和缺乏真诚。

本多这样想的时候，不由窥探了一下自己的内心，面对饭沼的悲叹，之所以没有流泪，一是因为长年受到理智职业的锻炼，一是因为有了清显再生的希望。而且，一旦朦胧看到重返人间的可能，整个世界一切实实在在的悲哀，都将立即丧失确实性和生动性，如枯叶一般凋零。可怕的是，这种现象将使人看到悲哀所赐予人的高贵的气质，从本质上受到损害。这种事细想起来，比死亡更可怖。

饭沼拭去泪水，立即转向勋，吩咐他忘记打电报了，要他快去通知塾校学生们，明早到东京车站迎接。梨枝打算指派女佣代他去，本多明白饭沼的意思是暂时想把儿子支使开，于是连忙画一张路线图塞给少年勋，上面标着最近一家夜间营业的邮局。

勋出去了，本多妻子也回了厨房。本多想，眼下正是向饭沼问清楚的好时机，一着急反而不知打哪里问起才显得更加自然，正在犹豫不决时，饭沼开口了：

“对少爷的教育，我是完全失败了，但对自己的儿子将尽其所能，实施自己理想的教育。光是这些还觉得不够，我一看到成长中的儿子，就更加怀念起少爷的好处来，这真是不可思议。从前，我对少爷是那般束手无策。”

“可令郎很有出息啊！从根本上说，松枝清显比不上他。”

“本多先生，您太夸奖啦。”

“首先，勋君把身体锻炼得很棒，这一点就不同。松枝，他呀，从来不锻炼身体。”——本多这样说，打算极其自然地将对方引向那个谜语的中心，自己心里也为之激动不已。“他年纪轻轻就死于肺炎，表面看起来很潇洒，但身子骨太纤弱了。从幼年时代你就跟他在一起，想必对他身体的每一处地方都很了解……”

“哪里哪里。”饭沼连忙摆摆手，“少爷洗澡，我连给他搓背的事儿都不曾干过。”

“为什么？”

此时，这位纯朴憨厚的塾长泛起莫名的羞赧之色，黧黑的面孔涌上了红潮。

“说起少爷的身体……我总觉得目眩，一次也没有仔细瞧过。”

——勋打完电报回来了，这时距离出发的时间不长了。本多发觉自己还未跟勋交谈过，作为职业人，他不知如何对待年轻人，于是向他提了一个生硬的问题：

“你现在读什么书？”

“是。”

正在整理书包的勋，从下面掏出一本薄薄的线装书，对本多说：

“这是上个月在同学推荐之下买的，已经读过三遍了。我从来没有见到过这般激动人心的书。先生读过没有？”

本多看到装帧简练的书皮儿上，用隶书写着：

神风连史话

山尾纲纪 著

说是一本书，更像一本小册子。翻过来看看，作者的姓名及卷末出版社的名字他都不熟悉。本多正要默默还给少年，不料他用那被竹刀磨得满是膙子的手，一下子挡回了。

“要是有空儿，请务必看一看吧，这可是难得的好书啊！借给您了，以后还我就是了。”

已经去洗手间的饭沼，此时要是在场的话，他一定会责备儿子这种强加于人的非礼行为。其实，本多心里很明白，这位目光炯炯的热心少年，之所以要把自己心爱的书借给他，是因为少年坚信，为了报答本多的厚意，这是自己所能做到的唯一的一件事。因而，本多按照他的请求收下了这本书，并表示感谢。

“借了你最宝贵的一本书，真是不好意思。”

“不，先生能读一读，我太高兴啦。先生一定会大为感动的。”

本多从勋有力的语调里，觉察出这个年龄的少年所具有的特征，亦即区分不清自己和他人所受感动的质的区别，正如纹理粗疏的蓝印花布，不论到哪里都是同一种花型。本多看到这样的精神世界，很是羡慕。

——客人离去之后，梨枝没有对当天的来客评头论足，这既是她的优点，又是她绝不轻信任何事物的那种食草动物般的忧戚和诚实。正是这个梨枝，两三个月之后，就会不动声色指出某日间客人的缺点，使得本多甚感惊愕。

本多尽管很爱梨枝，但是他觉得，自己无法跟妻子谈论理想和梦幻。尽管梨枝乐意倾听，也并非故意敷衍，但她决不会相信。这是不言自明的事情。

决不对妻子谈论工作，这本来就是本多的惯例，他要将自己那些属于算不上丰富想象力的部分，连同这种职业上的机密，一起藏匿起来。这对他来说并不困难。本多思忖着，他要把昨夜那件使得自己心绪烦乱的事情，连同清显的《梦日记》，一并收进抽屉的底层。

深夜，进入书斋之后，面对天亮前一定要处理完毕的文件，一种义务感就从写有难以辨认的卑屈文字的纸面上反弹出来，使他不能进入工作。

他百无聊赖地拿起勋留下的小册子，毫无兴致地阅读起来。

九

神风连史话

山尾纲纪 著

其一　宇气比[1]

明治六年夏某日，熊本城南二里余的新开村大神宫里，聚集着四位壮士，他们正随着祠官的养子太田黑伴雄拜神。

新开皇大神宫乃伊势大神宫的分祠。此地又称御伊势新开，是一座茅草葺顶的简素的神社，耸峙于碧绿田畴之中的树林里，赢得广大县民的崇敬。

1　宇气比，音 ukei，祈祷之意。祈求神灵，占卜吉凶。

不久，参拜结束，太田黑一人留下拜殿，四人退回太田黑家的客厅。因为太田黑接着要进行秘密祈祷。

四人是：适值壮年、神情刚毅的加屋霁坚，年过六旬的上野坚吾，同为五十多岁的斋藤求三郎和爱敬正元。加屋保留全发，各人腰插佩刀。

他们紧张地静静等候祈祷的结果，四人谁也不擦一下汗水，一言不发地端坐着，互相都不瞧一眼。

蝉鸣嘒嘒，一心一意将灿烂的阳光和空气织进棉布夹袄。客厅前的庭中水池上密密覆盖着卧龙松。廊子上没有一丝风，然而水池边的菖蒲叶子却微微摇晃，或像利剑一般挺然而立，或团缩着耷拉下来。百日红绽放着小小花朵，池水的影子映射在细白的枝条上，斑驳闪动。

绿树葱茏，胡枝子也披上一团翠碧。黄蝶翻舞。庭院外边不太高大的杉树林间，露出一片静静的灿烂的青空。

加屋目光激动地盯着社殿一角，他对这次祈祷，怀着与众不同的期望。

——大神宫拜殿中央，挂着细川忠利侯白鞘刀的匾额，左侧是龙的绘马[1]，右侧是细川宣纪侯《白鸡雌雄图》的绘马，另有一幅黄檗雪机手书的“万治三年大神宫”的题字。此外，

1　绘马，许愿或还愿的木板画片。

还将“上段之间”辟为贵宾室，专供藩侯们亲临参拜或代理参拜时使用。

太田黑伴雄身着净衣，俯伏于神前。他像个病夫，颈项细弱，面色苍白。每次拜神时，通常要七日或十日辟谷断食，五十日或百日断火。

窥视神意的祈祷，三年前辞世的这座神社的林樱园先师，对此尤为重视，其著作《宇气比考》，堪称先师训导之精髓。

樱园的国学较之笃胤的“幽显一贯”更加彻底。即云“神事者，本也。现世者，末也。”又云“治世政人者，当以神事为本，现世为末，本末合一，治世而政人之时，则天下不足治也。”将秘义之根本置于占卜神义的祈祷之中。

《宇气比考》中写道：

> 宇气比乃神道最奇灵之神事，始于天照大御神、须佐之男命于高天原作祈祷，遂遍传国中。

须佐之男命为证明自己心地清明，因祈祷而生下皇子中有天之忍穗耳命者，即迩迩芸命之父神。自此神起，开始了天壤无穷的皇位之继承。故祈祷乃神事之根本。凭借此种神事祈求神训，或窥知神的心意。然自中古以来断绝已久，樱园于混迷之世欲使其得以复活也。

祈祷就是“至尊至圣的神之道”，皇御国即为幸临言灵护佑之国。进而言之，因灵言之妙用，明显承蒙天神地祇之助，以此“可谓宇气比之神事，乃言灵之道”乜。

有人引用熊本藩学——宋学中的治国平天下理论，诬蔑祈祷的是神秘，此时，樱园说道：

“这个世界，治人者是凡人，被人治者亦为凡人。凡人治凡人，犹如于大海之内无舟楫而欲救溺水者。唯有祈祷皆浮宝，亦即救助溺水者之舟楫也。”

樱园是以真渊、宣长之国学为本的硕学家。他亦涉猎汉学之经、子、百家及佛典大乘、小乘，进而染指兰学。樱园怀抱内昭皇道、外耀国威之志，当佩里[1]来航，当路人等无策，欲转攘夷论为倒幕之具。于是，他对此等人士之谋划深感绝望，此后便以世外之人自居，沉潜于幽理之中。

他希冀神事之复古，不满足于真渊、宣长等人的古典解释学，决心凭借古典阐明古神道，以正人心，从而回归清明的神世，以待天佑。亦即推行古道，实践复古。他甚至谈到“希腊的苏格拉底”，赞成这样一种说法：道本无道之国所提倡，皇国无道，反而优于彼方。

神之道就是祭政一致，侍奉现世的显御神天皇。这同

1　佩里(Matthew Calbraith Perry,1794—1858),美国海军军官,1853年率舰队进入浦贺,迫使日本对外开放。

侍奉幽之远御神是同一回事。任何祭祀都应该秉承神命，而为了秉承神命，那就只好极尽虔敬之心，依靠宇气比。

这位热心的敬神家的一生，培养了以太田黑伴雄为首的众多纯粹的追随者。这些弟子们哀叹樱园之死，犹如佛祖涅槃时，围绕在他身旁的弟子们。

——今天，太田黑伴雄于先师殁后三年，正心洁身，怀着急不可待的心情，从事宇气比这项神事活动。

下诏实行王政复古时，看见了一线曙光，仿佛先帝孝明天皇攘夷的未竟之志即将实现。然而，天气立即阴沉下来，经年累月，推行开明的政策直到今日。明治三年，原公爵、现亲王满宫能久王，被允许赴德国留学，是年末，禁止庶人佩刀。明治四年，允许理发和实行废刀令，同外国签订一个又一个条约。去年明治五年采用阳历，今年五月，设置以镇压民众为目的的六镇台。大分县发生骚乱。世间的运动，同先师所主张的政事的本意恰恰相反，与其说运动，不如说是倾覆、崩溃。希望遭到背叛，人心惟危，污浊取代了清纯，卑俗战胜了高迈。

倘使先师在世看到这些，将会作何想法呢？倘使先帝在世目睹这一切，又会有如何思虑呢？

太田黑等人当然不会知道，明治四年岩仓公为欧美巡查使，作为副使同行的有木户孝允、大久保利通和伊藤博文等人。当时他们在轮船上，不断地展开变革国体的论战，副使们极力主张，为了同欧美列强相对峙，日本应当实行共和制。

另一方面，明治五年，由于神祇省改为教部省，教部省又进而被废止，转而设置社寺局，传统的神社降到和外来的寺院同级，先师所倡导的复古和祭政一致，几乎失去了实现的希望。

……而今，太田黑正在进行两项祈祷，第一，是凭借加屋霁坚之志，“纳死谏于当路，令其厘革秕政”。

加屋在言谈举止上始终模仿明治三年萨摩藩士横山安武壮烈的死谏，兵不血刃降服了敌方，在献上建言书之后猝然拔剑自刃，以举死谏之实。然而，其他同志则对其实效疑惧不安。

第二，一旦死谏不被采纳，则“暗中挥剑，杀当路之奸臣”。

太田黑认为，倘若此举颇合神意，那也只得铤而走险了。

《宇气比考》鼓励祈祷时使用神武天皇的酒瓮和糖稀，而太田黑根据宇土的住吉神社所传伊势大神宫系统的秘方，首先将选定的桃枝削好，再将美浓纸裁成纸条儿糊在桃枝上，做成神拂子，然后写上祷文，并为神祇留下回复是否应允的空白。

接着，将写有“纳死谏于当路，令其厘革秕政”的一张和写有“……所求该条，不可也”的三张，分别揉作一团儿之后，再混在一起，使之分不清哪一张是“可”或者“不可”，置于香案之上。然后由拜殿走下阶梯，再由本殿登上阶梯，恭恭敬敬推开门扉，于晦暗中膝行走向本殿白昼的黑暗中。

炎天光下的本殿内部酷热难当，蚊子在晦暗中嗡鸣，日光直接照到了正在门口叩头的太田黑洁净的衣裾。白色祭祀服丝绸裙裤，沐浴着背后的阳光，看起来像折叠的芙蓉花。太田黑首先呈献《大祓词》。

神镜在黑暗里闪射着黑幽幽的光芒。太田黑确实意识到，神在如此闷热的黑暗中正看着自己，那感觉犹如自额角流向太阳穴的汗珠儿，又继续向耳畔爬动。他觉得自己胸间跳动的脉搏，已经变成神的脉搏，在四壁间轰鸣。那被暑热弄得困惫不堪的躯体，感受到于眼前衷心憧憬的部分黑暗中，似乎有一种看不见的清凉之物，一种泉水般的爽净之物渐渐涨大开了。

太田黑挥动神拂子时，发出了鸽子扇动羽翼的声音。起初在香案上左、右、左地舞动几下，使其清洁，接着就静下心来，缓缓打香案上轻轻掠过。

四个纸团儿，被神拂子吊起两个，离开了香案。他打开这两个纸团儿一看，纸团被户外的阳光照得透亮，皱巴巴的纸里可以看到“不可”两个字，另一个纸团儿中也是

“不可”。

……献上祝词之后，关系到第二次祈祷，亦即祈求“暗中挥剑，杀当路之奸臣”。

同样，这次四个纸团儿只有一个挂上了神拂子，打开一看，是“不可”。

——太田黑回来，四人一同迎了上去，垂首以聆听神示。唯有加屋霁坚一人不肯低头，他那锐敏的目光，一直窥视着太田黑汗水淋淋的苍白的面孔。三十八岁的加屋，早已下定决心，一旦符合神意，他将代替同志一人死谏，自刃而死。

太田黑什么也没有说，最后在上野长老的逼问下，才弄明白，两种祈求都不合神意。

尽管神明不允，但将一身献君国的一伙志士，矢志不渝。大家认为，应该愈益竭诚以思，于神前强化祈祷，静待直日神赐福，届时共同奉献身家性命。于是，他们再登拜殿，将奉神的誓言焚烧成灰，浮之神水，囫囵吞下肚里。

神风连的“连”字，在熊本谓之乡党，是指养育坪井连、山崎连、京町连等士风的地方团体。樱园门下的志士，之所以尤为被称作“神风连”，并非出于这个原因。据闻，明治七年，县町举行神职考试时，这一派的人不约而同地在答卷上写道："只要匡扶人心，兴隆皇道，即如弘安原寇，亦会骤起神风，扫除夷狄。"

主考官观此大惊，随之将他们称作"神风连"。志士们中，如年轻的富永喜雄、野口知雄、饭田和平及鹿岛瓮雄，将这一派的精神表现于日常行动，忌污秽而憎新制。

因为电线乃西洋舶来之物，野口知雄决不从下面穿行。明治六年制定电信规则后，他每天参拜清正公之庙，执意迂回，选择没有架设电线的道路。不得已经过其下时，便以白扇遮于头上，穿行而过。

他常将盐纳入袖中，每逢僧侣或遇见身穿洋服者，或遭遇送葬仪式，便撒盐以净身。由此可以看出，笃胤《玉襷》一书对青年的深刻影响，就连一派中之领袖、最厌恶读书的福冈应彦也对这本书爱不释手。

又，富永三郎曾卖掉兄守国的赏典禄，他去白川县町领取现钞，因为从未用指头触及过模仿污秽的西洋制造的纸币，便将纸币用筷子夹住带回家来。

樱园先生珍爱年轻人的武骨，他们大多不谙文雅。站在白川原头赏月时，想到今年明月可能是当世所见最后之明月，赏樱时便想到今年之樱可能是最后看到的樱花。于是，相互吟咏水户志士莲田市五郎的和歌："每思挥矛望月明，何时照我骸骨上。"据樱园先生之教，幽世无生死，现世之生死均由伊邪那岐、伊邪那美二柱神之祈求所得。但因为人是神之子，只要其身心不犯其各色罪秽，履行神之古道，率直、纯正、清澄，摆脱现世死灭之境而升天，就可以变成神。

樱园先生曾作歌云：

眼望天鹅翔碧空，愿随白羽穿云行，
纵令残躯留俗世，徒自不为嗟叹声。

——明治七年二月，佐贺之乱起，征韩党举兵。熊本镇台出兵镇压，城里留守士兵一时只有二百人。太田黑心想不可放过这个机会。

太田黑对于借助军力革除秕政早已成竹在胸。亦即为了清君侧，弘扬皇运，莫如举义兵，首先夺取熊本镇台，据本城而集合同志，与东西各地同志相呼应，挥戈东上。第一步就是夺取镇台。此种空前未有的时期对于同志来说，机不可失。

太田黑举行第二次祈祷，以求神意，也就是这个时候。

同从前一样，太田黑数日间辟谷、断食之后，趋进神前，挥动神拂子，虔敬竭诚，以求神意。

此次，已经没有盛夏酷暑般的黑暗，本殿里充满早春凛冽的空气。尤其是夜色渐明，宅邸后面传来鸡鸣。那叫声犹如黎明前的微暗之中，猛然划过一道血红的闪电。那是一种撕心裂肺的嚎叫，就像撕裂夜的幽暗的咽喉，鲜血飞溅而出。

平田笃胤对于“死秽”的论述不厌其烦，但对于“血秽”仅仅称作“失血”。身在神前，脑子里浮泛着清纯的血潮，想到这就是清君侧的热血，神也会给予应允吧。太田黑的祈念闪烁着斩奸的刀光和四散的血彩。清澄、率直而纯正，抛洒鲜血的彼方，宛若远海凝结着的一条蓝蓝的水平线。

神前的灯火，为飒然而入的晨风所摇动，太田黑摇动的拂子扇起的风将火焰吹倒，眼看就要熄灭。

诸神睁大眼睛凝望。神不会凭借人的尺度检测人事的尺度。神看过所有结果之后，只能表示可否。

太田黑取下粘在神拂子上的纸团儿，就近烛火阅读，上面写着“不可”。

神风连的志士并非一味冥顽而不知情的人们。每个青年都巴望死得其所，但日常表现只是一个普通的青年。

沼泽春彦膂力超群，长于四天流的扭打。一日在院中舂米，骤雨袭来，他立即收拾杵臼，抱入室内，继续泰然地舂米。

猿渡弘伸钟爱两岁的女儿梅子。某夜，微醺归家，让正在入睡的梅子抱着酒壶，口里喊着梅子爱吃的东西：“西瓜，西瓜。”梅子睡眼惺忪地抚摸着酒壶。妻数子见其情景，笑着说:“平时您说不能对孩子说谎，今天却是为何?”猿渡深感内疚，想尽办法买来早已过了季节的西瓜送给梅子。

鬼丸竞曾与河上彦斋共犯国事，投狱一年。性颇好酒。入狱中差遣家人以冻豆腐浸入酒中作为探监之物。新年元旦，将冻豆腐浸入三升酒中，装进大食盒，带入监房。狱吏问为何酒香扑鼻，鬼丸诡称，此乃酒煮冻豆腐。

田代仪太郎，孝子，医生劝其父吃牛肉，神风连最为忌讳牛肉，视其作最污秽之物。他只得每日早晨去上河原屠宰场购买牛肉，献给乃父。然而，举兵那年夏季，父亲劝其娶妻，并未经他本人同意，就为他同女家小姐约为婚姻，仪太郎却含泪回绝了。因为他已经决心赴死。

野口知雄，天性刚健，厌文好武，尤精于骑射。每年春秋，藩公于花田的御殿观看习武时，他总是百发百中，未尝失手过。

又，相约之事决不忘记。一次，与人谈话中，听对方说起今年未能弄到萝卜，所以无法腌渍咸萝卜。当天深更半夜，他和弟弟共同抬着一担四斗大桶腌渍的香菜，叩响了对方的大门。

——明治七年夏，白川乡权令安冈良亮，启用神风连诸士充任县下大小神社神职。

新开皇大神宫，太田黑伴雄本来就是祠官，此次又举用野口满雄和饭田和平任祠掌。锦山神社举用加屋霁坚为祠官，木庭保久、浦盾记、儿玉忠次为祠掌。于是，同志相继任十五神社之神职，日常敬神一途，又增县下之信任，各地神社宛如神风连之本营或分营。

但是，诸士并未因此丧失本来意志，敬神祇而忧国事。随着岁月的流逝，愈益慨叹政情愈益远离樱园先生所倡导的神世复古之世。

明治九年，一把大铁锤粉碎一缕希望。三月二十八日，颁布废刀令，其后，又由县令下发断发令，安冈对此严格执行。

太田黑为了暂时抑制青年的激昂情绪，教导他们，如果不允许佩刀，亦可袋刀而行。仅此一举，亦不能抑制昂扬情绪的外泄。青年们相携拜访太田黑，逼问他："何时让我等赴死。"

刀剑被夺，神风连敬护神祇之手段断绝。神风连始终以神之亲兵自任，在敬奉神明上，竭尽虔诚以举神事；在守护神明上，则依仗象征着雄武的大和魂的日本刀。于此，刀剑被夺，受到新政府苛刻束缚的日本诸神，只能依靠无力的众愚之信仰了。

既而，他们感到樱园先生当年热情倡颂的诸神，在他们心中点燃火种的诸神，经年累月，面临着被贬黜的厄运。诸神被剥夺了地位，遭受疏远，被尽可能缩小。同时又担心被基督教诸国看成蒙昧的异教之国，因而越发淡化祭政一致的理想。这一系列行动，显然是使诸神沦落为无力的小神，犹如生长在边土河风中的芦芽尖上的蜉蝣一般苟延残喘。

刀剑和诸神面临共同命运。国土不再交给那些腰间掖着神州之光的好男儿守卫了。根据山县有朋的倡议组建的军队，并不能使旧氏族各得其所，也不是每个国民凭着自发的意志从事国防事业的军队；而是打破阶级，结合征兵制，脱离传统的西洋式职业化的军队。日本刀为西洋军刀所取代，而今已经失去灵魂，作为美术品和装饰品，遭到了被愚弄的命运。

这时期，加屋霁坚抛弃锦山祠官之职，向县令递交了转呈政府的长达数千言的《佩刀奏议书》。这是颂扬日本刀的千古名文，堪称大手笔，字字句句皆用心血铸成。

关于颁布禁刀令之奏议

草莽微贱臣霁坚，诚惶诚恐，昧死上书元老院诸公阁下。据本年三月太政官之第三十八号令，除大礼服及军人、警察、官吏等着成规服之外，禁遏带刀之令，奏议如左。此乃于我赫赫神武固有之国体，恐多有疏漏。窃出于忧国之至情，不忍只管畏慎沉默，既于四月二十一日就左之条件略作缕陈，并以本官兼补之名火速向解度熊本县令具情抗疏。

然而竟以所陈之趣与既成法则相抵牾、地方县厅难以佥议为由，于六月七日将本书退还。嗟乎，鄙野小民不闲郁郁乎文明之礼法，其论述亦多所粗陋。且识得彼等对卑职多有不彻，而后须聊作讲究。而臣犬马之恋、蝼蚁之忠，弥益切迫，不能自已。谨敢论列录上如左。

上述文字充满无可遏抑的愤怒和忧闷，以及欲罢不已的“犬马之恋、蝼蚁之忠”。

伏惟我神武之国，带刀剑事，乃绵邈神代固有之风仪，国本赖之以立，皇威赖之以辉、以慰祭神祇、以禳除妖邪、以勘定祸乱。然则大可以镇国家，小可以为护身之具。呜呼，尊神尚武之国体，须臾不可离者，其惟刀剑乎？况当此体现敬神爱国之朝旨、亦使人遵守之责任者，争可轻忽刀剑也？

霁坚博引旁征，证实了由记纪时代[1]至现在之日本历史，如何重视刀剑以振作日本精神。并且阐明只有不分士农工商，一律佩带刀剑，才会符合尊崇神道的“先王之法”。

1　记纪时代，指《古事记》和《日本书纪》成书之远古时代。

然近闻街谈巷议，禁刀令之下，出自陆军长官某公之奏议，其言曰：军队外有携兵器者，关系军队之权限非浅云云。臣反复熟考，知此言之谬绝非长官之献策，而实为万万街巷谈说之虚言矣。陆军之长官乃皇家之爪牙，神国所依赖也，其恩威宽严，孰不使其具胆思服乎？况在兵籍者，皆公之羽翼枝叶也，然则神皇之民者，假令其苛戈提剑，充满天下，其实可强化陆军之兵权，助皇家之庙算，以备缓急实用，争有生妨碍政治之理乎？抑或细戈千足之国威，亦将自辉煌矣。（中略）

由是观之，神武国威之衰替，似未有较之此时更急需也。苟竭以心力欲报国家者，奈何徒尔游逸，而无方略献替之思念，碌碌费光阴耶？此非股肱爪牙之君子，当其焦心苦虑、真鞠躬尽力之秋乎？（中略）

此令与废藩置县之诏以昭大义、正名分，内以保安亿兆，外以对峙万国之朝旨，多有乖离。将招来所谓'国自毁而后人毁之；人自侮而后人侮之'之祸害，自今当倍骎骎而至也。

正如开头所言，此奏议被白白遭县令驳回之后，加屋于是补足文辞，修整建白之体裁，单身上京，将此件呈送元老院，并决意当场割腹。从而，主动参加神风连之举兵的心境更加邈远。

另一方面，那伙血气方刚的青年说道："武夫被夺去刀剑则无法生存。先生何时让我们赴死?"太田黑控制住他们的这种情绪，一天，他在"新开"召集富永守国、福冈应彦、阿部景器、石原运四郎、绪方小太郎、古田十郎和小林恒太郎等七参谋商量对策：事已至此，远近各地的同志均无勇气首先奋然而起，先自我始，大兴义军，首先屠杀当地文武大官，夺取熊本城。大伙儿深深倚重太田黑，于是决定以三度宇气比以窥神意。

明治九年初夏五月深夜，一行人秘密集合于皇大神宫。

太田黑净身后进入神殿。

七参谋屈膝拜殿以待神示。

本殿里传来太田黑响亮的拍手的声音。

他虽然清瘦，但手掌很大，太田黑的拍手格外响亮，他的手掌犹如砍削的带有凹陷的杉木板，握住一团清净的空气，再加以压挤、粉碎，于瞬间里令人感知一种爆炸的神气。

因此，例如富永这样说过："听吧，这斋戒沐浴后满怀虔诚的清新的击掌，使人虽然身居家中，也会联想起深山幽谷之音响。"

尤其在今夜，接近入梅的暗夜里，霹雳震响的掌声，散放出强烈的祈念和清澄的信仰，听起来宛若直接叩击天扉的鸣响。

随后开始唱诵大祓词，其声朗朗而出，震荡着夜阑的天空，仿佛感到东方既白。远远看到拜殿上穿着净衣的白色脊背，挺起似一条直线，发出的声音犹如利剑，爽快地向邪恶劈去。

“……据闻，皇御孙之命始创朝廷，天下四方之国，皆无罪愆，如神风吹拂天上之八重云，如晨风夕风吹扫朝雾夕雾，如大津港之大船解舳放舻，驶向大海，如用淬火之镰锋尽削彼方之繁木，故拜请将所有遗留罪孽祓除尽净，予以澄清……”

七参谋屏住呼吸，由拜殿守望着秘密的神事。假如今日不能获得神的应允，他们一伙说不定会永远失去举事的时机。

念完祷文，一阵沉默。太田黑的头冠向黑暗的前方倾斜，他俯伏于地上祈祷。

神社周围夜间绿叶的气息，田里肥料的气息，栎树开花的气息，浓重地混淆在一起，随着微风飘向紧连田园的拜殿。没有灯火，因而也就没有仰慕光明飞来的白羽虫鸣翅的声音。

突然，屋顶上一阵激烈的音响，那是苍鸻鸟飞过这里发出的鸣叫。

七个人面面相觑，各人都明白，自己心中感到一阵战栗。

不久，神殿内部的灯火，掩映于太田黑站起来的身影里。人们从他走回拜殿的步履中，领会了一种吉兆。

太田黑告诉大伙儿，神应允了他们的祈请。既然有了神明的嘉许，他们神风连也就堂堂正正变成了神兵。

至此，太田黑向各地派遣同志，会同筑后柳川、福冈、南丰竹田、鹤崎、岛原，以及佐贺、长州的萩等地的同志，秘密缔结前盟；或者使在熊本的同志斋戒、祈祷完成素愿，长达十七日。举事之日期，队伍之人选，悉仰仗神意而定。

神示举事之日期为：

“阴历九月初八日，以月入山端为号。”

队伍人选亦由神阄而物色。

就是说，全军分成三队，再将第一队细分成五部，其第一部由高津运记率领，袭击熊本镇台司令长官陆军少将种田政明的府邸；其第二部由石原运四郎率领，斩杀熊本镇台参谋长陆军炮兵中校高岛茂德之家族；其第三部由中垣景澄统率，攻击步兵第十三联队长陆军步兵中校与仓知实的家宅；其第四部由吉村义节为先锋，进攻已任熊本县令的安冈良亮的住宅；其第五部由浦楯记率领，屠戮熊本县民会议长太田黑惟信之家。以上共三十余人，称为第一队。按照规定，举敌首级，纵火为号，以此报告总队。

下面一队为中军，由太田黑伴雄和加屋霁坚共同率领，以上野坚吾和斋藤求三郎为首，以阿部景器、绪方小太郎、鬼丸竞、古田十郎、小林恒太郎、田代仪太郎为参谋，还有鹤田伍一郎等诸豪杰给予援助，攻击炮兵六大队。合计七十余人，称之为第二队。

再下一队由富永守国、福冈应彦等参谋任指挥，爱敬正元等长老、植野常备、涩谷源吾、野口知雄等精锐相辅佐，袭击步兵第十三联队。动员七十人，称之为第三队。

——然而，加屋霁坚一人至今不肯参加举兵。

加屋为人方正、严厉，胆气充于体内，热诚溢满眉宇。于文，则长于诗歌文章；于武，则熟达四天流之剑法。

他是否参加举事，乃大大关系到神风连士气，因而，富永等干部都来说服他，终于，他说一旦拜请神意“可”，即可参加，这时离举事前只有三天了。

加屋已经辞去祠官，因此就由浦楯记向神请问加屋一身的进退。锦山台上的锦山神社，这里西望金峰山、东是云雾飘渺的阿苏山，于是浦就在这座神社，为同志们诚心祈求神意。神示上出现了“进”。以前，他携带奏议书东上向元老院死谏时的神示是“不可”。

加屋难于赞同举兵，只是一己之见，神远远超过他个人的考虑，命令他投身这场盲目的、没有任何把握的战斗。他坚信，神已在激烈动荡的远方，为他们的盛宴铺好了一块巨大的整洁无皱的白布，眼下无需任何逡巡，只有秉承神意而奋起举事。

神风连如何进行战备？

不问昼夜，祈愿天佑，就是他们最大的战备。神风连所住各神社，每日都在忙于应酬同志们的参拜。

敌镇台长有两千人，我方不满二百人。长老上野坚吾提议多多准备火器，但同志们尽皆反对使用肮脏的夷狄之兵器，意见被否决了。武器只限于使用大刀、长矛和砍刀之类。

但是，为了焚烧营房，还是暗暗制造了数百枚燃烧瓶。将两只饭碗扣在一起，填满火药和石子，连接一条导火索。为了同一个目的，爱敬正元偷偷购置了大量的石油。

神风连的军装如何配备？

其中，有人被甲胄，着腹带，戴黑漆帽子，但多数人身穿常服短裤，腰间佩二把刀，全体人员一律白布裹头、棉布背带，肩章的一小片白底上写着“胜”字。

较之武具，较之旌旗，最为重要的是，太田黑伴雄所背负的灵玺。出征的太田黑背负着的这枚藤崎八幡宫御军神的灵玺，才是神风连未曾一见的将帅，冥冥中的指挥者。而且，其中包含着先师的遗志。

青年时代的樱园先生，听到美国军舰进犯浦贺，激昂慷慨地踏上东征之旅。当时，他也背负着与此相同的灵玺。

其二　衔命之战

举事当夜，神风连集合于长老爱敬正元之家。这里位于大樟树林包围着的藤崎八幡宫后面，旧城外郭西段的台地之上，紧连着熊本镇台。他们趁着黄昏时刻，先到各地小会场集合，到了夜间再从四面八方，三三五五由各处小会场向总会场集中，所以将近二百人前来整备武装，竟然没有走漏风声。

阴历九月八日的月光之下，从总会场可以望见划破夜空的熊本城，中央高耸着沐浴在月光里的大天守阁，左侧是小天守阁，再向左则呈现一条连接宽广的厅堂和长局[1]的平坦的弧线，其后突兀地耸立着望楼的剪影。从天守阁向右，含蕴着两三凹凸的棱线之末尾，出现了挺秀的三层望楼和赏月楼，月影浸润着屋顶的瓦片。第二队准备攻击

1　长局，宫中或幕府内院有着众多女房（女官）室的建筑。

的炮兵营，沉睡于赏月楼下、隔着备前护城河西边的樱林马场。

月落了。

袭击要人宅邸的第一队先行出发。已经是晚上十一点了，星斗满天，荒草离离的藤崎台夜露瀼瀼。紧接着，太田黑、加屋率领第二队向炮兵营进发。同时，第三队目标向步兵营前进。

中军第二队凡七十人，登上庆宅坂后分为两路，分别进攻炮兵营东门和北门。这两座门都固守森严。

在东门，二十二岁的饭田和平、二十六岁的田代仪太郎，都娴于剑道。这两位青年踊跃地越过栅栏，高喊“突破重围”，飞身而入，迅疾砍倒尚未反应过来的哨兵。接着，小林恒太郎、渡边只次郎也越过栅栏，跃入院内。田代立即从东门附近的厨房找来一根棍棒，捣毁门闩，一队人马从敞开的大门蜂拥而入。

速水宽吾把营房前站岗的一个炮兵一下子摁倒，捆上了绳索，打算叫他充当营房内的向导。

此时，北门亦破，进入的一队队员同东门的一队队员相汇合，欢呼着杀入二栋的炮兵营。

正在沉睡的官兵被汹涌的哄闹声惊醒，黑暗中面对飞舞的白刃张皇失措。遭受追逐四处奔逃的士兵们，都躲藏于兵营的各个角落，瑟瑟颤抖。

这一夜，于营部内担任本周值勤的炮兵少尉坂谷敬一，从二楼的值勤室一跑下来，就用洋刀迎战攻进来的白刃。但立即负伤，从后门逃之夭夭。

他潜入树荫处窥探动静。没有指挥的士卒如妇女儿童一般四处逃散，不知躲向何处。看着看着，及至东边一栋起火，黑烟滚滚，潜入的士兵，落花流水一般纵身跳向窗外，又被异样打扮的叛军追杀，四散逃离。年轻的士官见了直恨得咬牙切齿。

大火是小林恒太郎、饭田和平等人和米村胜太郎等人分别向东西两栋营房投掷燃烧瓶，再浇上煤油燃起来的。点着燃烧瓶的火柴，两人都没有带在身上，于是喊道："谁有fosfor？谁有 fosfor?"随即从一位同志那里得到了。Fosfor就是火柴的意思。

炮兵少尉坂谷，躲过熊熊燃烧的烈火，跑进卫戍病院，他右臂负伤，及时扎了绷带。他返回的路上，呵斥遇到的士兵，欲纳入自己的指挥之下，可是士兵们牙根直打颤，根本不听从他的命令。最后有几个士兵平静下来，正要随着少尉而行时，娴于枪术的斋藤求三郎，察知这里的动静，追了过来。

坂谷少尉用受伤的手臂挥动洋刀应战，立即被斋藤一枪刺穿身体，留下一句"遗憾"而倒毙。这是官军士官第一位战死者。

此时，第一队第四部的吉村义节等人，将安冈县令砍成重伤，但于乱战之中未能割下他的首级，便撤出安冈宅邸，而追随城内的火焰和喊声，渡过下马桥，飞驰而去。追击敌兵的阿部景器迎接他们，遂得知第四部进袭的首尾过程，以及年届十七岁弱冠的爱敬元吉战死的消息。他是神风连第一位牺牲者。

炮兵营内没有配备步枪，没有逃掉的士兵有的被烧死，有的被神风连飞舞的白刃所斩杀，尸体相叠。一路尽情斩杀而来的鬼丸竞，到这里汇合，见到吉村，破颜一笑。包裹着两座营房的火势将周围照得像白昼一样，鬼丸竞高举的血刀辉映着火光，豪爽地嘲讽道："镇台兵好厉害啊！"火光也映照着他满身的血迹。鬼丸又跑去追杀残敌了。

炮兵营溃败了，一个小时光景里，神风连的胜利已经在望。

太田黑和加屋收兵撤退途中，仰望城墙外郭步兵营天空，被烈火炙烤得一片通红。

加屋得知步兵营正处于酣战之中，呐喊一声要去救援，全员一致响应。背后是陷落的炮兵营的大火，以火红的天空为背景、黑黝黝耸峙的熊本城，以及城里山崎町和本山村的大火。四面八方的火光告知他，同志们都在奋战，在这火光之下，他仿佛看到常年一起共守节操的同志，各自挥舞白刃，勇敢战斗的姿影。为了这一天，同志们忍受一切难忍之事，暗自磨砺手中之剑。太田黑胸中涌起莫名的愉快的念头，他嘀咕道:“看，大家都干起来了，干起来了啊!”

——另一方面，富永守国、爱敬正元、福冈应彦、荒木同等七十人组成的第三联队，和太田黑、加屋所率领的中军，同时自藤崎社头出发。他们所要进攻的步兵第十三联队也在外郭东端，而藤崎宫位于西端。敌兵近两千人。

步兵营西门严严实实关闭着，二十岁的沼泽春彦爬上栅栏，高喊一声“开路先锋”，跃身而入，数名青年紧随其后。一名哨兵看守大门，他跑回营房院内，正要吹响军号报警，号声将响未响之时，早已被砍倒在地。

荒木同准备了软梯，他将软梯挂在栅栏上正要进入，由于好几个人一同登梯，绳子断了，于是借着荒木的忠仆久七的肩膀，一个个跳着他的肩头，越过栅栏，从内部打开大门。一队人马轰然攻了进去。

福冈应彦抡起大锤，接连击破几座营房的大门，后续的人投入燃烧瓶，大火迅速在联队本部、第二大队的第一、第二、第三中队的营房燃烧起来。

根据当时的军规，各兵种平时不配备弹药，这种时候要是遭遇战斗，士官只能用洋刀、而士兵则用上了刺刀的步枪作战。

面对震天动地的厮杀声、飞卷的火焰、跳跃而入的白刃，官兵们应战无术。联队本部本周值勤的大尉，没有来得及指挥士兵作战即被斩杀，士兵的尸体累累相藉，有的只穿一件衬衫，有的赤裸着身子，纵横卧于火焰和黑烟底下。只有一名挥着洋刀苦战的小野少尉，两名军曹跑过来正要援救他的时候，三人一起被砍死。

这时，袭击联队长与仓中校未能得手的第一队第三部，由外郭奔驰而入，同第三队会合，由此，士气大振。

但是，和炮兵营的战斗不同，步兵营敌人数目众多，用白刃杀敌数量毕竟有限。营内受到奇袭的部分尽管陷入混乱，但促成这种混乱的波及还需时间。在这段时间内，理智开始抬头，清醒的眼睛终于能够正确地把握事态了。曾使敌阵感到震惊的燃烧瓶战术，到如今却对神风连反而不利起来。就是说，急剧的火势将营房燃烧得像白昼一般的时候，活跃于火场周围的神风连的人数之稀少，被看得一清二楚。

一位士官见此情景，随号令士兵，于营房院内两处地方分别布成密集队形的圆阵，带刺刀的步枪如蓟花向四方展开，以此迎击神风连。对此，长老爱敬正元挥动得意的长矛，数十位同志也将刀尖摆齐，一起向前刺杀。敌军的圆阵立即溃散而败逃。只剩孤身奋战的多罗尾候补少尉一人，最终也被刀枪刺中而身亡。

在这之前，居住于营外的佐竹步兵中尉和沼田候补少尉，看见镇台之火后迅速归队，途中于法华坂碰到溃兵，随之明白事情真相。坂坡北侧护城河映着燃烧的天空，水面一派通红。以步兵营的火焰为背景，三三两两的兵士不断败退下来。没有一人穿着完整的服装，个个犹如惊弓之鸟，话也说不出来了，在两名士官的呵斥下，这才镇静下来。这里虽有一支十六人的队伍，但既没有枪支，也没有杀敌的子弹。

这时候，一位专为官府供货的机敏的商人立山吉藏出现了，他将藏在仓库里的一百八十发弹药和一千个雷管提供出来。两位士兵欢欣鼓舞，败退下来的士兵开始振作起精神来。于是，佐竹中尉从后门、沼田候补少尉从南侧旁门，分别携带弹药潜入，同剩下的一队人取得联络，固守着烧毁的兵营进行射击。

——联队长与仓知实中校，于京町台官邸，受到第一队第三部的袭击。

夫人鹤子一听到神风连跃入大门的声音，立即喊醒中校，中校随即知道神风连开始夜袭了。他纵身跃入马丁房间，正要换上一件便服，神风连闯进来，照着他的后背就是一刀。“我是马夫，请刀下留情！”他连忙叩拜，钻入敌阵逃跑了。

他躲进锦山神社后面的酒楼一日亭，请人草草包扎了伤口。他刮去胡子，借一套厨师的工作服，打扮成手艺人，然后混入敌阵，走到步兵营后头的营房栅栏边，然后跳了过去。

这时，他看到一名士官带领两名士兵驰驱而来，中校立即叫了一声“泷川大尉”。

大尉看着栅栏上化了装的联队长，一时怀疑起自己的眼睛，当他认出是中校之后，随即走过来报告了战况：目前，第二大队本周值勤的铃木少尉，正指挥一小队苦撑危局，遗憾的是缺乏弹药。自己正带领两名士兵到仓库去，取回用于演习剩下来的弹药。

与仓中校说了句“好的，快去快回吧”，就跑进队伍，指挥残部，派出传令兵，邀集四散的士兵。联队长归队后，士卒们意气风发。

佐竹中尉、沼田候补少尉的子弹，泷川大尉的弹药，再加上从总司令部取回的弹药，联队可以重整旗鼓了。

儿玉源太郎参谋少校（后升任大将）已经到达总司令部。他下令打开弹药库，为与仓联队长派遣的士兵分发弹药，接着，他亲自率领一小队士兵，登上城楼最高处。这时，他清楚地看到步兵营院内一阵乱战的神风连。映着熊熊燃烧的火焰，他命令部下，朝着那些身披闪光的铠甲、套着奇异的武士礼服和扎着白布巾的目标一齐射击。

第三大队花田分营，由于没有遭遇敌人的袭击，随即取出日前配给的左轮步枪用的弹药交付各队，以便支援步兵营。一队由庆宅坂，一队由下马桥，分别进入营地。

一方面，赶来救援的太田黑和加屋等率领的第二队，捣毁南门闯入步兵营的时候，胜败已经发生逆转，自己一方成了瓮中之鳖。即使以墙壁和石垣为据点奋力应战，也无法抵挡枪林弹雨，只有切齿扼腕的份儿。

第二队到来，但只能给神风连带来最后一线希望。一露出身子，即被射杀。一味掩藏不出，等于自认失败。因为眼下没有反击步枪、发起进攻的手段。

六十六岁的上野坚吉，躲在掩体里，瞧着身边的士兵说："我说一定要有步枪，可就是不听。如今只好等着挨打吧。"大家对他的话都抱有同感。

不过，大家都很清楚，不以步枪对付步枪作战，本是他们一伙举事的本义。神助在我，神不喜欢敌方洋式武器，以一剑制强敌，原是举兵的本来意愿。西洋文明发明的武器愈益锋利，皆是为了对付我们。假如一味与之对抗而陷入修罗道中，樱园先生所言之"古道复归"必将旷日持久。明知必败，仍以一剑相对，可以说正是他们意志之所在。这才是"雄伟大和魂"的精髓。

热诚之志在个人心中燃起火焰，同志们冒着炮火，前仆后继，向着烈焰熊熊的营房院落冲锋。

深水荣季手提一把来国光刀，同沼泽春彦一道，闯入弹雨之中。沼泽随即被击中右臂，他躲在物体暗处，用牙齿撕下一片衣服，迅速裹好伤口。接着，深水跑出十五六米远时，胸脯中弹倒地。福冈应彦赶来将他抱起，发现深水已经断气，悲愤地大叫一声，抡起大刀，杀向敌阵，身被数弹而倒毙。沼泽及早包扎好伤口，正要站起身子奋勇冲杀，谁知一颗子弹从太阳穴斜斜穿过，他再也站不起来了。

加屋霁坚乃双刀名将，已奋战数十合，手提大小两把涂满膏血、砍钝了刀刃的钢刀，怒视着敌阵。他想起跟随长州藩军队讨伐幕府，战败后于天王山割腹自杀的弟弟四郎的面影。自己也要和弟弟一样，怀着同一志向，结束四十一岁之生涯。当初自己的志向与神风连相异，但三天前遵从神意，和神风连相合，如今无怨无悔，只能和神风连共命运。

他举剑共命运，指挥周围同志，亲自带头奋进。炮火对准他的身子集中射击。加屋被打中要害，随之大喊一声“弓箭八幡”，最后倒地而死。

在这前后，已有长老斋藤求三郎、荒木同、猿渡弘伸、野口知雄等十八人战死，爱敬正元、吉村义节、上野坚吾、富永喜雄等二十多人负伤。

太田黑决眦面对同志，不听退却之劝，正欲跃身进入敌阵，这时一颗子弹穿透他的胸膛。吉冈军四郎手执刀枪制止攻进来的官兵，他随后将这一任务交给鬼丸等精英，自己背着太田黑走下法华坂，借助跑来的太田黑的表弟大野升雄的援助，两人将太田抬入坡下一平民家中。

太田黑伤势严重，意识时而朦胧，时而清醒，反反复复。在他昏迷的间歇里，他问起自己的头部面向何方，吉冈和大野轮流回答："向西，向西。"太田黑说："皇上在东方，快使我的头面对东方。"二人照他的吩咐办了。

接着，太田黑命令升雄及早砍下自己的头颅，然后又悄悄请他们俩将军神的灵玺和自己的首级送往新开大神宫。

不知敌兵何时追迫而至，大野不忍砍下表哥的人头，但还是听从吉冈的规劝，终于举起刀来。他仔细揩拭敌人的污血，清洗刀身，高高举起，瞥了一眼对他深深点头的表哥的脸色。吉冈帮忙抱住太田的身子，使他面对东方而端坐着。但表哥已经无法使自己上半身挺起来，正要倒向前方的一刹那，大野挥动刀锋砍了下去。

其三　升天

金峰山位于熊本城西六公里处，其名仿照大和称为灵山第一峰，山顶供奉着藏王菩萨。

这座小型祠堂来历久远，据说元弘三年，菊池武重公于此地作战时前来参拜，蒙赐神助，从而获胜。为了谢恩，他重新翻修殿堂，亲自一刀三礼，制作这尊神体奉纳于此。

这尊神体，玉立山顶，一手加额，那身姿似乎是在遥望我军的气势。那是胜利的姿影。然而，举兵翌日早晨，也就是阴历九月九日，重阳佳节之朝，殿堂周围一下子涌来一帮子人，他们或坐或站，强忍着凛凛秋风渗入伤口的痛楚，茫然四顾。他们不是别人，正是溃逃到这里的四十六名败兵残将。

祠堂周围只有几排散散落落的老杉树，澄净的朝阳透过枝叶留下条条阴影。小鸟鸣啭，空气清新。人们身上沾满泥血的衣服，疲弊的脸上依然放射着余烬的目光，由此可以窥探昨夜血腥的战争阴影。

四十六人之间，有石原运四郎，有阿部景器，有鬼丸竞，有古田十郎，有小林恒太郎，有田代仪太郎和仪五郎兄弟，有浦楯记，有野口满雄，有鹿岛瓮雄，有速水宽吾。他们一个个沉默不语，只顾眺望着海面、山峦，还有依然冒着残烟的熊本城郭。

一群人坐在斜坡上，摘下黄色的野菊揉搓着，一面染黄手指，一面凝视着大海对面的岛原半岛。

本来天亮之前，还可以选择海路逃走的，神风连的加加见十郎等人，获得某旧藩主大户人家的帮助，准备了六艘大船，今早不巧碰上罕见的大退潮，船体尽皆陷在淤泥里，推不走，拉不动。这样磨蹭下去，追兵迫近，神风连只好舍船上陆，登上金峰山顶。

向山麓放眼望去，山间的襞褶里点缀着村落，高处都开辟成田地。从这里可以看到白花灿灿的树木，以及稻谷丰穰的田野。晾晒补丁坐垫般的村落，环绕着绿树茂密的山林，早晨敏感的光亮，于细密的明暗中，层层相叠，在山间悠缓的凹凸中扩展开来。这些都是同神风连过着不同生活的人家，他们的心中从未泛起过战争胜败的感慨吧？看样子，那是一种平稳而没有起伏的生活。

由河内向西，形似海马的绿色的海角伸长着脖子。西侧白川河口的淤泥向海面展开呈扇形。由附近山峡各个村落上空游弋的鹞鹰的翅膀上移开视线，再看看河口的淤泥，犹如一只巨大的鹞鹰，展现着茶褐色斑驳而污秽的羽翼。

眼下的大海，是位于有明海和天草滩之间岛原半岛所包围的海峡。海水一片蔚蓝，海峡中央分布一条巨大的淡墨色的潮流，在志士们的眼里，犹如闪烁不定的神示的文字。

失败的早晨，风景无限美丽。清澄，无垢，静谧。

对岸的岛原半岛，以云仙山为中心向左右展开裙裾，群山的襞褶之间整齐地分布着一排排房屋，清晰可睹。云仙的峰顶雾霭缭绕，西北方佐贺县多良岳烟霞迷蒙，山体隐约可见，那里的天空横斜着一段段光怪陆离的神圣的彩云。

这群人看到这番情景，心中想起樱园先生关于升天秘说的训诫。

大凡要登天，必须攀登天柱或渡过天桥，两种道路没有什么不同。天柱天桥，自古有之，但身子污秽的俗众既然目不能见，也就不会想到利用天柱天桥升天之类的事。祓除自身的污秽，清心寡欲回到往古，就能和上古神人一样，看到天柱天桥就在眼前，由此即可登上九天云霄。

山上的云影神光离合，令人感到，天桥如今不就浮现在眼前吗？要是这样，那就不再久等时光的流逝，欣然自刃赴死好了。

——另一方面，站在山崖上面对东方的一群人，一直凝视着缕缕细烟袅袅升起的熊本城。

眼皮底下，荒尾山突起的左方，天狗山、本妙寺山、三渊山等，向前方的杉树林方向层层叠起。远方，石神山的山容宛若从背后望着昂起头颅的石狮子，深深突向街衢。熊本是座多森林的城市，从这里望过去，森林比房屋还要浓密，重重叠叠，熊本城的天守阁就屹立在森林的中央。藤泽台一带，尽收眼底。昨夜十一时开始的仅仅三个小时的战斗，以及后来的惨败，想起来依然历历在目，似乎大家眼下仍在挥舞利刃奔驰于军营的庭院；又好像洒满朝阳的营房院内，猛火、魔幻及虚幻的神兵正在继续厮杀。大家似乎都在做梦，仿佛他们不是为躲避追兵而登上金峰山，而是站在山顶，像眺望古战场一般而眺望昨夜的战场。

城镇遥远的东方，阿苏山的外轮正喷发烟雾，烟呼唤着云，浓浓地涂染了天空的一角。那烟雾看起来静静的，但又确实在一刻一刻移动。喷烟无休止地推涌着喷烟，云一个劲儿膨胀起来，吞没了烟霭。

这群人受到喷烟的鼓舞，心中泛起再度起兵的志向。

这时，到山下村落筹措一桶酒和当日饭食的同志回来了，一伙人大吃大嚼起来，轮番喝着桶里的酒。无论是决心赴死的人，还是梦想再度起兵的人，一致恢复了元气，大多数人的判断都比较接近现实。例如，鬼丸竞主张进攻兵营，小林恒太郎则加以反驳，最后大家一致决定，先派侦察摸清敌情，然后相机行事。

侦察派去了，剩下的人重新商量如何处理几位少年的事情。因为年龄十六七岁上下的少年共有七人，他们是岛田嘉太郎、猿渡唯夫、太田三郎彦、矢野多门太、元永角太郎、森下奖和速水宽吾。

在这之前，少年们只顾打打闹闹，他们私下里议论："这帮子上了年纪的人，磨磨蹭蹭，都在干什么呀？是切腹还是再次举兵？请赶快决定啊！"当少年们听说已经决定由腿脚浮肿、行走困难的四十八岁的鹤田伍一郎带领下山的时候，都感到很意外，激烈地反抗起来。

但是，由于前辈同志苦口婆心的说服，少年们不得已，便随同鹤田一起悄悄下山了。鹤田的儿子太直刚满二十岁，告别父亲，留在山上。

黑夜来临了。

根据原来计划，要在岛崎村一位同志的家中听取侦察报告。一伙人三三五五下山了。侦察的人回来了，他报告说，熊本市内外都配备了军队和巡警，戒备森严，沿海船只禁止出港，敌人的侦察队，已经逼近这个村庄的入口。

一伙人悄悄来到近津海岸，托古田十郎的老仆人渔夫设法物色渡船。这位渔夫忍痛把自己的一艘船提供给他们使用，但他们三十多人要一起行动，仅一艘船是无济于事的。

于是，全体解散，各自相机行事。古田、加加见、田代兄弟、森下照义和坂本重孝，乘上这条好容易弄来的船，奔郡浦方向去了。举兵的事就此终了。

登上金峰山的同志，比起举兵时人数不足三分之一。

三分之二的人，或战死，或负伤隐遁中遭官兵追捕，壮烈地自刃而死。长老之一的爱敬正元，逃到三国岭，被三名巡警追赶上来，他随即端坐路旁，划开肚子成十字而自杀，享年五十四岁。

松本三郎二十四岁，春日末彦二十三岁，皆回家自刃。荒尾楯直二十三岁，归宅后先向母亲告以不孝之罪，然后表明自刃之志，反而获得母亲激赏。荒尾痛哭，继而又喜，遂拜谒亡父之墓，于灵前爽然切腹自尽。

鹤田伍一郎将托付给他的七名少年从金峰山领下来，送到各人家中，回到自宅，即着手准备自刃。

他叫妻子备好酒菜，交杯话别，他对妻子说，自己死后，还有儿子太直活在世上，劝她不要灰心丧气。

已经是举兵的第三个夜晚了。鹤田另外还有十四岁和十岁的两个女儿。妻子打算将睡得正香的女儿们喊醒，叫她们给父亲告别。“别喊，别喊。”鹤田制止住了妻子，他光着上身，一刀划开肚子，再将刀尖儿刺进咽喉。当他亲手拔下刀刃即将倒地时，女儿们惊醒了，看到这番情景，失声痛哭起来。

黎明时分，又传来了儿子太直切腹自杀的急报。夜间，丈夫刚刚将儿子嘱托给她而死去，这天早晨，秀子就听到了儿子的死讯。

在近津解散之后，太直和伊藤健、菅夫一郎一同前往新开大神宫，他在那里告别了朋友，单身去健军村。他早就有奔往长州的愿望。

健军村有舅舅建山氏，他来访问，想叫舅舅帮他实现这个愿望，知道这天下午父亲伍一郎已经来过这里，临走前托付了后事，表明了决心。看来，父亲这时肯定正在自刃。太直听到这些，遂打消了去长州的梦想。

他借舅舅家前院一块地方，于大树下铺上了崭新的草席，面向东方的皇城，遥遥拜三拜，接着又对附近父母的家拜了拜，然后抽出短刀，划开肚子，刺穿喉咙。

这一消息立即传到鹤田家里。

伊藤健和菅夫一郎告别鹤田太直后，直奔熊本市南郊的宇土而去。

宇土的三日村有伊藤的哥哥正克的住所。正克看到弟弟，斥责他行为不检，不许他进入家门。

两个人不得已又来到宇土大街上，当夜，他们相向对坐在大街背后一条清流的河岸上，果敢地切腹自杀了。

深夜，有人听到河岸上传来再三击掌的响声。细思之，那是切腹者死前祭拜神祇的掌音。附近的人皆为之垂泪。

伊藤享年二十一，菅享年十八。

七位少年由鹤田伍一郎陪伴回到家里之后，岛田、太田、猿渡三人也都壮烈地自刃而死了。

十六岁的猿渡唯夫，临举兵前，自行赋诗一首，录于白布之上，当夜用以裹头。

割土卖戎夷，
一朝王室危，
丹心报国志，
天地神明知。

他回家后，得知众多同志自刃，不顾亲戚木下某的劝止，同父母亲友交杯诀别，独自回到房里，割腹刺喉。因刀刃碰到骨头，刀刃缺损，猿渡呼家人换一把刀来，于是得以快速自刃而倒地。

太田三郎彦，十七岁。他一回到家，就立刻躺在床上呼呼大睡，第二天睁开眼来神清气爽。太田告诉姐姐自己的决定，托姐姐把朋友柴田和前田两位少年找来，向他们表达永诀之意，并将后事托付给两位朋友。

两位少年回去之后，太田独自进入一间房子。叔父柴田房范就在隔壁，中央只有一道隔扇。柴田准备切腹，只听到太田用哀求的声音喊道：“叔叔，叔叔，稍微帮帮忙吧。”柴田拉开隔扇进去一看，太田已经用刀刺穿了喉头，柴田稍微加些力气，少年很利索地毙命了。

岛田嘉太郎，十八岁。回家后，家人打算叫他落发为僧，他不肯，决心自刃。饮罢诀别酒，请来柔道家内柴重藏，学习自刃的方法。少年切腹后，又把刀放在脖子上，

“先生，这儿行吗?”他问道。内柴回答:“正是那里。”于是他很出色地刺了进去。

树下一雄、井村波平、织田寿治三人，举兵失败之后，藏匿于柿原村名家大矢野家中，他们前往镫田，见到金锋山下来的一伙人中的楢崎楯雄和椋梨武每两人，于是要他们一起再到大矢野家藏身。五个人躲在当地乐源寺的岩洞里，暗暗受到大矢野家的照料。

举兵后过了七天，其间，听到神风连于各地自刃的消息，他们决心不再逃匿，出了岩穴，到大矢野家里作永诀的告别，大矢野全家置办酒宴表示惜别之情。

树下担心，一刀刺进肚子时食物会冒出来，这样太丢面子，所以他不肯多动筷子。然而，性格豪放的楢崎一点也不介意，狼吞虎咽地吃着。过了一会儿，两人又向大矢野家人要来一些红色的颜料，往自己脸颊上薄薄涂了一层，这是为了死后依然面色如生。

等到天刚黑下来，五个人就出发了，他们前往附近的鸣岩。时候是九月十五夜，月色朗朗，草上的露水像宝石一般晶莹闪亮。五个人端坐在草地上，各自唱着辞世歌。年龄最小的二十岁的织田首先切腹，接着一个个倒下了。井村三十五岁，楢崎、椋梨都是二十六岁，树下二十五岁。

小林恒太郎在镫田告别阿部景器和石原运四郎之后，伴随鬼丸竞、野口满雄，于九月十一日深夜回到家中。

小林恒太郎年轻力壮、智勇双全，同豪放的鬼丸竞的过激论时常发生对立，两位性格各异的同志，竟然都在同一时间死在同一处地方。

当深知难以再行举兵，以及神风连悉数溃灭的消息之后，三人于翌日黄昏并排一处，切腹自尽。

自决前，小林先向母亲谢以不孝之罪，继而又将今春刚刚完婚的新妇、十九岁的麻志子领到另一间屋子，提出离婚之意。因为他不忍心让麻志子孤身一人度过终生。麻志子哭着，拒绝了他。

三人进入里间客厅，家人都守在厨房里。小林叫了一声："谁也不准进来，只要把打来的水放在廊子上就行了！"然后揭开中央一张榻榻米，叠放在一起。

鬼丸竞面向东方坐在上面，脱光上身的衣服。

厨房的人又听到小林的叫声：

"帮助鬼丸君砍头的是野口君！"

过一会儿，里间客厅变得寂然无声了。

进去一看，三人以鬼丸为中心排成一排，面朝东方，端然剖腹而死。

鬼丸四十岁，小林二十七岁，野口二十三岁。

阿部以几子，阿部景器的妻子。

以几子乃鸟居喜新太的长女，嘉永四年[1]，生于熊本城下。

兄直树从樱园学习皇典，听宫部鼎藏讲兵法，是一位倡导尊王攘夷的国士。以几子在旁倾听长兄及其他同志之言说，深受教育与影响。因为家贫，她帮助母亲，勤勉持家。

十六岁时，一位贵人希望娶以几子为妻，但她心目中的丈夫必须是一位国士，由于决心已定，所以对这桩婚姻颇不热心。母亲和哥哥也同样觉得不满意，但为了照顾做媒的村长的面子，再加上家计上受到对方诸多照顾，不得已才答应了这门亲事。

以几子问母亲："只要出嫁就行了，是吗?"母亲回答："是的。"举行过婚礼，当夜，以几子端然而坐，不准丈夫靠近。她等天亮之后，逃回娘家，跪在母亲面前说："我出嫁回来了，这下行了吧?"于是，当天就离婚了。

以几子十八岁了。明治元年[2]，兄直树为朝廷所录用。

当时，阿部景器和同志富永守国一起参拜祭祀清正公的本妙寺，走近黑门时，遇见一位妙龄女郎，他知道是同

1 嘉永四年，公元 1851 年。

2 1868 年为明治元年。明治天皇在位期间（1868.9.8—1912.7.30），史称明治时代。

志鸟居直树的妹子，于是对她鞠了一躬。双方交肩而过之后，富永卒然问道：“你想娶那位姑娘吗？”“想娶。”阿部回答。富永作伐，很快举行了婚礼。此时阿部二十九岁。

以几子如愿以偿，成了国士的妻子。但她没有生子。

以几子二十岁了。久留米有一位阿部的同志，名叫镜山纪伊，脱狱来投，阿部将他藏匿起来。镜山走后，阿部被捕，经过严刑审讯，关进监狱。

盛夏，丈夫坐牢期间，以几子早晨绝食，祈求神明为丈夫昭雪。夜晚摒弃蚊帐，和衣睡在木板上，以此与丈夫共患难。

阿部获释后，漫步于街上，看见一家店头摆着一副极好看的护腹铠甲，但由于价钱太贵，遂打消了购买的念头。他把这事告诉了妻子，以几子偷偷卖掉自己的和服腰带，把需要的钱款交给丈夫，阿部甚为感谢，遂买下了那副护腹铠甲。举兵时，他把这副铠甲穿在了身上。

举兵的日子一天天迫近，阿部宅就像司令部。以几子和婆婆一起，尽心尽力招待客人。为了做好出征的准备，十多个人集中在家里开会，婆媳二人一一应酬着，还供应他们酒饭。其中一个人感到很慌张，以几子看在眼里，悄悄劝慰道：“打仗可要沉着冷静啊！”

当天夜里，熊本城头燃起烈火，接着，以几子和婆婆清子远远看到京町、山崎和本山，共有五个地方都着火了。

“真痛快，真痛快！”她们欢呼雀跃，一整夜都点着灯，庆贺胜利举兵，向神明祈祷丈夫武运长久。

但是，失败的消息伴随黎明一起到来，战死和自刃的传说满天飞，丈夫不知去向。以几子继续绝食，虔诚地祈祷神明保佑丈夫。

又过了三天，阴历九月十二日拂晓，丈夫回来了。

神风连解散之后，阿部景器和石原运四郎一同离开近津，第二天十日，潜伏于盐屋山里，等待天黑之后，前往镫田的杵筑宫，深夜到达那位神官坂本应气的家中，同别处来的小林恒太郎、鬼丸、野口等人在这里会面。十一日继续滞留一天，商议今后的进退。坂本应气祈求获得神意，似有再度举兵的希望，因而，大家振作起来，阿部和石原告别小林一行，各自回到自己家里。

梦中的以几子，被挡雨窗缝隙里悄悄传来的呼唤惊醒，是丈夫的叫声！她怀着心跳打开挡雨窗。丈夫默默走进房间，面对从床上起来的母亲和以几子，简单述说了战败的经过。以几子给丈夫脱去血衣，埋在屋后的竹林里。

打那之后，阿部白日里携带短刀躲在书房的地板下边，日落之后从书房里出来。他还委派以几子悄悄到石原家里，向石原的妻子安子探听消息。

为了寻找前往岛原的渡船，以几子和安子一起奔走，但是禁航令很严格，从海路逃跑的希望断绝了。

十四日未明，石原一半怀着从陆路突破警戒线的希望，一半怀着赴死的决心，为了和阿部共同采取最后的行动，他告别妻子，离开了自己家门。

黎明，叔父马场某被请到阿部家中，于是，石原、阿部、马场，三人相聚在一起，商议对策。马场讲了一通警戒如何森严、逃走如何困难之后就回去了。

石原安子拜访石原的哥哥木村，请求支援。此时，路上传来侦缉队士兵杂乱的皮靴声，那正是朝石原宅第方向去的。木村判断这种形势已经无法逃走，他吩咐安子赶快回去，尽快将情况传达给家里的人。

安子雇了一辆人力车，乘到阿部住宅附近下来，暗暗叩响后门，将以几子喊出来，简短地告知她侦缉队已经逼近石原的空宅。

以几子做了个刀刺咽喉的手势，安子点头会意。以几子劝安子再见一次丈夫，安子回说，那样反而会妨碍他踏入黄泉路，所以不见面了。说着，逃一般地回家了。

以几子立即将事情经过告诉阿部和石原，自打刚才听到马场一番言论之后，两位参谋已经彻底断绝再举的希望，决心赴死。

二人对着皇大神宫的画幅，恭恭敬敬地一拜再拜，默默祈祷。以几子将三套瓷器置于白木三宝之上，为他们各各敬上最后一杯酒，也为自己斟上一杯。阿部和石原脱光上衣，手执短刀，以几子也从腰带中静静拔出怀剑。

阿部自不必说，石原也大为震惊，极力劝止她。可是，以几子不改初衷。她说，自己没有孩子拖累，无论如何，都要相伴相行，决不后退一步。阿部也不再强夺妻子之志。

两人各自切开肚子，同时，以几子也将怀剑刺进自己咽喉。

阴历九月十四日，刚过亭午时分。阿部享年三十七。以几子二十六。石原三十五。

自刃结束不久，阿部住宅响起激烈的叩门声，侦缉队到了。老母高叫："他们刚刚切腹！"士官带领士兵冲进客厅，遂确认三人刚刚断气身亡。

——神风连于近津和海岸解散时，乘坐同一艘渔船，驶往熊本南郊宇土郡浦的一伙，共计有六人。

二十八岁的古田十郎，和小林恒太郎同是少壮参谋，营房之战中，砍断两把刀，又拿来一把继续作战。他斩杀了中校大岛邦彦等人，自己身上也负了重伤。

加加见十郎，四十岁，古乐演奏家。

田代仪太郎，二十六岁，剑道名手。他第一个冲进炮兵营。

其弟仪五郎，二十三岁，在进攻步兵营时，作战英勇。

森下照义，二十四岁，讨伐种田少将，继而转战讨伐镇台将官，功勋卓著。

坂本重孝，二十一岁。

六人所投奔的人是郡浦神社的神官、樱园门下的同志甲斐武雄。他本来也应该参加举兵，但身处远地，没有接到通知。甲斐对他们的到来给以热情招待。

六人在甲斐家里住了一夜，商量再度举兵，加加见就旅费、军费的调度提出了方案。加加见偶尔听说自己的旧主三渊永二郎来到植柳，住在松井宅邸，想托甲斐送一封信，请三渊筹集旅费。甲斐带着信匆匆出发了。

大家急切盼望他快点儿回来，第二天九月十二日，等了一天，甲斐没有回来。

甲斐到达松井家的时候，三渊已经不在了，早已潜入家中的巡警看出他是同党的一员，将他抓起来了。

这天，六人一刻一刻地盼他归来，时间一长，感到危险越来越近。他们明白，到了一定时候，必须有所决断。

田代仪五郎、森下、坂本三人，焦急难耐，登上夕阳辉耀下的大见岳，远眺熊本城。从这里望去，天守阁的样子和昨日没有什么差别。他们装作若无其事向山里的樵夫打听情况，据樵夫说，城里每天夜晚都点燃火炬，白天，侦缉队的士兵四处查访，毫不放松。三个人下山后，决心更加坚定了。

只求一死。死地定在大见岳峰顶，时间选在明日黎明。

第一遍鸡叫后，六人登上大见岳。昨晚，田代等人已经找到一块清静、平坦之地，他们用事先准备的稻草绳子围成四角形，吊上纸条儿。晨风吹过，雪白的纸条儿飘飘闪动。山顶晨光熹微，朝云横斜。加加见十郎看到这些，吟咏着辞世歌：

浩浩大和魂显威，
佑我今日升天去。

不用说，这是根据樱园先生关于升天秘说而写下的一首和歌。加加见说，自己很想为同伙们的临终演奏一首最得意的古乐，遗憾的是手头没有乐器。

六人进入稻草绳内，饮了诀别酒，大家推举田代仪太郎帮助各人砍头。加加见不忍心田代一人留到最后，自己主动提出要和田代共同留下来。

古田十郎第一个将肌肤展露于秋日的晨风中，他划开肚子，田代为他砍下头颅，随之身首异处。

接着是森下，然后是田代仪五郎和坂本重孝切腹。最后剩下田代仪太郎和加加见，他俩一起切腹，各自刺穿咽喉而死。

——根据秘密消息，警部新美吉孝，率领数名巡警上山来了。他们爬到山腰，遇到一位慌忙跑下山的猎人，报告说，现在山顶上有六名神风连残余正准备切腹。新美制止住极其兴奋的同伙们，劝道：“在这里抽支烟吧。”他说罢便坐在一棵树底下休息，点着了一支烟。他想成全神风连成员，让他们如愿死去。

警部一行到达山顶时，天已大亮。围成四方形的稻草绳内，整整齐齐地俯伏着六位志士的遗骸。草绳吊着的白纸条上，溅满了点点鲜血，在朝阳下光辉闪耀。

举兵失败之后，有位名叫绪方小太郎的参谋，遵照祈求神明所获得的神示而自首，受到终身监禁的处罚。他写了一本书，名叫《神焰稗史端书》，书中对为何没有刮起神风，为何祈求都不灵验等疑问，进行了细致的探究。

那种真诚而虔敬的精神，那种纯洁无垢的志向，为何没有获得神明的护佑呢？绪方打算通过监狱中的生活，解开这个谜团，但始终未能如愿。绪方下面所记述的，仅仅是绪方个人的解释，个人的思考。神意冥冥，无人可知。

> 如此忠勇报国之志士，禀奉神祇圣意奋而举兵，未料竟如狂风骤雨中之鲜花，一宵飘零殆尽，霜消露晞，可悲可叹，无过于此也。
>
> 然以愚钝之心度之，终不能解，甚而怀无由之怅恨。故唯有“万事皆由神定”，方可解此中之

疑虑。

且不说制止武勇壮士一事，将致昔日谋划为世间所闻，进而引发不测。纵令此举平安无事，亦将迫使彼等愤世嫉俗之余，必然丧身殒命矣。神祇之心对彼等深怜之，一旦使之如愿以偿，遂可尽心尽力于幽冥之神事。此乃神祇之妙策，可谓贤明之至也。

这种求得自我安慰，且借以慰安同志之灵的言语，其内里不用说是充满怨忿之情的。绪方仅以一语尽述神风连欲罢不得之志，措辞简洁，可谓盖能吐露其中之真情也。

“……焉能以弱女之手行举兵之事乎？”

——《神风连史话》完

十

——已经进入梅雨季节。饭沼勋早晨上学之前接到本多寄来的一只大信封，里头装着《神风连史话》和一封信，他瞥了一眼，打算到校之后慢慢看，连同信封一并塞进了书包。

走进国学院大学大门，门口放置着这座大学特有的大鼓。这是一只很有来头的大鼓，上面刻有“传马町鼓师小野崎弥八”的铭文，鼓腹坠着巨大的铁环子，绷着浑圆的鼓皮，宛若早春尘土迷漫的昏黄的天空。每次击鼓留下的擦痕，似白色的云层随处浮现于这片天宇。然而，像今天这般阴湿的梅雨时节，击鼓的声音大概不会像平时那样清纯而响亮吧。

勋一走进楼上的教室，就传来开始上课的鼓声。第一节是伦理学，勋对这门课，对那位满面煤灰的教授都不感兴趣，于是掏出本多的信，偷偷地读起来。

饭沼勋君：

前略。

兹将《神风连史话》奉还，我很愉快地读完了，谢谢你。

我明白你为何对这本书那么感兴趣了。以往，那次事件在我看来只是一次信奉神祇的不平士族的叛乱，如今承蒙启示，领教了他们纯粹的动机和心情。不过，我所受到的感动或许和你所受到的感动，多少有些不同之处，下面想就此详细加以说明。

我在想，假如我和你同样年纪，会不会受到和你一样的感动呢？对此，我不得不抱有怀疑。其实在我心中，尽管多少有些内疚或羡慕，但我依然会嘲笑那些将一切赌给无谋之举的人们。当时的我，相信自己会成为一个对社会有贡献、有作为的人。在那种年龄上，感情也能保持平衡，理智也始终近乎古板地清澄如水。我早已预知各人有各人的作用，明白大多数的热情于己并不符合。我相信，在人生这幕大戏中，每个人都无法摆脱自己所应该扮演的角色，正如我们不能脱离自己的肉体一样。因而，每当看到他人的热情，就能尽早发现那种热情多么不协调，以及同自身之间微妙的龃龉，从而泛起保护自身的轻轻的嘲笑。对此，我已经习惯了。如果用心寻找，“不协调”的东西随处可见。而且，我的嘲笑未必充满恶意，可以说，嘲笑本身包含着一种厚意和肯定。为什么呢？因为我已经开始认识到，所谓热情就是对这种不协调缺乏自我认识才产生的。

然而，我和令尊谈起的那位朋友松枝清显，打乱了我的这个完整的认识。他当初对一个女子满怀热情，但在我这个朋友眼里，显得很不协调。因为以前的他，一直被看作是水晶般冰冷而透明的人物。据我观察，他虽说是个狂热而凭感情用事的男子，但如果一生中对于这种精细的感受性寻不到寄托的对象，他也只能单纯地守着一腔热情，安安静静地活着。

可是，事态未能朝着这个方向进展，愚直而痴迷的热情眼看着改变了他，情感将他征服了，使他变成最符合恋爱的人物了。直到临死前，看他那副相貌，就是一个天生为着爱而死的人。那个时候，一切的不协调完全被抹消，变得无痕迹了。

一旦亲眼目睹一个人的变化的奇迹，我自身也或多或少改变了。我相信我是一个严谨的人，但我的这种朴素的自信，受到不安的侵扰，变得有些虚情假意，确信转化为意志，自然的东西变成一种应当完成的行为。当然，这是审判官这份职业为我带来的好处。每当审理犯人时，居于所谓报应主义和教育主义，以及有关人性的悲观论和乐观论之间，能够不偏不倚，相信在某种状况下，人是可以改变的。

话题回到《神风连史话》的读后感上来吧。我现在三十八岁了，奇怪的是，看了这种贯穿着非合理性的历史事件的描述，竟然被感动了。我立即想到了松枝清显。他的一腔热情只是献给了一个女子，同样是非合理的，同样是剧烈的、抗争的，也同样只能以死加以治愈。然而，我的感动之中，确乎存在着一种对于此种事例可以安然无恙受其感动的保证。因为，我自己没有成为那样的人，这已经是既定的事实，所以，我不仅可以放心地回到过去，目睹种种往事，还可以走进自己的梦境，再次沐浴着由那里反射过来的有毒光线，而不受任何危险的威胁。

不过，你这样的年龄，所有的感动都是危险的。使人深陷其中的感动皆是危险。最危险的是，你那令人难以接近的目光中，似乎存在着与生俱来的对于这则故事的某种“协调”。

到了这般年岁，我渐渐对人和热情之间的龃龉不再注意了。年轻时出于保护自身的目的有必要加以寻求的东西，如今不仅消失尽净，而且对于别人满怀的热情同他本人之间的不协调，过去认为是可笑的巨大缺欠，而今却只当是可以原谅的瑕疵。兴许那种害怕感应他人的挫折而给自己带来伤害的、富于神经质的纤弱的青春，已经消逝的缘故吧？正因为如此，一方面危险的美较之美的危险更加鲜明地映在心里，所有的青春年华不再看作滑稽可笑了。青春早已同自己的自我意识毫无关联了。细思之实在可怖，我每每由自身安全的感动推演开去，难免会无形中唆使你的危险的感动。

正因为我明白这一点，所以尽管无益，我还是训诫你，对你发出警告。《神风连史话》是一出已经完结的悲剧，几乎是近似一种艺术品的、首尾一贯的、完美的政治事件。这是一次对于人的纯粹的心情所作的极其罕见的彻底的实验，切不可将一场美梦般的故事和目前的现实混同起来。

故事的危险是剔除了矛盾。这位名叫山尾纲纪的作者，或许是忠实于所能涉及的史实的，但为了使这本薄薄的小册子内容统一，他必然排除了众多的矛盾。还有，这本书过分固守于处于事件核心的纯粹的心情，牺牲了外延，不仅缺少世界史般的展望，而且连神风连的敌方——明治政府的历史必然性也被忽视了。这本书太缺少 contrast[1] 了。试举一例，正是在同一时代，同一个熊本，有个叫作“熊本蛮奴”的组织，你知道吗？明治三年，南北战争的勇士、退役陆军炮兵大尉詹尼斯来到熊本洋学堂任教。他逐渐开始讲解《圣经》，传播基督教新教。正值“神风连之乱”起事的明治九年一月三十日，他的学生海老名弹正等三十五名青年，聚集于花冈山，在“熊本蛮奴”的名义下，立誓“以基督教化日本，根据此教义建设新日本”。他们自然受到了迫害，洋学堂也不得不解散，同志三十五人逃往京都，奠定了新岛襄成立同志社的基础。他们和神风连的思想正好相反，这里不是也可以看出同一种纯粹心情的个别体现吗？应该想到，当时的日本，不论何种非现实的、多么过激的思想，都有一缕实现的可能。即使针锋相对的政治思想，在素朴而纯真的表露上也有共通之处，和今天政治体制铁板一块的时代迥然不同。

1 contrast，英文，意为对照、对比。

我并不打算支持基督教思想的清新，而嗤笑神风连思想的腐朽和冥顽固陋。我只是认为，学习历史不可局限于一个时代的某一方面，而要反复探讨组成这个时代诸多复杂的相互矛盾的各种因素，对赋予每一局部以特殊性的诸多要素细细考究一番，然后再置之于整个时代均衡的展望之中加以观察。

我认为这才是学习历史的意义所在。何也？因为对于任何时代，现代人的认识范围总是有限的，要想把握整个时代的形象极为困难。只有整个历史才是可供参考的镜子，生活在现实中的每时每刻部分世界里的人们，可以运用隔代的历史展望世界的全貌，并由此匡正自己的管见。这正是现代人对历史所具有的可喜的特权。

学习历史，决不意味着援用过去部分的特殊性，证明现代部分的特殊性是正当的。不可由过去一个时代的镶嵌画里截取一定形状，镶在现代部分的形状里而大叫“快哉”。否则就是单纯玩弄历史，像小孩子玩游戏一般。应该明白，昨日的纯粹和今日的纯粹不论多么相似，而历史的各个条件都是不一样的。要想寻找纯粹的类缘关系，应该回到那些历史条件相同的现代“反对的思想”中求索。这才是特殊小部分的“现代的我”应当采取的谦逊的态度。于是，历史的问题被舍去，“纯粹性”这个人间超历史的契机单单被提上日程。因为，共有的同时代的历史条件，这时只不过是方程式的一个常数而已。

年轻人最应引以为戒的是，莫把纯粹性和历史混为一谈。你对《神风连史话》的崇拜正是使我感到危险的一点。我认为，你还是始终站在整个历史的立场，将这种纯粹性看成是超历史的现象为好。

这或许是多余的苦口婆心，但却是我对你的忠告和训诫。不知不觉间，我就到了这种年龄，一碰到年轻人，虽说对方没有主动请求，但还是主动对人垂教一番。当然，正因为你思想明敏，我才会如此，要是面对一个没有任何指望的青年，哪里还有必要进行如此长时间的忠告呢？

观看了祭神比赛，我对你的崇高的力量，对你的纯粹和热情甚为赞叹；同时我更加相信你的理智和探求精神。我衷心希望，你不要忘记学生的本色，集中精力钻研学问，做一个有益于国家的人士。

还有，下次再来大阪，请到我家里来玩。随时欢迎你光临。

另外，你有一个好父亲跟在身边，本来不必要担心，但如果有了疑难的问题，需要和人商量的时候，可以随时前来交流，请千万不要客气。匆匆，不一。

本多繁邦

……

少年终于读完了这么长的信，叹了口气。他对内容不感兴趣，从头至尾都很反感。尽管是父亲的旧知，但这位控诉院的审判官，面对一个一面之识的少年，能够亲笔写下这封真心实意、热诚相待的长信，实在弄不清他的真意何在。这虽说是个异例，但比起信的内容，少年被他的率直和挚爱感动了。从未有过一个重要人物对这个少年表达过真率的感情。那么，结论只有一个：“本多先生一定被这本书打动了，基于年龄和职业关系，他变得一切都谨小慎微起来了。本多先生肯定也是一位‘纯粹’的人。”

虽然信中的文字与少年的感情相违背，但他的眼睛没有发现一丁点儿污浊。

本多是多么巧妙地从历史截取时间，并使之静止，然后再全部转变成一幅地图啊！审判官就是这样的人吧？他所说的“整体形象”的那一时代的历史，只不过是一幅地图、一轴画卷或一具僵尸。“此人根本不懂得日本人的血是什么，道统是什么，志向是什么。”少年想。

勋回过神来，令人昏昏欲睡的讲课依然在继续。窗外的雨下大了，教室里湿气充盈，年轻人正在发育的肌肉，散放着强烈的酸味儿。

终于下课了。就像濒死的鸡拼命挣扎一番，好容易断气了一般，心情变得平静了。

勋来到雨湿的廊下，井筒和相良正等着他。

“怎么样啦?”

勋问道。

“中尉说今天没有军务，三点钟就回旅馆了。现在旅馆没人，可以慢慢交谈。他还说请我们吃晚饭。”

井筒回答道。勋毫不犹豫地说：

“那好，今天不去练剑道了。”

“剑道部长不会找你麻烦吗?”

“让他吵吵去吧，他不敢把我开除。”

“好大的口气!”

戴眼镜的小个子相良应道。

接着，三人向下一个教室走去。三个人的外语都选的是德语，所以在同一个教室上课。

井筒和相良都对勋另眼相待。勋让两人读《神风连史话》，他们大受感动。这本书今天正巧从大阪还回来了，勋打算等会儿见到堀中尉时借给他阅读。中尉总不会像本多审判官那样采取回避的态度吧?“什么整体形象”? 勋想起刚才信里的词句，笑了笑。“他呀，知道火钳太热，不能摸，只好摸摸火钵。但是，火钳和火钵真是相差千万里呀！火钳是金属的，火钵是瓷的，他虽说是个纯粹的人物，可只不过是个陶瓷派。”

纯粹这一观念出自勋之口，随之渗入其余两个少年头脑之中。勋提出了一个口号，他在伙伴中倡导“向神风连学习”这个口号。

所谓纯粹，就是将花一般的观念、薄荷般极为有效的咳嗽含片的观念、依偎在慈母心怀中的观念，立即变成血的观念、芟除邪恶的刀剑的观念、连头带肩斜刺里砍下时血花四溅的观念、抑或连接着切腹的观念。“落花缤纷”的时候，鲜血淋漓的尸体立即化作芬芳的樱花。所谓纯粹，就是将截然不同的观念任意转换，因此，纯粹就是诗。

对于勋来说，“纯粹的死”莫若是轻而易举的事。但是要想一贯地纯粹，比如如何“纯粹地笑”就颇伤脑筋。不论如何控制感情，见到庸俗的东西还是发笑。路旁的小狗衔着拖鞋玩耍，甚至叼来一只高跟鞋甩来甩去，他看了就想发笑。但他不愿让人看到他的这种笑。

“旅馆知道在什么地方吧？”

“哎，我来带路。”

“中尉究竟是怎么样的人呢？”

“我想，肯定是一个能让我们‘甘愿去死’的人。”

勋说。

十一

三位少年打着伞，戴着白线帽，在六本木下了电车，从霞町三番地转到麻布三联队正门，沿着坡道下行，“就在那儿!”井筒指着坡下一座房子，停了一下脚步。

看来，那是地震幸存下来的一座古旧的二层建筑。庭院相当宽阔，周围的板壁紧连着玄关，没有大门。二楼廊缘边紧挨着的六扇玻璃门，歪歪斜斜含映着阴暗的雨空。

街上没有行人，站在坡顶一眼望见雨雾朦胧里的那座楼房，勋的心中倏忽闪过一缕奇怪的印象。他感到看见这座建筑不是第一次了。这座裹在雨雾里的二层楼房，宛若一只淋在雨里的破旧的高大碗橱。院子里绿树葱茏，但却疏于剪枝整叶，正好又有板壁圈住，看起来简直就像一只满满登登的绿色垃圾箱。他仿佛觉得，自己对这阴暗的建筑也曾有过打内心涌现出的灰暗的记忆，好似蜜糖一般甘美。细想想，一度来过这里的神秘的感动，又显得十分蹊跷。该不是儿童时代随着父母来过这里？一是基于这种记忆，一是在什么照片上看到过这座房子。不管怎样，他总觉得，这座建筑宛如小巧而完整的盆景，清晰地保存在自己内心的浓雾之中。

蓦然间，勋一下子从自己身上丢开似乎被雨伞的影子唤起的阴影般的思考，抢在两人先头，小跑似的朝着泥水横溢的陡坡下面奔去。

站在门口，细格子门上面贴着“北崎”的门牌，饱经风雨剥蚀的木头，浮现出一部分黑字。雨水甚至浸入了玄关腐朽的门槛。

他们三个今天要去会见堀陆军步兵中尉，这是经井筒的一位担任军官的表哥介绍，说是要带两个朋友，特别是靖献塾塾长的儿子勋前来，所以中尉可能正满怀热情地等着他们。

勋仿佛觉得成了一名血气方刚的神风连队员，正要去会见加屋霁坚，他的心中激动难平。然而，勋十分明白，时代已经再也不是神风连那个时代了，再也不是像下象棋一般，敌我棋子黑白分明，武士们仰仗日本刀杀进“明治政府军队”的那个时代了。但他也知道，如今士魂正潜隐于军队内部，对于同重臣勾结在一起的军阀和军队中的“明治政府的军队”，深怀悲愤。这座陋屋住着具有激烈士魂的人，他就像阴湿的树林深处紫金牛所结的一颗艳丽的果实。

这个时候的勋，已经完全失去了剑道比赛前所保持的那副沉着和冷静，自己将要见到的人，说不定会把自己拉到天外去吧？……不过在这之前，他寄予别人的希望和梦想不止一次遭到背叛。

——出来迎接的老人使得三个人的心凉了半截。他那站在门厅晦暗里的身影，高高的身材，弯弯的脊背，满头白发，双眼凹陷，仿佛正从天棚上覆盖下来迎接客人，看那姿势就像深山中邂逅的收拢羽翼的神人。

“堀中尉正等着你们呢，这边请！”

老人双手扶膝，好似用手操纵两腿走在阴暗潮湿的廊子里。建造的虽说是普通的旅社，但墙壁渗进了皮革的气味儿，透过隔扇，朝夕可以远远听到三联队的军号声。似乎除中尉外其他住客尚未回来，楼里一派沉寂。不一会儿，老人气喘吁吁地咯吱咯吱登上楼梯，途中仿佛借故休息似的冲着楼上喊道：

“堀先生，客人到啦！”

“噢——”

一个年轻而粗野的声音回答。

堀中尉的房间同邻室一墙之隔，面积八铺席，除了桌子和书橱外再没有别的家什，一间简朴的独居军人的房间。这位面色浅黑的青年，早已换上蓝花布单衣，随便系着一根黑绉绸腰带。一身军服用衣架严正地挂在横梁之间，鲜红的领章和金黄的“3”字，是这间屋子里唯一耀眼的色彩。

“呀，快进来，今天中午值完班，很早就回来了。”

中尉既威严又爽朗地说道。

他留着平头，可以窥见头皮上布满的顽固的军魂。双目炯炯，穿起一身和服来，同二十六七岁的民间小伙子没什么两样。只是蓝花布袖口里露出两只粗壮的腕子，可见是个经常练习剑道的人。

“来，放松些。老爷子，茶我自己倒吧。”

听到老人的脚步踏着楼梯渐去渐远，中尉稍稍欠起身子，伸手去拿盛满热水的温水瓶，一幅喜笑颜开的样子。他话音里充满柔和的语气，以便使得少年们拘谨的心情缓和下来。

“别看这魔鬼般的房子，可这座旅社和那老爷子，都是历史的纪念品啊！那位老人原是日清战争[1]的勇士，日俄战争时期开办了这座军人旅社。这里养育过许多伟大的军人，这里的房子风水好，又便宜，就在联队后头，十分便利，所以楼里总是住得满满的。”

勋看到中尉满脸堆笑，心想，倒不如赶在樱花盛开时节来访更好。那时候，中尉当从黄土蔽空的靶场风尘仆仆

1　日清战争，日本人对中日甲午战争的称呼。

地归来迎接这几位少年，脱掉沾满樱花瓣儿和灰土的长靴，黄色的军服上会浸染着春风混合马粪的气息，肩膀和领口辉耀着稚拙的猩红和金光。

他的性格看来毫不在乎自己所给人留下的印象。他谈吐磊落，首先提到剑道。

井筒和相良憋足气力想告诉中尉，勋是三段，在剑道界深孚众望。最后由戴眼镜的小个子相良，结结巴巴地说了出来。勋面红耳赤，中尉盯着勋的一双眼睛，蓦地充满亲切的光芒。

井筒和相良都看到了这番情景。他们都把勋当作自己意志的化身，但愿勋能凭借他那青春年华所赋予的敏锐的特权，同外部的人们对等交锋。故而，这个时候的勋无需有一句谎言，只需将他们的纯粹针一般刺向对方就行了。

“好，我问你饭沼，你的理想是什么？”

中尉目光闪亮，带着同刚才不同的语调单刀直入地发问。井筒和相良都觉得终于等到时候了，心怦怦直跳。

中尉虽然让他们放松，勋依然正襟危坐，他挺起穿着制服的胸脯，简洁地答道：

“振兴昭和神风连。”

“神风连之举失败了，那样能成吗？”

“他们没有失败。”

“是吗？那么你的信念是什么呢？”

“剑。”

勋只说出一个字。中尉暂时沉默了，似乎在心里琢磨着下一个问题。

“好，我再问你，你最希望的是什么？”

这回勋有些嗫嚅了，他那一直凝视中尉眼睛的目光微微移开了，从浸渍雨水的一面墙壁，转向紧闭的毛玻璃窗户，他的视野在那里被阻挡了。他知道，隔着一道细格子窗户，到处都裹在蒙蒙雨雾之中。即使打开窗户，也决不可能看到雨的尽头。况且，勋所要说的不在这里，而是十分遥远的彼方。

虽然有些支支吾吾，但还是决心说出来了。

“太阳的……站在日出时分的悬崖上，朝着太阳膜拜……一边俯瞰光辉的大海……站在崇高的松树根上……自刃而死。”

“唔。”

井筒和相良吃惊地窥视一下勋的脸。勋在朋友面前，从未对任何人作过这番内心的独白，而今面对第一次见面的中尉，却将心里话和盘托出。

中尉没有恶意地回击他，这是少年的荣幸。他似乎对少年狂妄的自白认真地思考了一番，不久他开口说道：

“可不是嘛……不过，要想死得光彩，并不那么容易啊，因为自己不能选择时机。即便是军人，也不一定就能像平常那样死得其所。”

勋没能将这些话听进耳里。完全是些曲折隐晦的措辞，还夹着注释，什么“不过”之类的思考……这些哪是勋所能理解的呢？思想像白纸上滴落的鲜明的墨痕，谜一般的原典，莫说翻译，就连批语和加注也无从着手。

眼下，勋心中紧张万分，甚至准备承受对方的一个耳光。他两肩高耸，直盯着中尉的眼睛。

“提一个问题可以吗？”

“好的。”

“‘五·一五事件’前，听说中村海军中尉来找过堀中尉您，是真的吗？”

中尉的脸色瞬时间变得像蒙上一层冰冷的蟹壳青一样。

“这谣传是从哪儿听到的？”

“家父的私塾里有人这么说过。”

“是令尊说的吗？”

“不，家父不曾说过。”

“不论如何，公判时是会弄明白的，不能听信这些无稽之谈。”

“是无稽之谈吗？”

“嗯，是无稽之谈。”

一阵沉默，可以感到中尉抑制着的愤怒像磁针一般微妙地颤动。

“请相信我们，说说真心话吧。是见到了，还是没见到呢？”

“不，我没见到。海军那帮人，我谁也没见到。”

“见到陆军军人了吗？”

中尉强作笑颜。

“每天都见，我本来就是陆军嘛。”

“这不是在回答问题。”

井筒和相良面面相觑，他们很是不安，不知勋还会提些什么问题。

“你的意思是指同志？”

中尉稍稍停顿了一下，问道。

“是的。”

“这些不关你们的事。”

“不，请您一定作答。”

“为什么？”

“因为我们想知道，如果……如果一旦有事求您帮助，堀中尉是会阻止我们还是采取相反的态度。”

勋不等对方回答，他就感到一种痛苦的两相对峙的时刻来临了，正如过去多次经历的一样，同这些年长者对话的结果，会突然出现河水般白光闪亮的东西，这种时候，一向光辉灿烂的对手突然变成一堆死灰。对于被凝视的对手来说，这多少有些痛苦，但对于看着的一方来说，更是一种痛苦。紧张的时间犹如拉满的弓弦，猝然松懈下来，箭矢没有射出，弓弦又恢复到原来松弛的状态。难于忍耐的日常时间的垃圾山又一举现出了原形。难道没有一个前辈，敢于舍弃一切顾虑和年龄，面对这边“纯粹”的枪刺，立即以“纯粹”的枪刺加以回应？假若肯定没有一个，那么勋所考虑的“纯粹”就将受到年龄羁绊的束缚。（神风连的人决不会这样！）假如受年龄羁绊的束缚就是“纯粹”的本质，那么肯定不久就会变得茫然难辨。这种顾虑，最使勋感到心惊肉跳。果真如此，必须加快速度！

年长者们看来缺乏这样的智慧：为了治愈少年们的性急，只能对他们的性急毫无怨言地加以承认，别无他途，否则，少年们就会主动向着明日即将消失的剧烈的“纯粹”，步步进逼。无他，一切皆由年长者造成。

——这天，中尉从饭馆叫了饭菜款待勋他们三个，少年们在中尉房间里一直待到夜里九点光景。一旦脱离微妙的问答，中尉的话题既有趣又有益，洋溢着振奋人心的力量。他谈到屈辱的外交，为拯救农村的凋敝一无用处的经济政策，政治家的腐败，共产党的跳梁，还有，政党倡导的师团半减论和缩小军备，以便继续压迫军部等等。他的一番言谈还涉及热衷于买卖美元的新河财阀，勋也听父亲提起过，据中尉说，经过这次“五·一五事件”，新河财阀明显强化了自肃的色彩，但这种人临时的自肃是绝不可信赖的，中尉特别强调说。

日本遭到追逼，被包裹在层层暗云之中。形势是绝望的，诚惶诚恐，圣明被覆。少年们关于绝望的知识大大增加，不过，中尉倒是个好人。“我们的精神都写在这上面了。”勋说着，递上那本《神风连史话》，回去了。没有说赠送，也没有说借阅，他心想，下回再想会见中尉时，可以把前来索书作为理由。

十二

星期日早晨，勋要到附近警察局练习场，指导少年们练习剑道。这是一位崇仰他的父亲、经常到靖献塾来玩的署长通过父亲委托的，不好不答应。星期日早晨，那位剑道师难得睡一次懒觉，请来一位大受孩子们欢迎的英雄勋作为代理，真是求之不得。

身穿白底黑丝麻叶纹路训练服的小学生们，袖口露出细细的腕子，排成一列，一个个莽撞地朝勋刺来。人人面罩下面忽闪着认真而充满稚气的眼睛，一个个如光辉的飞石接连不断地袭来。勋打量着对方的身高，弓着腰故意留下些空当儿。他时进时退，仿佛走在丛林之中，不住受到低矮的幼小树枝的跳弹扑打，他的身子反复承受着少年们竹刀的袭击。勋年轻的肢体热辣辣的，梅雨时节阴霾的早晨所带来的阴郁的心情，在少年们响亮的呼喊中消散了。

练习完毕，擦擦汗水，一位在旁观看的上了年纪的法官坪井开口了，他说：

“看了你的指导我很明白，训练孩子务必要认真。哎呀，太棒啦！最后在神前的行礼，由一个大龄的孩子一声号令，‘神前敬礼！’虽说是孩子，可声音里满含力量，很好地体现了你的训练成果。真是太好啦！”

坪井虽说是二段，但剑术很差，他只在肩部用力，始终施展不开。勋偶尔同署内的人交手时，坪井总爱向比自己年小三十五六岁的勋求教。他双目深陷，毫无表情，过于高耸的赤褐色的鼻子显得很丑。他还喜欢多嘴多舌，易于感伤，根本不像一个同思想有关联的警官。

少年们三三五五正要回去，这时候正巧有一辆囚车驶入训练场中庭。车停了，下来几个铐在一起的长发青年，一个穿职工服，两个穿朴素的西装，还有一个穿着鲜艳的和服，勒着宽幅的腰带。

“哎呀哎呀，星期天一大早就上客啦。”

坪井阴郁地欠起身子，空着手模仿几次竹刀刺杀的动作，向着勋道别。勋漫不经心地瞥了瞥他舞动的手，那是一双显得有些神经质的静脉曲张的细小而柔弱的手臂。

“都是些什么人呢？”

勋一时兴起，随口问道。

“赤色分子，一看就明白。这个时候的赤色和往昔不同，要么打扮得不惹人注目，要么故意装成流氓，穿得花里胡哨，不外乎这两种人。那个穿职工服的，多半是头儿，其余的可能是学生。得了，要去好好‘招待’他们一番啦。”

他说着，用纤弱的手做了个抄起竹刀竹柄的姿势，离开了。

勋对于那些被拉进牢狱的青年们怀着几分嫉妒。桥本左内二十五岁投狱，二十六岁被判处死刑。

自己总有一天会像左内那样变成狱中人吧。如今的自己，在所有方面都和牢狱无缘，对此他很是不满。不，与其入狱，不如选择自刃。神风连的投狱者是极少数。一旦被置于极其壮烈的状况下，自己无需坐待遭受逮捕和随之而来的无数屈辱，干脆亲手结束自己的生命为好。

可能的话，他想选择某个早晨，在自己认为清爽的朝阳下死去，他希望崖上的松风和海面的闪光，同那阴湿牢狱中臊臭熏天的混凝土墙壁交相辉映。哪里会有这种两者相映生辉的场景呢？

因为一直想到死，这种思想使他通体透明，浮泛于空中，游离于尘世，就连对于这个世界的厌弃与憎恶，似乎也变得稀薄起来。勋害怕这个。狱中墙壁的血迹和尿臊，抑或可以治愈这样的稀薄。自己也许需要牢狱……

——回到家中的时候，父亲和塾生已经吃过早饭，母亲照顾勋一人吃了早饭。

这阵子，母亲相当肥胖，起居十分不便。过去一个性格开朗、脚步轻捷的姑娘家，成天乐呵呵的，不知怎的，渐渐堆积起阴郁的脂肪，眼见着感情的天空涌上来惨淡的乌云。双眼总是生气的样子，闪着凶光，虽说发怒，但那妩媚的眸子依然和往昔相同。

美祢在靖献塾的工作是照料十多位塾生的生活，所以很忙。但在她这样的年龄，尽管忙忙碌碌，被这么多年轻人看作母亲，应该品尝到无比的喜悦。可是美祢却给自己身边筑起一道围墙，一概不和大家亲近，一有空儿就热衷于编织绒线袋儿。家中到处堆满了她所编织的这种绒线袋儿。

私塾内以简洁为旨趣，锦缎和友禅织物之类到处塞满视野，犹如白木船缠上了五颜六色的海藻。

酒壶套是用红绸子做的，就连为勋盛饭的饭柜，也包裹着考究的紫色友禅织的被子。饭沼明显地厌恶这种宫中侍女的趣味，但他对此也不特别加以责难。

“星期日也得不到休息，下午一点不是有真杉先生的周日演讲吗？光靠学仆一人照料不过来，妈妈还得去那里做些准备。”

“能来多少客人呢？”

“估计三十名左右，不过还会越来越多的。”

靖献塾的星期天起着一种教堂的作用。附近的志愿者都集合在这里，听塾长训话，还有真杉海堂的历代御诏敕令的系列讲座。最后全体一起高呼“国家繁荣”而散会。募捐也趁着这个机会进行。海堂的课今日应该讲述景行天皇《命令日本武尊征讨东夷诏》，勋对这一节已经谙熟于心。

“……山亦有斜神，郊有奸鬼，遮衢塞径，多苦人也。”

这简直就是在论说今世，斜神在山，郊外到处都是奸鬼。

美祢坐在矮桌的这一边，目不转睛地注视着这个十八岁的独生儿子，他默默不语，只顾一碗又一碗往肚里扒饭。看到那大幅上下运动着的脸颊和下巴颏的弧线，她觉得儿子已经长成大男子汉了。

卖秧苗的声音呼唤着牵牛花和茄子的名字走过去，美祢回头望望院子。阴霾的天空下是院子里苍郁茂密的树木，对面的篱笆墙绿叶纷披，看不见人影儿。吆喝秧苗的音色里带着灼热的疲惫的调子，浮现在眼前的牵牛的嫩叶也似乎枯萎了。这慵懒的吆喝声，伴随爬满小蜗牛的庭院，度过了午前的时光。

美祢突然想到第一个孩子堕胎时的情景。当时饭沼算来算去弄不清是侯爵的孩子还是自己的孩子，干脆让美祢打掉了。“勋这孩子一点儿也不笑，到底怎么啦？他很少开玩笑，最近也不愿理我了。”

勋好像和学仆时代的饭沼既相似又不相似。年轻时代的饭沼，不论在谁眼里，都能看出一副备受压抑的灵魂。而勋呢，不管从哪个角度审视，通体透明得令人生畏。在这个年龄段里，青春痘本该像暑天的狗一般始终气喘咻咻，而勋的脸上却什么也没有。

初产堕胎了，二度生产会有些风险，但还是极为顺利地生下了勋。反倒在产后，美祢的身子感到有些不适。饭沼觉得与其责怪妻子不如意的身子，不如责难她的心灵，这样更能显示自己的关怀。因此，反而比从前更加严厉，更加厌恶，时不时在闺房里，对妻子和侯爵的那段旧情痛加讽喻。这件事不但没有使得美祢身心交瘁、人瘦如菊，反而郁勃地肥胖起来了。

靖献塾繁荣昌盛起来了。六年前，勋十二岁，美祢同一位塾生私通，事情败露后，她遭到毒打，在医院里躺了四五天。

打那之后，他们夫妇的关系在别人眼里显得十分平稳，美祢完全失去了乐天的性格，代之而来的是再也不轻佻放荡了。饭沼也一改从前，不再谈论侯爵，过去的事情一律不再提及了。

不过，母亲当时住院，勋的心里总会留下一些印象。不用说，母子二人谁也不肯谈起这事，勋也不愿涉及，这说明在他心里筑起了一道防护堤。

美祢心想，肯定有人会把自己往日的过失告诉给勋。

她甚至受到一种奇妙的诱惑，打算从勋的口里探个究竟，但那样做就会使得儿子更加怀疑她作为母亲的资质。那里本来有着一股甘美的感情。美祢感到脑后有着浅浅积水般的疼痛，她倦怠非常，带着沉重双眼皮的眼睛依然注视着只顾默默扒饭的儿子。

“五·一五事件”以来，家境一下子富裕起来，但饭沼叮嘱妻子，决不可告诉勋。至于塾里的财务，饭沼也一概不向勋交待明白。饭沼说，等勋长大成人，该交待的总要交待的，可是家计变宽绰之后，美祢不得不瞒着丈夫，背后多给儿子一些零钱供他花销。

“可要瞒着父亲啊。”

美祢从腰带里掏出一张折叠的五日元现钞，悄悄从矮桌底下递给吃完饭的勋。

勋只有在这个时候，才含着微笑道声“谢谢”，然后迅速揣进蓝白花布的衣襟里，他似乎很珍惜脸上泛起的微笑。

——靖献塾位于驹込西片町一角，是十年前买的，本来是一位有名的油画家的宅邸，将另外一栋宽阔的画室加以改造，扩充为神殿和会堂，原来供好几名内弟子居住的堂屋的一部分，腾出来给塾生居住。里院的池子已经填平，准备将来建设武道场，眼下临时在会堂练习武道。可是地板的弹性很不理想，勋不喜欢在那里练习。

为了不使勋和塾生疏远起来，饭沼总是叫儿子每天上学前同大家一起洒扫庭除。饭沼用意微妙，他既不使塾生把儿子当成少爷，也不让他们将他看作同僚。饭沼小心提防每个塾生同儿子过分亲密。他要叫塾生们养成这样的习惯：可以向塾长表白一切，而对夫人和公子不能敞开胸襟。

话虽如此，但勋还是主动同最年长的塾生佐和亲切交流。佐和为人乖戾，把四十岁的妻子撇在家乡一个人来到这里。他身体肥硕，性格滑稽，一有空儿就阅读《讲谈俱乐部》，每周去一趟皇宫前，跪在碎石地上磕头。他说随时准备为朝廷效力，所以每天精心洗涤衣物，打扮得干干净净的。有一次他和年轻的塾生打赌，米饭里撒上跳蚤药吃了下去。倒也平安无事。他替塾长传话时，总是驴唇不对马嘴，弄得人家无所适从，为此经常被塾长斥骂，可他一句话不回，倒也难得。

勋留下母亲收拾碗筷，沿着走廊前往会堂。中央的神坛上有神殿的白木门扉，隔着帷幕，供奉着天皇和皇后两位陛下的像。勋站在会堂入口，向那里顶礼膜拜。

顺着塾生们的指点，饭沼远远瞥见儿子的身影，他觉得儿子的行礼时间太长了。

每月例行公事地参拜明治神宫和靖国神社时，儿子总是比别人更加长久和认真，而且一概不对父母讲明干了些什么。想当年自己在松枝侯爵府邸，每天早晨跑去“拜宫”，满怀诅咒和愤懑，念念有词，那是为的什么？同那时的自己相比，勋的身份堂堂正正，按理说，他不该如此怨愤尘世，诅咒人生。

勋看到画室那面宽阔的采光玻璃天窗，紧贴着阴沉的天空，将水槽内浑水般的光线映射在忙着变换座位的塾生身上。

椅子和长条凳已经摆得整整齐齐，唯独佐和总是像平素一样袒开肥满的胸脯，把相同的椅子摆了一遍，看看又摆了一遍，实在是白费力气。

饭沼没有对佐和大发脾气，因为他正忙着整理讲坛，从黑板沟槽内一根根将粉笔掏出来，表情怪异地察看一番。

身穿小仓织锦裤裙的青年们，搬来桌子当作讲坛，铺上缎子桌布，摆上松树盆景。天窗的光线照射下来，青瓷盘蓦然变成琉璃色，里面的松树也恢复了生机，迅速展现着光亮的针叶。

“待在那里干什么？还不快过来帮忙。”

饭沼从讲坛上回头向儿子喊道。

——这堂御诏敕令讲课，勋的朋友井筒和相良也来听了。散会后，勋领他们到自己房间。

“快让我们瞧瞧。”

小个子相良用食指将那副大眼镜向上推了推，像黄鼠狼似的满怀好奇，凑过湿漉漉的鼻尖儿说道。

“等等，今天我拿到一笔数目可观的军费，回头请你们客。”

勋有意卖关子让他们着急，少年们的眼睛炯炯闪亮。他们以为，这么一来就会大功告成了。

母亲端来水果和茶，听到她足音远离，勋这才打开上锁的抽屉，取出一张折叠的地图，摊开在榻榻米上。这是东京市中心地图，到处用紫色铅笔涂满了记号。

“就是这些。”

勋叹了口气说。

“怎么会这样？”

井筒问道。

“是的，就像这样腐败。”

勋随手从果盘里撮起一个柑柑，抚摸着熔岩般黄盈盈闪光的表皮，“要是水果中心烂成这样，那就不能吃了，只好扔掉。”

勋用紫色铅笔在一些最重要的地方，一一标上腐败的记号。自皇宫周围至永田町，还有东京车站附近的丸之内一带，都用浓紫涂抹。即使皇宫内部也浮泛着一层淡紫的腐败。

浓黑的紫色将国会议事堂抹得一塌糊涂。这片紫色和丸之内财阀建筑群的浓紫，用虚线连成一气。

“这是什么？”

相良发现虎门附近一个紫点儿。

“华族会馆。”勋表情淡然，“这些人号称皇室的藩屏，其实是蚕食皇室的一群寄生虫。”

霞关附近的官厅街自不必说，即使有浓淡之差，也一律涂着紫色。软弱外交的据点外务省，经反复涂抹，放射着紫光。

“腐败得这样广泛啊！就连陆军省和参谋部也一样。”

井筒眼睛发光，说话瓮声瓮气，有点儿不合他的年龄。但井筒的声音仿佛是将一切直接装进一个可以信赖的清净的筒子里发出的，每个音响都不带猜疑的阴翳。

“可不是，我在各处涂上紫色，各各都是根据确实的情报。”

“怎样才能一下子使这些地方变得干干净净呢？”

“神风连也会为之叹息，可是要想一举扫除，就只有靠这一手了。”

勋说罢，将一个栟柑高高举起，使之掉落在地图上。栟柑沉重地弹跳起来，发出一声闷响，斜斜滚动着，压在日比谷公园一带，停住了。此时，那移动的橙黄色的光影，一旦停止，随之又恢复到日常暗淡的一团，将它那硕大而迟滞的球形的影像，投映在日比谷公园蚕茧状的水池和曲折逶迤的小路之上。

“我懂啦，是从飞机上丢炸弹吧？”

相良兴高采烈，眼镜差点儿从鼻尖上掉落下来。

“对。”

勋露出自然的微笑应了一声。

“是吗？要是这样，堀中尉自然是杰出的人选，但总得抓住一位飞行队的军官。计划一旦挑明，堀先生肯定会为我们介绍。到时候，堀先生保准是我们最可靠的同志。”

井筒说道。对于井筒近乎美丽的轻信，勋略显从容地望了望他。

井筒最终当然只能听从勋的判断，他的性格是遇到一个人就学习人家的优点，用到自己身上。这个经信使他的精神世界变得像牧场一般平坦、明净。他不怕矛盾，在那个无邪的世界，井筒所考虑的恶，尽可能呈现着平板的形状。只有他才能将恶像饼干一般碾成齑粉！这就是他产生豪胆的根据。

“不过，”勋等到这种轻信充分渗入井筒的心底，这才开口，“炸弹只是一种比喻，这就和神风连的上野坚吾主张用步枪而未被接受一样，最后还得靠剑！这一点不能忘记，肉弹和利剑！”

十三

白山前町鬼头中将的家，距离靖献塾很近，走上一段路就到了。宅子坐落在山顶，度过山麓上的石桥，再攀登三十六级石阶，这个数字勋记得很牢。

在家中，中将待人极其宽厚，夫人早已去世，一切都交由离婚后住到娘家来的女儿槙子料理。中将和靖献塾很熟，他很喜欢勋。勋时常到中将家玩，饭沼总是叮嘱儿子："不要太给人家添麻烦了。"但他决不阻止。

勋和朋友每次去中将家，都由槙子负责招待。槙子的温柔体贴是无人可比的。

年轻人可以随时来访，由着性儿尽情玩乐，最好是饭前来。中将说过，好酒好饭管饱食欲旺盛的客人的肚子，比什么都令人高兴。槙子也是这么想。

槙子从不改变一视同仁的态度。她爽朗、温存，有时也很冷峻，头发和衣领纹丝不乱。

星期天无处可去，勋、井筒和相良，都想到鬼头中将家里度过一个晚上。

这是因为井筒和相良都不想让勋请他们吃晚饭，以免太浪费，都想叫他尽量为执行计划时积攒必要的资金，所以得找个不掏钱的去处才是。

他们到了那里，槙子穿着紫藤色斜纹哔叽和服在门口迎接。看到她时，勋立即意识到井筒和相良说不定会想起刚才地图上腐败的紫色，不由打了个寒噤。槙子一只胳膊扶在门框上，宛如纤细的水壶把子。

“欢迎欢迎。父亲去旅行了，不在家，没有什么可顾忌的。快，请进来吧。还没吃饭吧？”

她像平时那样打着招呼。

这时，下起雨来了。

“你们真走运。”

槙子盯着夕暮里的门外说道，她那清幽的嗓音同沙沙细雨十分和谐。看来，她时常用这种嗓音自言自语吧。勋感到最聪明的办法是不予回应，这样还显得礼貌，于是走进薄暮暝暝的屋子。

槙子打开客厅的电灯。她伸手到灯罩上头，灯罩摇晃着，手滑了一下，灯光忽闪忽闪的，就在这一明一灭的短暂时间里，槙子踮着脚尖儿抬起的洁白的布袜，映入勋的眼帘。那跷然而立的布袜子，倏忽闪现狡猾的白色，勋似乎感到窥探出她的几分秘密来。

——最使少年不解的是，不管他们何时突然闯进来找饭吃，鬼头家总是有现成的丰盛的饭菜。原来这是鬼头家常年以来的习惯，是为那些饭量大的青年将校突然来袭准备的。饭菜立马就好，在女佣的伺候下，槙子也和大家一道吃起来。槙子吃饭的动作颇为优雅，勋从未见过有人像她这样。她举止娴静，低俯着前胸，灵巧地用筷子夹起一小块饭菜，一边同少年们谈笑风生，一边很快吃完了这顿饭，像是迅疾地拾掇起女人手边那些小零碎儿。

饭后，她说：

“听听唱片吧。”

天气闷热，槙子不顾飘进来的雨丝，将绿色的玻璃门打开，站在门口。房间一隅放着桃花心木的箱式留声机。虽然时兴电唱机，但这个家庭却顽固地坚持使用进口的手动式。井筒前去拼命旋转摇把，本来勋也可以这样做的，但槙子正在那里选唱片，叫他紧挨槙子身旁转动摇把，实在有些难为情。

槙子挑了十二英寸的红盘唱片放在唱机上，这是由科尔托演奏的肖邦的小夜曲。这样的音乐虽然超出少年们的欣赏能力，但他们并不强行装作不知以为知，还是老老实实地听着。于是，这种陌生的音乐犹如一湾冰凉的冷水，他们浑身浸在这冷水里游泳，心情十分舒畅。同这种怡然自得的心境相比，勋想起待在自家塾里的时候，简直就像戴着一副假面具过日子。

这就是证明，眼下，音乐使得他的心儿自由自在游弋四方，每次到鬼头家来，所见所闻的每一个角落都会浮现出犹如家徽般小巧玲珑的槙子的肖像，而这些记忆随着钢琴的音流，次第鲜明地打眼前掠过。

……一次，春天的午后，勋、中将和槙子三个人正在闲聊，一只野鸡落到院子里。槙子说："是打植物园飞来的。"她的声音依然响亮地印在他的耳鼓里，仿佛是那只红翅膀的野鸡发出女性的声音。"是打植物园飞来的……"这句话使他联想到那片未曾见过的茂密的森林，森林里住的净是女人。

勋的记忆再次伴随钢琴的旋律自由飞翔。

五月的一个晚上，相同的声音又说道：

"前天下了一夜的雨，早晨我去练习插花，打着蛇目伞走下石阶，燕子擦着伞边儿倏忽飞过去，好险哪！"

"幸好没有打石阶上跌下来。"中将立即接过话茬儿。槙子说，她的意思不是指这个，而是担心伞骨尖儿伤害了燕子。

勋听着，刹那间脑子里浮现了一幅艳丽的危机场景。

伞荫下，透过油纸闪光的薄绿，闪现着一张苍白的沉浸在飘零的雨丝和不安中的女人的脸。这张脸是女子容颜的典型，矗立在女性的悬崖之上。燕子受到女性的关切和怜惜，挺身奔向游戏般的死亡。这是一种无所顾忌的冲动，一味促使它接连不断受到伤残。犹如一把利刃，瞄准无上的瞬间，猝然劈开五月紫色的菖蒲……可是，无上的瞬间躲过去了，不安结束于亲切的诗的情景里。燕子和前往学习插花的美女擦肩而过，飞走了。

…………

“从率川神社带来的百合还在养着吗？”

突然，槙子冷不丁儿向勋问道，他不由“哎”地反问了一声。唱片放完了。

“我是说从那里拿来的百合，你从大神神社运来的。”

“哦，都分给大家了。”

“一枝也没留吗？”

“是的。”

“真可惜。听说再干枯的花枝，只要保存到明年，这一年就无灾无病。我们家都供在佛坛上呢。”

“是押花吧？”

相良粗暴地冒了一句。

“不，不是押花。这种神花是不能用重物压扁的，要经常换水养活着。”

“都过了一个月了，还能行吗？”

勋问道。

“说也奇怪，这花即使干了颜色也不难看，你们看，到底是神花呀。”

不一会儿，槙子捧着插满颤巍巍百合花的白瓷花瓶，静静地回来，恭恭敬敬摆在桌子上供大家欣赏。剪下的百合枯萎了，但颜色并不像火烧一般丑陋，而是白的地方有些暗黄，叶脉明显泛着一层贫血的青白，看起来缩小一圈儿，好像幻化成别一种陌生的花了。

“一人送一朵花，拿回家好好养着吧，可以消灾灭病呢。”

槙子用小花剪，挨着花朵儿附近的枝条一朵朵剪了下来。

“我们没有摆花，也没有生病啊。”

井筒笑着说。

“快别这么说，这可是勋君一番好心，辛辛苦苦从大神神社运来的啊……再说，不光是为了防病……”

槙子轻轻挟动着花剪，不再说话了。勋不好意思走向前去向女子索要花枝，一动不动地守在廊缘边上。他感觉槙子停止说话肯定有什么事，朝她那里看了看。只见槙子坐在紫檀木桌子旁边，在灯光下露出美丽的侧影。刹那间，那张侧影明显觉察到有人正在盯着自己呢。

勋好像对着围在百合花周围的年轻人发出威胁似的，他有些莫名其妙，不择场合地大吼一声：

“喂，你们说，今天的日本要是杀人，谁第一个该杀？杀掉哪一个能使日本稍许清静些啊？”

“五井重五郎，对吧？”

相良用指尖儿旋转着领到的花轮儿应道。

“不对，他虽说有钱，可是个小人物。”

“是新河男爵吗？”

井筒为勋要来一朵花交给他，眼睛里闪着光辉。

“要是杀十个人，可以有他一个。不过，他对‘五·一五事件’做了反省，只是个出尔反尔的投机分子。当然要作为非国民受到惩罚！”

“是斋藤首相？”

“杀五人有他一个。你们说，斋藤后头谁是财界黑幕？”

“噢，是藏原武介啊。”

“对啦！”勋将拿到的花朵儿悄悄藏在怀里，断然地说，“杀了那个家伙，日本就会好起来。”

灯下紫檀木桌面上女人的纤纤素手和水一般闪光的剪刀，远远映入勋的眼帘。槙子有个习惯，当着这帮小哥儿们，她是从不插嘴的。不过，她心里明白，他们如此高谈阔论明明是故意说给她听的。她把目光对着勋，眼睛里含蕴着温润的母性的慈爱，那视线好像是在夜阑雨露瀼瀼的庭院草木丛中，随处探寻潜隐着的血一般晚霞的余孽。她那渺茫的视线，叫人弄不清楚，是在看他呢，还是在看他背后的庭园？

“要是血坏了，还是放出来的好，国家的病也就得救了。没有勇气的人，只会围在病入膏肓的祖国身边打转转，这样下去，国家就会灭亡的。”

槙子的语调似唱歌一般轻盈，使得勋绷紧的心弦放松下来。

勋的背后传来咻咻的喘气和踏草的声响，他回头瞧了瞧，为自己一时的心跳感到羞愧。原来那是潜入雨湿的庭院的野狗，不停发出急促的低贱的鼻息，在草丛中钻来钻去。

十四

梅雨时节的后半很少下雨，接连好儿天阳光昏暗、天空阴沉的日子过去了。渐渐出梅了，大学进入了假期。

勋接到堀中尉用又粗又黑的铅笔草草写来的明信片，大意是，《神风连史话》读完了，很有意思。暂时放在连队里，供朋友们翻阅。到时候来拿书再见面吧。

一天午后，勋到麻布的三联队拜望中尉。

夏日的联队到处亮晶晶的。

从营房大门一眼望过去，右手耸立着著名的现代化兵营大楼，庭院林木尽头，远远扬起灰尘，不知哪里飘来马厩的气味儿。从这一点上，仿佛这块团地本身已经获得圣化，整个儿飞向名誉和沙尘的天宇，绝好地显示着那种陆军的特色。

站在门口早已远远看到密密麻麻一伙儿草黄色蜡笔似

的部队，拖曳着西斜的日影正在训练。前来迎接的一等兵警卫，见了勋说道：

“堀中尉就在那儿操练一年新兵，大概还有二十分钟就结束了，要不要过去参观一下？”

勋冒着炎夏的夕阳，跟在一等兵后头迈开了脚步。

一切都展露于炎天光下。不一会儿，草黄色的一团渐渐变成金光闪耀的黄铜纽扣和数字“3”，还有一排排红色的步兵领章，鲜明地映现在勋的眼里。如今，一排人正在前进，军靴像咀嚼的牙齿，咯吱咯吱啃咬着地面。堀中尉拔出军刀竖立在右胸前，他频繁激烈地喊着训练的口令，那昂扬的音调犹如羽翼蔽空的猛禽，打闷声不响的队列头上飞过。

“向右转……”声音拖长，发出预感，“走！”

命令一下，作为总纵队回旋轴的士兵，将汗水淋漓的脸孔转向右方，先原地踏步，等着外侧的一列大踏步回旋，在转弯处四列纵队渐渐松散像篱笆墙，转弯结束后，又渐渐像扇子一样折叠起来。

“向左重新编队……前进！”

中尉一声令下，犹如一道数学公式解开了，队伍立即解散，跑步前进，不到一刻钟，早以轴翼连长为连线排成横队。于是，侧面纵队变成同一方向的横队而前进。

“向右转……走！”

中尉雄壮的喊声，连同军刀的闪光，一起径直飞向夏日的天空。横队又变换方向，勋眼前一排汗光闪闪的黝黑脊背，渐渐远离而去。从脊背上可以看到，刚才跑步变换方向时，士兵们拼命压抑着纷乱的呼吸。

“解散！”

中尉喊完口令，向这边跑来，又立即站住，大声叫道：“集合！”他跑向这里时，勋看见阳光辉映下的黑色帽檐下，灼热的鼻梁和紧紧抿住的嘴唇，汗珠子四处飞溅。

中尉面向这边站住，远方的士兵争先恐后奔跑过来，转了一大圈儿，在勋眼前争相排成两排横队。中尉严厉指出整队中的问题，又忽然大喊：

“解散！”

“集合！”

听到口令，士兵们拿着枪，在灼热的地面上猝然奔跑起来。“解散！”“集合！”又连连反复了几次。有时候，尘埃、汗水、皮革的臭味儿，以及一群人深深喘息着的旋风，从勋和一等兵伫立的旁边呼啸而过，干燥的土地上落下了斑斑点点黝黑的汗滴。勋看到，远处中尉的脊背上也印上了巨大的黑色汗迹。

营房周围浓密的树荫十分清静，梦幻般的邈远的天空布满了夏云。天底下，一群士兵集合、解散、变换方向、重新编队，正在精心地操练。勋思忖着，在这运动着的一群人的头顶上，似乎有一张无形而巨大的手掌在发挥作用，那一定是太阳的手指吧？这只大手任意指挥士兵们进行操练，中尉只不过是这只巨掌的孤独的代理者罢了。当他这样想的时候，那响亮的口令听起来也显得虚弱无力了。这是一只能够自由搏动棋盘棋子的看不见的巨手，这只巨手力量的来源正是头顶上的太阳，这个充分蕴涵死亡的灿烂辉煌的太阳。这太阳就是天皇！

只有在这里，太阳的手指才能明快、准确和数学般地运动！也只有在这里，陛下的命令才会像 X 射线一样，穿透青年们的汗水、鲜血和肌肉。大本营门楼高耸，菊花瓣儿的徽章迎着烈日，俯瞰着美丽的充满汗臭和死亡的精密的秩序。

要是在别的地方呢？别的地方不能这样。因为天空和阳光全被遮盖了。

——堀中尉操练完毕，沾满灰土的白色皮革绑腿发出磨擦的响声，看见勋喊道：

“欢迎，欢迎。”

接着，他对一等兵说：

“你辛苦了，我来陪客人吧。”

他打发走一等兵，便向卵黄色的椭圆形大楼走去。

“怎么样？这是日本最时髦的营房，还安装了电梯呢。”

他的话里充满自豪。

“今天狠狠操练了一场。怎么样，不像是一年新兵吧？”

中尉登上马厩入口的石阶时说道。

“我感到一丝不乱。”

“是吗？夏季有午睡的时间，起来后不狠狠操练一下，头脑不清醒啊。”

作为一名中队军官，中尉所隶属的第一大队军官办公室位于三楼。这是一座简素的房间，墙上挂着五六副练习白刃战的防护面具。窗边摆着桌子和露出稻草秆儿的椅子。

中尉脱去上衣擦擦汗，这时勋透过窗户俯视着宽阔的椭圆形的中庭。值勤兵送来茶水，放在桌子上，走开了。

一团人正在中庭练习刺杀，那股气势仿佛一下子升腾到窗边。通往庭院有六条石阶出口，这里是地下一层和地上三层的四层楼建筑，院子对过那座楼连地下一共三层。每个出口都标有“十四”“十三”等巨大的白字。三棵茂密的银杏树绿叶簇簇，气势威严地向四方伸展着枝条。众多的雪松枝头垂挂着白色的嫩芽，没有一丝风，那些嫩芽一动不动。

中尉回来后换上白色的短袖衫，一口气喝干一杯茶，又命令执勤兵换来一杯。

“对啦，要还你书的。”

他从桌子抽屉里迅速掏出那本《神风连史话》，放在勋面前。

“怎么样?”

“哎呀，很感动啊。你的志向我多少明白了。我想问你一个问题……”

中尉的嘴角浮现着讽刺的微笑。

“你要像神风连一样，同军队进行战斗吗?”

“不是。”

“那么是什么呢?”

“我想堀先生是能理解的，神风连不光是同军队作战的。镇台兵的背后存在军阀的苗头，他们是把军阀当作敌人进行战斗。我坚信，军阀不是神的军队，只有神风连才是陛下的军队。”

中尉没有回应，环视了一下屋内，没有别的人。

“喂，喂，不要那么大声嚷嚷好吗? 真是没办法的家伙。”

中尉颇为亲切的忠告，逗得勋的心情十分快活。

“可是这里哪会有什么人呢? 平时郁积在心里的东西，一见到中尉先生，我就全说出来了。神风连只用日本刀打仗，我认为，我们到了最后关键的时刻，应该使用日本刀。不过，要是计划再订大一些，其实不管多么大的计划都成……怎么样，请为我们介绍一名飞行队的军官吧?”

“要干什么?”

“从空中支援我们，向要塞投掷炸弹。”

“嗬！”

中尉低吟了一声，但他没有动怒。

“总得有人首先行动起来，再不这样日本就完了。为了安奉宸襟[1]，只有这一个办法。”

“事关重大，不可轻言！”

中尉急忙吼道。但勋立即明白，这不是因一时动情而发出的吼叫，他连忙道歉。

“是，对不起。”

勋在想，莫非中尉看穿了自己有什么意图？中尉敏锐的目光，确实捕捉到了这位大学预科生的灵魂的外形。按照公众的评价，中尉绝非是个看重阶级和年龄的人。

勋清楚地知道自己的言语还不成熟，但他相信，自己烈火般的志向弥补了不足，能和对方的热情相互发生感应。尤其是今年夏天，两人对坐于毛毯一般厚重而窒闷的热气之中，星星之火，就能立即燃起熊熊烈焰。他想，再不开始做点什么，就会像熔化的金属渐渐消失殆尽。重要的是时机。

“好不容易来一趟，好吧，为了消消暑气，去道场比试一把，怎么样？我经常和下级军官对垒，没有一个气力相当的人。”

中尉打破沉默，说道。

1　宸襟，天子之心胸。

“好的，我也喜欢比武，那就奉陪了。”

勋立即应承下来。军队很计较胜败，中尉也很少在大庭广众中比试武艺，能和中尉用刀剑会话，使勋感到很快活。

——周围古木葱茏的道场里头一派清凉。有三组正在练习。那些人性子急躁，刀法不稳，脚步杂乱无章，不用看就知道是一级或初段。

“你们先休息一下，今天我陪这位客人练习，好好看看吧。”

中尉大大咧咧地喊道。

勋换上租借来的剑道服，手执木刀走进场地。见习的六个人脱掉面罩，规规矩矩坐成一排。勋在神前行了礼，走过去同中尉对视。中尉抡刀转身，勋也抡刀转身。

西墙高窗的太阳深深照射进来，一部分屡经磨擦的地板油光闪亮。道场包裹在一片喧闹的蝉鸣之中。灼热的脚心踩着极富弹性的地板，好似米饼一般轻柔酥软。

两人蹲踞，拔刀相向。随后站起，采取中段姿势。透过蝉声，裤裙窸窸窣窣的微音，听起来十分清晰。

勋一看到中尉的架势，就感到丰厚而壮大，有一种大胆的、锐不可当的意味。不单动作合乎规范，而且直至洗得发白的蓝色剑道服内鼓胀的胸脯，都充盈着夏日早晨清凉的气息。勋很明白，中尉力大无比，姿态自然，技艺超群。

两人分别向右展刀，再后退五小步收刀，礼仪结束，进入第一场较量。

重新进逼，采取中段姿势后放松，中尉取左上段，勋取右上段，相互逼攻。

“杀！”

中尉向前踏进右脚，从正面猛攻过来。

这来势汹汹的最初一击，像冰雹一般迅速扑降到勋的头顶。木刀准确地向击打的地方聚集力量，那一段刀身劈开了浓重的毛织物般的空气。

中尉的木刀就要落到头上的一瞬间，勋左脚将身子后撤一步，收回右上段姿势的腕子，再向后大撤一步，猛然瞄准对方的面部就是一刀：

“杀！”

中尉用竣厉的目光斜睨着他，勋的木刀朝着他平头的颅顶劈落下来。此时，勋感到，两人互相交合的视线，正是胜过任何语言的迅疾的对话。中尉的鼻梁和下巴，不无遗憾地晒黑了，但隐藏于军帽帽檐下的额头很白净，从而衬托得眉毛更加显眼。勋的刀蓄满了力量，足可以一举将中尉白净的额头劈得粉碎。

正要猛劈下来的木刀猝然停止了，在这决定的瞬间，蓦地形成比光还要神速的直观交叉，实现了刀的空中对话。

勋将劈向中尉头顶的木刀向下移动，瞄准咽喉之后，缓缓抬起至左上段，以示遗憾之意。

第一场比赛就此结束，两人共同取中段，进入第二场比赛……

洗澡冲去汗水，走回营房的路上，年纪尚轻的中尉神清气爽，他用和勋同一辈的口气交谈着。不用说，这是因为中尉深深领教了他的剑道术。

“听说过关于洞院宫治典王的情况吗？”

“没有。”

“他如今在山口担任联队长，是个杰出的人物。他出身于近卫骑兵，兵种也不同，但我刚刚升任军官时，士官学校的同学曾带我拜见过他。打那之后，他总是‘堀’呀‘堀’地念叨着我。他胸怀大志，尤其喜欢倾听那些朝气蓬勃的青年的谈话。亲王殿下对部下关怀备至，一点不摆架子，是一位刚毅的优秀的军人。怎么样？我带你拜见一下吧。他要是结识你这样的青年，指不定该有多高兴呢？”

“好，那就拜托啦！”

勋从来不愿意结识身份尊贵的人，但他理解中尉的一番厚意，听从了他的建议。

“夏天里，殿下要来四五天，他叫我到他那里玩，届时我们一起去吧。”

中尉说道。

十五

松枝侯爵已经处理好镰仓终南别业，决定到轻井泽度夏。新河男爵在轻井泽也有一座广大的别墅，他邀请松枝侯爵去吃晚饭。这时候，唯有一件事情使他感到不满意，那就是应邀的客人都是被“攻击”的对象，唯有松枝侯爵从未遭受过“攻击”。

不用说威胁信了，就连措辞平和的信件也没有收到过。左右两翼的陌生人都和他不通音信。每当稍带革新意味的法案审议通不过时，这位已逾花甲之年的贵族院议员，总会助上一臂之力。他这样做却没有引起任何反应。这太不可思议了，回忆起过去种种事情，侯爵只有一次蒙受右翼的攻击，那就是十九年前饭沼写的那篇署上名字的怪文。把这些集中起来想想，可以推知，后来侯爵能过上那种很不自然的和平的日月，不是别人，正是攻击他的人饭沼暗暗保护了侯爵。

这种推测深深伤害了侯爵的自尊，他越想越觉得事情有些蹊跷。以侯爵的地位，完全可以轻而易举地查明真相，假如结果正像所推测的一样，那么证明确实受到饭沼的恩惠，从而引起双重的不愉快，要是推测错了，那就更加令人扫兴。

尽管如此，新河家的晚宴总是搞得很隆重，宴会期间，每位客人的便衣警察保镖同时在隔壁的屋子里用餐，他们的人数和客人们的人数不相上下，因而，新河家必须同时准备截然不同的两套餐具和两种饭菜。这些保镖身上剪裁失当的龌龊的西服，尖厉而不沉稳的视线和卑俗的相貌，和只顾默默咀嚼、稍有响动便一齐转头四顾的猎犬般的表情，饭后争相伸手抓起牙签剔牙时的悠然的神态……所有这一切，都在这些警察保镖的晚餐席上大放异彩，显得更胜一筹。然而可悲的是，在这些人当中唯独没有松枝侯爵的保镖。

侯爵不希望人为地改变这种尴尬的境况。既然警察认为侯爵身边绝对安全，自己再要求什么护卫，岂不给人落下笑柄？

侯爵最不愿意所面对的事实是，眼下这个时代，一个人的人身危险，正是这个人现时权力的保证。

因此，尽管距离不远，本可以安步当车，但侯爵夫妇还是乘坐自家的林肯轿车前往新河别墅。为了保护丈夫时时疼痛的右侧膝关节，夫人在他膝头叠放了毛毯。这是因为新河家老是习惯在户外喝餐前酒，直到太阳落山，气候变凉。当时，负责保卫的便衣警察要在以浅间山为借景的广阔庭院中的白桦林里站岗，一直站到天黑看不清人影。上司提醒他们不要太显眼，这样反而使他们仿佛成了暗中瞄准院中每位饮酒者的刺客了。

新河男爵已经年过五十了，住在这座爱德华时代风格的别墅里。男爵每天早晨最先阅读的是比日本报纸早到的《泰晤士报》的社论。就像英国殖民地的外交官一样，他有半打白麻布西装，每天都要新换一套。

男爵夫人对于她自身的唠叨数十年一直在继续。如今，夫人感到每天都能从自己身上发现新鲜的惊奇，但她决不愿看到自己一点点肥胖起来。

她对“新思想”已经厌倦，以“青踏派”为后盾的“天火会”很早以前就遭到废弃。她察觉“新思想”的危险，是因为发生了这样一个案件：女大毕业参加共产党的侄女儿，获得保释后回家的当天晚上，切断颈动脉自杀了。

尽管这样，夫人依然浑身充满精力，不可能将自己当作“灭亡的阶级”的一员。可怕的是，打从那位只会说些风凉话、不知道如何斗争的丈夫被列入右翼黑名单之后，他们受到来自左右两方面的敌视，仿佛白皮肤的文明人士被迫待在野蛮之国，一半出于好奇，一半想“回”伦敦去。

“我越来越讨厌日本了。”

这句话一时成了男爵夫人的口头禅。一位到印度旅行的朋友，告诉她自己所认识的印度人家的孩子，手伸到玩具箱里，被箱子底下的毒蛇咬死了。

“这正像日本啊。”夫人说，“只是插进一只手玩玩，没想到给躲在箱底的毒蛇咬着了。一个天真无辜、清清爽爽的人，竟这样给咬死啦。”

晴朗的傍晚，静静传来凄切的蝉声，空中一隅，远雷轰鸣。前来作客的五对夫妇都到齐了。松枝侯爵坐在藤椅上，夫人将毛毯展开盖在他膝头，火红的苏格兰条纹在草坪的黄昏里灼灼耀眼。

“政府在一两月之内不得不承认满洲国，总理已经有了这个主意。”

客人中一位大臣说。接着，他转向侯爵：

“听说前些时候，您见到百岛伯爵的公子了，是吗？”

侯爵只在嘴里“嗯”了一声。“这个人和对面的客人谈论满洲国，又和我谈论纳养子的事，倒是挺会做人的。”自从清显死后，侯爵夫妇一直谢绝别人介绍养子，最近因为心灵受挫，才听了宗秩寮的规劝，稍稍开始考虑这个问题。

树林尽头有一条小径通往下面的溪流，正在那个方向，耸立着夕晖里的浅间山。不知远方的雷声来自何处，人们顾恋着静静充溢在自己的面孔和双手之间的暮色，同时也品味着震撼心灵的远方的雷鸣所带来的不安。

“别人都到齐了，看来藏原先生也该来啦。”

新河男爵对夫人说，听到这话，大家都笑了。

藏原武介总习惯于最后一个到达，这种不算过分的迟到，包含着千钧之重。

他并不执意学习那些不修边幅的人，生硬的语调里含着几分矫揉造作，全然不像左翼漫画里的金融资本家。他坐的地方必定放着自己的帽子，西服的第二个扣子和第三个扣子不知为何那么亲密，领带经常系在领子的外头，总喜欢向右边的面包盘伸手。

藏原逢到夏天的周末都在轻井泽度过，其余季节的周末在伊豆山度过。他在伊豆山有两三町步[1]的橘树园。他因自家产的橘子温润光滑，甘甜爽口而自豪，不但分给熟人享用，还寄赠给两三所福利院和孤儿院。真不理解，这样的一个人怎么会成为一些人怨嗟的对象呢？

细思之，不论谁做梦也不会料到，这种乐善好施的表现和言行和对世界悲观的认识竟然出自同一个人物。对于聚集在新河别墅的宾客来说，倾听一位日本金融界巨头谈

1　町步，土地面积单位，一町步约合 99.17 公亩。

论越来越悲观、越来越破灭、越来越令人担心的未来，会感到一种不寒而栗的畅快。

高桥藏相的退任比起犬养首相的死，更使藏原感到可悲。不用说，斋藤首相组阁时匆匆走访过藏原，坦率地表明了自己的立场："没有藏原的协助便无法运作。"但是，藏原却从新首相身上嗅到一股说不出来的奇异的味道。

犬养内阁刚刚组成之际，再次断然禁止黄金出口，高桥在内阁内部暗暗扮演了这样一个角色：继续秉承古典重金主义者的意图，对这种新的政策消极怠工，使之不能获得预想的效果，景气未能恢复，物价低迷，到头来证明还是以往的旧办法好。

另一方面，新河男爵一心热衷于伦敦的一套做法，去年九月读了伦敦《泰晤士报》上关于英国停止实行金本位制的详细报道之后，心里打定了主意。

若槻内阁曾大声表明，日本不打算再度禁止黄金出口，驱使右翼势力咒骂购买美元的人为卖国贼。但政府每次发言都增加一层困惑。新河男爵大肆购买美元，将可以转移的黄金全部存入瑞士银行，没有等到政变一夜之间的转变，由于再次禁止黄金出口，有计划地推行通货膨胀，他又站到这种新政策的支持者一边了。因而，比起前任内阁不彻底的经济政策，他对新内阁寄予重大希望。匡救国内经济的计划性通货膨胀的未来，还存在着开发满洲产业的光辉前景。男爵至今不变的那种无所用心的老毛病里，闪过一种幻觉，轻井泽这块贫瘠的火山灰地中央，突然出现咖啡馆菜单一般的种类丰富的满洲地下资源。他以为，自己也能热爱那些愚蠢的军人了。

——以往，新河男爵夫人认为，纯属男人们的议论是难以容许的，但随着年龄的增长，她改变了看法。男人们的议论姑且不管，只要女人自己统领一切就行。她看到藏原周围的男人，回头对藏原夫人和松枝侯爵说道：

“他们已经开始了。”

松枝夫人可悲的八字眉，仿佛正要和白发星然的耳际的鬓毛连成一片。

“今年春天，我身穿和服到英国大使馆去，大使看到从前一直是一身西装打扮的我，吃了一惊，对我大加赞扬，说还是穿和服最适合。说实在的，我感到很失望。就连大使那样的人，对我们日本女人，也仅仅当作日本女人看待呢。不过，那天晚上我穿的是织厂推荐的桃山能乐剧戏装的大红料子，上面描绘着雪柳和团蝶，明知很气派，又涂上一层金银总漆，闪闪发光。因此，我是当作西服穿上身的。”

新河夫人以女主人的身份，开始谈论起自己来。

“大使是想说询子夫人适合穿最漂亮的衣裳吧？西装总觉得过于朴实，怎么也达不到那种效果。”

大臣夫人说。

“可也是呀，西装在色感上太素朴，要是过于花哨了，则又和年龄不相当，就像威尔斯来的乡下老婆子。”

新河询子又说道。

“这身衣服真是好料子。”

松枝夫人瞧着询子的夜礼服，故意讨好似的说。实际上，夫人只是惦记着丈夫疼痛的膝盖。那种疼痛扩展到松枝家的疼痛，关联到全家每个人的关节。夫人悄悄望了一眼丈夫盖着毛毯的膝盖，曾经那样豪情满怀，那样独自高谈阔论的一个人，如今却老老实实在倾听别人的谈话。

新河男爵生来决不轻易发表议论。他把和自己意见相同而不负有任何责任的年轻的松平子爵，推到前台来对付藏原。这位同军部极为亲密的不可一世的贵族院年轻的议员，面对藏原沉着地摆开挑战的架势。

“不论什么问题，都一概认为是危机、是非常时期，对这一点我可不赞成。”松平子爵说，“一切都在朝着好的方向发展。‘五·一五’无疑是个可悲的事件。不过，这也使得政府更具有决断力，将日本经济从不景气中拯救出来。总之一句话，使得日本转向好的方面去了。这就是因祸得福啊！历史不就是如此发展的吗?”

“要是这样就好了。”藏原带着闲静而浑浊的语调，悲戚地说，“我可不这么看。

“计划性通货膨胀到底是个什么东西？听说又可以称作统制性通货膨胀。这只猛兽给它放到笼子外头来，以为只要脖子上扣着锁链，就万事大吉了。可是，这锁链很快就会断掉的啊。关键是决不可把猛兽放到笼子外面来。

“我看得很清楚，开始是救济农村、救济事业、计划性通货膨胀，这些都是极好的措施，谁也不会反对的。不久，这些就会变成军需计划性通货膨胀。通货膨胀这只猛兽终于挣开了锁链，跑了出来。这个时候，谁也制止不住它了。军部本身开始惊慌失措，可是已经来不及了。

“所以说嘛，猛兽本来就应该关在黄金储备这座金笼子里。没有比金笼子更保险的了，伸缩自如，猛兽大了，格子也粗大，猛兽小了的话，格子也就细。货币储备充足，防止汇率下降，以博得国际信用。除此之外，日本在这个世界上无法生存。作为恢复景气的手段，而把猛兽放出笼子外头，就会被临时的现象所蒙蔽，耽误了国家百年大计。但是，既然决定再度禁止黄金出口，所应该干的就是尽可能根据金本位制的原则，健全货币政策，争取尽快复归于金本位。但是政府经过‘五·一五事件’，现在依然惊魂未定，正在滑向反面。我所担心的就在这里。”

“请听我说，”松平咬住不放，“假如农村的疲弊和工人运动一直继续下去，那么就不仅一个‘五·一五事件’了，等革命一起，就再也不可收拾了。您看到六月临时议会开会时一起涌来的农民群众吗？您看到农民团提交临时实施延期付款请愿书的气势了吗？农民在议会里得不到满意的回答，又去找军队，举行兵农一体的签名运动，打算通过联队区司令官上奏啊！一时好不热闹。

“匡救性的通货膨胀虽说是临时的政策，一旦增加财政就能有效地刺激国内需求，降低利率，繁荣中小工商业，开发满洲，发展大陆经济，扩充军备，振兴重工业和化学工业，提高米价，救助农村和失业者。这些不都是很好的事情吗？

“我们一方面注意防止战争，一方面一步步推进日本的工业化，不是很好吗？我所说的‘好的方向’就是指的这个啊。”

“年轻人都是乐天派。可我们老年人多少都有些知识经验，对未来看得十分清楚。

“你口口声声‘农民，农民’，但这种悲观的看法是救不了国家的。当全体国民咬紧牙关、克服困难的时候，他们就出来破坏国民团结，说什么上层不好，财界不好。其实他们都是些自私自利的人。

“首先，请想想看吧，大正七年发生‘米骚动’，那才是瑞穗国[1]真正的危机呢。如今，朝鲜米和台湾米已经增产成

1　瑞穗国，日本国的美称。——编注

功，全国到处都是大米，不是吗？农家以外的国民，因农产品价格暴落不再因吃饭问题而发愁。这一点不景气，虽然出现众多失业者，但并未发生左翼所说的革命风潮，不是吗？另一方面，农民不论如何饥饿，他们也不会听信左翼的言论。”

“但是，事件不都是军队挑起的吗？陆军毕竟是依托农村的陆军。”

即便旁观者听起来，年轻子爵武断的说法也多少有些失礼。但藏原决不是凭感情用事的人，他说出的话都是经过整理后抑扬顿挫地说出来的，仿佛中世纪基督教美术中的版画人物，将标志着基督话语的白色小旗子从口中吐出来。而且，此时藏原正在喝着甘甜的曼哈顿鸡尾酒[1]，他的濡湿的口唇流出的嘶哑的语音也显得甜美而柔滑。他的那张脸孔总是挂着微笑。他用牙签尖儿挑起一颗红樱桃含在嘴里，如今好像把社会的不安吞下肚里了。

“不过，军队不是也养活了那些贫农的壮年吗？”藏原慢悠悠地回答。“依我看，同前年的大丰收相比，去年由于歉收，农民对外来米的抵抗会产生懈怠。”

“他们会豁出性命怠工吗？”

面颊光亮的子爵问，藏原没有回答，说道：

1　曼哈顿，威士忌掺入苦艾酒制作的混合酒。

“我不是在分析现状，而是在谈论未来。

“日本国民是什么？这一定义各色各样，因人而异。照我说，所谓日本国民啊，就是对于计划性通货膨胀的灾祸麻木不觉的国民。他们一点智慧也没有，甚至不知道通货膨胀进行期间应该换物守财。我们时时不应忘记，我们面对的是纯真、无知、热情而富于感情的国民，连自身都不知保卫的国民是纯美的，确实纯美。我爱日本国民，也就不能不憎恨那些利用这种纯美的无知而欺世盗名的家伙。

“当然，紧缩财政总是不受欢迎的，计划性通货膨胀政策可以唤起民众的同情。但是，因为只有我们了解无知国民的终极的幸福，并为此而努力，其间多多少少会蒙受些牺牲，这也是难免的。”

“国民终极的幸福，指的是什么？”

子爵趁势问道。

“真不知道吗？”

藏原故作姿态，脸上浮着温和的微笑，稍稍歪斜着脑袋。热心倾听的人们像被钓住一样，轻轻侧过头来。此时，院子里暮色冥蒙的白桦树林，像并排的少年洁白的小腿，惆怅地站立着。夕晖如一面巨大的撒网笼罩在草坪上，刹那间，大家看到了启示性的、金光闪闪的“终极的幸福”的幻影。黄昏的撒网渐次收拢，网底下露出一条大鱼，鳞光闪耀，欢蹦乱跳。藏原说道：

“你不知道吧？……就是这个……货币稳定啊。”

众人反而感到一阵空虚的战栗，默默不语。藏原一向不在乎听众的反应，他那洋溢着慈爱的表情里次第出现稀薄的悲哀，仿佛涂了一层清漆。

“说是秘密，其实什么也不是。因为是众所周知的事实，所以就被当成是秘密……不管怎么说，知道这个秘密的，说实话也就是我们这些人，实在是责任重大啊！”

“我们听任那些无知的人们一味无知下去，只管引导着他们走向终极的幸福，但是如果厌恶道路的险阻，听信恶魔的耳语：‘这边有康庄大道。’看似一条鲜花盛开、平坦快乐的道路，一旦盲目地闯入这条道路，就立即堕入灭亡的深渊。

“经济不是慈善事业，付出一成的牺牲是不得已的，而剩下的九成确实获救了。要是放任自流，整个都将被轻易地毁掉。”

“您的意思是说，即使有一成农民饿死，也是迫不得已了，对吗？”

松平子爵轻率地使用“饿死”这个词儿，全场的人对这样的词儿从感觉上是很难接受的，因为这种说法耸人听闻，会给人们造成一种道德的恐怖。尽管不带任何形容词，但词的本身含有一种夸张，从趣味上说甚是不好，有些装腔作势，天生带有“倾向性”的词语。子爵自己也觉得使用这个词儿不太体面。

藏原正在滔滔不绝说话的当儿，法国籍大管家走过来对女主人耳语，晚餐准备好了。男爵夫人只得等藏原讲累了再开宴。她终于插进话来，说该吃饭了，这时藏原从椅子上站起来，暮色苍茫之中，藤椅中央藏原自己那个银质的烟盒敞开着，里面牙齿般排列的白色香烟，已经全都被他沉重的身子压碎了。

“哎呀，老爷，又是这个样子！”

夫人见了大声喊道，周围的客人对藏原的老毛病司空见惯，都无心地笑开了。

藏原夫人拾掇起压碎的香烟，说道：

“这个烟盒盖子很容易自动张开，一直为这事儿头疼哩。”

“不过，怎么会敞着就坐到屁股底下呢？”

“这种事儿只有藏原先生能干得出来。”

各个窗口的灯光照射着草坪，新河夫人一边在灯光斑驳的草地上忙来忙去，一边对着藏原揶揄道。

“说也奇怪，那个东西垫在身子下头，不感到硌得疼吗？”

“我以为是藤椅的缘故呢。”

“哎，哎，反正我家的藤椅都是硌屁股的。”

新河夫人喊道，众人都笑起来。

“不过，总比轻井泽电影院的椅子好吧？”

新河男爵漫然地搭讪着。轻井泽有一家马厩改建的古老电影院。

松枝侯爵被置于话题之外。直到在晚餐席上就座，身边的大臣夫人不知说些什么好，便随口问道：

“近来，见到过德川义亲先生吗？”

侯爵想了想，既像很早以前见过，又像两三天前刚刚见过。其实，德川侯爵从未跟松枝侯爵商量过重大事情，即使在贵族院的休息室或华族会馆碰上一面，三言两语谈的也只是有关相扑比赛的情景。

“是呀，最近不太能见到啊。”

松枝侯爵应道。

“他最近组织了一个叫作明伦会的在乡军人会，德川先生对这些很感兴趣呢。”

“他很喜欢同右翼浪人往来，渐渐要开始‘玩火’啦。”

坐在同桌对面的客人说道。

“女人玩起火来倒是很内行哩。”

新河询子的话音足以震裂桌子上的花瓶。她说“玩火”时不含一点情绪和羞涩，人们一眼看出，她不是个心中能藏住秘密的女人。

开始上汤菜了，谈话愈加转向贵族的话题。大家开始议论，今年村民们的盂兰盆舞会，自己如何隐蔽身份，悄悄参加进去呢？原来轻井泽按旧例庆祝盂兰节。松枝侯爵想起每到盂兰盆节，东京宅第的客厅屋檐上挂满了崎阜灯笼，想起已故母亲直到临终时所记挂的事情。涩谷的十四万坪场地，原是母亲卖掉自己的股票，花了三千日元购置的。大正中叶，将其中十万坪以每坪五十日元的价格，出售给箱根土地有限公司，对方一直没有付款，母亲去世前一直为此事而操心。

“钱还没有来吗？还没有进帐吗？”

病人屡屡问起。为了封住这句传出去不太体面的问话，周围的人哄她说：“钱来了。”濒死的病人哪里肯信。

“不要骗我了，那么多钱收来的时候，家里到处都会响起稀里哗啦的脚步声。这些我怎么都没有听到？听见这样的脚步，我死了也安心。”

母亲一直念叨这件事。母亲死后，那笔钱过了好长时间，才好不容易全部付清。但是，有一半以上，于昭和二年十五银行倒闭时失去了。瘸脚的山田管家，深感责任重大，自缢而死了。

母亲临死时不再提及清显，只是记挂着那笔钱，她的死总显得丧失了一种伟大抒情的意味儿。这使侯爵不能不预感到，自己的晚年和死亡，也不会留下多么高贵的余晖。

……新河男爵家按照英国风俗，饭后男女分开，男客留在餐厅里抽雪茄，女宾汇集在起居室里。而且，根据维多利亚时代的遗风，男客在没有充分饮下餐后酒之前，是不能回到女人身边去的。这也是新河夫人发牢骚的原因，但既然是英国风尚，也就只得服从了。

宴会进行一半，下雨了。夜间异常寒冷起来，立即在壁炉里燃起白桦树的木柴。松枝侯爵已经不盖毛毯了，男客们熄灭灯火，一起围在壁炉旁边闲聊。

此刻，大家又回到松枝侯爵无法插嘴的一些话题上了。大臣说道：

“刚才那些事情，您要是能对总理好好谈谈就好了。总理的态度虽然有些超然物外，但面对时世，也具有随波逐流的倾向。”

“我是在对总理不住唠叨这些事儿，我明明知道这是很使他厌恶的。”

“遭受总理厌恶是安全的，没关系的……”大臣说，“……刚才我怕女流们听了会神经过敏，所以忍住了没说。提请藏原先生注意自己身边的动静。您是日本经济的顶梁柱，要是发生井上先生和团先生那样的事情就糟了。不管怎么小心谨慎，都不算太过分。”

“听您这么说，肯定已经掌握了各种确实的情报了，是吗？”藏原毫无表情地哑着嗓子说。即使这时他的脸上掠过一丝不安，由于壁炉晃动的火焰，为他肥厚的面颊罩上一层闪烁不定的暗影，一切都看不清楚了。“我也收到了各种各样的所谓《斩奸书》，警察为我担心。可我到了这把年纪，已经没有什么可怕的了。可怕的是国家的未来，不是我。有时我躲着警卫干些自己喜欢干的事情。像小孩子一般高兴。有人担心我的安危，劝我做些无聊的事；还有的人要我花钱消灾，并答应替我居间调解。这些我都不想做，到了这个份儿上，谁还去花钱买老命呢。”

这是一通理直气壮的宣言，在场的人多少都有些扫兴，但还没有人立即感受到这种气氛。松平子爵伸展着鲜润的两手烤着火，从精心修剪的指甲到手背，都透露出玫瑰红的光亮。他盯着手指间积聚的长长的雪茄烟灰，明显地又要展开咄咄逼人的议论了。

“这是一个到满洲当小队长的人对我说的，我从未听过这般悲惨的故事，所以记得十分清楚。有一次，小队长接到一封信，是部下一位出身贫农的士兵的父亲写来的。信上说，全家一贫如洗，啼饥号寒，虽说对不住很有孝心的儿子，但也只得请求你，快些让他战死疆场吧。这样可以拿到一笔遗属抚恤金，除此之外，再没有别的生活保证了。小队长把信藏起来，没有勇气交给那位士兵看。过不多久，儿子终于圆满地光荣战死了。”

“这个故事是真的吗？”

藏原问。

“小队长亲口对我说的，不会有假。”

“是吗？”

藏原应了一句。壁炉周围，除了泛着泡沫、刺溜刺溜燃烧的树脂，没有人说话。不久，人们听到藏原掏出手帕擤鼻涕的声音，抬头看看他的脸。炉火照亮几行泪水，顺着他面颊上重叠的肌肉簌簌流淌下来。

这莫名其妙的眼泪使在场的人很受感动。看到藏原流泪，最感惊奇的是松平子爵，但他只是为自己的口才而感动。松枝侯爵也跟着哭起来了。他决不是个易于感伤的主儿，之所以被别人的眼泪所打动，完全处于一种难言之痛，自己已经老去，再也无法追回昔日留在心中的美好的形迹了。对于藏原这种无法理解的、谜语一般的眼泪，大概只有新河男爵看得最清楚。男爵心地阴冷，不论对什么都无动于衷。然而，眼泪是一种危险的素质，当它未必同理智的衰弱相结合的时候。

男爵稍稍有些感动，他呆然若失，平时只吸一半就扔掉的雪茄，一直夹在指头间不动，失去了投入炉火中的机会。

十六

勋打算在拜见洞院宫时带上《神风连史话》，以此来表述自己的志向，但又不好说借给他，所以准备买一本新的呈送上去。他开始求母亲了，请母亲尽量挑选一块素雅的锦缎，将书包装起来。于是，母亲精心地缝制起来。

这事被父亲知道了，饭沼把儿子叫到跟前，不允许他去拜见殿下。

“为什么？”

“我说不行就是不行，没有必要讲明缘由。”

饭沼内心深处的感情郁结是多么缠绵难解，这是儿子所无法知道的。宫殿下和清显的死具有怎样的关联，更是勋无法弄明白的。

饭沼很清楚，自己发怒是因为没办法说服儿子，饭沼的怒气越来越无处排解。当然，以往的那件事，宫殿下自是一个受害者，饭沼百分之百地知道这一点，可是一旦追溯清显间接的死因，饭沼的内心总是归结于尚未一见的宫殿下身上。如果没有宫殿下，如果当时宫殿下不在那里……饭沼老是在这个圈子里打转转。事实上，要是没有宫殿下在，清显的优柔寡断，无疑反而更会促使他失掉同聪子结合的机会。饭沼不知道事情详细的经过，心里只是一味怪罪宫殿下。

事到如今，饭沼依然为自己的政治信条和作为信条源泉的热情，这两者之间的矛盾而苦恼。从少年时代起，饭沼就对清显抱着满腔热诚，那是一种自幼所经历过的热情洋溢、时而含着愤怒和轻蔑、时而像瀑布一样飞流直下、时而像火山一般喷薄欲出的忠贞不二的热诚。从更微妙的意义上来说，那是奉献给清显的美的忠诚。那是同叛逆相差无几的忠诚，是不断孕育委屈和嗔怒的忠诚。正因为如此，才可成为一种无法用别的字眼儿命名的感情。

他继续将此称之为忠诚，那很好。不过，它离为理想而献身依然遥远，一种难以言说的美的诱惑迫使他脱离理想。他为了对抗诱惑，一心想把理想和美结合起来，并为此而焦灼不安。一种渴望结合的强烈的必要性，产生了这样的感情。这种忠诚一开始就带有“孤忠”的影子，是置于少年饭沼面前的一把感情的短剑。

饭沼喜欢用“恋阙之情”这句话训诫门生。此时，他使这句话在唇齿之间灵活转动，令听讲的人感动得两眼放光、浑身颤抖。很明显，他的这种感动的源泉，得之于少年时代自己的体验。这是在任何其他场所都无法得到的。

饭沼不是所谓意识家，他经常把源于远方的自己感情的本质忘掉，使感情的火焰超越时间，随心所欲到处移动，一旦在喜欢的地方点起火来，自己的身子就会暂时包裹于火焰之中，品味着同样的热烈和陶醉，而丝毫不感到愧疚。如果饭沼再对自己稍加约束，就一定能够意识到自己对于感情比喻的滥用。以往，生活在本歌[1]中的他，如今理应发觉自己醉心于模仿本歌作法，将过去出现过的某年中的月、雪、樱花，无限运用于迥然各异的风物之中。可以说，他在不自觉地使用双重意味的语言。

饭沼对于皇室的敬爱，要是有人稍加怀疑，他会立即将那人格杀勿论。他的此种敬爱之心底，始终晃动着犹如玻璃屋顶流泻的雨水般寒冷的影像，那正是洞院宫殿下的名字。

“谁领你去拜见洞院宫？”

饭沼的语气稍稍温和了些，他委婉地问道。少年沉默不语。

“是谁呀，怎么不说话？”

1　本歌，蹈袭先人词句写作的和歌。

“我不能说。”

“为什么不能说?”

少年又默不作声了。饭沼激动起来，自己说过不许拜见宫殿下，这是老子对儿子的命令，没有必要说明理由。可是，勋不说出中介人的名字，同样是儿子对老子的反叛。

其实，作为父亲，饭沼完全可以将自己避忌宫殿下的缘由，简明扼要地告诉儿子。他可以这样说:“宫殿下是逼死自己所侍奉的少爷的元凶，不能去见他。”但是，这种如火红的岩石一般灼热的羞耻，堵在喉咙管里，使得饭沼怎么也吐不出来。

勋过去很少如此违抗父命。平素，勋在父亲面前，是个寡言少语、恭谨俭让的儿子。饭沼初次觉察到，自己的儿子身上有一种凛乎难犯的硬核般的东西。于是，他不能不沉沦于悲哀之中，在清显的教育上自己失败了，时过境迁，这次又从完全相反的方向，感受到对于儿子的教育同样是束手无策。

……就这样，父子对坐在房间里。阵雨过后的庭院，夕阳朗照，各处的水洼闪闪发光，翠绿的树木耀目生辉，笼罩着一片净土。凉风拂拂，头脑爽适，怒气像沉入清澄的水底，历历可见。勋感到这种怒气犹如围棋棋子，在棋盘上任意往来。父亲心里翻腾着的感情极不透明，依然为勋所无法理解。蝉庄严地鸣叫着。桌上放着包有朱红和暗绿织锦的《神风连史话》，勋猝然站起身把书拿在手里，默默地正要走回自己的房间。

父亲抢先夺回书，站了起来。

刹那间，父子四目对视。勋发现，父亲的目光小心翼翼，缺乏勇气。然而，他的眼里满含怒火，心中仿佛万马奔腾，铁蹄滚滚。

“你就是不听我的话吗?”

饭沼把那本《神风连史话》扔到院子里，橙色的闪光的水洼四处飞溅。作为宝贵礼物的书本沾满泥水，横躺在地上。看到自己最为神圣的东西沉落于泥水的瞬间，勋直接感受到了犹如眼前的墙壁忽然炸裂般的新鲜的愤怒，不由握起了拳头。父亲战栗了，他的巴掌狠狠地打在儿子的面颊上。

听到动静，母亲进来了。美祢感到房子里站立着两个男人巨大的身影。瞬间里，她看到痛打儿子的饭沼，身上的浴衣襟裾凌乱，被殴打的儿子的衣服反倒齐整。明丽的夕阳照耀着远处的庭院，美祢不由联想起这位将自己打得半死的丈夫愤激的心情。

美祢从榻榻米上滑进父子二人中间，喊道：

“勋儿，你想干什么，快向爸爸认错。看你那副对父母气呼呼的样子，要干什么？快快跪下来，认个错!”

“您看那儿。”

勋没有捂住面颊，单腿跪在榻榻米上，拽着母亲的衣袖，要她转头看看院子。美祢听到头上的丈夫狗一般气咻咻直喘。比起明亮的庭院，屋内一片漆黑，晦暗的半空里飘满了一种怪异的气息，令人不敢仰视。美祢神情恍惚，她回忆起往昔侯爵家中的那座书库。

她似乎在说梦话，声音低微：

"赶快认错呀，快！"

她一边絮叨，一边徐徐睁开眼睛。眼前鲜明的物象，变成半浸在水洼里的灿烂的朱红和暗绿的织锦。美祢愕然了。那片夕阳辉映下浸泡在泥水里的锦缎，使她觉得仿佛是自己受到责罚。美祢甚至一下子想不起来那是一本什么样的书。

宫殿下传过话来，请他们星期天晚上前往，堀中尉伴随勋前往芝地的亲王府邸。

洞院宫家里连连遭遇不幸事件的重创，本来就不太健康的兄长薨去之后，父母也相继辞世，宫府仅有一位治典王殿下继嗣。而今，殿下赴任外地，在宅留守的只是王妃殿下和王子、公主们。妃殿下出身公卿人家，温淑、文静，平素的亲王府颇显得寂寥无奈。

勋从旧书店购得颇难入手的第三册《神风连史话》，用一张鸟子纸[1]裹好，再用毛笔题上“敬献”二字，夹在穿着夏季学生服的胳肢窝里，跟在中尉后边。这是第一次瞒着家人外出。

宫府大门紧闭，门灯昏暗，使人感觉不出大户人家豪华的气氛。耳门敞开着，警卫室的灯光泄露在石子地面上。中尉钻进耳门时，军刀刀鞘碰了一下，发出轻轻的响声。

警卫室虽然预先得知中尉来访，但仍然需要用内线电话联络请示报告。就在这段时间里，勋听见群集于古老房檐门灯上的飞蛾、羽虱和甲虫搏动的声音，这才感到包围整座府邸的林木，以及月色溶溶下的鹅卵石坡道，是多么幽深而静寂。

不久，两人已经行进在石子坡道上了。中尉的长筒靴发出夜行军般颇带粘着力的足音，勋感觉到白昼里灼热的空气，依然微微残留在石子路底下。

横滨的别墅处处呈现西洋风格，与此相反，这里的本府却是日本风格，玄关上面的元宝形屋顶，沉稳地压在月夜中白色的停车台之上。

宫府事务官的办公室好像就设在玄关一旁。那里已经关了灯，出来接待的老执事，将中尉的军刀存放妥帖，便为两个人引路。府邸里不见一个人影，铺着枣红地毯的走

1　鸟子纸，瑞香木树皮制造的高级纸张。

廊一侧，镶嵌着洋式的腰板。执事推开黑暗中的门扉，摁了摁开关。房屋中央重重悬挂的玻璃吊灯，蓦然大放光明，照耀着勋的两眼。无数玻璃片在半空里玲珑透剔，宛若一团光洁氤氲的彩雾。

中尉和勋收紧双膝，坐在蒙着白麻布的扶手椅上。旋转的电风扇朝着面颊吹来一股股温热的风。纱窗上似乎爬满了蚊虫。中尉沉默不语，勋也不发一言。不一会儿，送来了冰镇麦茶。

墙壁上悬挂着描绘西洋战场情景的巨幅哥白林[1]壁毯。马背上骑士的枪尖儿，刺穿了仰面倒地的徒步而行的士兵的胸膛。胸膛里喷涌而出的鲜血，已经陈旧、褪色，呈现着暗红的颜色。看上去，很像一片古旧的包袱皮儿。勋想到，血和花都容易干枯和变质，这一点十分相似。正因为如此，血和花可以转化为名誉而延续生命，而所有的名誉皆为金属。

门扉敞开来，身穿白麻布西服的治典王殿下出现了。他丝毫不显得矫揉造作，而是举止大方，言语随和，使得房间里多少有些僵硬的气氛变得轻松起来。然而，中尉瞬间站在椅子旁边，纹丝不动，勋也跟着他学。

勋平生第一次如此近在咫尺地刹那间亲眼看到皇家人

1　哥白林，巴黎的一家织造厂。

士的身影。殿下身个儿不太高，一副显得有些刚愎自用的体格，西服下边的腹部突出，上衣的纽扣紧绷绷的，肩膀和胸脯都很厚实，白麻布的西服佩戴着橘黄的领带，一看就是一副政治家的姿态。然而，毫不逊色的浅黑的面孔，二分长的头发，英俊的鹰钩鼻子，威严的细长的双眼，鼻下蓄着的漆黑的八字胡须，可以说军人威风和贵族品味兼而有之。目光炯炯，光芒射人，给人的感觉是个不太转动那双眼睛的人。

中尉立即介绍了勋，勋深深低头致敬。

“这就是上回你提到的那个青年吗？是吧。好，快放松些……我最近除军队以外，没有会见过一个青年，因此，很想见一见地地道道的社会上的青年。叫饭沼勋吧？我知道你父亲的名字。”

殿下颇为随和地说道。

中尉劝慰过勋，不管什么事情，怎么想就怎么说好了。所以勋立即问道：

“家父从前拜见过殿下没有？”

殿下回答说没有。父亲既然没有见过宫殿下，那么为何抱有那样的感情呢？这个谜团越发艰深难解了。

接着，宫殿下和中尉军人之间互相畅所欲言地叙起旧来。勋打算瞅准时机把书呈现上去。但是，很难指望中尉会给他创造这样的机会。看来中尉早把送书的事忘掉了。

勋只好打起精神，正襟危坐，默默注视着桌子对面殿下那副谈笑风生的样子。殿下尚未晒黑的白皙的额头，在玻璃吊灯下闪烁着高贵的光亮，刚刚剃得极短的头发，映着灯光，整齐地耸立着。

或许留意到勋锐利目光的缘故，殿下一直对着中尉的眼睛倏忽转向这一边。那目光和勋的目光相撞了！这好比瞬息之间，一只锈蚀而永久不会鸣响的古老铁铃，似乎受到震动，舌簧儿松弛了，正巧碰在铁铃的内侧上了。此时，勋也不明白殿下的目光意味着什么，恐怕连殿下自己也弄不清楚。然而，这一瞬的交接，是超越寻常爱憎缔结而成的奇妙的感情。殿下凛然不动的眸子里，刹那间迸发出一种渺远的悲愁，似乎将勋的火焰般的注视，浸入自己一泓悲苦的池水，使之骤然泯灭了。

“中尉在练习剑道时也是这样看我的。”勋思忖着，“不过，那时候确实在内心深处互相展开了无言的交流。殿下的眼神里没有语言，莫非首次见面给他留下了很坏的印象？”

这时候，又像刚才一样，殿下重新回到同中尉的对话里了。中尉一番慷慨激昂的言辞，使得勋大惑不解，而殿下却频频点头。只听殿下说道：

“是的，华族[1]也很坏。‘华族是皇室的屏障’，说的倒好听。实际上，他们甚至有人仰仗势力，凌驾犯上。此种现象，并非自今日始。堀中尉，这种例子由来已久啊！尤其是作为国民典范人物身上的那股傲气，阁下说有必要严加惩治，我对此深表赞成。”

1　华族，日本明治维新后至二战结束之间存在的贵族阶层，地位仅次于皇族。——编注

十七

宫殿下如此憎恶与自己出身相近的华族，这令勋感到意外。他想，从殿下所处的立场上，也许有很多机会嗅到华族的腐臭气息吧。政治家和实业家的腐臭，即使相隔遥远，就像夏季原野上动物的死尸，随风飘来刺鼻的臭味儿。而华族的恶臭，有时会混入馥郁的香气之中。勋想知道殿下认为最腐臭的华族的姓名，言语谨慎的殿下没有说明。

心情稍稍宽松起来，勋掏出准备奉送的那包书。

“这是我带来敬献殿下的，虽说是有些污迹的旧书，但我们的精神都写在这里边了。我们打算继承书中的精神。”

眼下，勋语调流畅地叙述自己的想法。

“哦，是神风连？”

殿下揭开纸包，看到了封皮上的题字。

“我认为这本书简明扼要地传授了神风连的精神。这帮学生似乎立誓要做昭和神风连哩!”

中尉从旁为他帮衬着说。

“噢，这么说，你们也学他们对付熊本镇台那样，打算杀进麻布三联队吗?”

殿下开玩笑地说，但绝非轻视他们，而是认真地翻看起来。接着，他的眼睛蓦地离开书本，目光峻厉地盯着少年，说道:

“我问你……比方说，要是陛下对于你们的这种精神或行动不予恩准，打算怎么办?”

只有殿下才会提出这样的问题，而且，除了这位治典亲王之外，任何其他亲王殿下都不会提出这样的问题来。中尉和勋再度神情紧张，身子也僵硬起来。从场面上的气氛可以直接感知，殿下表面上是针对勋发问，实际上也连带着中尉。就是说，包括中尉本人尚未诉诸言语的志向，还有领着一位陌生少年，特意跑到王府拜见殿下的心情……所有这些，都包含在这个问题之中了。因为，殿下明白，自己虽说是联队长，但不是直属长官，这类事不便正面询问一个中尉。勋突然觉悟到，无论对中尉或殿下来说，自己都像一个翻译，一个传达意志的偶人，一个象棋盘上任意驱使的棋子。这当然是远离私利的纯粹的问答，不过，勋第一次感觉到，年幼的自己已经置身于某种政治漩涡里了。尽管心中多少有些不快，勋毕竟是勋，他只好尽可能率直地回答。相邻而坐的中尉，剑鞘上的吊环儿撞在椅子扶手上，发出轻微的响声。

“是的，像神风连那样，立即切腹。”

“是吗?”——联队长殿下的脸上，掠过一丝听惯这类回答的神色。“这么说吧，要是陛下给予恩准，又怎么样呢?”

勋的回答间不容发。

“是的，也同样立即切腹。”

“嗬。”——殿下的眼睛第一次露出鲜明的好奇的光芒。“这又是为什么？说说理由吧。”

“是。所谓忠义，对于我来说，就是手握滚烫的米饭做饭团，只顾一心一意做好饭团，献给陛下。其结果，要是陛下不饿，立即退了回来，或者说，‘这种难吃的东西，也敢呈献上来?’说着就把饭团砸到我的脸上。要是这样，我就会满脸粘着饭粒退下，怀着感动立即切腹。假如陛下饿了，高兴地吃了我的饭团，我也立即退下，怀着感动立即切腹。为什么呢？因为陛下吃了草莽小民做的饭团，这本来就罪该万死。要是做了饭团不献上来，一直捧在手上，又会怎样呢？饭团肯定会腐烂，这也不合忠义，我将此称作无勇之忠义。所谓有勇之忠义，就是冒死将一心一意做的饭团敬献上去。”

“明知是罪，也要做吗?”

“是的。殿下等军人们是幸福的，因为遵从陛下的命令舍命赴死，这就是军人的忠义。然而，一般的草民应该觉悟到，没有命令的忠义，随时都会变成罪过。”

“遵守法律，不就是陛下的命令吗？法院也是陛下的法院。”

“我所说的罪过，不是法律上的罪过。生活在圣明遮蔽的俗世，饱食终日，无所事事，这首先就是最大的罪过。为了祓除这个大罪，即便犯下亵渎神灵之罪，也要制作滚烫的饭团奉献上去。用行为表达自己的忠心，就只能即刻切腹。死，可以使一切得到澄清。活着动辄就是罪过，不论哪条道儿，都是犯罪之路。”

“这么说来，那就很难办了。”

殿下慑于勋的一片真心，多少被打动了，他面带微笑地说。

“好吧，一切都明白了。”

中尉乘机制止住了勋。

勋依然对这种教义问答兴奋非常。对方是皇族，面对皇族坦率地回答问题，就是向殿下背后超脱俗世的光环，开诚布公陈述内心全部的想法。勋对于殿下任何一个问题之所以能够对答如流，是因为平素那些思想，都在心中经过一番历练的缘故。

勋一想到自己无所事事、游手好闲的样子，就像看到染上麻风病的自己，惊悚不安。因而，他很容易将这种状态看作普遍的罪愆，看作不可避免的宿命的罪愆，就像我们居住的大地、呼吸的空气一样。其中，为了自己一人的纯粹，必须借助罪愆的另一种形式。不论怎样，都必须从本源的罪愆中吸收养分。只有在这个时候，罪与死，切腹与光荣，才能在松涛阵阵的悬崖上，在喷薄上升的朝阳里，互相结合在一起。勋之所以没有立志进入陆军士官学校和海军兵学校，因为那里已经准备好了既成的光荣，抹除了无为的罪愆。看来，勋为了争得他独自一人所理解的光荣，他抑或少许爱上了罪愆本身。

那位神风连的师父林樱园，人们将他视作神的儿子。基于这个意思，勋从不认为自己是无垢的、纯粹的。不过，他不断有一种只要前进一步，手指就能接触纯粹的焦躁情绪。好比立于危险的脚手架踏板上，指尖儿虽然即将触到，却感觉踏板在一秒秒崩裂。他明白，樱园先生所讲述的宇气比的祭神仪式，在现代是不可能实现的。不过，他认为，那种窥探神意的宇气比中，依然存在着随时使踏板崩裂的要素。这种危险不是罪愆，又是什么呢？这正是最难避免的类似罪愆的东西啊！

“啊，终于出现这样的年轻人啦。”

殿下回头看了看中尉，感慨无限地说。勋感到，自己正被当作一个范本看待。勋心中激情翻滚，他想使自己尽早成为殿下眼里的一个典型。为此，他不能不死。

“有了这样的学生，日本将来就有希望了。在军队中，接触不到自发的声音，你带来一位好青年啊。”

殿下故意不看勋，只向中尉表示感谢。他这样做，既给了中尉面子，又使得勋觉得比起直接受到夸奖，更具真诚的厚意。

殿下叫执事拿来高级苏格兰威士忌，亲自给中尉斟酒，接着对勋说道：

“饭沼尚未成年，但既然有刚才那种志向，就一定能成为一个杰出的人才。今晚上尽情喝上一气儿，醉了也不怕，我派车送你回家。”

难得殿下一番好意，但勋立即意识到，做父亲的看到王府的汽车载着烂醉如泥的儿子回家，会气成什么样子。勋想到这里一阵战栗。

这时，勋站起身来，正举着玻璃杯接受殿下斟酒，不小心摇晃了一下，酒从倾斜的杯子里泼到雪白的绣花桌布上。

“呀！”

勋叫了一声，连忙掏出手帕胡乱揩拭着，“对不起。”他深深低下头，突然流下悔恨的泪水。

他一直伫立在原地，垂着脑袋，殿下见他流眼泪，跟他开玩笑。

“好了，好了，眼下不必露出一副切腹的样子。”

“我也表示歉意。我想他大概是太激动了，手有些颤抖的缘故。”

中尉从旁打着圆场。勋终于坐下来，头脑里尽想着自己失态的事儿，一言不发。

然而，殿下的一番温暖的话语流贯了他的全身，比威士忌酒还热。殿下和中尉谈论各种政治问题，勋一个劲儿自责，所以全然没有听进耳里。殿下热衷于议论之中，偶尔回头朝勋瞥上一眼。突然，他转过头来，带着几分酒气爽朗地喊道：

“怎么样？振作起来，你不是很会说话的吗？”

勋出于不得已，便很有节制地参加了议论。他确实感到，正如中尉所说，殿下在士兵之间，是个多么具有威望的人物啊！

夜深了，中尉看看时间，猛然一惊，随即告辞。殿下赠送中尉一瓶高级洋酒和一条标有皇家徽记的香烟，送给勋一盒印着徽记的点心。

回来的路上，中尉对勋说：

“殿下似乎对你很满意，总有一天，他会帮助你的，我想。不过，考虑到身份，决不可主动请求殿下做这做那，不能有这样的态度。不管怎么说，你小子交了好运，刚才的疏忽，不要老放在心上。”

勋告别中尉，并没有径直回家，他先到井筒家里，将已经就寝的井筒喊起来，交给他一包点心。

“替我好好保管着，千万不能让家里人看到。”

“好的。”

半夜里，井筒从门里伸出头来，紧张得脖颈像铁棒子。他接过那个小包，因为很轻，一副疑惑不解的神情。井筒本以为深夜里从同志手中接过的应该是炸药。

十八

这年夏天，勋的同志达到二十人。井筒和相良分头一个个物色人才，再由勋加以甄别，只允许那些节操高尚、言语谨慎的学生参加进来。为此，首次使用《神风连史话》，先让他们阅读这本书，再写读后感，根据所写的文章加以判别。其中，也有的文笔很好，理解力强，但一看长相，一副阘茸软弱的样子，也就失望了。

勋似乎失去了练习剑道的热情。当他提出不参加夏季集训的时候，那些将今年高校比赛夺魁的希望寄托在勋身上的高年级同学，差点儿将他狠揍一顿。一位高年级学生逼问他为何改变主意。

“你的企图是什么？还有比剑道更有趣的运动吗？听说你叫好多人阅读一本小册子，该不是在搞思想运动吧？”

经这么一说，勋转着圈子回答道：

“你指的是《神风连史话》吧？我们正在商量，准备将来组织明治史研究会呢。”

其实，虽说在暗暗召集同志，但勋的剑道的经验始终在起作用。人们对于他的名字的敬畏，迅速转向对于他的片言只语及那咄咄逼人的目光的倾倒。

这个阶段，勋打算找机会将同志临时召集起来，测试一下他们的觉悟和热情。因此，在新学期开学两周之前，他及早给暑假回乡的同学发电报，叫他们快回东京。假期里的校园是保守秘密的最佳场所。遂决定于一个残暑的午后六点钟，在学校大门内的神社前面集合。

国学院大学内，有座大家称为“社殿”的祭祀八百万神的小祠。学生们在这里集会，丝毫也不显得反常。将来继承家业成为专职神官的神道部的学生，时常在这里练习祝词演讲。运动部的学生也在这里祈祷战争胜利，或者举办战败后的反省会。

离集合时间还有一小时，勋提前到达社殿后面的树林里，等待井筒和相良前来汇合。他身穿蓝底白花浴衣，外头套着裙裤，头戴白线帽。勋坐在草丛里，透过冰川神社境内，看到夕阳正向涩谷樱丘的高台倾斜，映照着勋的蓝白花布内的胸膛和栎树黝黑的树干。勋没有坐在树荫里，他将学生帽的帽檐儿拉得低低的，面对着落日。他怀里充塞着汗淋淋的肌肤发出的热气，同燠热的青草气息混合在一起，渐渐爬上他的额头。蝉声聒噪，响遍整个树林。

眼下的中央大道上，自行车迎着夕阳在奔驰。闪烁的光亮似乎要把一排排低矮房屋的空隙连缀起来。一家房檐下，仿佛斜斜嵌上一块闪光的玻璃碎片，凝神一看，原来停着一辆运冰车。勋感受到夕阳照在冰块上的危机，夏日最后的残照无情地消融着那些冰块，似乎能听到冰块在远方尖厉的呻吟。

回头一看，背后拖曳着长长的树影，好似在夏季最后的一天，勋恶作剧似的拼命拉长的自己志向的影子。严酷的夏季的终结一天，同太阳诀别。他那一团赤红的大义，随着季节的推移，又要暂时褪色了。他一阵恐怖，今年又失去了在热烈的夏季早晨的朝阳里死去的机会！

他再次抬起头来，望见缓缓散射着暗红色的天宇，栎树浓密的叶丛之间，闪耀着一条条细密的红色的空隙，仿佛有一大群红蜻蜓交翅飞翔。这也是秋的征兆。激情的内面缓缓变凉，渐渐走向理智的前兆，这光景对某些人是喜悦，而对勋却是悲哀。

“怎么坐在酷热的地方傻等呢？”

身穿白衬衫、头戴学生帽的井筒和相良到了，他们惊讶地说道。

“你们看，那西边的太阳正中央，出现了天皇陛下的圣颜啊！”

勋端正地坐在草地上，他的话语里时常含有一种魔力，能将井筒和相良压倒，立即从内心里佩服他。

“陛下的容颜很恼怒。”

勋接着说。

井筒和相良茫然地坐在勋身边，一面揪着草叶，一面久久沉浸在这样的感觉里，每当挨近他身旁，仿佛身子紧靠一把利刃。对于这两位少年来说，勋有时候很可怕。

“全部到齐了吧？”

相良向上推推眼镜说道。他想将莫名的不安，转嫁到少少有些道理的不安上去。

“该到齐了，不到齐那怎么行呢？”

勋淡然地应道。

“到底躲开了剑道部的集训，真了不起！”

井筒含着尊敬稍显腼腆地说道。勋本想说明缘由，随即又作罢了。这边的活动并非忙得一点空闲的时间也没有。他之所以没有参加剑道集训，不单是厌倦竹刀，而是厌倦于用竹刀取胜太容易，厌倦于竹刀仅仅是剑的象征，还有，厌倦于竹刀不带有“真正的危险”。

三个人热烈地谈论着，能网罗二十位同志真是不容易啊！接着，他们又谈到最近在洛杉矶举办的奥林匹克运动会上，日本人在游泳比赛中大出风头，每个学校的游泳部很容易召到众多学生。但是，勋他们所从事的事业，和体育部招募人员完全不同，不能乘着浮华的世风募集同道。可以说每个人都是相见恨晚、甘心舍命的人士。而且，在自愿舍命之前，不可暴露招募的目的。

愿意舍命的年轻人、公开倡言舍命的年轻人是不难物色的。但是，他们十人中有十人可以对人公开表明自己的目的，他们都巴望着为自己华丽的葬礼增添花环。北一辉[1]的《日本改造法案大纲》在一部分学生之间悄悄流传，但勋却从中嗅到一种恶魔的倨傲之气。这本书同加屋霁坚所谓“犬马之恋，蝼蚁之忠”的说教相距甚远，尽管能使有为的青年热血奔涌，但这种青年并不是勋所寻求的同志。

但凡同志，不是听其言语，而只能通过深邃而庄严的目光交流获得。同志，不是一种思想，而是来自遥远地方的某种东西。它具有更加明确的外部表征，而且只有对此立下志向才能辨别清楚。这些才是造就同志的要因。会见的学生各色各样，不仅国学院大学，而且日大、一高和庆应，都各有一名。庆应的学生极有辩才，但看起来浅薄，不合格。其中，有的人对《神风连史话》的精神深表感慨，一旦谈论起来，发现那种感情是伪装的，从片言只语中就能弄明白，原来是想打进内部刺探情报的左翼分子。

1　北一辉(1883—1937)，原名辉次郎，佐渡人。国家社会主义者。“二·二六事件”中被判死刑。

寡言少语、朴素明丽的笑颜，很多时候代表着值得信赖的性格、敢作敢为的气质和视死如归的意志。能言善辩、豪言壮语、皮笑肉不笑的表情，往往表现一种怯弱。苍白的病体，有时会成为压倒他人的超常精力的源泉。总起来说，肥硕的汉子胆小莽撞，瘦弱而循规蹈矩的男人缺乏直观。勋认为，脸型和外表能够说明很多问题。

然而，农村和渔村中二十万饥饿儿童的身影，并未摇曳于城市学生的背后，“饥饿儿童”这个词儿，成为讥笑饭量大的人的口头禅。基于此种现状，很难听到刻骨铭心的怒吼。据报道，沙町小学有过这样的事，发给饥饿儿童的饭团子，有的被带回家送给弟妹吃了。这种事情在视察学校的人士中受到了重视。这里没有这个小学毕业的人。地方中学教员和神官子弟众多的大学，虽然富裕家庭的孩子不多，但也很少有人一日三餐吃不饱肚子。这些乡村精神领袖的家庭里，成天灌输的是农村的荒废、凋敝和非同寻常的阴惨的现状。家长们一概对有目共睹者感到悲哀，对目不可视者怀着愤怒。至少，他们可以愤怒。这是因为神官和教员对于这样骇人的贫穷，以及被置于如此情况的状态，没有任何职业上的责任。

政府成功地将贫富分别置于互相看不见的两只箱子里。而且，这种不论好坏，一概惯于逃避改革的政党政治，已经失去明治九年颁布废刀令时那种果敢精神的虐杀力量，一切都采取得过且过的方式。

勋没有制定纲领。鉴于这个世界一切罪恶都因我们的无能为力而猖獗，不论何种行为或行为的决心，都可以成为我们的纲领……因此，勋在选拔同志的会见上，丝毫不谈及自己的企图，也不做任何约定。这些青年尚未答应入伙之前，勋将故作严峻的面孔和缓下来，亲切地凝视着对方，仅是这样一句话：

“怎么样？一起干吧。”

——井筒和相良按照勋的指示，根据二十名与会者的履历书和登记表，分列为家庭成员、父亲及兄弟的职业、本人性格、健康状况、运动能力、特长、爱读书籍、有无女友等项目，详细记录下来，贴上照片，作为资料保存。二十人中有八位神官的儿子，这使得勋很感幸福。神风连决不是历史上被斩尽杀绝的事件。而且，二十人的平均年龄只有十八岁。

井筒一份一份递过来，勋再详细看一看，记在脑子里。而且，姓名和相貌要互相符合，不能弄错。他甚至没有忘记了解他们每人的私事，以便需要时说点儿令他们感到温暖的体己话儿。

确信政治上错了，也认为现实是错的，勋同这种少年时期的心理完全一致。勋并不介意这种混淆。在他自己看来，那些碍眼的广告塔耸立在大街上某个角落，那些乌七八糟的美人画引诱上学的学生们心动的时候，这就证明政治错了。同志的政治上的结合，应该建立于少年时期的羞耻心之上，勋认为现状是“耻辱”的。

“直到一个月前，你还不知道导火索和导爆线如何区别呢。”

相良同井筒争论起来。

勋微笑地倾听着。他叫这两位朋友好好研究一下炸药的用法，相良向从事土木建筑的堂兄，井筒找来当兵的堂兄，分别向他们做了请教。

“导火索的切口是平着切还是斜着切，你连这个都不知道，不是吗？”

井筒回敬了一句。

接着，两人拔下脚边的芒草当作导火索，又折断一根细细的空芯枯树枝当作雷管，练习起爆的方法。

“理想的雷管做好啦。”相良用手指尖儿在又短又细的枯枝空芯里填上一半土，得意地说，“空下半截来，等着装满火药呢。”

真正的涂着红漆的黄铜雷管，像一条金属的毛毛虫，隐含着难以预测的爆炸力，能把人的手腕子炸掉。当然，这根树枝没有这种危险的魅惑。它只不过是一根衰枯的仅剩一层树皮的细小枝条罢了。夏天太阳的光芒正向冰川神社的森林红彤彤地沉落下去，最后的余晖照耀着两位少年脏污的手指，使他们嗅到了一股气味儿。这是随着时间的推移，必然实现的杀戮从远方飘来的新鲜的烟火气息。这种气息或许只是附近人家晚炊的烟霭。这烟霭和光亮，促进泥土迅速转化为火药，枯枝迅速转化为雷管。

井筒慎重地将细细的草叶插入雷管，再拔出来，测量一下可以装入火药的空洞的长度，用指甲掐上个记号，再估量一下作为导火索的芒草茎的长度，标上刻痕，然后将芒草导火索徐徐插入雷管有刻痕的地方。如果盲目用力顶入，雷管就会爆炸。

“没有雷管控制阀吗？”

“可以用手指代替，时时想着，要当心！”

井筒满是汗水的脸上，因过于认真和紧张而涨红了。接着，按照相良的吩咐，用左手的食指摁住雷管最前端，中指摁住装药的部分，大拇指和无名指摁住空洞的一截，右手的大拇指和食指捏住雷管口，两手猛地向身子左侧移动，脸部迅速转向右边，力气用在转到身后的右手上。就这样，将导火索完好地装进雷管里。转过脸不看作业中的雷管，是为了万一雷管爆炸时保护脸部。相良从旁打趣道：

“你的脸转得太过分了。身子扭成那样，关键性的手的动作乱了。瞧你那副尊容，值得那样爱惜吗？”

剩下的只差将雷管插入火药之中加以固定，并在另一端点火了。相良把土块当作炸药，小心谨慎地帮助井筒。

接着是点火。火柴靠近青青的芒草秆儿，决不会很快地燃烧起来。夕阳中看不见火焰，火柴杆儿一半烧焦了，熄灭了。三十厘米长的导火索要着四十秒到四十五秒。折断的芒草秆儿长三十五厘米，因此，他俩必须在五十秒内准备离开现场。

“看，快逃！”

“好的，我们已经跑到百米以外了。”

两人坐着没动，心里想着已经逃离很远了。他们装着直喘粗气，互相对望着，笑了。

过了三十秒，又过了十秒，在观念上，或者在时间上，插入雷管的炸药离这儿很远。但是，导火索已经点火，起爆的条件万事俱备，火头儿就像一只瓢虫，沿着导火索迅速爬动。

终于，在看不见的远方，看不见的火药爆炸了。一切腐败丑陋之物似乎突然都被掀翻了，向傍晚的天空四散而去。周围的栎树林摇晃起来。所有的一切都变得透明了，连声音也透明了，飘向彤云涌动的天宇，扩散着……不久消失了。

正在埋头看材料的勋，突然开口了：

“还是日本刀最好，要力争搞到二十把日本刀，有没有人偷偷从家里带来呢？”

“先学好跪坐出刀杀敌法不好吗？”

“时间来不及了。”

勋沉静地说，在两个少年听来却像灼热的诗句一般响亮。

“可能的话，利用暑假，再不然或者秋季开学以后，大家一同到真杉海堂先生的修禊练习会去。在那里什么话都可说，什么都能学，先生会很好地照顾我们的。参加那里的学习会，至少可以公开离开家里。”

“一天到晚听真杉先生大骂佛教，那也挺烦人的。”

“那只能忍受了，那位先生最后会理解我们的。”

勋说着，看看表，猛地站了起来。

——勋他们特地比约定的时间六点稍晚些走向会场。校门已经关闭，他们进入旁门，窥视一下校园内的神社前边，夕阳下聚集着一群学生们，他们四处张望，看样子有些惶惶不安。

“数数看。”

勋低声说。

“……都来了！”

井筒掩饰不住喜悦地回答。勋意识到，不能一直沉浸在自己被信赖的喜悦之中，人员全部到齐，总比没有到齐要好。不过，他们前来是因为接到那封电报，是来参加行动的。可以说是为了献出一腔热血才来的。为了使他们意志坚定，借此机会必须给他们泼一泼冷水。

神社铜葺的屋顶，背负着落日，显得黑沉沉的，细叶冬青和榉树光耀的枝梢间，唯有美丽的千木装饰闪现着光辉。玉垣内铺着黝黑的鹅卵石，背后承受着夕阳，伴随着一粒粒阴影，犹如秋末的葡萄。两棵杨桐树，一半掩没在神社背荫里，一半映着夕晖闪耀着光芒。

勋背对神社站立着，身边围着二十名年轻人。勋感到，这些无言的眼睛一齐在夕阳里熊熊燃烧，正要扑向自己。他们翘首以待，盼望着有一股灼热的力量将他们的身心带到九天之外。

“欢迎大家前来集会。”勋开腔了，“最远的来自九州，全员一个不缺地准时到达，真叫人高兴啊！今天请大家来到这里，不是像你们期待的那样，为着什么目的。没有任何目的。大家人人怀着梦想从各地赶来，实际上是空跑一趟!”

二十个年轻人立即议论纷纷，场面动荡起来。勋提高嗓门说道：

“明白了吗？今天的集会毫无意义，没有任何目的，也没有任何要大家做的工作。”

勋停住口，人们也不再议论了。众人头上笼罩着薄暮，一片寂悄无声。

突然，一人怒吼起来。这少年是东北祥官的儿子，姓芹川。

“你干吗这样对待我们？受到如此戏弄，实在叫我难以忍受。我和老爷子是交杯饮水作别的。他对农村的现状感到愤懑，说今天的青年是应该奋起斗争。一接到电报，他就默默用一杯水送我出门。老爷子要是知道受骗，他不会罢休的！”

“是的，芹川说的对！”

别的少年立即附和道。

“不要随便乱说，我和你们什么约定也没有。电报上只说‘前来集合’，你们全凭着各自的幻想跑来了，不是吗？你们说，电报上除了日期和场所，还写了什么呢？”

勋用平静的声音嚷嚷道。

“这是个常识，当要决定一件大事，怎么会写在电报上呢？我们应该定好暗号，许下诺言才好。要是那样，就不至于有这种事了。”

和勋同年的一高学生濑山说道。他家住涩谷，到这里来毫不费力气。

“你说‘这种事’，是指的什么事？不是又回到什么事也没发生的状态了吗？诸位想入非非，只能怪自己一厢情愿罢了。”

勋沉静地继续反驳着。

夕暮渐浓，渐渐地谁也看不清谁的面孔了。大家一起久久沉默下来。黑暗里充满虫鸣。

“怎么办呢?”

一个人悲切地自言自语。勋立即应道:

“要回家的,快走吧。”

于是,一位穿着白衬衫的人离开了,走进暗夜,向正门走去。接着,又有两人离开,走远了。芹川没有回去,他蹲在玉垣旁边抱着头。不久,芹川唏嘘起来。他的哭声犹如天上的银河,在人们黯淡的心里悬上一脉银白的清冷的细流。

“我不回去,我不回去。”

芹川边哭边说。

“你们怎么还不回家?我都讲清楚了,为何还待在这里?”

勋大声吼道。没有人回应,而且,这次沉默同先前全然不同。眼下的沉默,仿佛一只温热的巨兽于黑暗中站起身子来了。勋于沉默中第一次体验出这种感应。这是热烈的散发着体臭的血的脉动。

“好吧,剩下的人,不带任何期待和希望,不惜将生命投入也许是一场虚空之中。”

“对!”

一个人声音凛然地回答。

芹川站起身来,一步步走向勋。他站在伸手不见五指的黑暗里，泪光闪闪的双眼逐渐逼近，眼泪堵住了嗓子，他低低地瓮声瓮气地说：

“把我也留下，大伙儿到哪儿，我也默默跟到哪儿。”

“好！我们在神前宣誓，两拜两拍手。然后，我来宣读誓言，请大家一句一句跟着唱和。”

勋、井筒、相良和剩下的十七人击掌为号，整齐而清脆地响着，犹如敲响黑暗海洋里的白木船头。勋高声念道：

“一、我们学习神风连的纯粹精神，挺身而出，攘除邪神奸鬼。”

少年们一同唱和：

“一、我们学习神风连的纯粹精神，挺身而出，攘除邪神奸鬼。”

勋的声音撞击在神社依稀泛白的门扉上，震响着，听起来就像从强烈、深沉而悲壮的胸膛里喷发出来的青春梦幻的雨雾。天空已经布满星辰，远方传来市营电车的轰鸣。他又接着唱道：

“二、我们结成莫逆之交，同志相扶，共赴国难。

“三、我们不谋权力，不顾立身，以万死为维新之基础。”

——宣誓结束，一个人立即握住勋的手，双手重叠相握。接着，二十个人互相握手，又争着同勋握手。

眼睛习惯了。星空之下，模糊的视线也能辨认清楚了。

每人的手都在寻求尚未握过的手，随处张开着。谁也不开口，因为不管说什么都显得浅薄了。

黑暗中，忽然产生了一簇簇浓绿的握手的常春藤，一枝一叶，其触感或汗渍、或干涸、或强固、或柔软……均缠绵于有力的一瞬间，相互分享鲜血和体温。勋梦想有一天，在晦暗的战场上，濒死的同志默默无言互相告别的情景。勋沉浸在大功告成之后新的满足和自己体内流淌的鲜血之中，将意识托付于用最后的痛苦和欢乐的红白丝线缝合的神经末梢之上……

——二十个人，再去靖献塾会聚已经不合适了，父亲会立即追问勋的企图的。另外，井筒家太小，相良家也不合适。

这件事，三个人一开始就放在心上了，可一直想不出好办法。三个人将私房钱集中起来，也不够二十个人到饭馆吃一顿的，咖啡馆又不是商谈大事的地方。

在星空下握手结盟之后，勋不情愿今天就这样分手。他肚子饿了，少年们也都饿了。走投无路之余，他向昏暗的门灯照耀下的大门望去。

他看到距离门灯下不远，浮泛着一张葫芦花般的容颜。那是一位女子低着头、躲避着人眼的脸孔。勋一旦认出来，目光就再也无法挪开了。

心中已经有几分辨认出是谁来了。可是，心里大部分还希望保留这种看不清是谁的状态。幽暗中出现的女人的面孔尚未命名，芳香却先于名字之前飘流到眼前。仿佛走在夜间小径上，尚未看到鲜花，却闻到木樨的香气一般。勋很想将这芳香于刹那之间，永远存留于心底。因为只有这时候，女人才是女人，而不是有名有姓的某一个人。

不仅如此，正是这种藏而不露的名字，这种不道名姓的约定，才使她被一根无形的柱子所支撑，宛若屹立于黑暗中的葫芦花一样，幻化为更加艳丽无比的精髓。先于存在的精髓，先于现实的梦幻，先于眼前的预兆……所有这一切，更清晰更强烈地散发出本质的芬芳，呈现着飘逸不定的状态。这，就是女人！

勋还没有抱过女人。然而，当他如此切切实实感觉到所谓“出类拔萃的女人”的时候，他确乎陶醉于自己从未有过的快乐之中。果真如此，他眼下可以立即抱住她了。就是说，时间里极微妙地接近，空间里稍稍远离……他胸中满怀恋慕之情，简直就像煤气一般侵犯着对方。然而，在她根本不存在的地方，勋像个孩子，转眼就忘却了。

但是，在一个较长的时间里，当他可以随心所欲念着她的时候，他开始巴望这个时间越长越好。可是，他又很快耐不住这种朦胧的想象。

“等一下！”

勋用大家都能听到的声音命令井筒，然后朝大门口飞奔而去。跑动中的木屐夹杂着干枯的嘎吱嘎吱的响声，蓝底白花的浴衣在夕暮中跳跃。他钻进旁门，站在那里的果然是槙子。

槙子梳着与平时不同的发型，与她并不亲近的勋一眼就认出来了。流行的掩住耳轮的波浪式发型，将脸蛋儿衬托得十分小巧，犹如故事书中的人物，更加光彩照人。她身穿明石织造的素色蓝绉绸浴衣，颈项也决不施浓重的脂粉。她如浮雕般娉婷而立，香水似的汗气使得勋胸中怦怦直跳。

“啊，你怎么在这儿？”

“你们不是从六点开始就在这里集会宣誓吗？”

“你怎么知道的？”

勋惊愕地反问。

“傻样儿，”槙子露出鲜润的牙齿笑了，“不是您自己说的吗？”

这么说来，自己脑子一直担心找不到集会的场所，当初在槙子面前，也许无形之中说出了宣誓的地点和时间吧？本来他什么事都会对槙子说明的，不过，即使是槙子，自己泄露了大事而忘得一干二净，倒使勋感到很难为情。自己也许缺少率众起事的资格吧？不过，只是对槙子走漏了风声，并且将这件事完全遗忘，勋不得不承认自己对她怀有一份信赖和温情。同面对青年人不一样，在槙子面前，他有一种故意想做个粗疏男子的微妙的欲求……

“可我不明白，你怎么到这儿来了？”

“我想您集合这么多学生，带到哪里去呢？会不会遇到困难？首先，肚子饿坏了吧？”

勋麻利地挠挠头皮。

“本可以来我家吃晚饭的，不过路太远。同父亲商量了一下，父亲给了我一些钱，叫我带你们到涩谷吃牛肉火锅。今天晚上，父亲应邀参加歌会，不在家，我就到这里来招待大家了。有的是钱，请放心吧。”

槙子像夜钓时钓到一条大鱼一般，急忙伸出洁白的胳膊，亮亮那只硕大的巴拿马提包。袖筒里露出细细的腕子，优美纤弱的关节里，储留着晚夏的疲倦之色。

十九

最近，本多应一位研究谣曲的同事的邀请，到天王寺堂芝町的大阪能乐殿，观看了野口兼资主演的《松风》。这场戏相隔很久才从东京来这里演出，兼资演主角，田村弥三郎演配角。

能乐殿位于连接大阪城和天王寺的上町丘陵的东侧斜坡之上。大正时期，这一带是别墅区，高墙广宅，庭院深深。其间，那座住友家建设的能乐殿，敞开着大门。

观众都是富商巨贾，本多认识的人也很多。同事早已关照过本多，发音困难的野口名流，声音就像扼住脖子的鹅，千万不能笑。他还预言，对能乐一无所知的本多，一旦开演，立即就会受到感动。

听到这番话，本多不会像小孩子一样表示反感，他不再是那样的年龄了。自打初夏会见饭沼勋时起，本多理性的基础虽然开始崩溃，但日日思考的习惯却没有变。他依然相信，自己不会受到任何感动，就像不会染上梅毒一样。

配角僧人和狂言角儿之间的问答结束不久，主角和配角要从通道上出场，这时演奏极为庄重的《真之一声》[1] 的锣鼓乐。本来，这种音乐仅限于最初上场的主配角表演时使用，但唯独《松风》可以使用，这是个例外。同事为他作了说明。也许这首音乐幽玄至极，才一贯为人所重视吧。

松风和村雨穿白水衣[2]，内里不时闪现着内裙上的点点猩红，面对面立于通道之上，犹如浸润海岸沙滩的细雨，幽然地吟唱：

“车载汐潮声辘辘，浮世轮回尽空无。”

这句唱词一旦出口时，能乐堂略显强烈的灯光，将舞台光洁的桧木地板映照得油光闪亮。本多被舞台上映现的松影吸引住了。在配角浅显明亮的音色陪衬下，野口兼资幽深、苍凉而时有哽咽的嗓音，缠绵宛转于其中，他的最后“尽空无”一句，听起来已经十分明朗了。

本来，耳朵正在毫无妨碍地倾听着，一句歌词震动着鼓膜：

“车载汐潮声辘辘，浮世轮回尽空无。”

---

1 《真之一声》，能乐剧中主角出场时演奏的清静而优雅的曲子。

2 白水衣，仙人穿的羽衣。

清瘦、雅丽、身姿婀娜的诗句，完整地浮现于脑际。

此时，本多不由地一阵战栗。

唱词马上进入第二句：

“波涛连天须磨浦，寒月清雅湿衣袖。”

连唱刚一结束，主角松风又接着唱了句散板：

“多情秋风频频吹，海水茫茫人何处？”

野口兼资的音调，丝毫不会令人觉得他只在表面上装扮成年轻貌美的女子，也不会令人联想到女子的姿色，这就像是一种摩擦锈迹斑斑的红色铁块发出的声音。这种唱腔，虽然嗓音时断时续，将优雅的辞章弄得支离破碎，但听起来，仿佛漂流着难以形容的幽婉的暗雾，又犹如在荒寂的大殿的一隅，看到螺钿家具映着月色的心情。透过一种生理性的荒废的珠帘，反而更能清晰地窥探到优雅剥落的断片。

紧接着，对于这种“难声”并非不在意，而是只有透过难声，才能感受到松风那种含着潮腥味儿的忧伤和冥界暗淡的恋爱的迷雾。

不知不觉间，本多对于眼前移动的事象，很难分清是现实还是虚幻了。舞台上打磨光洁的桧木地板，犹如细波荡漾的水面，辉映着两个美女的白水衣和内裙骑缝闪光的金丝。

和刚才吟唱的散板词章相重复，最初的一组诗句执拗地掠过心头：

“车载汐潮声辘辘，浮世轮回尽空无。”

本多想起的不是这句话的意思，而是立于通道上的主配角对唱时，唱词如细雨静静飘洒的瞬间，那种无故的震颤到底意味着什么。

那是什么？那时候，美确实迈出了步子。犹如沙滩上的白鸻，习惯于飞翔，而不善于行走。它们穿着白袜子的脚爪，向着我等所存在的现世伸了过来。

但是，这种美具有严密的一次性。人只能迅速捕捉在记忆里，于回想之中反复咀嚼。还有，这种美保持着高贵的无效性和无目的性……

本多依然沉浸在思考之中，其间，能乐《松风》像一条情感的小河，一无阻滞地淙淙流淌。

“艰难时世如何度，徒羡明月出云浦？……”

舞台月影中，且唱且舞，已经不是两个美女的亡灵，而是难以用言语表现的东西，例如时间的精灵，情绪的精髓，闯入现实的梦幻执拗的逗留等。它没有目的、毫无意义地继续织造着现世无法存在的美。这个世界，若论紧跟美之后又来一个美，怎么可能呢？

……就这样，本多次第被引入幽暗的思绪之中，已经很明确，他在想些什么。清显的存在，他的人生，他留下的东西……本多自己所精心思虑的，实在是很久很久了。

本多可以轻易地将清显的人生看作一个时代飘忽即逝的一丝熏风，然而，单凭这种思想，清显的罪愆和遗憾亦不会消泯，本多自己也无法获得永远的满足。

他回忆起一个晴雪的早晨，上课前的校园，在花圃围绕的亭子里，一边倾听四周滴落的雪水，一边难得地同清显进行一场长时间对话的情景。

那是大正二年的早春时节，清显和本多都是十九岁。自那之后，已经过了十九年了。本多记得，当时他认为，再过一百年，我们将身不由己地被混入一个时代的思潮中，加以远眺。到那时，自己和自己最鄙视的家伙都会被同样看待。这就是自己概括的和那种人仅有的共同点。本多记得，他们还就历史和人的意志的关系进行过热烈的讨论。作为两者关系的绝妙讽刺是，具有意志的人尽皆受挫，“与历史有关的东西，只能起到唯一光辉的、永远不变的美丽粒子似的无意志的作用”。

虽然只是使用一些抽象的语言，但那时出现在本多眼前的是，晴雪早晨里清显那光辉美丽的面貌，一位没有意志、没有性格，只知忠实于一种不可指望的感情的青年。本多自己的话语里，无疑含有清显本人的肖像。所谓“光辉的、永远不变的美丽粒子似的无意志的作用”，明显地是指清显的生存方式。

打那时起，过了一百年，看法又会不同。十九年的岁月，概括起来则过近，细究起来则太远。清显的形象还没有和那些鲁莽、迟钝、愚顽的剑道的成员混淆在一起，但尽管如此，大正初年，这位随心所欲、一味沉溺于感情、短命的时代魁首——清显的一种“英姿”，到了今天，终因时代的间隔而褪色了。当年那番执着的热情，至今除了作为个人的美好记忆之外，早已变得滑稽可笑了。

时光流逝，一点点将崇高变成滑稽。是什么被腐蚀了呢？假若从外部遭到腐蚀，那么崇高本来就只是遮蔽外表，滑稽则构成内核，对吗？或者说，崇高是全部，外侧只是降落一些滑稽的尘埃罢了，对吗？

本多回顾自身，自己的确是个具有意志的人，但他不能不怀疑，这种意志且不说对历史，对社会改变了什么，成就了什么呢？固然，有几次通过判决左右了他人的生命，当时认为是重大的决定，但时过境迁，却发现只不过成全了本来就该死去的人的命运，那种死正好为历史的一点所容纳，不久就被掩没了。而且，如今不安的世相并非凭他的意志而招来，相反，作为审判官的他，却被这种不安的世相所不断役使。当他凭意志做出决定的时候，有多少纯粹的理性在起作用？或者说，是否于不知不觉中受到时代思潮的推动？对于这些，他自己无法做出准确的判定。

另一方面，他仔细巡视现代的周边，哪里也看不到清显那样的青年，那种热情、死及美丽的人生所留下的影响。

没有任何证据足以证明，那种死的结果起到什么作用，发生什么变化。看样子，关于清显的一切，都被历史不留任何痕迹地抹消了。

此时，本多发现，十九年前自己所阐明的语言里，包含着奇异的预见。这是因为，本多关于历史的意志受挫的主张，使他从意志受挫本身发现自己是有用的。然而到现在，他再次羡慕十九年后没有留下任何痕迹的清显来了。因为，没有意志的清显，完全没有给历史留下任何影像。本多不得不承认，清显身上，具有超出自己的参与历史的本质。

清显是美丽的，无用而不带任何目的地迅速离开了这个人世。而且，具有美的严格的一次性。

就像刚才的一组唱词所吟唱的一瞬：

“车载汐潮声辘辘，浮世轮回尽空无。”

另一张坚毅而威猛的年轻人的面孔，从那即将消隐的美的泡沫中浮现出来。在清显身上，真正一次性的东西只是美。其余的都必须复苏，冀求转生。大凡在清显身上没有实现的，在他身上，一切都只能以负数的形式被赋予……

另一个年轻人的面颜，脱去夏日里闪光的剑道面罩，汗水淋漓，呼呼喘着气，用力鼓胀着鼻翼。他那抿成一条细线的嘴唇，犹如一把横向的利刃。

光影离合的舞台上，本多所看到的，已不再是美艳的主配角所扮演的汲取晚潮的女子。舞台上或坐或立，于月影之中从事优雅而徒劳的工作的，是两个时代相隔的青年。这两个年轻人，远看十分相像，近观则各具风采，对峙而立，年齿相当。一个是被竹刀磨出膙子的粗壮的大手，一个是十指纤纤、细皮嫩肉的游惰之肢，两个轮番汲取时光的潮水。当两个青年出现时，不时有笛音响起，贯穿他们的现实之身，犹如云间下泻的月影。

汲潮车的两个车轮直径一尺二寸，装饰着大红彩缎，两人交替拉着，走在积水空明的海岸上。然而，此时本多听到的话语，已经不是那种优雅而稍显倦怠的诗句：

“车载汐潮声辘辘，浮世轮回尽空无。”

突然，这诗句变了，变成《心地观经》上的话：

“有情轮回六道生，犹如车轮无始终。”

眼见着，舞台上汲潮车的车轮无休止地旋转起来。

本多想起有个时期，自己也迷上了各种轮回说教的书籍。

轮回，或曰转生，原语为 samsara。所谓轮回，就是众生围绕迷界，即六道——地狱、饿鬼、畜生、修罗、人间、天上——永无休止地循环往复。但“转生”一语，有时包括由迷界走向悟界的意思。此时，轮回即止息。轮回必然是转生，但转生未必是轮回。

总之，佛教承认这种轮回的主体，但不承认所谓常住不变的中心的主体。因为佛教否认我的存在，因此也就不承认灵魂的存在。它所承认的只是：通过轮回而生生灭灭流转的现象法的核心，所谓心识中最微细的东西。这就是轮回的主体，即唯识论所说的阿赖耶识。

现世中存在的东西，即便生物也没有作为中心主体的灵魂，无生物因产生于因缘，也没有中心主体，因而，世界万物都没有一种固有的实体。

如果轮回的主体是阿赖耶识，轮回运动中的样态就是业。而且由于学说的不同，分为多种流派，故而佛教开始出现百千异说，呈现五彩缤纷的局面。有的学说认为，阿赖耶识已经为罪恶所污染，就是业的本身。有的学说主张，阿赖耶识半污染半无垢，隐藏着向解脱过渡的桥梁。

本多记得自己确实研读过繁琐的业感缘起说和五蕴相续的复杂的形而上学，不过自己也说不清懂得了多少。

……《松风》的上半场演出已进入高潮：

（主角唱）月出碧云天，
（配角唱）喜有月相伴。
（主角唱）明月一轮，
（伴唱）二影依稀，夜海潮满。
彩车载月，忧烦何在？眼前汐路漫漫。

站在舞台上的又是美艳的松风和村雨了，配角僧人已经从座席上站起来，观众的面孔也能一一看得清晰、锣鼓曲子也能一板一眼听得真切了。

六月奈良旅馆里的不眠之夜，他确信见到了清显转生的证据。然而，那件事已经逐渐变得遥远而模糊了。理性的基础确实已经产生裂纹，但是泥土又即刻埋没这种裂纹，上面长满茂盛的夏草，隐藏了那一夜的记忆。如今，就像眼下所看到的能乐剧，那只不过是探访自己理性的幻影，理性的偶然的休假。和清显在同一处生长黑痣的少年，不限于勋一人，在瀑布下相会，未必就是清显谵语中所说的那个瀑布。单凭这两个重叠的偶然，作为转生的证据，未免太薄弱了。

本多极为熟悉刑法中对获取证据的要求，现在他认为，仅凭这些认定转生，实在太轻率了。他从内心里希望转生存在，这种心情犹如枯井中仅存的一洼清水的闪光。可是，本多的理性早已知悉井水正在干涸下去。这种理论的根据中存在的蹊跷之处，可以暂时不加检点，只管原样放置好了。

“我真傻!”本多犹如大梦初醒，“我实在太愚蠢了。三十八岁的审判官，本不该有这样的想法。”

不论佛典如何构筑一个精致的体系，这本来属于管辖不同的问题。数月来，一个沉重压抑着心头的谜团，顿然冰释了，心里感到一阵清凉。灵魂的白昼又回返了。本多觉得，自己从争分夺秒的繁重公务中挣脱出来，如今在这里只是一位出色的观众罢了。

能乐舞台近在咫尺，闪耀着不容接触的来世的光辉。它呈现一种幻象，本多对此非常感动。这已经够了！十九年前的珍爱重新复苏，六月奈良的一夜心醉神迷。如今想想，获得复苏的不是清显，只不过是本多所珍爱的情感罢了。

本多打算今夜回家后，再翻阅一下久未接触的清显的那本《梦日记》。

二十

进入十月，接连都是响晴的天气。

勋放学回来，走到自家附近时，只见拉洋片的敲着梆子招徕孩子。他绕着路进入后街，一群孩子站在十字路口上。

秋天丰蕴的阳光，照耀着挂在自行车上的洋片舞台的布幕。拉洋片的艺人，一眼就能看出是个失业的汉子。他一脸久未修剪的络腮胡子，污秽不堪的衬衫上套着皱巴巴的上衣。

整个东京的失业者仿佛互相商量好了一般，他们不想故意隐瞒自己失业者的身份，从穿戴和风貌上一眼就能看得出来。他们的脸上有着不太显眼的病斑，失业正如悄悄蔓延的疾病，似乎有意让别人能识别出自己是个病人。拉洋片的敲打着梆子，倏忽朝勋瞥了一眼。经他这么一瞧，勋感到此刻的自己，好像变成刚刚温热的柔软而细嫩的牛奶皮儿。

“哇哈哈哈哈！”

孩子们齐声学着金蝙蝠的哄笑催促快点儿开演。勋虽然没有停下脚步，趁着通过的时机，由左右拉开的幕间，窥见了凶恶的金蝙蝠的髑髅面具，以及绿衣服和白色连脚裤的姿影。勋看到了金蝙蝠身披大红斗篷，在空中翩然飞舞的画面。那些画既幼稚又丑陋，有一次，勋听说这些绘画都出自一位贫苦少年之手，他每天可以获得一日元五十钱[1]的可观的收入。

拉洋片的清清嗓子：“话说这位仗义的金蝙蝠朋友。”他先来上这句开场白，沙哑的声音正好传入打拉洋片的和小观众们背后走过去的勋的耳眼里。

勋进入连接西片町围墙的寂静的街道，脑子里盘旋着空中飞舞的金蝙蝠髑髅的幻影。那是正义的异样的金色的变体。

回到家里，家中寂静无声。他到里院转了转，看到佐和一边哼着小曲儿，一边蹲在井畔洗衣服。这样的好天气，洗的衣服很快就能干，这使他很开心。

“回来了？今天是神山先生庆祝喜寿的好日子，大伙儿

1　钱，货币单位，一钱为 0.01 日元。

都去帮忙了，不在家。令堂也一起去了。”

老先生是这个世界的领袖，饭沼家一直获得他的照料。

或许因为佐和有些粗鲁，才被留下看家的吧？勋感到无聊，坐到杂草丛中。白日里低微的虫鸣，隐没在哗然的水声里。明丽的天色，映射在佐和不住搅动的盆水里，破碎了。这个世界没有发生任何事情。世上万物极力装作将勋的企图化为乌有，树木、天色，齐心协力，力图冻结他火热的意志，减缓他感情的激流，使勋沉迷于最不现实、最不必要的变革的梦幻之中。只剩下青春的利刃映射着秋空，突然闪耀着凛凛寒光。

佐和似乎立即觉察了勋沉默的意味。

“最近还在练习剑道吗？”

他那肥硕的手好像在揉面团儿，一边揉着盆里的白色衣物，一边问道。

“不。”

“是吗？”

佐和没有问他为什么。

勋瞅瞅水盆，佐和拼命揉搓的衣服很少，他本来就只洗自己穿的衣服。

“这样拼命洗啊揉的，还不知哪一天用得着呢。”

佐和喘着粗气说。

“也许明天就会到来的。而且，肯定是在您洗衣服的当儿。”

佐和所说的“用得着”这个词儿，含义不太明确，只是觉得到时候，作为男子汉应该穿上一件光鲜而洁白的内衣。

佐和终于要拧干衣服了，干涸的地面滴落一些漆黑的水滴。他不瞧勋的面孔，只是用轻佻的口气说道：

“看来跟着勋君，要比跟着先生更能及早获得机会。”

勋听到这话的瞬间，担心自己的脸色会不会改变。佐和肯定是嗅出了什么，自己究竟什么地方出现疏漏了呢？

佐和似乎对于勋的反应毫无觉察，他一只手抱着拧过的衣物，一只手拿起抹布在晒衣杆上来回揩拭，问道：

“什么时候去参加海堂先生的练习会呢？”

“最后决定十月二十日去那里待一个星期。这以前计划已经排满了，最近听说实业家也要参加。”

“和谁一起去呢？”

“邀集学校研究会的成员一道去。”

“我也想去呢，求求先生看吧。反正我在这里也只是个看门的角色。只要提出请求，先生总会答应的吧？最好让我夹在你们年轻人中间锻炼锻炼。到了这个年纪，尽管心里想大干一番，可就是身子骨发懒。啊，你说对吗？”

勋不知如何回答是好。可不，只要佐和提出要求，父亲肯定会应允的。不过，要是佐和真的去了，他和伙伴们好不容易在一起最后商谈的机会就会受到干扰。说不定佐和已经知道内情，故意从中作梗吧？假如佐和是在吐露真心，那么他提出要参加练习会，也许是转弯抹角委婉地表达一种心情：他想加入勋的同志那一伙。

佐和背对着勋，将自己的衬衫和短裤套进竹竿，将兜裆布系在竹竿上。因为没有拧干，水顺着竹竿斜斜地滴落下来，但是佐和显得很平静。他那正在干活儿的脊背黄褐色的衬衫胀得鼓鼓的，那里堆积着肥嘟嘟的肌肉，显得厚重而又迟钝，勋看在眼里，这一切仿佛正在迫使他赶快回答似的。

但是，勋还是没有回答。

佐和将竹竿架在身边的最高处，这时，一阵风刮来，衬衫正巧贴到面颊上了。佐和感到好像一只大白狗正在舔着自己的脸，他赶紧伸手三两下揭了下来。佐和转过身漫然地问道：

“我去就那么使你为难吗？”

勋要是个处世稍微灵活些的年轻人，会给他一个很巧妙的回答。不过，他心里一直记挂着佐和会给他们造成麻烦，所以连句玩笑都不敢开了。

佐和也不继续深究了，他说房间有可口的点心，请勋进去一同享用。年长者有权一人居住三铺席大的房间，除了几本封面卷边儿的讲坛俱乐部小册子之外，没有什么像样的书籍。遇到有人问起，他就会说，那些自以为读书就能学到日本精神的人，都是一些假勤皇派[1]。

佐和端出妻子寄来的熊本出产的名叫肥后饼的糕点招待勋，还为他沏了茶。

“实际上，先生是很疼爱您的。”

他突然冒出了这么一句，随后叹了口气。接着，佐和翻箱倒柜找出一把绘着仕女图的团扇，这是附近一家酒馆庆祝盂兰节的纪念品，上面印着店名和电话号码，字体潇洒。他想将这把团扇送给勋，勋没有接受。那幅美人图，身材细瘦，一双茫然无措的眼神，眉宇间有点儿像槙子，所以勋断然拒绝了。但他对佐和倒没有什么意见，只不过是寻常一件不太礼貌的举动罢了。

勋也觉得自己的拒绝方式有些生硬，不由想使刚才的疙瘩尽快解消，随口问道：

“您还是想参加练习会，对吗?”

“不，我没有这个打算。反正事情一旦忙起来了，还是走不开呀，只是问问罢了。”

佐和颇显扫兴地淡然地回答。

“先生实在很疼爱您啊。”

他又冷不丁地冒出这么一句。

接着，佐和用指根处生着酒窝的两只胖手，握着厚厚

1　勤皇派，江户时代末期，忠于天皇、致力于推翻德川幕府的人。

的茶杯，不等人问，一个人独自述说起来：

“勋君长大了，有些事也该让您知道了。靖献塾一时富裕起来，也是最近的事。我进来那阵子，先生还苦于筹不到经费啊！我知道，这些事不告诉您，是先生的教育方针。可是依我说，凭您的年岁，也该了解一下各种丑事了。该知道的不知道，将来会跌跟头的。

“那是三年前吧，《日本新论》杂志刊载了一篇辱骂今天正在庆祝喜寿的神山先生的文章。饭沼先生说，不能这么沉默不管，就去见了神山先生。他们怎么谈的，我不太清楚。我只是按照饭沼先生的指示，跑到《日本新论》社办交涉，责令他们在报上登长篇道歉书。‘他们给钱，坚决不收，愤怒地扔回去就回来。不过，要是对方连钱都不肯出，那就说明你的谈判方式很成问题。’临行，饭沼先生还说了这些令人摸不着头脑的话。

“明明没有生气，偏要装出气呼呼的样子，这倒是很有意思的事。我这人见到别人生气，自己心情也决不会坏。尤其有趣的是，《日本新论》社派一个年轻好胜的记者接待我，对我来说正中下怀。

“饭沼先生这一手自始至终都卓有成效。一开始，我这种类型的人冲锋在前。此话由我自己嘴里说，实在有些怪，不过我也并不讨人嫌，即使怒火冲天也留有余地，引得对方送上小钱企图化解了结。我又出乎意料地断然拒绝，弄得对方下不了台。

“先生决不让他们直接去找神山先生，这期间配备了五名人员，安排了逐渐升级的五轮会谈。越深入下去，事态就越麻烦，越严重。对方心里没底，不知道谈到何种程度才能见分晓，谈判也就越来越深入。因为既非凭恐吓所能奏效，也完全不是‘金钱的问题’，所以用不着找警察。第二轮人员中，由那位‘六月事件’中的武藤先生出马，这倒使《日本新论》社大吃一惊，开始感到事态并非寻同一般。

“由第二轮转入第三轮，给他个暧昧、模糊的间隔，拖延时间不见，使他们怀有一种希望：到了第三轮谈判，问题就能得到解决了。等到第三次会谈，又把问题放到第四轮去了。在那之前，丝毫不露踪迹，但‘没有沉默的年轻人’早已不止一百二百这个数了。

“《日本新论》社急忙雇佣了侦探，派人拿着社长的亲笔信，恭恭敬敬前来道歉。会见场所也由这边精心安排好了。第四轮吉森先生出场，会谈地址也很理想，是同吉森先生有关系的一家土建公司的工地办公室。

“前后折腾了四个月，最后第五轮好容易一位为人温厚的大腕儿出面了，他的名字不便公开。这位人士一登场，凭借他的胆识使得双方握手言和。谈判在柳桥进行，《日本新论》社社长也出面诚恳道歉。对方赔款五万日元，饭沼先生可能拿了一万日元。因此，靖献塾这一年十分富足。”

——勋拼命压抑满腔愤怒地听着，他那顽固的虚荣心，使他对于这类卑微的作恶并不感到惊讶。令勋难以容忍的是，自己过去竟然一直享受着这种卑小的恶的恩惠。

但是，严格地说，认为他一开始就对这种真相有所觉悟，那未免太夸张了。他没有正视自己的生活根基，这一点不知不觉成了勋的纯洁的根据，同时也成了他大发无名之火和深感不安的缘由。勋自己并不吝惜对这一问题的认识。立于恶之上而施行正义，此种不合时宜的想法，确实能迎合青年的虚荣心，不过，他所想象的是少许大些的恶。

尽管如此，对于导致勋怀疑自己的纯粹说来，这依然是很不充分的理由。

他极力冷静地反问：

“父亲至今还是靠着这个过日子吗？”

“现在不了，现在不得了啦。早已不再那么操劳了。熬到这个份上，先生真不知吃过多少苦啊！我只是想让您也知道些罢了。”

佐和稍稍停顿了一下，又开始说了一通无关紧要的话。可他的一番话倒使勋大出所料。

“干掉谁都行，就是不能干掉藏原武介。您要是把他除掉了，受害最大的，不是别人，而是饭沼先生啊！您认为是忠，反而成了最大的不孝。”

二十一

为了仔细揣摩佐和那段话的真正意思，勋匆匆告别佐和的房间，回到自己房间闭门思考起来。

就像辛辣的胡椒已经辣得口舌麻木，“就是不能搞掉藏原武介”，这句话对自己的冲击，不像刚一听到时那样剧烈了。而且，这话未必击中了勋的秘密，因为藏原武介早已被某些人当作资产家的罪魁祸首了。

如果观察出勋正在谋划着什么，那么可以想象，目标之一必然包括藏原的名字。况且，佐和劝勋不要搞掉藏原，不一定非要知道勋企图干些什么不可。

最后留在勋心中的疑问是，佐和将藏原的名字和父亲的名字搅浑在一起，究竟意味着什么。藏原果真是父亲的大财东、靖献塾秘密的保护伞吗？这简直令人难以置信。不过，这个问题既然难以立即获得答案，那么就应该将这一想法的恰当与否暂时撂在一旁。较之愤怒，缘自于这种事情真相模糊不清的急躁情绪，更加使得勋内心里焦灼不安。

老实说，勋对于藏原，除了对刊登在报刊上的照片细加分析和认真研读他的言行之外，其余什么也不知道。很显然，藏原是金融资本无国籍性这一理论的化身。当你要描摹一个对一切无所爱的男人的话，那么再没有比藏原更合适的人选了。总之，在这个令人窒息的时代，唯有他一人能够快快乐乐地自由呼吸，仅凭这一点，就有充分资格被人怀疑是个罪犯。

藏原在某家报纸上的言论引起争议，这些言论并非一时的疏忽，给人的感觉是精心安排得恰到好处的疏忽。这些言论是：

“失业者众多自然不是好现象，但并不直接意味着财政不健全。毋宁说，从常识上看，正相反。所谓民灶沸腾，同日本的安泰并没有直接关系。”

勋对这些言论又气又恨，一直耿耿于怀。

藏原的恶出自同这个国家的土地和鲜血没有关系的理智。也许因为这个缘故，勋对藏原虽说知之甚少，但对他的恶迹感之甚深。

那些一味讨好英美、一举手一投足百般逢迎、胁肩谄笑，除此一无所能的外交官僚；那些利欲熏心、如庞大的食蚁兽一般遍地搜寻食饵的财界人士；那些像一堆腐肉的政治家们；那些身裹出世主义的铠甲，如独角仙一般不能动弹的军阀；那些架着眼镜、似白蛆般胀鼓鼓的学者们；还有那些视满洲国为庶出、正欲及早伸手猎取利权的人们……一方面，广大的贫穷如地平线上的朝霞烛照天空。

藏原便是冷然置于这种惨淡风景画中的一顶黑色丝绸帽，他无言地望着人们的死亡，并大加赞许。

悲戚的日子，惨白阴冷的太阳虽然已经不再惠予人们一线光热，每天早晨却依然忧郁地升空、旋转。这就是陛下的御姿。谁不想仰望太阳满面的笑容？

——假如藏原……

勋打开窗户啐了口唾沫。假如今天吃的早饭和午餐吃的盒饭都是出自藏原的恩惠，那么不知不觉间，自己的内脏、肉体全都染上了毒素。

他要责问父亲。但是，父亲会跟他说实话吗？假如父亲巧于辩解、执意回避，那还不如一言不发，装作一无所知为好。

要是不知道，要是对这些毫不知情该有多好，勋用脚顿着地面，诅咒自己的耳朵不该听到这一切，并且埋怨起向自己的耳眼里灌毒的佐和来了。尽管自己佯装不知，但佐和早晚会告诉父亲，他早就把这些跟勋讲明白了。那么，自己就成了背叛父亲的儿子了。明明知道这些，却又偏偏要做个屠戮全家性命的忘恩负义之徒，这样，自己行为的纯粹性就变得可疑，虽想纯粹但行为的本身却成了最不纯粹的行为了。

那么，如何才能守住纯粹呢？毫无作为吗？将藏原一人从暗杀名单中排除吗？不，这样一来，自己为了做个可怜的孝子，放过一国之蠹毒，背叛陛下，也背离了自己的至诚之心。

细思之，只有对藏原知之不多，才会使得勋的行为愈发接近正义。藏原应当是遥远而抽象的恶。对于一个陌生人，没有恩顾和私怨，甚至没有多少爱与憎，只有这样，杀人才会具有正义的根据。他只要从遥远的地方感受到这种恶就足够了。

杀死可恨的人很简单，打倒卑劣小人更使人感到快乐。他所不情愿做的是，如此乘敌方之缺欠，以此说服自己而杀人。他头脑里存在的藏原的大恶，同他为自身安全而收买靖献塾这种小恶，不可等而视之。神风连的青年们，决不会因为熊本镇台司令长官的区区人格缺陷而将他杀死。

勋因痛苦而呻吟。美的行为是多么易于毁坏啊！仅仅因为一句话，自己美的行为的可能性已经被无情地连根拔除了！

余下的只有一种行为的可能，自己亲自变成“恶”。然而，他属于正义。

——勋拿起立在屋角里的木刀，慌忙跑向院子。没有佐和的身影。勋在井畔平坦的地面上，狂乱而迅速地来回走动。木刀砍向空中的叱咤之声从耳边擦过。他不再思索什么，时而举刀奋起，时而落刀向下，犹如一个嗜酒成性的醉汉，急着要使热烈奔放的行为流贯全身。他心胸剧烈起伏，火焰般的呼吸一开一合，该流的汗没有流，一切都未能奏效。他想起从先辈那里学来的古剑道之歌：

以为不思而在思，
唯有不思而不思。
月出东山落西山，
对月无所思，
心中何处有山端？

想起这些，又有何益？经虫蛀食的栗树的叶子，透过傍晚美丽的天空，稍稍渗过佐和白色的衣物，看上去十分显眼。自行车傍晚的一串铃声掠过墙外，消失了。

勋提着木刀，再次叩响了佐和的房门。

“怎么啦？肚子饿了吧？今晚可以叫店里送来吃的，你想吃些什么？”

佐和起身走过来开门。

“你刚才说的都是实话？关于家中私塾同藏原有关的那些事。”

“不要吓我，看你提着刀呐。哦，快进来。”

勋在刚才要刀时已经考虑好了，不管如何满怀热情地追问，都不能流露出害怕被对方看穿真实意图的意象。因为靖献塾接受藏原资助的事实一旦成立，一个清纯无垢的青年对此木然不觉，那倒是不正常的。

佐和闷声不响。

“请你说真话。”

勋将木刀夹在左侧胳肢窝里，双手扶膝，正襟危坐。

“说出真话你又会干些什么呢？”

“不干什么。”

“既然不干什么，说不说不是一样吗？”

“不一样，假若我父亲同那个大恶棍有关系的话。”

“要是真有关系，就把他杀了吗？”

“不是杀不杀的问题。”勋有些诡辩起来，“我把父亲和藏原都当作杰出的典型保护起来。藏原是个出色的恶人。”

“要是那样，你也成了杰出的人了。”

“我不必要成为杰出的人。”

“既然如此，那就随便吧。”

勋差点儿败下阵来。

“佐和君，遮遮掩掩就是卑怯。我只想知道现实，直接面对现实。”

“为什么？知道了现实，你的信念也会改变吗？这么说，你的志向过去仅仅限于一种幻想吗？这种易于变幻的志向还是丢掉为好。我只是在你所相信的世界戳开一丝裂缝让你看看罢了。如果你因此而动摇，那么你的志向也是令人奇怪的。你那好马不吃回头草的志向到哪儿去了？你到底有没有这种志向？要是有，就当场说明白。”

勋再次嗫嚅了。佐和绝非仅仅读点儿《讲坛俱乐部》的那种人，责问起勋来反戈一击，一心要叫这位青年将堵在喉头的炽热的话语倾吐出来。勋热血奔涌，面颊潮红，他极力控制自己。接着说道：

“您不讲真话，我不会离开这里。”

“是吗？”

佐和沉默了一会儿。这位肥壮的四十岁的汉子，盘腿打坐在薄暮迫近的三铺席房间里，身穿塾长那件磨出膝盖的古旧的法兰绒裤子，黄褐色的衬衫裹着脊背的脂肪，胀鼓鼓的像车篷。刚才的棱角儿已从他身上消失，眼下分不清是瞌睡还是沉思。

佐和霍然站起身，打开抽屉寻找什么。然后坐下来，放在他膝头前的是一把带有白色刀鞘的短刀。他拔出短刀，暮色苍茫的房间里闪耀着惨白的寒光。

“我说那些话是想阻止你的呀。你是靖献塾的重要接班人，先生是那样地疼爱你。

“这事交给我了。我虽然有老婆孩子，但我身无牵挂，她对我也不再留恋。说起来实在难为情，其实啊，我过去一直拖着一副该死的身子而活到今天。

“我对先生不会造成任何麻烦，只要打一份儿退塾报告就变得一身轻了。就让我去刺杀藏原吧。我一人杀藏原，不管怎么说，那家伙是一切罪恶的根源。我知道，最坏的场合，只要除掉那个家伙，被他操纵的政治家和企业家就会一蹶不振。应当把藏原杀掉，我一直在考虑这个问题。不管怎么说，就把刺杀藏原的任务交给我和这把短刀吧。

“把藏原交给我，万一我杀了藏原，日本仍未变好，到那时候你们年轻人再集合起来大干一番！

“还有，假若你们自己要动手除掉藏原，那就让我加入你们的同伙，我一定不负众望。只有我不会使靖献塾受到损害。

“怎么样？那就恳请你答应我的要求吧。也请你表明一下心愿。”

佐和用黄褐色的衣袖遮着眼睛哽咽着，勋倾听着他哭泣。他已经不好再询问关于藏原的事是否真实了。佐和的这番话，从他的整个态度上就是暗示勋自己所说的都是事实。此外，佐和所见所闻有关藏原的言论，正好成为佐和提出上述恳求的理由。不管怎么说，眼下应该由勋拿定主意了。

勋深深陷入迷惘之中，不过，刚才那种无法控制自己的危险已经没有了。如今，一切要由勋来决定取舍了。佐和依然不住哭泣，勋俯视着他那毛发稀疏的头顶，完全有充分的余裕，认真考虑应该如何判断了。

这一瞬间，一切利害冲突宛如一道竹篱笆，纵横交错，直刺蓝天。勋既可以应允佐和加入同志一伙，也可以拒绝他。勋可以表明态度，也可以一味不予置理。勋既能守住美和纯粹，也能随手尽皆舍弃。

让佐和成为自己的同志，等同于表明心愿。代之而来的，就能使佐和公开袒露关于藏原的一些事实真相。勋的维新纵然瞬息间变得不再纯洁无垢，但一方面却可以抑制佐和的贸然行动，防止由此带来的危险，使之统一融入一举之大业。

如果不让佐和加入同志一伙，自己就没有表明心愿的必要，不过这样一来，对方也就不会讲明那些丑恶事实的真相。然而，假如佐和抢先刺杀藏原，那么，敌方就会因此加强戒备，致使维新义举毁于一旦。

勋做出了严酷的判断，为了捍卫自己行为的美与纯粹，决定让佐和独自刺杀藏原。但这件事不可由自己口中说出，也不可做出将藏原“让”出去的姿态。不然，勋就是使用不纯的手段来维护纯粹。要使人觉得一切都是顺其自然而变化。

勋做出这种判断的时候，也许会无意识地报怨佐和。

勋嘴边浮现着颇显老成的微笑，他已经是领袖了。

“佐和君，我看还是算了吧。我刚才也只是为了一些鸡毛蒜皮的小事而激动，或许给你造成了误会。什么同志，我们也没有什么计划，只是几个明治史研究会的成员，聚在一起吹吹牛罢了。青年人嘛，谁都爱热闹啊。佐和，您太多虑啦。我要告辞了，今晚上有朋友请客，我这就得过去。饭，就不要代我要了。”

勋害怕同佐和两人一道吃这顿艰难的晚餐。勋走了，佐和没有追他，出鞘的短刀寒光如水，悄然留在苍茫的暮色之中。

勋打算到井筒家去，他忽然记挂起槙子送给井筒的百合花是否完好地活着。那么，勋的百合花呢？

为了防备自己不在家时被人随手扔掉，勋把百合养在花插里，放在玻璃橱中了。开始时每天换水，最近忘了，忘记换水了。勋感到惭愧，他打开橱门，抽出几册书向里瞅一瞅，百合在黑暗中垂着头。

勋将百合拿到灯下一看，有一朵已经干成木乃伊了，只需手指轻轻一碰，早已变成茶褐色的花瓣儿，就会立即化作粉末，离开尚带些许青色的枝头，飘然而去吧？这已经不能再叫百合了，只是百合留下的记忆、百合的幻影，娉婷玉立的百合离巢后留下的茧壳而已。但是，从百合作为此世之百合的意义来说，它依然在这里留下馥郁的芳香，缠络着曾经在这里沐浴的夏阳的余烬。

勋悄悄用嘴唇碰一下花瓣儿，如果嘴唇真的有所感觉，那将为时已晚，百合就会即刻散离。嘴唇和百合的接触，简直就像黎明和山峦，互相只在光影离合之间。

勋还年轻，他的嘴唇尚未接触过任何人的嘴唇。他用嘴唇所具有的所有最微妙的感觉，微微接触了枯萎的百合花瓣儿。他想：

“我的纯粹的根据、纯粹的保证就在这里，确确实实都在这里。我行将自刃的时候，升起的朝阳里，百合定会从晨露中挺起腰肢，绽开花瓣儿，用百合的芳香净化我的鲜血的腥气。那也就够了，我还会有何烦恼呢？”

二十二

本多在法院每月一次的时局调查会上，听取了关于六月暹罗发生立宪革命的经过。这是院长提议召集的会议，开始很多人出于情面前来参加，随后，因为工作关系，好多人不来了。这种集会的场所是在小礼堂，每次都是邀请院外人士演讲，听过报告后还举行座谈。

本多想起往昔同帕塔纳迪特和库利沙达的交游，其后音讯断绝。这次又重新唤起本多的兴趣，于是满含兴致地听了某综合公司驻海外分公司经理亲历此次革命的报告。

这场革命发生在六月二十四日明丽的早晨，于曼谷市民毫无觉察中，平静地发生，平静地结束。湄南河像平常一样，河面上的汽艇和舢板往来如织，出售名产和特产的早市依旧喧嚣不止。官厅的事务像平素一样极为缓慢地运作着。

只有走到王宫前边的人们，才会发现一夜之间这里的样子全变了。王宫周围的道路上随处都是战车和机关枪，水兵端着上了刺刀的步枪，阻止着接近王宫的车辆。远远望去，王宫每层楼的窗户里，都有机关枪伸出来，迎着太阳闪闪发光。

此时，拉玛七世王偕王后正巡幸于东海岸避暑胜地华欣，王叔帕里帕特拉摄政，施行绝对专制的王政。

帕里帕特拉殿下的宫殿拂晓时遭受一辆装甲车的袭击，穿着睡衣的殿下顺从地乘着这辆装甲车前往王宫。发生这起袭击时，一名警官负伤，这是立宪革命的唯一一次流血。

殿下及支持王族政治的王族和阁僚们，一批批被运往王宫，关在一座房子里，聆听政变领导人披耶帕凤上校关于新政府施政纲领的说明。人民党掌握政权，成立了临时政府。

国王听到消息后，翌日早晨通过无线电，表示赞成立宪君主制，之后便乘坐特别列车，在“国王万岁”的欢呼声中还归首都。

六月二十六日，拉玛七世颁布敕令，承认新政府。在这之前，人民党两名青年领袖，以及民间领导人鲁安·普拉迪特，还有青年军官的代表披耶帕凤被召见，表示同意人民党提出的宪法草案。午后六时，颁赐玉玺，从此，暹罗成为名符其实的立宪君主制国家。

……本多想知道帕塔纳迪特殿下和库利沙达殿下的消息，不过，流血仅限于一位警官受伤，因此，这就无疑证明两位殿下是安全的。

人们听到这个消息，不由在心里进行了一番思索和比较：日本的现状使人窒息不堪，但是日本的革新为何像“五·一五事件”那样，最终以无益的流血而结束呢？难道就没有通过和平方式取得成功的道路吗？

听过这次报告不久，本多奉命到东京出差。不过，这次不是去解决什么疑难的问题，其中包含着院长对于长久工作赐予酬劳的意思。他于十月二十日乘夜班车出发，二十一日出席会议，第二天二十二日是星期六，星期一回来即可。母亲见到阔别很久的儿子回来，能在家里住上两三天，该是多么高兴的事！

本多一早从东京站下车，因为无暇回家换装，随即告别前来迎接的人们，先到车站内的“庄司”浴池洗个澡儿。本多好久没来东京了，一下子接触东京的空气，似乎嗅到一种不太习惯的气味。

车站里从月台到大厅，像平时一样熙熙攘攘，奇妙的是，那些长裙拖曳的女子们的身影颇为显眼，这种大阪本来司空见惯的风俗，究竟有何差异，一时难以说得清楚。不过，总觉得众人都受到一种无形气体的侵染，眼睛湿润，恍如梦境，沉迷于一种迫切的渴望之中。提着皮包、廉价受雇的职员，身穿裙裤和大褂的汉子，洋装的女子，香烟店的伙计，擦皮鞋的青年，头戴制帽的车站工作人员等，仿佛全都被同一种暗号结成一体了。这到底是什么呢?

每当社会对于将要发生的事情既害怕又期待的时候，这种机会即告成熟，社会也处于必然发生事变的状态，人们尽皆浮现出同一种表情。难道不是如此吗?

这种情况尚未在大阪见过。东京这座都市，已经出现一半影像，但尚未展露整个面貌。本多面对这个异样的巨大的幻影，仿佛听到一阵阵令人神经紧张、毛骨悚然、时时发生痉挛的笑声。

——事情办完了，星期六晚上获得了充分的休息。本多忽然想起，给靖献塾打电话。饭沼来接电话，他的大嗓门里似乎满含着怀念之情：

“哎呀呀，您到东京来了? 能想到给我这等人打电话，真是感到光荣啊! 上次和儿子一起到府上叨扰，心里实在不安呀!”

“勋君还好吗?”

“从昨天起就没回家，说是到梁川出席真杉海堂先生的修禊练习会去了。其实，我明天为儿子的事，也要去一趟梁川表示感谢，您要是有空儿，咱们一起去，怎么样? 我想，山野也该变红了。”

本多一时犯了踌躇，论理也该看望一下饭沼这位故旧，但凭着现职审判官这个身份，特意访问右翼塾的练习会，即使不参加修禊，也有遭受流言蜚语的危险。

无论如何，明晚或后天早晨必须离开东京。本多回绝了，但饭沼一个劲儿敦请，或许想不出别的更好的招待方法吧。本多终于以隐瞒身份为条件，答应和他一道去，并约好十一点在新宿车站会面。据说乘坐中央线电车要走两个小时，从四方津下车，沿着桂川还要走四公里光景。

真杉海堂家位于甲斐国北都留郡梁川与桂川两条河相交成直角的本泽，这里有一片伸向河心的露台形田地，面积二町五反[1]。田地后面，有一座可以收容数十人住宿的道场，还有一座神社。西侧吊桥畔有一间小屋，从那里沿台阶下去，可以到达修禊场。田地全由塾生耕作。

真杉海堂以反对佛教而闻名，因为是笃胤派，这是当然的。他把笃胤诅咒佛教、贬斥佛祖的一套理论，原原本本传达给塾生了。他诬蔑佛教决不会肯定生，从而也决不会肯定大义的死。佛教最终也不会接触“现世之生命”，因而最终也不会到达“生命”之“结”的本道——天皇道。这

1　町、反皆是土地面积单位，一町约合100公顷，一反约合1000平方米。

种因果报应的思想，就是一种将一切融入虚无主义的罪恶的哲学。

“佛祖……名为悉多，本甚愚质……犹入深山，几多苦行，亦未修得免除彼三苦难（老、病、死）之法……遂大发坚忍之恶心，又数年之间，于山间修得幻术，以此奥术，而成佛陀之物……创立无上至尊之佛说。如此佛祖，因此妄说之罪，亲自创天狗道之恶道，终成受三热之苦之魔魅。

“佛法渡来之前，先有所谓儒道之渡来，致使人心恶而多狡意。更有佛法因果之说，而使人心雌弱，上下人等，皆为妄说所诳惑。因一方迷信之物传入，本国皇祖众神之神敕等重要之故事，遂之变空疏，古风之神事亦遭忽视。再者，因神事与佛法之事交混一体……”

鉴于这种笃胤的说教不断注入塾生的耳朵，因此，见到海堂先生万万不可大肆赞扬佛教。一路上，饭沼不住提醒本多。

这位海堂先生，并非像本多根据多方积累的知识在心目中所描绘的那样，他不是须发皓白、长髯飘胸的崇高的老人。这位老者缺齿、矮小，待人和蔼，独有一双狮子眼给本多留下强烈的印象。饭沼向他介绍本多是过去自己侍候过的一位官吏，海堂听罢，一双狮子眼紧紧盯着本多的眼睛，说道：

“看来您见过不少人，但您的眼睛一点也没有受到污染，这真是稀有的事。到底是饭沼君所敬仰的人物啊。年纪又很轻。”

他说了一番恭维话，当意识到有些过分之后，又忽然改口骂起佛陀来：

“刚一见面就谈起这个，实在有些不合适，但论起释迦这个人，可真是个伪善者呀。依我看，使日本人失去本来的大和心和雄心的罪魁祸首，就是这个家伙。大和魂这样的精神，全被佛教给否定了，不是吗？”

饭沼立即起身去参加修禊了，道场的一间只剩下海堂和本多。这期间，无可奈何的本多，只好独自一人聆听海堂的说教了。

修禊完毕，一身白衣白裤的饭沼，在海堂高徒的陪伴下回来了。本多见到他们，心想这下子得救了。

“浑身清冽如水，心中污垢全都去除了，非常感谢。还有，我想见见儿子，现在他在哪里呢？”

饭沼说罢，海堂吩咐高徒去叫勋。本多想到勋将和父亲一样，一身白衣白裤而出现，不由兴奋起来。

然而，勋一直没有出来。高徒再次跪到门边。

“经向塾生们询问，勋君刚才受到斥责，情绪昂扬，说要到外头散散心，便从守门人家里借了支猎枪，进山打狗射猫去了。看来是向丹泽那个方向去了。”

“什么？修禊完了又要沾染兽血，那怎么成？”

海堂瞪着狮子眼，愤然站起身来。

“把勋研究会的一伙人全都喊来，叫他们每人手拿一只玉串去找勋！勋就像那个素戋呜尊所干的一样，他亵渎了道场的神域。”

饭沼一下子泄气了，慌慌张张，不知如何是好。这在旁观的本多眼里颇为滑稽。

“儿子究竟干了些什么呀？为着什么事挨骂呢？”

“他也没干什么坏事，请放心。只是那孩子过于逞强好胜。我教训他，如果不好好修行以招致和魂，最终就会误道。那孩子是暴烈之神，作为男儿，固然可喜，但他有些太出格了。于是我对他进行谆谆教诲，他倒也能垂头静听。看来，无疑是在那之后，暴烈的脾性突然发作。”

“我也拿上一只玉串，为这孩子祓除不洁之气吧？”

“那好，趁着那孩子身子尚未污染，快点儿去吧。”

本多听着这番对话的当儿，开始感觉到一种沉闷的不寻常的空气。接着，理智忽而抬头，仿佛觉得一种莫名的愚昧正向自己袭来。这些人不见肉体，只看灵魂。一个放荡不羁的少年，受到呵斥，情绪激昂，这在现实中是常有的事。这些人竟然将这些看作是心灵世界可怖的力量造成的。

本多出于对勋的亲近感特意赶来这里，此时，他对自己的决定感到后悔。同时，他又觉得，目前一种莫名的危机正向勋的行动逼近，自己应该助勋一臂之力，以便阻止这种危机的到来。

他走到门外，二十多名白衣白裤的年轻人集合一处，每人手里拿着玉串，个个神情紧张。饭沼手拿玉串出现了，大伙儿立即跟着他一起行动。只有本多一人穿着西装，他紧跟饭沼身后，迈开了脚步。

刹那间，本多的心情有些异样，似乎泛起了一种遥远的记忆。可是，本多不曾有过被这么多白衣青年包围在中间的事例。

然而，他的脑里蓦然响起铁锹的声音，那铁锹似乎碰到地下最初的石块，锵然一声，仿佛掘开一桩极为重大的记忆。这时，本多脑里的锹音又猝然如梦幻般消失了，这种印象也是瞬息即逝。

如今，美丽而粗壮的金丝线，优美地捻动着身子，跃跃欲穿，正要触及到本多感觉末端的针孔儿。

碰到了，稍微穿过了一点儿，又立即避开身子不穿过去了。一枚白绢的中心画着浅淡的草图，它仿佛害怕一下子被织补进去，金丝线紧挨着针孔儿一旁滑过去了。好似受到什么人巨大、纤细而且柔软的手指的引导。

二十三

十月下旬午后三时，太阳已经转到山背后去了。空中彩云斑斓，明净的天光轻雾一般包蕴着四周的风景。

饭沼一行分成三四个人一组，陆续渡过古老的吊桥。本多俯瞰脚下，桥北侧是深不见底的水潭，而南侧的修禊所则位于背靠鹅卵石堤岸的浅滩之上。这座老朽的吊桥正好将深潭和浅滩分离开来。

本多过了吊桥，回头看看正在小心翼翼走在吊桥上的青年们。桥板颤巍巍的，不住地轻轻震动。岸上的栎树林、桑园、憔悴的白胶木红叶、缀在黝黑的树干上的颇带性感的红柿子，还有桥头的那间小屋……以此作为背景，一群个个手提玉串的年轻人，走到吊桥中央时，正巧夕阳穿破山巅的云层，照在他们的身上。阳光锐利地映着雪白裙裤的襞褶，那身白衣从里到外，光明闪耀，玉串的杨桐树叶发出暗绿的光泽，布满了白纸条儿纤细的阴影。

将近二十个人全部渡过吊桥，要等上好长一段时间。趁此机会，本多重新环顾一下自四方津至梁川这四公里长的道路上已经看惯了的秋山的美景。

此地正当山间谷地，远近的群山浓妆艳抹，迫在眼前。每座山岭都生长着众多杉树，有杉林的部分，沉浸在周围温润的红叶丛中，凛然黯郁。若论红叶，季节尚浅，黄茸茸毛织物一般的内里，随处闪现着红锈的颜色，将四周的赤橙黄绿压抑着，使其不太艳丽，仅仅呈现出一派冥蒙之色。

这些景物的上部，为篝火般的烟霭和薄雾的光芒所领有。远山反而凝聚着迷离的淡紫色。然而，这一带却没有一处气势凌厉的山峦。

——等到大伙儿都渡过吊桥，饭沼又迈开步子，本多紧跟在他身后。

过桥之前，脚下最多的是栎树的落叶。眼下，沿着悬崖通向高处的岩石道上，铺满了樱树的枯叶，从桥对面望过来，宛若缤纷的落红。潮湿的腐蚀的树叶呈现着曙色。衰颓，竟然露出黎明的红光，这又是为什么呢？本多思忖着，找不出理由来。

悬崖顶上有一座望火楼，浅蓝的半空里吊着一只暗淡的小钟。小路由这里开始落满柿树的叶子。这一带有水菜田、农舍、紫红的野菊花，每座庭院的柿树都脱光了叶子，枝头挂着几个蚕茧似的柿子。小径曲曲，从家家篱笆墙间的空隙里辗转穿过。

走着走着，过了一户农家，景象顿时开阔起来。嘉永年间大念佛供养石碑，掩埋在荒草丛中，小路由这里开始变成宽阔的田间大道。

西南方只有一座小山，前面高耸的御前山，以及北部一带山峦，则远在河流和国道的对面，走到这里，除了御前山麓的一座村落，再也看不到一处人家的屋顶。

落满稻草的路边，盛开着一簇簇绯红的马蓼花，蟋蟀幽幽地鸣叫着。

周围众多的田地里，龟裂的黑土上搭着一排排稻架，有的地块成片地铺满刚刚割下来的稻子。一个少年骑着崭新的自行车，一面回头望着这帮奇异的游人，一面自豪般地缓缓通过。

西南的小山覆盖着炫目的粉状的红叶，北面地势开阔，直抵桂川的悬崖边。田野里只有一棵遭受雷劈的杉树，开裂的树干稍稍后仰，树干上的叶子尽皆呈现干枯的血迹般的颜色。树根微微高出地表，上面芒草丛生，向四面八方散开灰白的枝条。

这时，一个青年发现道路尽头站着一位白衣人，他喊道：

“他在那儿!”

一阵莫名的战栗向本多袭来。

——约莫半个小时前，勋一手端着村田式步枪，两眼布满血丝，在这一带徘徊不定。

他并非因为受到海堂先生的训斥而发怒。勋在聆听训斥的当儿，一种难以忍受的想法逐渐成熟，自己所要完成的美和玻璃器皿般的纯粹，已经落地打得粉碎，然而自己却硬是不承认。他被这一想法捆住了手脚。

总之，要实现自己的作为，他觉得，只能找个地方，暗自借助恶的发条的弹力，大干一番。就像父亲做过的一样？不，不行，决不可那么干。不能学父亲的做法，时而用恶稀释正义，时而用正义稀释恶。希望悄悄藏于自己体内的恶，必须是纯粹的，就像正义是纯粹的一样。无论如何，一旦遂愿，终归要自刃身死。到那时，一刀之下，体内纯粹的恶，也会连同行为纯粹的正义一起死灭。

勋从未因私情而杀人，对于他来说，杀人的念头如何产生？平素谨小慎微的生活如何同杀意联系在一起？他一直为寻找两者的联系而不安。他想，首先要从纯粹的小恶及小规模的亵渎神明而起步。

作为笃胤崇拜者的海堂先生，既然如此论证兽肉兽血为污秽之物，那么借出猎枪，若能于秋山之上猎取野猪和麋鹿最是理想，实在不行，射杀一犬一猫，拖着血殷毛革的尸体而回也行。其结果，自己的一伙儿同志只能被驱赶出去。要是那样也不枉然，无疑会使大家产生别一种勇气和觉悟。

他眺望着西南方渐渐迫近的红叶笼罩的小山，定睛一看，西面的山坡被桑园所侵占，一条小路打竹丛和桑园之间穿过。桑园上方虽说山林茂密，但据说也有一条林间小径贯通其中。

村田步枪是一根长度二尺三寸的铁棒，用手摸一摸简单的枪身，秋天的生铁冰冷彻骨。不敢相信，已经上膛的霰弹，能使枪杆一下子热起来。剩下的揣进白衣内的三发霰弹，那种触摩着胸肌的无机物的冰冷，仿佛并非具有杀机的枪弹，而是怀中的三只“世间的眼睛”。

周围不见犬猫的影子，勋决计从竹丛和桑园中间穿过，进入深山。竹丛内蔓草的红色果实和常春藤杂乱地缠络在一起。桑园的一侧，堆积着挖掘起来的桑树根，上头长满绿苔，遮蔽着道路。杂木林里的蒿雀，就在附近欢快地啼鸣。

勋幻想着，能有一只愚蠢的鹿慢腾腾地出现在枪口前，在开枪上，他不会犯什么犹豫。他含有杀机，而鹿茫然无知，有什么可以憎恶的呢？抑或由于被杀戮，由于五脏六腑淋漓的鲜血映照于蓝天光下，鹿才会展现恶的真实的全貌吧。

他侧耳静听，没有听到任何踩踏落叶的响动。他再瞅一瞅路上，那里也没有留下什么足印。如果说有什么动物屏住呼吸的话，那不是因为恐惧，也不是出于敌意，那只能认为是对勋的暗含杀机的嘲讽。红叶森林、竹丛和杉树，储湛着一派沉默，勋从这些景物里感受到对自己的嘲笑。

他攀登到杉树林下面，每一棵杉树之间，都嵌满了端正而幽暗的沉默，没有一点儿生物的活气。横着走过山坡，很快就进入一片明亮而稀疏的杂木林，这时脚下突然飞起一只野鸡。

对于勋来说，这只野鸡就是遮蔽视线的巨大而喧嚣的目标。他想，这就是刚才看门人所说的“第一步”吧？他立即端起枪瞄准射击。

头顶上红黄交混的树叶透射着残曛，从那里窥见煌煌翠绿的极厚重的树冠，一刹那静止下来了，好像转瞬间悬挂在傍晚沉郁的天空。野鸡扑打着羽翅，高空里的树冠随之解体，荣光散乱。搅动的羽翼使得空气变得沉重了，变得像母乳一样浓稠，忽而似黏胶一般死死地粘住了羽翼。野鸡自己虽然没有感觉，但它突然丧失了作为鸟的意义。扑打着翅膀，使它不由自主地扭转了方向，朝着一处目不可测的地方急剧坠落。那儿不会太远，勋估计就是刚才开始登山时经过的那片竹丛。

枪口依然萦绕着黑烟，勋把村田枪夹在胳肢窝里，穿过没有路径的杂木林，朝着竹丛方向奔跑。白色的衣袖挂在荆棘上，撕裂了。

竹丛里漂荡着水一般的光明。他用枪杆拨开缠绕身子的蔓草，睁大眼睛，时刻注意分辨和竹叶同一种颜色的野鸡。他终于找到了。勋跪下来，抱起野鸡的亡骸，胸口流淌的鲜血滴在他白色的裙裤上。

野鸡双目紧闭，布满红色毒蘑菇斑点的羽毛，围绕着紧闭的眼睛。这只野鸡闪现着丰厚的金属般的光彩，生着一副胀鼓鼓的铠甲，阴郁而肥硕的身子，好似一道夜间的彩虹。野鸡在勋的怀里耷拉着头，翻转部分的羽毛稀稀落落，展现着另一种光彩。

脖颈周围的羽毛呈现着近似黑色的葡萄紫。自胸至腹垂挂着好几层浓绿的羽毛，含蕴着光亮。血从尚未凝固的伤口里涌出来，顺着那一带暗绿色的羽毛流淌下来。

勋将手指插入估摸着是伤口的地方，被霰弹撕裂的伤口，随处都能插进去。抽出的指头红殷殷的，被血濡湿了。他很想知道，杀戮是一种怎样的感觉。在那一瞬间，瞄准目标、叩动扳机的动作，一口气连续不断地做完了，要说杀意，只有那么一点点儿，甚至比不上事后枪口淌出的一缕黑烟。

枪弹的确代理着什么，起初，他进山并没有意识到要射杀野鸡，然而枪并没有默默放过这个闪光的机会。而且，随即带来一次小规模的流血和死亡，野鸡默默无言，理所当然地被抱在勋的怀里。

正义和纯粹，犹如盘子里的鱼骨，被冷淡地拆离开了。他吃到的是肉，不是骨头。这是一种易于腐朽的、辉煌的、优雅的、接触舌头的公认的美味。他品尝了这种美味，紧接而来的，是眼下这般深深麻痹般的陶醉和平静的满足。只有品味到的感觉，才是唯一正确的感觉。

野鸡已经化身为恶了吗？不会有这等事。仔细一看，羽毛根部布满了一层细密的羽虱，如果放置不管，不久就会招来蚂蚁和蛆虫。

紧闭双目的野鸡使勋很生气。看样子，野鸡早就做好了准备，对于他想呼喊着知道的事情，一概冷淡地加以拒绝。于是，自己巴望知道的，究竟是杀戮的感觉呢，还是自己死的感觉呢？勋自己也弄不明白了。

勋一只手死死抓住野鸡的头，用枪杆子拨开蔓草，好不容易走出了竹丛。结着几颗暗红色果实的南蛇藤折断了，缠上了他的脖子，从肩头到胸口，红色的果实摇摇荡荡。勋的两手腾不出空来，又懒得拽掉，只得任其自然了。

他从桑田一侧向下走到田埂上，心中一片茫然，两脚毫不介意地踩在厚厚的马蓼花丛上。

勋看到前方矗立着一棵一半发红的干枯的杉树，这才觉察来时的路是和这条田埂相交成直角的田野道路。于是，他又回到那条道路上。

远方一群白衣人逐渐走近了，看不清面孔，从手里拿着的白玉串上，觉得有些异样。这伙白衣人定是塾里的住宿生，自己的那伙同志，不会被人带领着默默来到这里的。领头的似乎是个长者，与他并肩走着的，是个唯一穿身西服的人。勋终于认出那个带头的长者，正是自己生有一副八字须的父亲，他不由大吃一惊。

此时，夕暮的空中充满鸟鸣，无数只小鸟从山背后飞过来，遮蔽了天空。那伙白衣人也被吸引了，停下脚步望着鸟群渐渐打天上掠过……

——勋和那伙白衣人逐渐靠近了。本多不知为何，觉得自己正被这幅绘制中的微明的田野图排斥了。他稍稍游离开众人，走进田里，穿行于稻架之间。一个极为重要的瞬间即将来临，但他不知道，那究竟是什么。勋的身姿已经被鲜明地辨认出来了。他的胸口挂着一串草木的野果，宛如紫红色的勾玉项链。

本多感到一阵剧烈的心跳。一种不由分说的力量眼看就要压过来，将自己的理性砸个粉碎。他已经感受到那股力量紧迫的呼吸和抗争。他虽然不相信预感，但是人对于自身或者近亲者的死的预感，不就是这样的感觉吗？

“这是干什么？打野鸡？这下子好啦！”

饭沼的声音闯进耳朵。本多本来不想朝那里看，但还是从田里回望了一眼。

“这下子好啦！”

饭沼又重复了一遍。而且，这回像开玩笑似的，将玉串在勋的头上摇了摇。夕晖里映出一抹清白，哗啦哗啦的纸声沁入心底。饭沼接下去说：

“糟啦，你还拿着枪，真的被海堂先生言中了，你是个暴烈之神，这话没说错。”

——本多听到这番话的瞬间，记忆无情地显现了明确的原形。如今眼前演示的场面，正是大正二年夏天某个夜晚，松枝清显所梦见的情景。这个极不寻常的梦，都被清显一点一滴记在日记里了，本多上个月刚刚重新读过。十九年了，那场梦的每一个细节，如今又都转变成现世的事实，清清楚楚出现在本多眼前。

清显转生为勋，尽管不为勋所察知，但对于本多来说，即便耗尽理智的力量，也是无法否认的。这已经是事实。

二十四

第二天傍晚，课业结束之后，勋率领一伙同志，到每天秘密集会的地点去。那地方不很起眼，即使被人看到了，也只当是年轻人聚在一起闲聊罢了。

塾屋的田地面临本泽的断崖，那里有一块巨岩，像一座草木丛生的假山。躲在巨岩背后，从塾屋那里望过来，什么也看不见。眼下看到的是巉岩纵横的浅滩；对岸是凌厉而立的石壁。巨岩后面有一块小小的草地，适合于围坐一团，促膝谈心。夏天这里想必更舒服，可如今，甲州十月下旬的夕风凉飕飕的，砭人肌肤，但是大家热情很高，谁也不在乎这点儿寒冷。

向这里走来的时候，沿着田间小道走在最前头的勋，注意到昨天未曾见过的篝火的黑色的痕迹。

地上虽然清晰地保留着稻草灰的形状，但只有车辙印变得浓稠，和红土搅在一起，黑森森的。出乎意料的是，这种被车轮深深碾入大地的黝黑的，竟然比地表上的新鲜稻草灰的余烬，更能使人怀想起熊熊燃烧的篝火的亮色。火焰里强烈的野蛮的朱红，车辙中鄙俗的黝黑……这些，才是应有的姿影，应有的对照。腾腾燃烧，接着又被踏灭，维持着一样的强势，一样的鲜丽。走过这里一步，勋胸中所浮现的，不用说正是起义的幻影。

一伙人默默跟着勋，走到田地南端巨岩的树林里，围坐一团。眼下桂川的河水，流到直角拐弯的地方，发出哗哗的响声。对岸险峻的断崖，灰白的岩肌似乎咬着牙关强忍着。从那里伸展的每一枝红叶，及早罩上日影，呈现着幽暗的颜色，只有崖头顶端林木耸立的邈远的天空，流淌着光亮夺目的缭乱的晚云。

“今天就要制订行动的日期，大家都要有所觉悟。在这之前，先确认一下计划的概要，以及每个人的任务，然后再由相良报告资金计划……起义的日期，本应像神风连一样，通过祈求决定下来……好吧，这事以后再商量。”

勋用简单明了的语调开口了，可心里仍然记挂着昨天那些琐末细事。父亲和本多吃过简单的晚饭立即回东京了。尽管如此，虽说是礼节性的拜访，可父亲为何特意来这里观风呢？父亲同佐和之间真的有什么约定吗？另一方面，本多的样子也很奇怪，初次见面时和在长信里所表现出来的冷静而周至的亲切之情不见了，昨日的本多不愿同勋多说些话，他面色苍白，而且在晚饭桌上，突然想起什么似的，目光老远地从上座直盯着勋不放。

勋极力排除对过去忧郁的回忆心理，在草地上摊开计划书：

一、起义时间：月　日　时

二、计划要领：

本计划之目的，在于扰乱帝都治安，强迫当局施行戒严令，以扶持树立维新政府。我等本为维新之基石，以最少人员，发挥最大效果，相信全国有与此呼应、共同奋起之同志。由飞机撒布檄文，宣传已降大命于洞院宫殿下之事实，并使此宣传不久即成为事实。戒严令实施，则我等任务终结，不拘成否，异日拂晓前，一同割腹自决，是为本旨。

明治维新之大目标，在于将政治及兵马之大权奉还天皇。我昭和维新之大目标则在于：使金融产业之大权直属于天皇，攘伐西欧唯物的资本主义及共产主义，救民于涂炭之苦，冀求炳乎天日之下，皇道恢宏之亲政。

为实现扰乱治安之目的，先应炸毁市内各处变电所，乘暗夜刺杀藏原武介、新河亨、长崎重右卫门等金融产业之巨魁，同时占领日本经济之中枢日本银行，其后纵火焚之。拂晓前集合于宫城前，一起切腹自刃。但集合不成之时，各人不妨于各地自刃。

三、编制：

第一队（袭击变电所）

东电龟户变电所

长谷川

相良

鬼怒电东京变电所

濑山

辻村

鸠谷变电所

米田

榊原

东电田端变电所

堀江

森

东电目白变电所

大桥

芹川

东电淀桥变电所

高桥

宇井

第二队（暗杀要人）

暗杀新河亨

饭沼

三宅

暗杀长崎重右卫门

宫原

木村

暗杀藏原武介

井筒

藤田

第三队（占领日本银行，并纵火焚之）

由堀陆军步兵中尉指挥，炸毁变电所后，骑自行车聚集十二名，另加（高濑、井上）二名，以十四名实行之。

别动队

由志贺中尉驾机撒布照明弹和檄文

……其实，直到现在，关于刺杀藏原武介，勋仍在动摇中。说实在的，他很想亲自下手，但总觉得有什么在作梗。他想起佐和的话。

他觉得，佐和很可能趁此机会先行一步，独自暗杀藏原。如果这样，他们的整个计划只能拖延到世间风平浪静之后再实施了。

或者，佐和那种说法，也许是出于一时的逞强或恐吓，实际上未必会有什么行动。

对佐和的言论置之不理，只管刺杀藏原好了，这本来就是勋的事。因为藏原的警卫无疑是最严密的。勋把这件事交给井筒，借口出于对这位轻信人言、豪侠而开朗的青年的友谊。井筒十分感激，不过勋的心里总有一种“逃避”的感觉。

飞机不投炸弹，而投照明弹和檄文，这出自于堀中尉的忠告，他还答应敦请盟友志贺中尉入伙。

问题是武器。二十人中的十人各有一把日本刀。引爆变电所时，这种腰中物也许会造成麻烦，所以只带上一把匕首就足够了。新式的混合炸药，估计也能搞到手。堀中尉至少可以贡献两挺轻机枪。

“相良，你先给大家读一读必需品吧。”

“好的，”相良担心周围有人，小声读起来。大伙儿侧耳倾听。

“宽幅漂白布

“长约一丈六尺，用作书写标语的横幅，自刃时竖立在一旁。其余供各人裹腹使用。

“扎头巾、袖章、袖章别针、胶底布鞋

“各二十份。

“纸张

“白纸一刀，五色纸二至三刀，印制檄文所需张数。

“汽油

“纵火用，可从三四个加油站分别购进一二罐，尽量分散购买。

“油印机一台及附属品一套。

“笔墨类

“绷带、止血药、提神用烧酒。

“水壶

“手电筒

“……大体上就是这些。可以由各人分头购入，藏在预先准备好的秘密场所。回京后应立即着手物色这些场所。”

“购买这些物品的经费够吗?”

“够，饭沼君全部存款计八十五日元，再加上各人的存款，共计三百二十八日元。还有，刚才来这里之前，临时收到一封写着‘明治史研究会全体同仁启’的挂号信，现在带来，当着大家的面开封。说不定是汇款。不过，总有点儿奇怪。”

相良打开信封，出现十张一百日元的大钞，大伙儿惊呆了。信中夹着一枚便笺，只写了两三行字，相良读道：

“这是匆匆出售家乡山林的款子，这钱是干净的，请使用吧。佐和。”

“佐和？”

勋听到这里，心头不由一震。

佐和又来了个令人不可理解的行动。尽管确信他的这笔钱是净财，但也可能打算用这笔钱换取暗杀藏原的机会，或者留下一千日元巨资作为遗物，然后付诸行动。这些一概都不清楚。

但是，勋觉得有必要迅速做出判断。他说：

“是塾里的佐和君，一位沉默寡言的同志，这笔钱可以收下。”

“真是太好啦！这下子，资金足足有余。我们有神明相助啊。”

相良一副怪相，将一百日元大钞贴在眼睛上一拜再拜。

“具体细节以后再补充说明。先决定日期吧，执行时间都包含在各自的计划里了。因为深夜造成停电没有什么效果，所以当以午后十点为限。接着，一小时之内袭击日银[1]，

1　日银，日本银行的简称。

至于日期……”

此时，勋的心里，浮现起太田黑伴雄跪拜在新开大神宫神前，等待神示的姿影。

当时，他在夏阳高照下的本殿的正中所进行的两项祈求是：

“纳死谏于当路，以厘革秕政事。

“挥剑于暗中，杀当路之奸臣事。”

此二项祈求未获神的嘉纳。如今，勋继其后欲伺神意。

尽管有夏与秋、肥后与甲州、明治与昭和的区别，但青年们的嗜血之剑正渴望于暗中舞动，那本小册子的故事已经冲决言语的堤坝，溢满现实的田野。读了那些故事被点燃的灵魂，并不因此而满足，他们还要燃起真正的火焰。

愿随天鹅高飞起，
只留皮囊在人间。

这是樱园先生的和歌。眼下，就像昨天唱的歌一样，在勋的脑海里展开了翅膀。

大家都不表述意见，只是默默窥视着勋的脸色。勋抬眼眺望对岸绝壁上方的天空，那里缭乱的、闪光的晚云，比起刚才变得稀薄些了，但还残留着梳子梳过似的细密的云纹。勋期待着，神的眼睛是否从那里窥视着自己？

绝壁已经涂上夕晖的阴影。眼下的流水泛着白沫，看得十分鲜明。自己也成为那些故事中的人物了。

在那永远为后世人所记忆的光荣的瞬间，也许会有自己这一伙人。那似有若无的夕风劲吹的寒凉中，潜隐着青铜纪念碑式的冷峻，这难道不是神灵可能出现的时候吗？

……没有出现任何关于日期和数字的启示。那崇高的晚云的明光里，没有出现任何为他们增强信念的迹象。也没有产生舍弃语言、只靠心灵交流的东西。琴弦断绝，奏不出任何音曲。

虽说如此，就像太田黑伴雄所知道的那样，这并非神的辞谢，拒绝也不是很明了的。

这究竟意味着什么呢？勋思忖着。如今，聚集在这里的未满二十岁、青春洋溢的年轻人，都把热切而闪光的视线，集中于勋一个人身上。勋却仰望着高高的绝壁上方神圣的灵光。事态迫在眉睫，时机已经成熟。应该出现迹象了。然而，神既不首肯，也不辞退，只原封不动地模拟着这片土地上的不决断和不如意，于高空的明光中，神似乎已经放弃决断，犹如从脚上随便甩掉鞋子。

急切等待回答。勋的心中，某些东西一时闭合了，就像蛤蜊闭上外壳，将随时接受潮水冲洗的“纯粹”的肉质覆盖起来。一种小小的恶的观念，如海蛆一般爬过他的心的一隅。究竟何时何地因需要而闭上盖子的呢？他已经记不清楚了。既然一度闭合，忽而成为习惯，经过两三次反复，终于变成家常便饭了。

勋不认为这就是撒谎。不论是真是假，神都没有作出明确显示，如果人们认为是撒谎，那无疑是一种僭越。只是他想尽早对自己的同志赐予些什么，就像老鸟给小鸟喂食一般。

“十二月三日夜十点，这是一种神示，就这么决定了。还有一个多月，有着充分的准备时间。还有，相良你忘了一件大事，这是一场清洁无垢的战争，像白百合花一样的战争。为了使后世人称为‘百合战争’，你把鬼头小姐赠送的用于三枝祭的百合，分给每人一朵，出发时一定要藏在胸前口袋底下。这样，定能获得狭井神社英魂的庇护……此外，如果对十二月三日星期六的行动持有异议，请立即当面提出来。对于个人来说，也许有不方便之处。”

“一个决心赴死的人，还有什么不方便的?”

有人大声说，众人都笑了。

“好，个人开始汇报情况。大桥、芹川，你们向大家讲讲目白变电所的调查和爆破计划。”

听到勋的命令，大桥和芹川互相谦让了一下，最后还是由能言善辩的大桥发言。

芹川对勋说话时，紧张得像一名新兵，他先是挺胸，激烈的感情使得一张口就结结巴巴，听起来很吃力。但他雷厉风行，从来不会忘记担当的任务。他情绪激动时，声音听起来如泣如诉。他说起话来没有什么条理，所以都由能说会道的大桥代替。芹川坐在一旁听着，对于大桥的每一句话，总是用力地点着头。

“我们去看了看目白变电所，门口有个穿工作服的男子在修理铜线。我和芹川对他说，我们是电机学校的夜校生，想进去参观一下。要是到别的变电所，总是啰嗦好半天，要看学生证什么的，最后被驱赶出来。但是这位穿工作服的人格外和气，叫我们上楼去。我们上去一看，那里有三个职员，其中一人，命令那个穿工作服的男子，陪同我们参观。那人工作中正好开个小差，他心情极好，兴致勃勃地给我们一一作了说明。即使关于机器的构造，只要我们问起，他就详细地告诉我们。所以，很快弄清了这座变电所有油冷和水冷两种变压器。

“变电所主要组成部分有：变压器、配电盘和冷却水泵。

“如果单单破坏水泵，只要用铁锤等物砸毁水泵电动机的开关，再扔一只手榴弹就足够了。不过，这个办法效果不太理想。不用说，破毁水泵，致使变压器冷却水断流，使机器过热，最后不堪使用。但这样要花费一些时间，而且，还有一座油冷式变压器在继续运转。

“不过，从攻击的难易上说，水泵位于中心建筑外边，无人看守，易于接近。但要做得彻底，首先要有一人杀死警卫，进入建筑物内；另一人在配电盘上设置炸药，点燃导火索后逃走。这是最好的设想。进入现场后，如果遇到意外的阻碍，那就只能破坏水泵了。

“向即将调查变电所的人进一言，最好找个熟人，从电机学校学生那里借个学生证，这样就容易进去了。汇报完毕。”

这份汇报条理清晰，简明扼要，勋甚感满意。

“很好。下边由高濑给大家讲一讲，关于绘制日本银行示意图的问题。”

“是。”

害着肺病的高濑声音嘶哑，但有一副岩石般的宽肩膀。他目光犀利地盯着勋，代表不在现场的井上讲话。

“我们做好了各种考虑，但还没有找到个好的办法，只能报考夜班警卫，并力争被录用了。但即使被录用，身份调查和体检还要闹腾一阵子。我体检没有希望通过，只能依靠井上了。井上是柔道二段啊。

“于是，决心赴死的井上，义无反顾，勇敢地一步步干起来了。他请大学体育部长写了推荐信，说要去干夜警以补足学费，便拿着柔道二段的证明书到日银去，结果很顺利地被录用了。他总是拿着一本思想无害的书，装出认真学习的样子。我去看过他一次，他很受别的警卫的尊敬，人家还请他吃过夜宵，是那种油炸素菜面条。这个井上，眼看就要去放火了，心里多少有些内疚。”

黑暗中，年轻人爆发了一阵欢腾的笑声。

“井上说，直到开始行动那天夜里，他都要若无其事地当好夜警工作，从里面接应我们。我打算和堀中尉及其他同志一起研究一下，届时要叫井上从里头打开大门，用什么暗号同他联络呢？示意图要在行动两周之前，由井上和我负责完成，然后再请堀中尉过目。井上也认为，与其在里面慌慌张张做调查而引起怀疑，不如一边努力工作，一边悠然自得地选择熟悉的路线为好。那小子不爱言语，小小眼睛，笑起来很可爱，人人都喜欢他。”

高桥说罢，看看手表。

“啊，银行快要下班了，那小子也要开始上岗了。他今天不能来这里很遗憾。不过，眼下他正从事着最重要的工作呢。汇报完毕。”

这样的汇报依次接连进行下去，不过都是勋预先知道的内容，所以他一边听，一边有些走神儿。

于是，一些不愿想到的几个人，忽然像一群飞蛾在眼前绕来绕去，令人心烦。他们是父亲、佐和、本多和藏原等人。勋用力握紧舵杆，拨正心灵的船头，朝着自己最渴望、最光辉、最能引起陶醉的幻想驶去。站立在晨光初露的断崖之上，朝着冉冉升起的朝阳顶礼膜拜……俯瞰着灿烂的大海，于挺拔的松树根旁切腹自刃。但是，东京市内起义后，要到达如此理想的海边是困难的。如果袭击变电所奏效，黑暗中交通断绝，乘火车也许不能远走高飞。首先，从暗杀现场能否脱身逃向远方，对此却心中没底。

尽管如此，勋总是梦想着有一块等待自己清清净净切腹的地方，很明显，那里就是神风连六位志士切腹的现场——大见岳山顶。晨风中飘扬着白纸条儿，朝雾迷离的山头彩云纵横。

现在，勋还不想把地点确定在哪里，即使确定，举事之后若不能到达那里也毫无用处。暂不确定地点，全凭最后都不会抛弃自己的神意的引导，一定能够极其自然地到达一个地方。天色微明，松涛阵阵，冬天拂晓凛冽的潮风，浸润着光裸的肌肤，即将升起的太阳，照射着他那鲜血染红的亡骸和松树的枝干。

如果能平安逃到皇宫前面……他产生了一个十分可怖的幻想。他就只身游过布满薄冰的护城河，登上对面的悬崖，隐蔽于崖上的松荫里，等待朝阳升起；或者遥望漂浮着月岛帆影的大海曙光初现，抢在朝阳第一缕光照亮丸之内高楼之前，伏刃自尽！

二十五

——本多从东京出差回来，大家说他似乎变了，他自己也有这样的感觉。

现实失去了坚毅的外观，对于这种果断裁决现实事件的职业，本多忽然感到束手无策起来。多数场合，他总是独自沉思，同僚跟他说话，他也听不进去，时常不予理睬。院长听到这个消息，担心他的过度劳累腐蚀了明晰的头脑。

本多坐在审判官办公室的桌子前，阅读材料时也是心不在焉。他想起在梁川那个晚上做的梦，心中惶惶不安。那个时刻，往昔的清显又以现实的形态清晰地出现在梦中。他还反复回忆起，翌日早晨，在不可思议的冲动驱使之下，他在乘火车回大阪前，特意到青山墓地给清显扫墓。

距发车还有一段时间，本多一大早就离开了家，母亲对儿子的举动很感惊讶。本多首先乘汽车绕到青山，驶上通往墓地中央的坡道，在面对广大墓地中央的入口处下车，他让司机等等，急匆匆沿着记忆中的道路奔向松枝家的墓园。不过，这座墓园很气派，老远就看得见，即使忘记路径也没关系。

本多沿公路往回走了一段，背着朝阳进入墓场小径。回头一看，晚秋的太阳透过清瘦的松林，伸展着无力的光的手臂。阳光从尖削的石碑和苍郁的常绿树之间照射过来，使崭新的大理石石塔蒙上了一层光影。

本多沿着小径前进。前头已经可以看到高高耸峙的松枝家的墓园。顺着更加逼仄的小路向右转弯，还要踏过一段落叶和杉树苔藓，就能看到松枝家白色的大理石牌坊巍然屹立，而周围的群小墓地就像众多的“侍臣”拱卫左右。这座牌坊是仿照府邸内的“皇族”的神明牌坊制作的。

如今，此种明治时代“伟大”的风格，看起来不能不感到缺乏某种“雅致”。钻过牌坊，最先闯入眼帘的是，中央那座约莫一丈五尺高的巨大的花岗岩颂德碑，由三条公爵篆额，一位中国的名人刻字，清显祖父的事迹一一详细镌刻在上面。

开头自赞：

仰瞻桓碑

万世所宗

其次，松枝全家坟茔及立于一旁的墓志，尽皆被压抑在这座巨大的颂德碑之下，而不为人所注意。从这里向右登上数段石阶，有一处石墙围绕的区域，清显和他祖父的墓穴并列在这里。经常光顾此地的本多，没有再看一眼颂德碑，他立即登上右边的石阶。

祖父和清显的墓穴虽说并列，但规格并非一致。祖父巨大的坟茔耸峙于中央，西之屋型的四基石灯笼肃穆地守在参道两侧。清显的墓穴眼见着冲犯祖父坟茔的对称布局，恭谨地拱守于右侧，但在祖父巨大墓石的衬托下，清显的墓石显得很小。其实，这块墓石至少也有六尺高。不过，其工艺和祖父的完全相同。墓石本身、水钵和花插，同样工艺精良，只不过是相同的石料经过缩小而雕成的罢了。已经发黑的大理石面上，镌刻着精美的隶书字体。

松枝清显之墓

花插里没有鲜花，只有一对闪光的莽草果。

本多在行礼之前，先在墓地伫立了一会儿。

一个仅凭感情作为食粮而活着的青年，如今竟然住居于一基石塔之下，还有比这更不相称的现象吗？本多记忆中的清显，确实出现过死的征兆，但就是这种死的征兆，也像火焰一般通体透明。可以说在他体内，浮动着光彩艳丽的死亡。清显的身上，看不出一处这种冷寂的石塔的影像。

本多放眼向松枝家茔域的背后望去，透过冬日树林间隙，看到刚才下车的入口处朝阳一派明媚，苍郁的常绿树之间，其他家族后面的墓石左右，点缀着供在墓前的或黄或紫的菊花瓣儿。

本多心头升起一种奇妙的抗争之情，比起合十祈祷一番，不如粗暴地喊一声“清显”，再使劲儿晃动一下他的肩膀。本多满心惆怅地瞥了一眼旁边严整的大理石围墙，发现石栏上爬满了常春藤细密的红叶。走近一看，原来是常春藤微细的干果般朱红的叶子悄悄沿着围墙的石柱，紧紧抓住光洁的石面，好不容易才攀上栏杆制高点，向清显的墓石伸开手臂，叶面描画着细密的鹅黄的叶脉，展开来的叶尖儿浸染着一抹艳红。

本多看到这番景象时，心境开始和缓下来，他又重新回到清显坟前，合掌，瞑目，四周没有一点声音妨碍他。

瞬间里，毫无疑问的直观到来了，本多一阵战栗。这种直观告诉他，这座墓穴里没有任何人。

二十六

勋还没有把计划纲要及用飞机撒布的檄文的草案，送给堀中尉过目。因为堀中尉忙于秋季大演习，即使请求见面，也不可能实现。举事的日子还有一个多月，进入十一月，中尉或许会挤出余暇，对计划进行指导。

勋回到家里，母亲、佐和还有塾生们，像平时一样亲切地迎了上来。也许两人没时间单独说话的缘故，佐和没有跟勋再提到前些时激烈争论过的问题。因而，勋也失去了对那笔捐款表达谢意的机会。

当晚，父亲去出席一个会议，不在家。塾生们都想听听勋参加练习会的情景，所以，勋决定到餐厅吃晚饭。母亲为塾生们做比寻常更加丰盛的饭菜。

“男人们到一起只顾说话了，你也来帮帮忙，把盘子端过去吧。”

他们家是禁止男孩子进厨房的，勋来到走廊上，从母亲手里接过大彩盘，里头混合着鲷鱼、竹鱼、高体鰤、比目鱼、鰤鱼和针鱼，都是塾生们很少吃到的生鱼片，味道鲜美。他一时不明白母亲此番心意的目的。美祢呢，看到儿子在黑暗的走廊上接过一大盘菜肴时，紧绷着脸孔，像美丽的冰块一样严冷，她心里有些忐忑不安。

“干吗做了这么多菜啊?”

“看你回来了，庆祝一下呗。”

“不就到邻县去了一个星期吗？又不是出远门。”

勋不由自主又想起藏原的名字和他的金钱。待在自己家里，不断受到一个人名字的威胁，这种不快的心情，以前从未有过。靖献塾的空气里、水里，以及吃到嘴里的一切食物里，无不沉淀着这个毒素般的名字。

“好容易在一起吃顿饭，为何老是不高兴呢?”

勋瞅着正在发牢骚的母亲的眼睛。母亲不住翻动着眸子，就像水平仪的气泡一样没有着落。而且，一碰到勋的目光，眼神就立即变得虚空了，赶紧移开视线。

做这么多菜肴，或许是母亲一时的心血来潮，不过勋由此觉察到，此种心情来自于某种不安。不管是好是坏，她都不希望家中出现什么异变，哪怕一件微小的变化，都会使她难以承受。

“听爸爸说，你受到海堂先生的申斥了。”

母亲言语轻松，像是在开玩笑。母亲的唾沫星子似乎飞到透明的针鱼肉上了，勋心中泛起了恶心。母亲的唾沫暴雨一般撒在生鲜的鱼肉和碧绿的海藻之上，他只好借助这种不洁的想象，赶走其他的不净。

“没什么大不了的事。”

勋作了回答，脸上没有笑容。不用说，这不是母亲所期望的回答。

“好个奇怪的孩子，对自己母亲说话这么生硬。你可知道，妈妈为你操透心啦。”

母亲从盘子里撮起一片生鱼，迅速填进儿子的嘴里，勋两手捧着大盘子，一时没法躲避。母亲这个突然的举动，以及手指杵过来的力量，使得勋不由张开了嘴巴。他那因鱼片塞到嘴里使眼泪模糊了的眼睛，看到母亲强忍着泪水猛地转过去身子，走进了厨房。母亲把自己当成上前线的儿子一样看待，这使他很不情愿。母亲的悲哀犹如含在口里的异物，生鱼片粘在牙上，他为此很气愤。

为什么呢？一切都脱离了常轨。不过，这只是母亲的直感，很难相信她已经从勋的眼里看出了儿子殊死的决心。

勋把一大盘菜肴捧进餐厅，塾生们齐声欢呼迎接。勋对于像往常一样坐在桌边的一排相似的面孔，立即感到十分遥远。自己一个人决心举事，而这些人依然在吟诗作歌，侈谈什么忠君、立志、维新、热血什么的。其中有个佐和，犹如参禅和尚一般，乐呵呵落座其间。当他知道佐和不可能决心赴死时，觉得当时没让佐和参加进来，不能不说是明智的处理。

勋切实感到，必须加倍练习善于戴着假面具同人交际的本事。自己已经不是个寻常的人了，即便不显露于外表，稍有疏忽，则会立即被人嗅出味道。勋已经嗅到自身内部燃烧的导火索的气味了。

“海堂先生对于自己最重视、最喜爱的塾生，总是给以最严厉的呵斥。勋君就是这样的人啊。”

一个塾生这么一说，勋明白了，一件小事已经传扬开去了。

“那只野鸡怎么样了？”

“当晚被大伙儿吃了。”

“味道很香吧？真没想到，勋君的枪法这么准。”

“不，那不是我打下来的。”勋轻松地应道，“那是遵照海堂先生的教诲，由我的荒魂开枪击中的。”

“能给勋君带来和魂的美人儿，不久也会出现的吧？”

大家边吃边聊，十分热闹。只有佐和一人始终面带微笑，一言不发。谈笑风生的勋，怎么也抑制不住朝那边回头观望。

突然，佐和制止住大家的喧闹，说道：

“今天，勋君由练习会结业了，为了祝贺他变得更加英武，我想吟一首和歌。”

静下来的餐厅里，殷殷响起佐和的声音。他稍稍提高嗓门，狂热得几乎肺都鼓炸了，犹如预感暴风雨即将来临的野马的嘶鸣。

除却洋氛答国恩，
决然岂可省人云？
唯传大义于千载，
一死原来不足论。

勋立即明白了，这是箕浦猪之吉的诗，堺事件中这位年轻小队长的绝命词，无论从哪种意义上讲，都不能算贺诗。

为了报答大伙的掌声，佐和立即做出反应：

“再来一个，这首诗是庆贺海堂先生的。”

他先声明一句，接着吟了一首伴林光平[1]的诗。

本是神州清洁民，
谬作佛奴说同尘，

1　伴林光平(1813—1864)，幕内志士，国学家。奔走国事，加入天诛组，被捕获斩。

如今弃佛休恨佛，
本是神州清洁民。

当说到“谬作佛奴”这句诗，大家想起海堂的面孔，一起笑了，到“休恨佛”时，笑声更响亮了。

勋也跟着一起笑。佐和开始吟出的那首诗，格调明朗，在他心中唤起了诗句背后所蕴含的年轻人慷慨赴死的感情。佐和虽然如此视死如归，却又毫不表示苟生的耻辱，越发在勋的心目中，贯注了明治元年青年赴死的决心。

这时候，勋突然涌起一股痛切的羞耻之情。本应由佐和所感到的羞耻，却转头朝他攻击而来。

这是来自一种确信的羞耻，因为佐和，不，也只有佐和，洞察了这帮决心赴死的青年，一方面沉溺于甘美的死的蜜糖，一方面又保持着雄鹰的骄矜之气。

可以说，佐和用金钱买下了这种羞耻。

二十七

十一月七日，堀中尉下来通知，要勋独自一人尽快到旅馆去。勋去了，只见中尉坐在那里，也没有换下军服，和平时有些异样。勋一走进房间，就有一种不祥的预感。

"先去吃饭吧，已经给楼下说好了。"

中尉说着站起身来，打开电灯。

"还是先听听指示吧。"

"哎，不必着急。"

这是一间八铺席大的简素的房间，没有一件家具，灯光照得亮堂堂的，就像个大空盒子。房里很冷，又没有点燃火钵什么的。紧闭的障子门外走廊上，特意踏得山响的脚步声正向这里走来，然后又后退几步，站在楼梯上喊道：

"喂，老爷子，快点儿送饭来。"

一阵吼叫之后，那脚步声又从门前经过，渐渐走远了。

“那个中尉住在对面房子的一头，放心吧，我们的谈话他听不见。隔壁的房客这一周值班。”

这话听起来毫无意义的遁词，勋不是来说话的，而是来听取意见的。

堀中尉点起一支香烟，用粗大的手指揪去粘在唇边的烟草，然后将空空的金蝙蝠牌的盒子揉作一团儿。透过手指的间隙，可以窥见绿底上金蝙蝠的翅膀，在中尉的掌心里悲惨地断成两截。中尉曾经说过的每月八十五日元的薪水，还有住在这座旅馆内的寂寥之感，伴着一股寒气，从揉搓烟盒的声响里升腾起来。

“出什么事了吗？”

勋先开口了。

“嗯。”

回答只有一个字。

“我懂了，计划露馅了吧？”

勋到底说出了极不愿意说出的预想。

“不，不是，这一点可以放心。其实，我马上被派往满洲。命令已经下达，三联队只有我一人。这是机密，只给你一个人说，我要去满洲独立守备队。”

“什么时候？”

“十一月十五日。”

“……只有一周时间了。”

“对。”

勋感到眼前裱装着白纸的障子门正向自己倒来。

事到如今，竟然失去了中尉的指挥。尽管不是一切全仰仗中尉，但军人的指挥对于纵火焚烧日银，具有不可预测的作用。不仅如此，在这最后的一个月里，关于如何制定详细的战术和步骤，都需要有中尉的一一指导。勋只有精神而无技术。

“能不能延长出发的日期呢？”

勋的话表达了他的无法抑制的依恋情绪。

“这是命令，决不能改变。”

中尉最后的一句话，在两人之间造成了长久的沉默。勋的心里千方百计地搜寻着中尉应有的形象。他觉得，中尉一旦走近希望，就会超越常识，转变为一位众望所归的人。这就是奋起之前加屋霁坚式的英雄的决断。他幻想着，中尉会突然辞官做个地方平民，投身于指挥少年起义之大业。那个夏日的午后，在四面蝉声聒噪的道场上，勋和中尉练习剑道时，发现他的眼里充溢着这样的气魄。

或许中尉已经在心里做出决定，在充分要弄勋一番之后才肯表明心迹吧？

“那么，中尉就不能参加了，对吗？”

“不……”

中尉立即否定，使得勋眼睛突然发亮了。

“那么，还是能参加了？”

“不，军令如山，如果能在十一月十五日之前举事，我当欣然参加。”

听到这话时，勋突然想说，那可来不及，不过他马上明白了中尉的意思：中尉已经无意参加了。这一周之内，是不可能举事的。中尉对此也明明知道，他只是这么说罢了。中尉事实上已经不可能参加了，但他这么绕着弯子说话，使得勋对他更感失望。

中尉依然穿着军装，转念一想，这也是有原因的。他做出这样的决定，需要显示出难以侵犯的威严来。事实上，坐在简陋矮桌对过的中尉，两膝闭拢，挺起穿军服的胸脯，看上去宽阔而厚实的肩膀上，肩章闪闪发亮，鲜红的步兵领章上镶着金色的“3”字，坚毅的下巴向内收紧。为了表明不能助一臂之力，更要比寻常夸示一下力量。

“那是不可能的。”

勋回答道。这样的回答不是失败，他感到，正因为这样回答，很快就进入一片未曾想到的更广阔、更自由的天地里了。

中尉似乎没有注意勋瞬间里的变化，看他有些颓丧，便理直气壮地说：

“要是不可能，那就停止吧，好吗？我对这个计划，一开始就有很多疑问，比如，整个安排比较粗疏，参加的人员太少，根本不可能迫使当局发布戒严令，还有，时间过早……我越来越感到难以实行。如今，天时、地利都不在我们一边。你们的志向很可贵，正因为如此，我才决定帮助你们，不过，现在举事绝对不利。怎么样？等等再说吧。所以，我这次急速的调动，或许是天意命令我们停止。我去满洲也不会太久，等我回来再说。到那时，我一定参加。利用这段时间，你们可以充分研究制订作战计划……我在满洲，也会想到同你们这帮年轻人进行愉快地交流的……怎么样？听我的忠告，坚决停止吧。一旦觉悟，立即回头，那才是好男儿啊，你说对吗？”

勋闷声不响。听了中尉的话，一点儿也不惊讶，勋反倒对自己不解起来。他知道，自己的沉默时间越长，也就越发使中尉陷于不安之中。

一种现实崩溃了，另一种现实立即开始结晶，创造新的秩序。勋发现不知不觉之间，自己对这个观念已经习惯了。中尉已经从这种结晶中分离出去了。而且，他那一身戎装、威风凛凛的身影，一个劲儿围绕这个既无出口、也无进口的结晶体打转转。勋正在朝着一种更高度的纯粹、更高的确实性的悲剧前进。

中尉大概正在想象着这个年轻人早已六神无主，即将跪在自己面前哭诉吧。然而，勋重新摆正穿着学生服的双膝，露出一副冷然的态度，沉默不语。勋下边的话，因为距离勋自身的诚实过于遥远，所以中尉听起来，好像被嘲弄了一番。

“好吧，那至少请让我见见志贺中尉吧，只想请他撒布一下檄文。”

勋说着，便从手提包里拿出檄文草稿，打算请堀中尉过目。依然没有留意勋的变化的中尉，老实地回应道：

“不行，不能这么做。我说停止，你不是还没有回答吗？其实，我也不想这么做，但实际情况非常不利，我是强忍着眼泪劝告你的，这是经过深刻思考之后才这么说的。我既然说要停止，你就不要再指望军队的帮助了。我决定停止，其中也包含志贺中尉的意思，这一点你明白了吧……当然，你们自己要干，那是你们的自由。但是，你既然找我商量，我衷心劝阻你们，我不愿看到你们青春的生命白白葬送掉。好了，停止吧！”

中尉下命令似的喊道，一声“停止！”直冲着他的额头袭来。

于是，勋想不妨骗一骗中尉，可以对他发誓，就说决心停止。对，就这么做。如果含含混混地应付一下就回去，中尉一定放心不下，说不定出发前一周里，想尽办法从中破坏。不过，这种虚假的誓言，会不会违背自己的纯粹性呢？

中尉下面一段话，立即使勋转换了心情。

“还有，任何零零星星的笔记里，都不许有我和志贺的名字。如果你们不肯停止，那就更应如此。要尽早把我们的名字抹消！”

“好的，就这么做。”勋爽快地回答，“我很理解您的意思。你们的名字，我负责全都抹掉。还有，如果说计划停止，恐怕大伙儿难以接受，就说无限延期好了，事实上等于停止。”

“是吗？你全明白啦？”

中尉立即兴高采烈起来。

“全明白啦！”

“那就好，不能走神风连的老路，维新运动无论如何都必须取得成功！我们共同并肩作战的机会一定会到来。怎么样，干一杯？”

中尉从橱柜里拿出威士忌酒劝道，勋极力谢绝，趁早告辞了。他不愿同这种古怪的人泡在一起，想尽量爽朗地离开。

勋走出钉着“北崎”名牌的障子门。下雨了，虽然不像初次来访那天午后下得那样大，可是这样的冬雨也把夜间的道路淋得光闪闪的。他虽然没有带雨具，还是想一个人走一段路，以便理一理思绪。于是，他向龙土町迈开了脚步。道路左侧，开始出现三联队高大的红砖围墙。灰暗的街灯下，经雨水打湿的红砖墙面，看上去光艳无比。路上没有一个行人，本来打算理一理思绪，可是此时，眼睛突然背叛了头脑，泪水流了下来。

从前，勋还是剑道部一个热心的成员的时候，有个常来道场的著名剑道家福地八段，勋向他学习过剑术。在对方风雨不透的攻势下，勋猛然反击，未能奏效，在被迫后退的瞬间，防护面罩后头传来一个沙哑的声音，他还记得那句话：

“不能后退，那里还有事情要做。”

二十八

四谷左门町一座新租的秘密房子里，同志一伙人正等着勋的归来。中尉既然将勋一个人单独找了去，看起来肯定有重要的指示下达。

这座密室的隐语叫“神风”，和“神风连”有关系。如果说到“神风”集合，那就意味着到这座双层四房的租房里开会，这地方距离左门町市营电车站一百米左右。

后来才知道，房东为何乐意把这座房子轻易租给学生。原来今年夏天，这里有人吊死了，此后一直租不出去。南侧直到楼上，镶着一色的竹子壁板，只有两扇小小的窗户。奇怪的是，走廊设在东边。据说先前的住户搬家的时候，老太太不愿离开，在楼梯的扶手上拴根绳子吊死了。这是相良从附近面包店的老板娘听说的，相良又告诉了大家。当时，面包店的老板娘，将夹心面包满满登登塞进一只纸袋子，撮住袋口两边的提梁灵巧地转动了一圈儿，然后交到相良手中。她一边做着这一切，一边把这件事一五一十讲给相良听。

勋推开入口的障子门进去，这些身穿蓝花布衣服的青年，一听到响动，就一起拥挤在二楼楼梯口昏暗的角落里。

“怎么样了?”

一厢情愿的井筒，高兴地发出满怀期待的声音。勋默默从他身边穿过，使得大家倏忽感到事情有些不妙。

——楼上走廊尽头，有一只上锁的柜子，那是专门保存武器的。勋每次来这里，一定叫相良打开钥匙，重新检点一下日本刀的数目，这已经成了习惯。今天他倒忘了，径直走进了房间。一坐下来，肩膀上被雨淋过的学生服湿漉漉的，浑身冰冷。旧报纸上散落着大伙儿刚吃过的花生壳儿。这种富有神经质的干果儿，外壳上的纹路在灯光下闪现着暗淡的灰白。

勋盘腿而坐，大伙儿在他身边围成一团。勋不经意捏起一个花生果儿，用指尖儿一挤，壳儿裂开来，两粒花生米受到手指的压力，依然各自卡在两瓣儿荚里，轻轻晃动。

“堀中尉调往满洲了，不仅不能帮助我们，还强制我们停止举事。飞机方面的志贺中尉也脱离开了。因此，我们同军队的缘分断绝了，我们应该考虑今后怎么办才好。”

勋一口气说到这儿，目光峻厉地环视一下大伙儿的表情，感到他们的情绪就像满满一池子水，猝然耗干了一般。只有这个时候，“纯粹”才成了裸体。能够体会这一点的，也只有勋自己了。

井筒表现出他轻快的美好的一面，他兴奋地涨红了脸，简直就像听到喜讯一样，增强了勇气。

“我们可以修订一下计划，没有必要变动日期。现在就靠精神和气魄了。军人嘛，他们只想着自己升官晋职。”

勋注意大家对他的一番话作何反应，可是什么也没听到。就像竹丛中的小动物一般，各人平心静气地保持沉默。对于勋来说，这种沉默尽管显得有些残忍，但也没有什么奇怪。他觉得，现在只能蛮横地行使自己的力量了。

“井筒说得对，如期举行！归根结底，撇开指挥问题不谈，也仅限于两件事：不能指望飞机撒布檄文了；那几挺机关枪也搞不到手了。檄文继续印，改用别的方法撒布。油印机已经买到了吧？”

“明天买。”

相良回答。

“好，我们有日本刀。昭和神风连坚持到最后，靠的也是日本刀，首尾一贯。攻击计划要缩小，攻击精神要加强。我相信，既然大家都立过誓，一定会跟着我一起干的！”

对此，大伙儿齐声表示赞同，但气势不像勋所预想的那样高昂。本应一尺高的火焰，实际上还要低一二寸，这种微妙之差，犹如冷冰冰的刻度，清晰地印在他的心里。只有芹川一人特别突出，他一脚踢散花生壳子，走过来喊道：

“干吧！干吧！”

他紧紧握住勋的手，摇晃着，照例是热泪盈眶。勋感到，这个青年就像卖火柴的小女孩儿，是在吵嚷着推销自己令人厌烦的情绪，他现在想要的不是这些。

——当夜，大伙儿就如何缩小计划商量到很晚。分成了两派：一派主张放弃袭击日银，一派主张不放弃。最后没有得出结论，打算明天晚上继续协商。

大家回家之前，濑山、辻村和宇井留下来还有话要和勋说，相良和井筒也想一起留下，勋打发他们先走了。负责值班的米田和榊原，也暂时到外头回避。

四个人再次回到没有一点火气的房间。勋即使不问也明白他们三个要说些什么。

“一高”学生濑山，抢在另外两个人头里，自己先滔滔不绝地说起来。他频频低伏着长过粉刺的粗糙的面颊，一边用火钳拨着火钵里熄灭的成块的灰烬，一边瑟瑟缩缩地讲述着。

“我呀，请你相信是出于友谊的动机才这么说的。论起举事，我认为应该延期。我之所以没有当着大家的面提出来，是怕大家误会，认为是给讨论举事为前提的集会泼冷水。我们到底是在神前起过誓的啊。不过，起誓也是以情况没有大的变化为条件的。这和签订合同的精神是一致的，不是吗？”

“起誓和签合同不一样！”

辻村愤激地从旁插嘴说。他当然预先知道勋的意思，作为勋代言人说的。其实，他对濑山含有微妙的阿谀的意思。濑山接受了他的意见，倒是惹恼了勋。

“哦，是不一样，不可混同起来，我说错了，我撤回。不过，要是以强制当局发布戒严令为目的，军部的协力是绝对的条件。不可缺少的。正因为如此，不仅是用飞机撒布檄文，开头你所说的向国会投掷炸弹也是很必要的。有没有专家的指挥，对于现场的统一行动来说，起着决定性的作用，不是吗？否则，光是指望日本刀和日本精神，不就是一种暴举吗？精神主义太多了！这是个值得警惕的倾向。”

“就是暴举，没错，神风连也是暴举！”

勋开始的声音很低沉，但听起来很沉着，而且明显表示他不会听取别人的说教。三个人面面相觑，沉默不语了。

勋的心里沉落下来一股阴暗的瀑布，慢慢冲散了他的自尊。正因为他当前最重要的不是自尊心，所以被抛弃的自尊心又回报他难以排解的痛苦。这个痛苦的彼方，浮泛着云隙间清澄的夕空般的“纯粹”。他祈祷般地梦想着那些该杀该剐的国贼的面颜。他越是陷入孤立无援的境地，越是增加那些大腹便便的家伙现实的存在，也就越发感到他的腐臭气息，自己也就渐渐滑入不安和恍惚的世界，犹如夜海中的一只水母。将这个世界变得一塌糊涂而且越来越难以置信，正是这帮家伙的罪过。杀死这帮家伙，将利刃刺入他们患着高血压的肥硕的身体，到那时候，世界才可能重新修理和加固。在那之前……

"如果不想干，我也不挽留！"

这句话勋自己也无法阻挡，终于冲口而出了。

"不是……"濑山咽了口唾沫，慌忙说，"……不是，我不是这个意思，我是说我们的提案不被接受就只好放弃了呀。"

"你们的提案不能接受。"

勋仿佛感到自己的声音，是从非常遥远的地方飘过来的。

——他们每天都在开会。

第二天，没有人学着最初的三个人脱退出去。接下去的一天，两派争得十分激烈，少数派的四个人退出了。再下一天，又有两个人退出。这么一来，包括勋自己在内，共有十一个人。距离举事的日子只有三个星期了。

被堀中尉抛弃后的十一月七日到十一月十二日，他们召开了六次会议。第六次会议时，勋迟到了半个钟头。他一登上二楼，就发现十个人已经到齐了。此外，还有一位不请自来的客人。这个人坐在离开大家稍远些的角落里，所以勋没有马上注意到他。

他是佐和。

很明显佐和是将勋的惊讶和愤怒考量在内而来的，所以勋没有像孩子似的上当。勋立即想到，这地方连佐和都知道，一切都完了。假如十人中有一人瞒着勋而暗自求助于佐和，那么这十个人中的任何一个都无法信赖了。不过，他转念又想，这是病态的考虑。说不定是脱退的人为了减轻些良心上的自责，请佐和替代自己出点儿力气，这种想法倒是更合乎情理。

“我捉摸着大伙儿肚子饿了，送来些大阪寿司[1]。”

佐和穿着紧巴巴的旧西服，这位对内衣甚为洁癖的汉子，如今却在汗渍的白衬衣领子外面戴了一条腌臜的领带，盘腿坐在这间屋子里唯一的坐垫上，那副姿态活像个木鱼。

“谢谢。”

勋很平淡地打了声招呼。

“我可以到这里来吧？我来劝大家吃……来，快！大伙儿都很客气，你不来，他们都不肯动筷子，真是好同志啊。这个时候，能有这些坚定不移的同志，对于一个男子汉来

1　大阪寿司，各种关西风味的金枪鱼寿司的总称。

说，无比荣幸。”

“好，那我就不客气啦。”

勋故作豪爽，首先带头夹起一块寿司。

吃着寿司的当儿，勋在忖度着如何对付这个佐和。但是，咀嚼妨碍了他的思考。不仅如此，吃寿司时的一段沉默，对自己也是解救。还剩三周时间了，赴死之前，还能有几次像吃寿司这样，享受自甘堕落的快乐呢？勋想起神风连的楢崎楯雄切腹前大吃大喝的故事，他抬眼看看周围，大伙儿也都在默默地吃寿司。

“请把大家介绍一下吧，其中有两三位是塾里的学友呐。”

佐和笑嘻嘻地说道。

“这是井筒，这是相良。此外还有芹川、长谷川、三宅、宫原，木村、藤田、高濑和井上。”

勋一一作了介绍。

细想想，袭击变电所小队留下来的只有长谷川、相良和芹川三人了。袭击日银小队的井上，只要能和高濑在一起，不管干什么都行。暗杀要人小队的全都留下了。勋把最勇敢的同志都分在第二小队和第三小队了。看来，他并不糊涂。

明朗而轻信人言的井筒，个子小、头脑机敏、戴着眼镜的相良，东北某地神官之子、年纪稍轻的芹川，寡言而有些轻佻的长谷川，循规蹈矩、生着一颗四棱子头的三宅，有着一副黯淡而干枯的面孔的宫原，喜欢文学、崇拜天皇的木村，一向急躁但沉默不语的藤田，罹患肺疾、有着一副结实的肩膀的高濑，柔道二段、性格温和的壮汉井上……这些都是精心挑选的真正的同志。留下来的都是一伙儿懂得生死要义的年轻人。

在微暗的灯光下，在发霉的铺席上，勋确实看到了自己的火焰。衰退的花瓣儿尽皆腐烂，只有坚挺的花蕊结成一束，放射着光辉。仅凭这锐利的花蕊，就能刺破青天的眼睛。梦想越清瘦，就越能坚强地紧紧靠在一起，从而形成一种不给理智留有间隙的坚固的杀戮的玉髓。

“真是一群好青年，靖献塾的年轻人惭愧呀！”佐和说话学着《讲谈俱乐部》上的语调，抑扬顿挫，滔滔不绝地大讲起来了：

“我今天晚上面临两种选择：要么加入同志们一伙儿，要么被大家杀掉。假若放过我，那是很危险的。因为你们不知道我会到处说些什么，因为我还没有起过誓。喂，大家要么彻底相信我，要么彻底怀疑我，二者必择其一。如果我能起些作用的话，还是相信我更为明智。如果大家怀疑我，那肯定对你们有害。怎么样？诸位。”

勋没有立即回应。令他惊奇的是，佐和独自大声地开始起誓了：

“第一，我们要学习神风连的纯粹精神，挺身攘除邪神奸鬼。”

“第二，我们结成莫逆之交，同志相扶，共赴国难。”

勋倾听着佐和朗朗起誓中的语句，其中“莫逆之交”这个词儿，刺疼了他的心胸。

“第三，我们不谋权力，不顾立身，以万死誓做维新之基础。”

“你怎么知道起誓的用词的？”

勋的问话里掩饰不住幼稚的不平之气。佐和以一副和那肥硕、迟钝的身子颇不协调的猎人般的机敏，瞬时间抓住勋的幼稚，说道：

“凭我的灵感知道的。好啦，我已经起誓了。要不要按血手印呀？”

勋倏忽瞥了一眼同伙儿，留着稍许髭须的嘴唇现出一丝苦笑：

“佐和君真是了不起！好，做我们的一名同志吧。”

“谢谢。”

佐和喜形于色，那副天真无邪的样子实在有些失态。勋这才注意到他长着一副像他那经常洗涤的衬衫似的白牙。

——今晚的会议很有收获，佐和苦口婆心地说服大家，不要指望发布什么戒严令，而应该一门心思投入暗杀活动。

正义的锋刃只需在黑暗中倏忽一闪，人们从刀光中就能得知黎明就要临近了，他们将会明白，日本刀的一闪就像崚嶒的山顶上一抹淡蓝的曙光。

佐和说，暗杀者必须是孤独的。在场的十二个人，必须具有杀戮十二个人的可怖的勇气和决心。十二月三日这一天不用改变，既然变电所袭击的计划没有了，那么比起夜间实行，不如利用凌晨的一段时间。这个时刻，那帮家伙经过一段老年的轻睡，昏花的老眼即将从寝床上醒来。这个时刻，晨光熹微之中，可以依稀辨别出他们的模样儿。这个时刻，他们也许枕在枕头上，一边聆听一天里麻雀最初的鸣叫，一边计划着今日如何在全日本刮起一股恶毒的支配风气……我们应该抓住这样的时刻。现在，个人就要一个个查清那帮家伙睡觉的场所，应当以冲天火焰般的热诚完成这项任务。

暗杀计划参考佐和的建议变更如下，财界巨头将因此全部肃清：

藏原武介——佐和

新河亨——饭沼

长崎重右卫门——宫原

鳟田信久——木村

八木升之助——井筒

寺本宽——藤田

大田善兵卫——三宅

神谷龙一——高濑

乡田稔——井上

松原贞太郎——相良

高井源次郎——芹川

小日向利一——长谷川

这张名单网罗了日本金融资本家和产业资本家之重镇，财阀以下的重工业、钢铁部门、轻金属部门及造船部门代表人物的大名赫然列于其间。他们一朝之死，必将给日本经济带来重挫。

佐和巧舌如簧，居然能使藏原的名字归于自己名下，勋对他这一手惊叹不已。

“藏原家夜晚九时到早晨八时，没有警官上岗，袭击最容易得手，就请让给年长的我吧。”

正由于藏原家戒备森严而勇气倍增的井筒，仅仅听了佐和一句话就乖乖退让了。

“今后，我每天都来教给你们行刺的要领，可以做一个稻草人。不管做什么，最重要的是练好本领。”佐和说罢，两手插进裤兜，掏出那把勋曾见过的裹着白鞘的短刀。

“我来教吧……好吗？敌人就在那边，他们是和我们一样的日本人，遇到恐怖就发抖，可怜、寻常、上了年纪。

千万不可有怜悯之心。这些家伙的恶行连他们自己都意识不到，已经在他们身上牢牢地扎根了。应当看到他们的恶，看到了没有？看没看到恶，是成功与否的关键。摧毁肉体这道障碍，攻击他们盘踞在体内的恶。怎么样？好好看看吧。”

佐和面向墙壁，猫起腰做好了准备。

在一旁看着的勋觉察到，这样全身用力冲锋之前，必须跨越几条小河，这些灰暗的小河，不断流淌着从上游工厂排泄出来的矿毒般人性的渣滓。啊，河上游转动着西欧精神的工厂，昼夜不息，灯火灿然。那家工厂的废液藐视崇高的杀意，使得碧绿的杨桐叶枯萎无光。

对，纵身一跃，手持竹刀的身子穿越无形的墙壁，站到了对面。出色地迅即磨灭的感情溅出了火花。敌人自然而沉重地扑向刀刃。犹如拨开竹丛衣袖上自然沾满牛膝草的果实，暗杀者的衣服上不知何时溅上了血滴。

佐和将右臂紧贴胁腹，左手扼住右腕，不使刀刃转向上方。那把寒光闪耀的利刃，仿佛是从他肥壮的身体里直接长出来的，“杀！”他全身跃起，朝着墙壁猛冲过去。

——打从第二天起，勋就着手研究新河府邸的布局。

位于高轮的新河府邸围着高高的院墙。勋发现后山坡上有一段墙壁庇护着园内的一棵巨松，顺着伸向路面的弯曲的树干留出一个豁口。这里便于踮住脚跟，攀着松树潜入院内。不用说，为了防备盗贼，树干也缠绕着铁蒺藜，如果不顾手脚划伤，倒也不足畏。

新河夫妇周末大多出外旅行，星期五晚上应该睡在家里。这对万事皆西洋化的夫妇，总会共有一间铺设着双人床的纯英国趣味的卧室。这座宅邸房间众多，新河夫妇也该占据着朝南的舒适的一角。不过，大海在东边，东南一角总该有最适于居住和眺望美景的房间吧。

将新河男爵府邸每座建筑的示意图搞到手，颇费了一番周折。他偶然发现上月号《文艺春秋》的随笔栏里有新河亨写的一篇装腔作势的文章。新河对于自己的文才充满自信，这篇散文式的文章里总是不住提到“妻子……”“妻子……”的。这似乎是无意识的口头禅，又像是对那些将妻子写成“内人”的日本的习惯表示反感，暗暗给以批判似的。

这篇文章题为《深夜的吉本》，现将重要的部分引用如下：

（前略）

不愧是吉本的名著，早已知道像我这样才疏学浅的人，是无法领会其要谛的。虽然如此，但也明白，如日译本《罗马衰亡史》等，实在丧失了该书的金石之声。因之，只得阅读一九〇九年版、由J·B·布里教授编纂、插图丰富的七册无删节本了。就着枕畔的灯光，得以亲近吉本的当儿，早已过了就寝的时刻。身边妻子的鼻息伴着我翻读布里版书页的响动，连同巴黎卢·洛瓦公司的老古董时钟咔嚓咔嚓的声音，不久汇合成打破深夜寂静的三重奏。还有那照耀吉本书页的灯影，将化作我家点燃到最后的理智的火光。

勋读到这里，联想到自己将趁着黑夜潜入院内，看看主楼洋馆二楼的东南角，如果那里的帷帐射出了灯光，而且灯光始终不熄，就可以断定那是男爵枕畔的台灯。为此，必须从半夜潜入院内时起，躲藏起来，直到最后那里的台灯熄灭为止。估计那座宅邸定有巡逻的夜警，不过身子躲在树荫里肯定不是很困难。

想到这里，勋又产生了另外的疑问。使他难以理解的是，男爵明明知道身边的危险，为何还在公共杂志上发表危及自身安全的文章呢？说不定，这篇随笔本身就是个圈套亦未可知。

二十九

十一月临近月末时，勋忽然为一种念头所驱使，应该不动声色地跟鬼头槙子告别一下才好。很久没有见到槙子了，一来因为太忙，形势瞬息万变，实在没有这份闲暇、这份心思。二来一提起决死的分别，就会受到自己羞耻心的阻挡。再说，他害怕由于自己过度紧张，指不定会迸发出什么意想不到的感情来。

如果不见上一面就这样死去，自己的内心固然感到很完美，但却显得缺乏义理人情。何况，同志们每个人都自觉地将槙子送的供神的百合花瓣儿带在身边奔向死地。槙子堪称是司掌这场百合战争，即代表神意的战争的巫女。不论如何，勋都有必要代表同志一伙，若无其事地前去打个招呼。这个想法给他带来了勇气。

突然前去拜访，万一槙子不在家怎么办？想到这里他战栗了，他不可能拿出勇气再到那里跑一趟。勋打算夜晚往访，不管怎样，都应使槙子最后的美丽的容颜，出现在站到大门口来的勋的眼前。

勋心里明白，要是脱开日常的习惯，就会违犯不露痕迹这一原则，因而先打个电话过去，问她是否在家。刚巧这天有人送来些牡蛎，以此作为礼物前去告别，这就有了借口。

父亲以往的弟子回广岛了，每逢这个季节总是寄来一桶牡蛎，母亲使唤他送一些给平时关照儿子的鬼头家，既显得很自然，也是一次幸福的偶然。

勋穿着学生服，趿拉着木屐，一只手提着小桶离开家门。早过了吃晚饭的时刻，不必记挂着对方厨房的情况而急急赶路了。

勋是个决心赴死的人，他暗自埋怨，这只盛着牡蛎的小木桶，和这种默然告别的场面实在不相称！随着脚步的迈动，牡蛎沉闷的碰撞声，宛若水波舔舐岩壁发出的音响。大海压缩在如此狭小的黑暗的空间，仿佛已经开始腐烂。

踏上这条熟悉的道路，恐怕是最后一次了，屡次攀登过的三十六级石阶也难以再见到了。这个晚上虽然没有风，但夜气阴冷。和寻常不同的是，一登上瀑布高悬般的石阶，就想转过头来再次张望一番。

鬼头家南面的斜坡上耸立着两三棵棕榈树，冬夜的星光缠绕在树干的鬃毛上。脚下，家家户户看不见几点光亮，而白山上车站周围的商店街早已灯火辉煌。虽然看不到市营电车的影子，但那拖拉着古老抽斗般的响声却震荡着夜空。

周围的景象平静如常，一切都距离流血和死亡很远。眼下已经关闭挡雨窗的晒台上，排列着四五个花盆，勋看到这些，联想到自己死后的日常生活将依然照样继续下去。勋相信，自己的死决不会为这些人所理解，自己一伙所掀起的骚乱，决不会妨碍这些人的睡眠。

他走进鬼头家的大门，用手揿门铃。槙子仿佛守在门边似的，立即打开门扉。平素，他就在这里脱鞋走进屋去，可眼下，他怕谈话时间一长，感情就会流露出来，于是，勋递过小木桶，说道：

“这是母亲叫我送来的，是广岛的牡蛎，稍稍分了些来。”

“实在感谢了，这可是稀罕物啊，快，请进来。”

“今天不进去了。”

“为什么？”

“回去用功呢。”

“净撒谎，你可不是个肯用功的人呀。”

槙子硬是留住他，走进院子。只听中将吩咐道：“快请进来。”

勋倏忽闭上眼睛，只在心中贪婪地品尝着眼前槙子的倩影。他企图悄悄将她那白皙而娇美的笑颜，完好无损地一口气纳入胸中，谁知越着急越像掉落的镜片一样，将她的影子弄得支离破碎。

门口暗淡的灯光正好掩蔽着勋的感情，他想，还是尽早逃回去最好。这样一来，一时的非礼权当是年轻人的冲动，到头来就会被看成是别离的真情。

脚踏石朦胧地浮现出来，迎送宾客的板台好像船舶抵岸，连接着凝重而冰冷的黑夜，勋本人就是一艘航船。板台边缘亦即婉拒来宾、接待来宾，或礼貌送别客人的码头。而且，自己的感情已经堆积如山，达到了吃水线，沉浸于冬日暗夜死寂的海水之中。

勋转过身子正要出门，这时槙子再度出现，高声叫道：

“哎呀，为何急着回去？父亲不是请你进屋吗？”

“我告辞了。”

勋顺手关上背后的拉门，似乎完成一项艰难的工作，心中一阵悸动。他想拔腿奔跑，但转念一想，奔跑实在太不自然了，随即打消了这个念头。回来可以选择不同的路径。他没有沿着石阶而下，而是绕到后面的白山神社，打神社境内穿越过去。

勋双脚踏上白山前町阒无人迹的夜间小路，正朝着白山神社方向转弯的时候，他发现身后槙子围着白色披肩的身影。她不紧不慢、以同样的速度跟在后边。

勋照旧继续前行，他下决心不再同槙子见面。

这是一条沿着神社后面的白山公园而通行的道路。要从神社前边穿过，就得经过顶头一座连接拜殿和社务所的跨道廊桥，只要躬身钻过灯影迷离的细木格子窗就可以了。

槙子终于叫了他一声，勋只好停下脚步。然而，他一转头，就感到会有意想不到的不吉利的事情发生。

勋没有回答，他调转脚步，登上公园对面的小山丘。顶端没有升旗台，从那里开始是杂木丛生的悬崖。

不久，肩膀后头响起槙子轻柔的嗓音：

“你怎么生气了呀？”

那声音颇为不安地停驻于黑暗里，勋不得不回过头去。

槙子银白色的披肩一直围到鼻端，遥远街道上射过来的灯影，辉映着槙子眼里晶莹的泪光。勋一时喘不过气来。

“谁生气了？”

“你来告别的吧？不是吗？”

就像在洁白的围棋盘上落子儿，槙子着实说出了这句没头没脑的话。

勋默默望着眼下的景色，树根隆起于地表的大榉树，细密的枯枝将整个夜空割裂成碎块儿，星光萦聚在每一条树枝的梢头。面临悬崖的两三棵柿树，零落的叶子呈现着黝黑的剪影。山谷对面又高出一截，顶端的家家屋檐下，街灯犹如一团氤氲的烟雾。从山丘望过去，那里还有繁密的灯影，但已经谈不上热闹，那光芒只不过像沉潜水底的石子儿。

“不是吗？”

槙子又重复了一次。此时的声音贴近勋一侧的面颊，勋的面孔顿时火辣辣地灼热起来。

他发觉槙子的双手搂住自己的颈项，就是在这个时候。冰冷的手指像刀刃一般，触摸着勋剃过头发的脖子。他惊奇地预感到，切腹时协助斩首的刀刃，即将切割脖颈时也定是这般凉飕飕的滋味吧？勋战栗着，等于什么也没有看见。

不过，槙子为了将腕子伸向勋的脖颈，她必须转到勋的正面来，因为那样勋看不到她。槙子的动作无疑是要么异常迅速，要么异常和缓，这些都没有进入勋的眼睛。

他依然看不到槙子的面孔，看见的只是充溢自己胸前的较之暗夜更为黝黑的头发。槙子将脸埋在黑发里。槙子身上散发的香水的气息飘过他的眼前，这种香味儿使得勋的感觉迟滞了。勋的木屐发出微微战栗的音响，脚跟摇晃起来。他像被溺水者抓住而企图保护自身一样，两只臂膀绕到槙子背后将她抱住。

他拥抱的只是外套下凸起的和服腰带鼓型的坚硬的内核，那种对于槙子的感触，比拥抱前更觉得是一件空疏的物质。然而，此种感触所给予勋的，正是他所赋予“女体”的一切观念如实的形态，这是比裸体更加赤裸的东西。

打这时起，勋醉了，醉意由某一点突然像挣脱羁绊的奔马。他一把搂住女人，疯狂地缩紧手臂。两人抱在一起，勋感到他们的身体犹如风中的桅杆，不住地晃动。

伏在他胸前的脸抬了起来，槙子抬起了脸！这张脸正是他日日夜夜梦寐以求的脸，是他和槙子最后诀别时他所希望见到的容颜。这张不施脂粉、白嫩而姣美的脸，泪光闪闪，紧闭的双眼比任何凝望都更加执着地谛视勋。这张脸像巨大的水泡，如今从幽深的海底浮现到他的眼前。黑暗中，她的双唇因急促的喘息而战栗，勋不忍在这里看到这样的嘴唇。为了消除这样的嘴唇的存在，就只有用自己的嘴唇去接触了，就像已经飘散地面的落叶，只能靠后来的落叶加以覆盖。勋平生最初也是最后的接吻，自然地降落在槙子的樱唇上了。这时，他联想起梁川的樱树艳红的落叶。

两人的嘴唇一旦接触，一种甜美的情感便缓缓奔流起来，这使勋深感惊讶。两唇的接触使世界颤动了。从这个接点开始，自己的肉体逐渐变质，沉溃于一种无可形容的温软而滑润的感觉之中。当他咽下槙子香唾的时候，这种感觉达到了顶点。

嘴唇好容易分开时，他俩抱在一起哭了。

“我只想知道什么时候，明天？后天？”

勋明白，一旦自己清醒过来是不会说的，因而，他立即回答：

“十二月三日。”

“只剩三天了，还能再见上一面吗?”

“不，可能没时间了。”

两人又默默迈开步子。槙子绕道行走，勋也只得穿过白山公园的小广场，进入一排神舆仓库中的幽暗的小径。

“我想好了。”槙子在黑暗中说。

“我明天到樱井的大神神社，到狭井神社为你们祈祷武运，为参加举事的每个人求个签儿保佑你们，十二月二日之前送来。一共几个人?”

“十一……不，十二个。”

勋出于一种羞耻心，没有将举事时大家身上藏着百合花瓣儿这事告诉槙子。

他们走到神社前的路灯下，广场上不见一个人影。槙子怕直接送到靖献塾不方便，希望勋告诉她那个秘密集会的场所，勋将地址写在小纸片儿上交给她。

没有多少灯光了，只有白山下照相馆进献的那只五烛光的长明灯了。这只灯朦胧地照着右侧的石狮子、金字匾、喷着火焰的龙的浮雕及拜殿的木阶梯。泛出白色的只有社前稻草绳上的白纸条儿。如此微弱的灯影也能到达二三十米远的社务所的白墙上，墙上罩着杨桐树美丽的叶荫。

他俩各自默祷之后，钻过牌坊，登上长长的石阶，分别了。

三十

十二月一日晨，勋佯装去上学，径直走向秘密地点。佐和因塾长派他出差，今天不能来参加会议，剩下的十人全到齐了。后天就要行动了，有些细节需要协商，各人的状况虽说有难易之别，但会上必须重新坚定信念，举事之后全体人员自刃而死！

勋看到同志的面孔都很明净。卖掉两把日本刀，购入六把短刀，因而每人都有一把锐利的短刀。有一人提议说，应该再有一把藏在身上，以备不时之需，大家一致赞成。他们尽管知道，临场自杀毒药最有效，但谁也不愿采用这种忸忸怩怩的死法。

与会的人员到齐之后，照例要锁上大门。这时听到敲门声，估计是佐和偷偷跑来开会了。

井筒走下楼问：

“是佐和君吗？”

“是啊。”

听到一声平静的回答，门锁打开了，一个陌生人闯进来，推开井筒，没有脱鞋，直接奔上楼梯。

“快逃！”

井筒大声喊叫，这时，第二和第三个人又闯进来，扭住井筒的两只胳膊。

有人顺着庇檐跳到院子里，被守在后门的警察抓住了。勋拔出身边的短刀正要刺向腹部，腕子被扼住了，互相扭打期间，警察的手指受了点伤。

井上和警察对打，他把其中一人下绊子一脚撂倒，接着又扑上来两三个人，他终于被制服了。

就这样，十一个人被戴上手铐，解往四谷警察署。当天午后，回到靖献塾的佐和也给逮捕了。

三十一

那天早晨，本多在报上看到了大字号标题：

十二名右翼急进分子，于秘密地点一并被捕
同时收缴日本刀和暴动纲领
引起当局极大重视

当时，本多的心情只是觉得又发生一次事件罢了，仔细一看，被捕人员中有饭沼勋的名字，立即打破了心中的平静。他本想马上给东京的饭沼塾挂电话，随即又被一种世故的心理阻止了。第二天早报上的标题更大：

“昭和神风连事件”全部查清
一对一妄图刺杀巨头，颠覆财界

首谋者竟是十九岁少年

第一次刊登了勋的肖像照片，虽说印刷质量粗劣，有些模糊不清，但那次他们到本多家里做客时，勋的一双难于融入普通家庭习俗、非比寻常的明亮的眼神，给他留下深刻印象，至今依然鲜明地印在心中。平常极力睁大的眼睛，正是瞄准着这一天呢。

年满十八岁的勋，不能算少年犯了。他读了报道，觉得除佐和这个变态的中年人外，都是年龄二十岁左右的年轻人，其中虽有适用于少年犯罪法者，但勋已经不属于这个范畴了。

本多设想了法律处置的最坏结果。那篇暧昧的新闻报道背后，似乎有些隐情。案件的表象，虽然只是一帮鲁莽少年一时冲动的暗杀计划，但随着更加广泛而深入的调查，也许会有新的发现。

今日的早报上，还刊登军部为肃清谣言、防范“五·一五事件”以来的偏见的声明。

陆军当局谈话：

此次事件与陆军将校全然无涉。每当发生此类事件，总有人联想到青年将校，对此深感遗憾。“五·一五事件”突发以来，军部特别注意严肃部内统制军纪，为此付出十二分之努力。此乃公认之事实。

这则声明反而引起猜测：案件背后是否还有别的力量的推动？

如果事件有所进展，明确具有刑法第七十七条关于“扰乱朝宪”的行为，性质就严重了。该案件是以“未遂”论处，还是以“预谋”论处，仅从新闻报道中还无法加以判断。本多想起勋强使他阅读的《神风连史话》，如今勋又被称为“昭和神风连”，不能不使他产生一种不祥的预感。

当天夜里，清显出现在本多的梦中，他像是呼喊救命，又像是哭诉自己夭折的命运。本多梦醒之后，下了决心。

——本多在法院里，也许是心理作用，他总觉得，比起往昔来，别人对他的评价似乎有些下降，自打秋天东京出差回来，同僚之间的交往和接触也变得冷淡了。大家认为，本多人变了，或许出现家庭和女人的问题了吧？他那备受推崇的聪明才智也受到怀疑。院长敏锐地感知到此种空气，他本来就对本多的聪颖最为赏识，因而感到十分伤心。

假若世俗的人们将梦想的诗情归结于女人，那么同僚们将秋天到东京出差的本多所染的病症，看作来自女人问题，这种直观将此种病症当作了一种诗意的表现，这一点大致是不错的。本多脱离理智的轨道，误入一条荒草离离的感情的小道，这种准确的直观实在是不平凡的。不过，如果是二十多岁的青年则情有可原，但本多早已不是发生这种人为事故的年龄了，所以责难也多半集中于这一点上。

在这个以理智为职业的世界上，一个无意中染上罗曼蒂克病的人，在一般人眼里不可能受到尊重。如果从整个国家正义的角度看，即使不是什么罪过，那也是受到某种“不健全”的东西的侵犯，这一点是毫无疑问的。

不过，对这种事态最不理解的是本多本人。正义的法律早已化作自己的血肉，这只建筑于令人目眩的高空里的鹰巢，竟然又受到汹涌而来的梦的洪水和诗的浸润的威胁！光是这样也就罢了，但更为可怕的事态是，这种梦的袭击，不但没有破坏本多以往所信仰的人类理性的先验性及由现象转向法则方面的自豪的欣喜，反而使之得到强化和提高。而且，这种梦的袭击，使他从墙缝里窥见耸立于地上法则背后更高、更严峻的白色法则的围墙。同时瞥见一次直到最后都不能再回到悠闲的日常性信仰的终极的光环。这实际上不是退步，而是前进；不是回顾，而是先见。勋确实是清显的转生，这件事对于他来说，已经是一种超越法则的法的真理了。

本多想起少年时代，曾经偶然聆听过月修寺门迹讲授佛经。打那时起，他就感到欧洲自然法思想不够完善，而被将轮回转生引入法律条文的古印度《摩奴法典》所深深打动。那时，在他心里已经萌发一种东西。作为有形的法，不仅要整饬混沌，而且要从混沌底层找出法理，就像在水盆中捕捉月影一样，在编纂法的体系的过程中，就会感觉到还可能存在着比作为自然法根本的欧洲理性信仰更深的源泉。这种直观的感觉，大体是正确的。然而，这种正确和作为实定法守护者的审判官的正确自是不同。

和这种人在同一建筑中一起工作，该是多么可怕，本多本人也很容易想象得到。这是纯净的精神房间里唯一一张落满尘埃的桌子，从理智的观点看，没有比一味沉迷于梦幻更加接近懒汉污点的了。梦幻带给人的只是轻佻、放荡的形象，赋予精神的只是污渍的衣领、布满寝皱的脊背及露膝的裤子等风情。尽管本多什么也不做，什么也不说，依然于不觉之间违反了公众道德。他心里明白，自己已经被同僚们当作清洁的公园人行道上的一团废纸看待了。

论起家庭，妻子梨枝倒什么也没说。梨枝决不是那种喜欢窥探丈夫内心的女子。对于丈夫的变化，她不是不知道，丈夫被某种事情所纠缠，她也并非毫无觉察。可梨枝她什么也不说。

本多不想对妻子说明情况，这种心情也不是因为害怕嘲笑和侮辱，他之所以缄口不语，完全是基于一种微妙的羞耻心。正是这种羞耻心构成了他们夫妇的特质，可以说，这是这对略显有些古典风格的娴静的夫妇最美好的部分。本多几乎无意识地察觉到，他的新的发现和变化之中含有某些与此相抵触的东西。因此，他们夫妇在这最美好的部分上，悄悄保持沉默和尚未表明的秘密。

梨枝也惊讶地发现，最近丈夫工作起来颇为艰难，在他工作的间隙里，自己专门为他精心烹制了可口的饭菜，但还是不能使丈夫像从前那样心情轻松起来。她既无牢骚，也不露出寂寞的神色，更没有故意显示一副毫不寂寞的健康的样子，以此刺伤丈夫的心。梨枝肾病发作时，那副轮廓模糊的娃娃型又圆又胖的脸就会增添几分稚气。不过梨枝总是装出像平时的样子，即便微笑中充满温柔，也决不流露期待。使得梨枝成为这样的女性的，一半是父亲，一半是本多的力量。至少本多没有教给妻子嫉妒的苦恼。

尽管勋的案件在报纸上大肆宣扬，但既然丈夫闭口不谈，梨枝也保持沉默。但是，当饭桌上两人都无话可说，显得极不自然的时候，梨枝便淡淡地说道：

“饭沼先生的儿子也真叫人担心啊！来我们家时，倒像个老实、认真的书生呢。”

“嗯，老实、认真，和这种罪行并不矛盾。”

本多反驳道。不过，梨枝觉得，这种反驳十分温和，是经过反复考虑说出来的。

本多心里乱糟糟的，如果说，营救清显没有成功，给本多的青春留下了最大的遗恨，那么这次必须再加以营救。无论如何，都必须将他从危难和污名中拯救出来。世间的同情也是一根可以攀附的绳索。他早已觉察，由于参加的人员特别年轻，社会上不但决不会憎恶这桩案件，还会进一步寄予同情。

本多那天晚上梦见清显，翌日早晨就下定了决心。

饭沼到东京车站迎接本多，他穿着海獭皮领的外套，八字须在腊月的寒气里不住抖动。他已经在月台上站了很久了，说话的声音和通红而湿润的眼睛充满了疲劳。本多一下车，饭沼一把拽住他的手，呵斥塾生夺过本多的手提包，一个劲儿对着本多的耳朵说着感谢的话。

“真是太感谢您了，这下子我也觉得有了千军万马啦！儿子果真有好报啦！可是本多先生，您是下了多么大的决心啊！”

行李先叫塾生送到母亲那里，本多跟着饭沼来到银座，在茶寮里吃了晚饭。临近圣诞节，大街上装饰得五彩缤纷。东京市人口听说已经达到五百三十万,一看到拥挤的人流，什么不景气，什么饥馑，犹如距离这里十分遥远的火灾现场。

“拜读来信，妻子也高兴得哭了。我们一定把信供在神坛上，朝夕膜拜。可是，审判官不是终身制吗？您怎么辞职了呢？”

“生了病，也是不得已的。我靠着医生开具的诊断书，挡回了一切挽留。”

“是什么病？”

“神经衰弱。”

“真的？”

饭沼沉默了，一瞬间，他的眼里闪现着不安的神色，这种正直的不安，使得本多感受到他的厚意。作为一个审判官，对于自己不太喜欢的被告所表现出的瞬间的正直，不论如何企图疏离，但依然会抱有某种厚意。本多对这一点很清楚，他在心里试图揣摩一下原来的律师对待当事人所抱有的感情。那该是最富戏剧性的感情。瞬息之间掠过审判官心头的厚意，本该有着某种伦理的源泉，但从律师的立场，对此必须毫无保留地加以利用。

“我申请辞去本职审判官，身份依然是法官，我现在应该被称作退职法官。明天我去律师会登记，与此同时，我将作为律师开始工作。这是自己主动承担的差事，打算为此竭尽全力。本想干到奏任官再退职，当了律师就不能再贴这块金箔了。这也是自己乐意退下的，没办法。打官司，只能由自己找律师。至于报酬，就照信上所写的办理……”

“啊呀，本多先生，您真是恩重如山啊！我实在难以领受这份盛情啊……”

“所以呀，我请你照一切免费办理，只能凭这个条件，我才能接下这个案子。”

“啊呀，这可叫我如何是好……”

饭沼并膝而坐，连连低头行礼。

“您下了这么大的决心，想必夫人很惊讶吧？令堂也会很担心的，我想，她一定很反对。”

“内人的态度很淡然。我给母亲挂电话，她沉默了片刻，看样子是在考虑，然后她爽朗地说，你喜欢怎么做就怎么做吧。”

“啊，老人家真是了不起，夫人也很通情达理。您有这么好的令堂和夫人，真是有福气啊！我妻子无论如何都比不上。今后，您教给我如何教育妻子的秘诀吧，让她好好跟夫人学一学，是应该认真地教育一番了。不过，现在已经晚了。”

拘谨消除了，主客两人都笑了。

本多心里变得轻松多了，随即涌现一种怀想。时光似乎回到二十年前，学生时代的本多和学仆饭沼，正在一起商量如何营救不在现场的清显。

街灯在毛玻璃窗户上明灭闪烁，然而，正如热闹的夜晚在某一点上连接着饥饿和不幸一样，这种两相重叠的夜晚又在这里历然闪现，述说着即使餐桌上斑驳的残肴，也连接着拘留所寒冷的暗夜。于是，“过去”也很不情愿地带着决不满足的回忆，同两人现在的壮年时代连接在一起。

本多认识到，自己一生中再也不会有第二次如此重大的自我抛掷了。想到这一点，他的体内随即涌现一股奇妙的热情，并且迫不及待地打算将此铭刻于心版之上。活到这个年纪，人生好歹自知之！当他下了这个“万人皆言愚”的决断之后，自我身心的爽快及胸中的暖意是难以用言语形容的。

不仅不应被勋所感谢，反而应当感谢勋。假如不受到勋的转生和勋的行为的触发，本多抑或将欣欣然安居于冰山之巅吧？他认为最安稳的东西莫过于冰，最完善的东西是干涸而死。当他将另外一些可行的想法看作尚不成熟的时候，他连真正成熟的意味也不知晓了。

饭沼似乎焦躁不安，频频将酒杯送到唇边。他的八字须尖端上沾着酒滴，看起来，这位靠着贩卖思想热情的人，他的思想的酒滴好似全都天真地聚集于胡须之上了。因为以某种信念为生计，以思想为生活，所以，饭沼所犯的过失和罪愆，给他的脸面平添一抹乐天的自我欺骗的影子。他端正姿势，一杯连着一杯，看那架势，似乎将拘留所里瑟缩于腊月严寒中的儿子全然忘却了。感情和虚饰，全都作为一种模型表演一番。从正面神态上看，正如竖立于旅馆门口屏风上的那条墨龙，他具有墨龙之趣。他喜欢将思想当作一种体臭附之于自身。往昔幽深而黑暗的岁月，赋予他肉体过度沉郁的感觉的青年时代，已经久远地流逝了。他的世故、他的苦恼，尤其是他的屈辱，使得他今天可以挺起胸脯以光荣的儿子为自豪，这也没有什么奇怪。本多思忖着，这位父亲无言之时，一定对儿子有所寄托。父亲固有的屈辱已经转化为纯洁少年面对权门的呐喊和铿锵有声的利剑。

此时，本多想问饭沼关于勋的一句真实的话语：

“你一直想把勋君培养成松枝式的人物，是否可以说这个梦想已经实现了呢?”

“不，他还只是我这个父亲的儿子。”

饭沼昂然地驳回，接着谈起了清显。

“如今想想，少爷度过那样的一生，也许是最自然的，最符合天意了。说起勋，他只是和我这个父亲一样的孩子，年轻，又赶上这个时代，竟干出这等事来。当年，我想教给少爷武勇之道，或许是出于我的乡下小吏的劣根性吧。少爷死前，想必心中很悲伤吧?”——饭沼的声音里充满非比寻常的热情，这种感情似乎迅速越过了堤坝。“……但同时又受到自己感情的推动。对这一点他肯定感到些微的满足。至少，我对此是越来越相信了。也许来自个人的一厢情愿，因为只有相信这一点，我心中才会感到安稳些。总之，少爷度过了少爷应有的生活，我在旁边瞎操心完全没有用，纯粹是徒劳。

“比起少爷来，勋是我的孩子，是严格按照我的想法教育过来的。他自己表现得也很不错，十多岁就获得了剑道三段。他到此都很好，可后来有些过头了。这也许因为受到父母生活的过度熏染，但不仅如此，过早脱离父母的指导，过于自信，盲目行动，这些才是犯错误的根本。这次事件，如果在本多先生的鼎力相助下，能够从轻发落，对于他本人倒是一次最好的挽救。或许不会判处死刑或无期吧？”

“不用担心。”

本多简短地作了担保。

“唉呀，真是感谢不尽啊，本多先生是我们父子一生的大恩人啊。”

“等判决之后再说感谢的话吧。”

饭沼又频频点头，一旦沉溺于感情，以前那些世俗型的表现一下子破碎了，加上醉酒，他的眼睛出现危险的润泽，别人不知他想说些什么。饭沼的全身腾起一种目不可见的雾霭。

“现在本多先生在想些什么，我是很清楚的。”饭沼提高嗓门继续说道，“……我知道，您认为我很不纯，儿子是纯粹的。”

“没那么回事儿……”

本多略显腻烦，暧昧地应了一句。

“不，是的，肯定是这样。干脆挑明了说吧，儿子举事的两日前被逮捕，您认为是谁告的密？”

“这个……”

本多觉察到，饭沼就要说出本不该说出的话来，他已经来不及制止了。

“本多先生这样照顾我们，可还要说出有悖于这番厚意的事实，心中实在不是滋味儿。本来，当事人和律师之间不能有任何秘密，所以我才决心说出来。告密的就是我呀，是我到警察局报的警，我想在这个紧急关头救儿子一命。”

“为什么？”

“您问为什么？不这样，儿子就没法活呀。”

“可是，且不说事情的善恶如何，作为父亲，你不想让儿子实现自己的愿望吗？”

“因为我面对未来，因为我一直面对未来，本多先生。”醉得发红的汗毛森森的手足，过于灵敏地不住摇晃着。屋角杂乱的箱子上叠放着海獭衣领的外套，他不顾飞扬的尘埃，窸窸窣窣摊开外套，弄得胀鼓鼓的，像一顶车篷，“就像这样，这就是我。这件外套就是我。我不是在您面前变戏法，这件外套就是父亲，是黑暗的冬天的夜空。外套向远方展开下摆，能够覆盖儿子整个活动的范围。儿子到处乱窜想寻找光明，但我不让他那样做。这件广大的黑色外套，无边无际，盖在儿子的头上，趁着夜在继续之中，让他认识夜的寒冷。早晨到来后，外套蹦落于地面，光明充满儿子的眼睛。所谓父亲就是这样，您说对吗？本多先生。

“儿子没有认识到这个外套的作用就贸然行动，当然要受到处罚。外套知道依然是黑夜，所以不希望儿子死去。

“左翼那帮家伙，越弹压，他们气焰越嚣张。日本被政治家和实业家这些霉菌所腐蚀，越腐蚀，体质越衰弱。关于这些，不用儿子说我也知道。当日本这个国家危如累卵之时，不用说，决然奋起保卫皇室的尖兵就是我们。但是，有个时间的问题，还要符合时代潮流，光有理想是无济于事的。这只能说儿子太年幼，不可能洞察到这一点。

“我作为父亲，也有自己的理想。不，我比儿子更有愤懑的忧国之情。儿子瞒住我干下这一切，可以说完全不了解父之志啊，不是吗？

“我一直面向未来，如果不举事比举事更有实际效果，那就不要超越这一点。难道不是这样吗？‘五·一五事件’时，听说减刑请愿书堆积如山，世间的同情肯定集中在年轻而纯真的被告一边，这是毫无疑问的。此外，儿子不但保住一条命，而且还能光荣回归。这样，儿子一辈子就不愁吃穿啦。他将永远背负着‘昭和神风连饭沼勋’的盛名，受到世人的敬畏和崇拜。”

本多感到哑然，哑然过后便觉得果真就是这些吗？

如果饭沼说的都是真话，那么拯救勋的是他的父亲，然后才是本多，可以说本多只不过是实现饭沼意图的一名助手。本多抛掉职务无偿为勋担当辩护的厚意，全都被饭沼的一番言语抹消了。本多行为背后所包含的高贵精神，也因他的这番言语而遭到冒渎和蹂躏。

然而，奇怪的是，本多并没有因此而生气。自己所要辩护的，不是父亲，而是勋。不管父亲如何污浊，这种污浊不会波及到儿子。勋的行为动机的清纯，丝毫不会受到损害。

不过，对于眼前饭沼缺乏礼貌的言谈，多少有些反感的本多，有理由保持平静。饭沼说了这些话之后，便借口有要事相商，在及早打发走女侍的小包厢里自斟自酌起来。本多看到他那长着长长汗毛的手指不住颤抖，于是明白饭沼内心自有难以启齿的某种感情。看来他的密告有着更深的动机，就是说，饭沼对于儿子即将实现的流血的光荣和壮烈的死亡，抱有难以遏抑的嫉妒心理。

三十二

洞院宫治典王殿下也受到这次事件的重大冲击。

本来，对于一度来访的客人，一般不会留下很深的印象，可是对勋那天晚上的来访，记忆很深，至今不忘。尤其是和堀中尉一起来的，更没有把他当外人看待。但是，出于当然的考虑，事件发生后，殿下马上给执事挂长途电话，吩咐他绝对不要提起勋来访的事。执事这人，可以说是宫内省的坐探，洞院宫本来就不怎么信任他。

洞院宫和中尉是要好朋友，两人很早就在一起慨叹时世、共抒怀抱了。宫内省感到不悦，对洞院宫不分身份高下贵贱，一律给与接待的作法，屡次加以劝阻，但是鉴于殿下对于宫内省所规定的哪怕一次小小的旅行也要写报告的做法非常反感，所以不可能痛痛快快听从他们的规劝。

洞院宫自打担任联队长以来，尤其风传有过过激的言行，宫内大臣和宗秩寮总裁曾经相商，趁着殿下来京的时机前往拜谒，委婉地进行过劝谏。洞院宫只是默默听着，也不回答，长久地闷声不响。

大臣和总裁觉察到，殿下对于他们议论军务会感到愤怒，要是他提起此事，他们也无计可施。

然而，洞院宫神态平静，即使现在再对两人加以申斥，也为时已晚。不久，洞院宫威严地眯缝着纤细的眼睛，交替地望着两人的面孔，说道：

"你们的干涉非自今日始。但是，你们要干涉，不管对哪一位宫家都要一视同仁。你们为何一直单单对我如此苛刻？"

洞院宫不给大臣作出"决无此事"的反驳的机会，抑压着满腔的怒气，断断续续地说道：

"从前，关于要做我的妻子的那位女子，松枝侯爵出言不逊，说话侮辱我，当时宫内省支持侯爵，一点也没有站在我这边。宫家受到臣下侮辱的时候，你们竟然如此。宫内省究竟为谁而设？打那之后，我怀疑你们的态度，难道还有什么奇怪吗？"

宫内大臣和宗秩寮无言以对，匆匆退下。

其后不知何时，洞院宫开始喜欢听堀中尉和两三位青年军官言辞激烈的议论，并以此感到无上的欣慰。他仿佛从覆盖日本的暗云缝隙窥见一缕蓝天，感到十分高兴。他心中潜藏着深深的伤痕。他欣喜地看到，这些伤痕将变成一部分人的光辉，寂寞的异端的感情，将转化为人们的希望。但是，除此之外，他不再抱有更大的期待。

自从发生勋等人的事件，满洲的堀中尉便断绝了音信，洞院宫只得从勋唯一一次来访的回忆中推测事件的原委。他心中一旦闪现夏夜少年清凉的眼眸里火焰般的光芒，就立即联想起那双慷慨赴死的眼睛。

那时他一度浏览过的那本勋呈送的《神风连史话》，依旧放在联队长室的书架上。因为从中至少可以探求一些事件的真意，洞院宫于繁忙的军务中，又把这本书重新看了一遍。比起内容来，一行行闪烁着那天晚上勋的犀利的目光，一字字回响着烈火般的语言。

军队朴素的集体生活，多少会给完全隔绝于俗世之外的洞院宫，带来意识上的有益的影响。为此，殿下主动喜欢起军队来了。不过，由于其中仍然存在着禁忌和阶级，洞院宫如此不畏烧伤，主动接近一位纯粹的、烈火般的民间少年，这还是头一回。那一个晚上的会话，已经化作难忘的记忆。

什么是忠义？军人对此不必有所怀疑。可以说，军人具有上天所赋予的忠义。那位激昂慷慨的年轻人发表了如此意味的一番言论。

这番话确实唤醒了洞院宫内心某些隐秘。细思之，强装勇武，炫耀猛壮，将自己纳入军人当然具有的忠义的规范，其实是想逃离诸般伤心事而遁入其中罢了。他并不知道什么引火烧身之类的忠义。而且，也没有亲眼目睹以便确认其有无的重要门径。见到勋的那个晚上，洞院宫见到了那种火炽的忠义、生龙活虎的忠义的实体，这些都强烈地刺激了洞院宫的内心。

洞院宫当然有为陛下随时供献身命的想法．他对比自己年小十四岁、现年三十一岁的陛下，寄予温馨的兄长般的宝爱之情，然而，这些感情来自安居于澄澈、闲静的幽深树荫下的忠诚；另一方面，对于臣下向自己所表达的忠义，习惯上抱有一种敬而远之的狐疑态度。

洞院宫一旦被勋的言语所打动，随即欣然感到，作为军人尔后应该委身于这种直率的感情之中。这次事件，保护了堀中尉，一切都没有牵扯到军队，只能认为是被告们闭口不谈的缘故。根据这种推测，洞院宫的感激又加深了一层。

《神风连史话》中有这样一节：

> 他们多不具文雅，于白川原头赏月时，想到今年的明月，是在这个世界上看到的最后的明月。赏樱时，想到今年的樱花是最后的樱花。

洞院宫想象着，勋读到这里时该是如何沉迷其中啊！青年们的热血，摇撼着这位四十五岁联队长的心胸。

洞院宫认真思考起来，还有没有更好的办法解救他们呢？他从年轻时就养成个习惯，每当苦苦思索而得不出结论的时候，就听听西洋音乐唱片。

他命令勤务兵在这座宽阔官邸寒冷的客厅里升起炉火，亲自将唱片放在留声机上。

他想听一些轻松愉快的乐曲，于是选了一张宝利多的唱片，这是理查·施特劳斯作曲的《捣蛋鬼提尔》，费尔特维格勒指挥、柏林爱乐交响管弦乐团演奏。他斥退勤务兵，独自欣赏起来。

《捣蛋鬼提尔》是十六世纪产生于德国民间的讽刺故事，以哈普特曼创作的戏剧和理查·施特劳斯作曲的交响乐最有名。

腊月寒冷的夜风，吹过联队长官邸广阔的庭园，燃烧的炉火和风声交混在一起，毕剥作响。洞院宫没有解开军服的衣领，他的身子埋在冰凉的白麻布套的安乐椅上，穿着军裤的双腿交叠在一起，白布袜子的脚尖儿悬在空中，一动也不动。军裤下边的纽扣，紧紧缚住了小腿。有人一脱下长筒靴就松开纽扣，但洞院宫并不在乎小腿轻度淤血所带来的沉重感。他用手指轻轻捋着八字须，抚弄着经发胶固定的翘起的胡梢儿，犹如一只猛禽梳理着尾巴上的羽毛。

这张唱片很久没有听过了，因此，本来想听愉快音乐的洞院宫，开头用低音的圆号吹出的提尔的主题曲一传入耳朵，就发现自己选错了唱片。他即刻感到，这不是眼下自己要听的音乐。因为这不是那个性格开朗、喜欢恶作剧的提尔，而是费尔特维格勒一手制造的寂寞、孤独，连意识底层都像水晶一般透明的提尔。

但是，洞院宫依旧坚持听下去，狂躁的提尔用一束银色的神经掸子，拍遍了客厅内每个角落，直到最后宣判死刑，结束生命。一曲听完，洞院宫突然站起身来，摁响警铃，呼唤勤务兵进来。

他命令勤务兵，给东京挂长途电话，把执事找来。

洞院宫决心做好下面两件事情：首先，近日借上京新年参贺之际，请求陛下接见数分钟，以便将勋等青年的一片忠心达于天听，届时当赐予优渥之圣言，然后将此暗暗传达给大审院长；其次，为准备材料起见，年前必须召集主管律师，详细听取事件的经过。

电话里命令执事查清律师姓名，于十二月二十九日洞院宫上京时，到芝区的官邸听候差遣。

本多在找到合适的办事处之前，先租借丸大厦五楼一位朋友的办事处，挂上了牌子。这位朋友也是律师，是大学时代的同学。

一天，洞院宫府上的事务官来访，传达了殿下的秘密旨意。这是极为罕见的特例，本多甚感惊讶。

当他看到那个身着黑西装的小个子男人，悄无声息地在茶褐色油布地板上轻轻走动时，本多感到一阵恶心，一旦那人被让进客厅，这种感觉越来越强烈。这座小客厅和办事处之间只隔一道波浪形玻璃板壁，小个子男人表情阴冷，颇为不安地环视了一下四周。他害怕谈话时被人听到。

架着金丝眼镜的鱼儿般苍白的面孔，明明白白诉说着那种一直隐栖于寒冷与黑暗的水底、忍气吞声生活在不曾见过天日的繁文缛节的藻下的情景。

依然保有审判官做派的本多，不由忘记了问候一番，随即开口说道：

“保守秘密是我们的天职，您用不着担心。尤其是高官显贵托办的，我们更是小心谨慎，务必做到万无一失。”

事务官似乎也患有肺疾，说话声音很低，本多必须从椅子上探出身子才能听得清楚。

“不，决不是什么秘密之类的事。只是殿下对这个案子很感兴趣，希望十二月三十日到官邸来一趟，将您所知道的情况全部说一说就行了。不过……”

小个子男人似乎硬是压抑住饱嗝，发作般地停住了话头。

“不过，这……假如殿下知道是我告诉您的，问题就大了。所以请您务必瞒着殿下……”

“我知道了，请不必顾虑，有话只管说好了。”

“这，这……决不是我个人的意见，所以希望您能体谅。假如，要是当天患了感冒什么的，不能到官府拜望，到时请告知一声也就可以了……反正殿下的旨意我都传达给您了。”

本多哑然地望着这位宫内官僚毫无表情的面孔。他是奉命来传达召见旨意的，但又暗示不要前往接受这次召见。

同清显的死有着间接关系的洞院宫，十九年之后要召见本多，这真是奇缘。开始时，本多听那人絮絮叨叨传达召见旨意时感到厌烦，这阵子突然有了冲动，既然接到这个奇怪的口信，无论如何都要见上洞院宫一面。

“我明白了。假如那天我没有患感冒，身子活蹦乱跳，那我一定去拜见殿下，好吗？”

事务官的脸上这才有了表情，一重悲悯的困惑，刹那间凝滞在冰冷的鼻尖儿上，但紧接着又若无其事地低声说道：

“那，那就不用说了。那就请三十日上午十时抵达芝区的官邸。我预先和正门的警卫联系好，只需报一下尊姓大名即可。”

本多虽然在学习院上过学，但各个年级很少有皇家子弟，所以从未晋见过任何宫家。况且，他也从未硬要寻求过这样的机会。

尽管本多知道清显的死同洞院宫有关系，但洞院宫未必知道本多是清显的朋友。然而，公平地讲，当时的洞院宫是事件的被害者，所以，只要对方不说，自己也应该保持沉默，不必端出清显的名字，否则就是失礼。本多自然有这个心理准备。

可是，从日前那位事务官的态度上看，不知是何种原因，本多从直观上感觉，洞院宫对眼下这件案子，似乎寄予深厚的同情，但他做梦也不会想到，这个勋正是清显的转生！

本多已经打定主意，不管事务官有何想法，在不超越对皇室有所不敬的范围内，都要遵照洞院宫的旨意，将自己所知道的一切全都说出来，最重要的是让他知道这次事件的真相。

因此，本多当天跨出家门时，心情很平静。从昨天一直下着的冷雨，到今早依然没有停歇。王府鹅卵石坡道的石缝里流出的雨水打湿了鞋袜。到大门口迎接的还是那位事务官，他虽然郑重地行礼，但态度显得十分冷漠。那种冷漠从小个子男人各处白皙的肌肤上渗了出来。

这座小客厅很别致，门扉和两侧的窗户连接着淋雨的露台，形成一个钝角。而且，一面的墙上建造着壁龛，里面点着线香，借着熊熊燃烧的煤气炉火的热气，使得整个客厅充满了浓烈的馨香。

不一会儿，身穿咖啡色西服的洞院宫出现了，他那一副轻松的神态，使得客人放宽了心胸。

“哎呀，一大早请您来，欢迎，欢迎啊！”

洞院宫大声打着招呼。

本多呈上名片，深深鞠了一躬。

“请随便坐吧。这次请您来不为别的，听说您为了给这次案件作辩护，特地辞去了审判官职务……”

“是的，有位嫌疑犯是我熟人的独生子。”

“是饭沼吗？”

洞院宫以军人的态度单刀直入地问。

室温使得窗户蒙上了一层水滴，广阔庭院里冬枯的树林，以及围着除霜草帘的庭前松树和棕榈，在淅淅沥沥的冬雨中，看起来一派朦胧。戴着雪白手套的侍者，端出英国风味的茶，银制的茶壶细嘴里流出的红茶，充满了白瓷茶碗的内里。本多从传热迅速的银匙上缩回了手指。他蓦然想起《皇室典范》中利用银器一般可怖的过敏的热度惩戒皇族的条款。

“饭沼勋曾经在别人的引领下到我这里来过。”洞院宫恬淡地说，“当时的印象极深，他言语虽然激烈，但我感到他很纯真，头脑也很灵活，是个优秀的人。即便故意提出些使他很为难的问题，他都答得恰到好处。虽然有些危险的因素，但是不那么轻薄。这种有为的青年跌了跤真是令人遗憾，所以我听到您去职为他辩护，实在感到高兴，所以很想见见您。”

“他是一位勤皇派少年，虽然干了错事，但一切都是为了天皇陛下，这种精神是始终一贯的，我相信这一点。关于这些，他来拜见时没有提起过吗?”

“他说所谓忠义，就是亲手将做好的灼热的饭团子献给陛下。然后，不管走哪条路，都要以切腹为终结，这就是忠义。他还送我一本《神风连史话》……看来，他不至于死吧?”

“警察和监狱对这点十分注意，不用担心。不过，殿下……”本多慢慢大胆起来，将谈话引向自己所想的方面，“殿下对他们的行动能肯定到几分？不仅表面上，就连他们的企图，能够赞成到何种程度呢？或者不管什么，对于他们出于热诚的作为，一概给予认可呢?”

“这可是个很难回答的问题啊。”

洞院宫将茶碗停在嘴边，任凭水气熏蒸着胡须，露出几分忧虑的神色。

本多此刻突然产生一种难以言状的冲动，他想让洞院宫知道清显临死时满心的痛惜之情。

在清显事件中，洞院宫的自尊心确实受到了深深的伤害，但弄不清楚殿下基于何种热情而受到伤害。如果当时他为一种不问贵贱、一律将人拖往地狱的灿烂的幻想之光所笼罩，面对光明而被使人变得盲目的最蒙昧、最高贵的热情所伤害……而且，如果聪子，正是聪子本人使得殿下的热情归于灰烬……如果，今天殿下能够清楚地知道这些……那么这就是对清显至高无上的祭祀，就是对死者亡灵的最好的抚慰。爱情和忠诚同源。如果眼下洞院宫能够清楚地表白这一切，本多将报之以诚，为保护殿下而不惜身命。因此，本多终于产生了一股勇气，尽管清显的事是谈话的禁忌，但本多还是打算暗示一下那场将清显置于死地的不可思议的感情的风暴。为了试探洞院宫，他想将过去一直藏于心底的对皇室大不敬的一件事和盘托出。那件事或许对勋的判处不利，自己作为辩护律师不宜提及。但是，清显和勋如今共同在他心中齐声呐喊，本多再也按捺不住了。

“实际上，我对搜查结果仔细调查了一番，这当然是一件机密的事，饭沼一伙好像不仅仅要暗杀财界要人。”

“又发现新的事实了吗？”

“当然，那个计划正在准备时期就被打碎了，那帮少年似乎真心希望天皇亲政。”

“那是的。”

“他们第一个目标，就是相信应该成立以殿下为首的内阁，虽然我很不愿意说出这件事，但发现他们已经将殿下的尊名印在传单上了。”

“我的名字？”

洞院宫愕然变色。

“那些传单已经用油印机印好了，准备举事后立即撒布出去，以便使民众相信殿下已受天皇圣命这一虚假的事实。这件事使得检察局更加强硬，我们正为如何采取对策而伤透脑筋呢。从审理上来说，或许会被定为可怕的重罪。”

“那可是私议朝政啊！那还了得，令人诚惶诚恐啊！”

洞院宫的嗓音越来越高，声调里时时震颤着。本多为了摸清殿下的心事，平静地发问。本多的两只眼睛，紧紧盯住洞院宫细长的眼睛，一秒也不离开。

“我想提一个颇为失礼的问题，军部丝毫没有这种想法吗？”

“不，这一切和军部无关，把这些同军部连在一起是很荒唐的。这一定出自乡下书生的妄想。”

洞院宫当着客人的面愤然地关上了这道门，本多看出殿下是在庇护军队，他的最为深切的一线希望破灭了。

“那样优秀的青年竟然也有这种想法吗？这真令人失望。竟然打出我的名字，岂有此理。利用一度见面的我，利用宫家的招牌……真是忘恩负义啊。不，或许谈不上忘恩，而是不知深浅！还有比私议朝政更不忠的吗？他们连这个也不懂。还谈得上什么忠义？什么赤心？年轻人呐，真是没办法。”

洞院宫独自嗫嚅着，已经没有一点儿军队指挥官的豁达之处了。殿下的内心猝然冷却了。就连旁观者本多也清晰地看到了，刚才的热情冷却得是那般迅速。殿下心里一度燃烧的火焰吹散了，一星儿余烬也未留。

洞院宫庆幸今天见到了律师，这样一来，新年参贺时就不必对陛下进言了，其后也可以免除耻辱了。与此同时，他又泛起了一系列的疑惑。那种私议朝政的事情，单凭小孩子的智慧是干不出来的。事发后，堀中尉从此断了一切音信，这倒是令人奇怪的。听到中尉转职满洲，最为他感到可惜的是洞院宫，可如今细想起来则令人生疑，或许是出自中尉本人的希望，事前主动逃往满洲吧？果真如此，洞院宫就被自己最信赖的中尉利用了，背叛了。

洞院宫的憎恨，其根源不只来自于不安，以往，殿下只是对宫内省的人和一小撮上流社会的人抱有不信任和厌恶，可如今又由心中平静的一隅升起一丝不信任的气息。他对这种气息有所记忆。细思之，他从孩提时代起就包裹于这种气息之中。那是类似狐臊的气息，一直萦绕在高贵的身份周围，拂也拂不去，那是一股阴郁的刺鼻的充满疑虑的屎尿的气味……

本多抬眼望着落雨的窗外。外面越来越阴沉，面前棕榈树上除霜的草帘从黑暗的雨景中浮现出来，看过去宛若身穿灰黄军服的军人簇拥在窗外。本多很清楚，自己即将置身于一种身为审判官时所意想不到的危险之中。本来在拜访洞院宫之前，他心中还没有这种想法，当他眼见着殿下的热情急遽消亡，立即升起一股不羁的希望。

还有一个让洞院宫营救勋的最有效的办法，这种办法同洞院宫先前企图救勋的设想完全相反，亦即根本不怀有营救勋的意图。如果说，现在除了本多没有任何人有机会促使洞院宫下决心，那么，本多尽管冒着风险，还是应该巧于周旋，进行一番劝说。那份危险的材料掌握在检察局手中，并不为世间所知。

本多尽量心平气和地吐露每一个词儿：

“我担心刚才提到的那份写有殿下尊名的传单，如果就那么放置不问的话，将来会累及到殿下。”

“什么累及不累及，我倒不觉得什么。”

洞院宫这才将愤怒的目光明显地转向本多，然而，他的嗓音不大，看得出来，他心里也有些虚张声势。本多认为，这种怒气很重要，必须乘机追问下去。

“真是对不起，我明知那是一份危险的材料，但不管我如何努力，都没有能力销毁它。如果不尽早加以处理，万一流向社会，本来同殿下毫无关系的东西，会被当成有关系而被有些人胡乱猜测，从而种下祸根。”

“你认为我有处理的能力吗？”

“当然，殿下有这个能力。”

“有什么办法呢？”

“给宫内大臣下命令。”

本多立即回应道。

“你叫我向宫内大臣屈膝？”

洞院宫又像刚才那样大声喊叫起来。他的手指叩击着椅子的扶手，愤怒地颤抖着，瞪起双眼，目光威严，丝毫也不闪动。那副表情使人想起他骑在马上、呵斥部下的严厉形象。

“不，殿下只是下达命令，宫内大臣一定会妥善处理的。我在做审判官的时候，遇到和皇室有关的问题，一概以恭敬、谦让的态度加以处理。宫内大臣会同司法大臣相商，再由司法大臣命令检察局长，就有可能将传单彻底消除。”

“能这样简单吗？”

洞院宫想象着宫内大臣那张泛着不快而又柔和的微笑的脸孔，低声叹了口气。

“是的，殿下有这个力量……”

本多果决地一语道断，看样子，洞院宫也因此受到了鼓舞。

本多忖度着，这么一来，勋的罪行就拂拭掉一层危险而不祥的阴影。不过，一旦有幸获得这样的结果，最危险的便是来自检察局隐秘的报复。

三十三

勋在警察署的拘留所里度过新年，起诉之后于一月下旬押解往市谷监狱。勋透过斗笠的缝隙看到，街道一侧的背阴里堆积着连降两天的污秽的积雪。市场上五颜六色的彩旗，在冬天的夕阳里莹润地飘动着。监狱南门十五尺高的铁门，铰链吱吱嘎嘎地打开了，勋乘的汽车一驶进来，大铁门又立即关闭了。

明治三十七年竣工的市谷监狱，是一座木质建筑，外面涂着灰色的沙浆，内部的墙壁几乎都喷上了白漆。从南门进来走下汽车的未决犯，穿过张着挡雨棚的走廊，被带入称为“中央”的检查所。这间十坪大的空荡荡的屋子，一边是像公用电话亭一样分割开的一排小间，另一边是镶着玻璃的厕所。检查员坐在围着木板的高台上，一头是地面铺着草席的更衣室。

寒气逼人。勋被领进更衣室，脱得一丝不挂。张开嘴巴连臼齿都查到了，鼻孔、耳眼儿看了又看，伸展两手，查看了前面之后，又趴在地上，查看了背后。身子被如此折腾了一番，自己的肉体也就变成了他人，属于自己的似乎只剩思想了。这种想法其实已经属于逃避屈辱了。脱光衣服，浑身起鸡皮疙瘩的时候，身子受到拘留所不曾有的寒气的鞭笞。其间，他看到闪耀着红蓝两种颜色的美丽的幻影。那是什么？他想起关在警察署杂居房时，常在一起赌博的雕像师，迷上了勋的肌肤，说什么等刑满释放之后，一定要给勋文身，不给钱也没关系。他说，打算在勋的稚嫩的脊背上雕满牡丹和狮子。为什么要选牡丹和狮子呢？或许这红蓝两色的图画，就是从屈辱的底层反射上来的夕照，宛若辉映于幽谷池沼上的五彩的晚霞。雕像师想必看到过这种由幽深的溪谷底下映射上来的霞光。无论如何，那都不能不是牡丹和狮子。

……然而，当狱吏用指头触及肋腹上的黑痣，并且稍微掀起的时候，勋又产生了新的想法，决不可为逃避屈辱而自杀。拘留所里的那些不眠之夜，他都一一考虑过了。但是，对于勋来说，自杀依然是个特殊的明朗而豪奢的观念。

未决犯可以穿自己的衣服，不过，以前一直穿的衣服都送去蒸气消毒了，勋这一天换上了蓝色的囚衣。除了日常用品之外，私人财物都归拢在一起，统一交给保管员了。

高台上的值班法官宣布了关于探监、接见和书信等各种注意事项。时候已经到了夜晚。

除了系着腰绳、戴着手铐到地方法院预审法官那里去之外，勋终日待在市谷十三狱舍的单人监房里。早晨七时汽笛鸣响。这是利用蒸汽机发动、由厨房传出来的起床汽笛，声音虽然有些凄厉，但却含蕴着蓬勃的蒸汽喷涌而出的生活的温暖。晚上七时半就寝时，响起同样的汽笛。一天晚上，汽笛声里夹杂着悲鸣，接着是一阵嘈杂的叫骂，两天来一直如此。第二天，勋所听到的悲鸣，原来是汽笛声中混杂的“革命万岁”的呼喊，这声音同对面窗口的同志互相唱和，看守听到呼喊“万岁”，就厉声叫骂起来。那个囚犯似乎被关进禁闭室，第二天，喊声就断绝了。勋懂得了，有时人也能和狗一样，通过寒夜的远吠互相传达心意。他仿佛听到系着绳索的狗在狂乱地挣扎，不住地用爪子抓挠三合土地面。

勋自然也想念同志，但是在预审法官提审时，尽管用汽车及早被送进简易杂居监房，不用说见不到同志的面，就连他们的消息也打听不到。

白昼一天天变长，春天似乎就要来临了。可是，单人牢房的榻榻米依然冰冷难耐，似乎是用霜柱编织成的，膝盖骨冻得刺疼。

勋虽说也怀念一同被捕的同志，但一想起举事前夕从指缝中溜走的那些人，比起愤怒，更感到神秘。由于他们的迅速逃离，自己越发感到清澄起来，犹如被剪去枝叶的树木，浑身变得轻松了。尽管如此，是什么制造了这种秘密？是什么成就了这种挫折？勋越是冥思苦索，心里就越是回避“背叛”这个词儿。

入狱之前，除了想到明治六年的神风连外，勋从不考虑从前的事。然而，如今一切都在迫使勋对近在眼前的“过去”作一番省察。一道起誓的同志如此脆弱地逃逸，直接原因固然在于堀中尉，但同志一伙起誓前并未确认可能发生的情况。到那时，一种东西急遽崩塌了，那是一种不由分说的心灵的雪崩。勋本人内心里不是完全没有觉察到那种雪崩。

不过，可以断言，作为当时留下坚持操守的一名同志，不可能预测到今日的事态。那时想到的只是死，战斗而死。为了坚守这一信念，可以说，确实准备不足。但这种不足的结果，最多也是死，因而也就心定气闲了。为何死之外还有如此的屈辱和隐忍之痛呢？勋未曾想到，自己抱定的“纯粹”的观念——这只飞向太阳、不顾翅膀灼伤致死的清纯的鸟儿，竟被一只手生擒而去了。拘捕时不在现场的佐和，其后不知怎么样了，尽管不去想他，但佐和的面孔依然在勋沉滞的心底时时引起不快。

《治安警察法》第十四条中，赫然规定“禁止秘密结社”。勋他们全凭一腔热血聚集在一起，利用飞溅的热血回归上天。这种太阳的结社本来就属于禁止之列。但是，若属中饱私囊的政治结社，或唯利是图的财团法人，则多多益善。权力的性质是较之腐败更怕纯粹，野蛮人不怕疾病而怕医药。

勋终于碰到了一直躲避的词儿：“是血盟本身招致背叛，对吗？”……这是最令人心惊的念头。

人们如果超越一定程度的心灵接触，企图达到意志的统一，那么，紧接着这种一时的幻想之后，必然会产生反作用，这种反作用不单止于离反，而且还会引起背叛，从而招致一切的瓦解。事情果真如此吗？或许人性中确乎存在着不成文的规律，禁止人与人之间的结盟吧？他真的违反这条禁律了吗？

普通的人际关系中的善恶、信与不信，往往是以混浊的状态，少量组合在一起。一定数目的人，要想结成这个世界上未曾有的纯粹的人际关系，恶也可能从每人体内析出而聚合在一起，构成纯粹的结晶体而残存下来。这样一来，一群纯白的玉之中，必然夹杂着一块漆黑的玉。

将这种思维进一步推衍下去，就会得知，人在这个世界上也会碰到黑暗的思想。这种思维意味着，恶的本质与其说在于背叛，毋宁说在于血盟自身，背叛是同一种恶的派生部分，恶的根源在于血盟。就是说，人们所能到达的最纯粹的恶，或许就是使志同道合的人看到完全相同的世界，反对生命的多样性，以精神打破个体肉体自然的墙壁，摧毁防止相互渗透的墙壁，以精神成就肉体所无法实现的东西。协力与协同，属于人性中的软性词汇；但是血盟……则轻而易举地使自己的精神增添了他人的精神。这件事本身，属于“个体发生”中永远往复回环的“系统发生”，即将触及真理时，又因死而受挫，必须回到羊水中的睡眠状态而重新开始。这就等于在河滩上垒石塔，是对人类行为的最明朗的侮辱。这种利用对人性的背叛而求得纯粹的血盟，再次招致对自体的背叛，抑或就是这个世界的自然演变。他们从未尊敬过人性。

当然，勋还不至于有这种想法，然而很明确，他已到达只能凭借思考排除障碍的场所了。他因自己的思考缺少尖锐、残忍的犬齿而感到遗憾。

七时半这个过早的就寝时刻，整夜不熄的二十支烛光的电灯，还有那隐隐蠢动的虱子，屋角椭圆形便桶的尿臊，以及冻得面颊通红的寒气……越发弄得勋不能入睡。不知不觉，驶过市谷车站的货物列车的汽笛，告诉他已是深夜了。

“为什么？为什么呀？”勋咬紧牙关思索着，“为何不容许人类保有最美好的行为？而丑恶的行为，污秽的行为，唯利是图的行为，却大行其道？

“当最高的道德明显地仅存于杀意之中时，以此种杀意定罪的法律，便利用一尘不染的太阳、天皇的圣名加以施行（最高的道德本身，因最高道德的存在而受罚），这究竟是什么人特意制造的矛盾啊？陛下果真知道这种可怖的组合吗？这不是精巧的‘不忠’，处心积虑制造的亵渎神明的机构吗？

“我不明白，我不明白，无论如何，我都弄不明白。杀戮之后即刻自刃而死，没有一人违反这个誓言。这样一来，我们就能顺利穿越繁琐的法律的树丛，而使衣裾和袖端决不触碰法律树丛的一枝一叶，径直奔向光辉灿烂的天空。听说神风连的人们，就是这样的。不过，明治六年制定的法律的树丛，无疑是很粗疏的……

“法律不断妨碍使人生变成瞬间的诗，它是这种妨碍的集中体现。允许万人用血花描绘的一行诗换取人生，这的确不妥当。但是，胸无大志的大多数人，是在丝毫没有这种欲求的情况下度过人生的。如此一来，所谓法律就成了为极少数人服务的了。法律的机构将极少数异常的纯粹、脱离现世的规矩的热诚……降低到和偷盗、痴情的犯罪同等的‘恶’的水平了。肯定有人背叛，使我掉进这个巧妙的圈套！”

市谷车站一掠而过的尖厉的汽笛，欻然抹消了勋的思绪。这汽笛听起来，宛若一个衣服着火的人，立即躺在地上打滚儿，以求尽快灭火的急迫的心情。他在黑暗中辗转不停悲惨地呼喊，这叫声融进浑身缠绕的火焰里，同时又被自身的火焰映照得通体艳红。

况且，火车的汽笛，不同于监狱内充满虚假的生活暖流的汽笛，那种辗转于悲痛中的鸣叫，原原本本充塞无边的自由，圆滑地奔向未来。即使别的土地、别的早晨灰白而不悦的黎明，月台盥洗室并排的镜面里突然露出脸孔的锈迹斑斑的早晨的幻想，都不足于伤害这种汽笛所诉说的强劲的未知。

于是，狱窗迎来了黎明。十三狱舍共有三排监房，位于右首第一排东端的监房里，彻夜不眠的勋迎来了早晨，看到了窗户上冬日火红的阳光。

太阳以高高的监狱围墙为地平线，像一块温热而柔软的年糕，粘连着地平线冉冉上升。那轮太阳照耀的日本，如今已经甩开勋一伙人的手臂，一味任其病弱、腐败，趋于崩溃。

……勋来到这里后，第一次做梦。

说是第一次，也不准确，在这之前也做过梦。

但从前是健康少年的梦，一到早晨就立即忘却了。未曾有过梦一直停滞下来，侵扰着白天的生活。这回不同了，昨夜一梦，自晨至午，一直沉淀于心底，有时同下个夜晚的梦境相重叠，接着昨夜的梦继续做下去。宛若雨天忘记收的洗过的鲜艳的衣衫，就那么挂在晾物竿上，永远也晒不干。雨下个不停，兴许那家人是疯子，又把才洗的友禅织的丽衣悬在晒物场的竹竿上，点缀着郁暗的天空。

一次，他梦见蛇。

地点是热带，似乎是一处广阔府邸的庭园，丛林茂密，看不见四周的围墙。

他仿佛置身于密林的中央，站在倾圮的灰色石台上，不见有连接石台的楼房。这座小小的正方形的石台，四围的石栏上雕刻着镰刀形的蛇头，如张开的手掌，将热带浓重的空气推向四方，保守着灰白石栏空间的闲寂。这是从密林正中切割出来的四方形灼热的沉默。

听到蚊蚋的羽音，听到苍蝇的飞翔。黄蝶款款飘舞。水点儿般的青色的鸟鸣，滴滴沥沥。还有一种鸟儿，叫声狂躁而嘹唳，直达绿意葱茏的密林的内部。蝉鸣嘒嘒。

然而，比起这些声音来，更加深深袭击耳鼓的，好像是骤雨来临的巨响。这当然不是骤雨。密林的梢头位于邈远的高空，阳光斑驳地照在石台上，吹来的风只打高处掠过，刮不到地面，只有凭借落在蛇头上不停晃动的斑驳的树影，才能感知风的来去。

落叶随风从树梢上飘下，声音沿着枝叶传递，听起来如阵雨。落叶眼下不只是离开枝头，枝柯交错，又密札札缠络着蔓草，一度脱落的树叶，被搪住了，掉不下来，阵风吹起，再次零落，一叶一叶，认真地顺着枝叶传递，那音响集中在一起，听起来犹如敲击着树叶的浩大的雨声。因为都是干枯的阔叶，才会响起喧骚的回声。生着白癣般苔藓的石台上，落下的叶子都很宽广。

热带的阳光如军团一般麇集各处，千刀万箭，毗连无边。太阳的反射形成树隙间斑驳的日影，围绕在他的身边。而真正的太阳，看之迷茫，触之灼烫，从密林的彼方包围过来，那感觉，即便立于石台之上，也能切实体验得到。

此时，勋发现石栏之间有一条绿色的小蛇探出头来。从那里长出的蔓草，倏忽伸开了蔓子。这是一条蜡一般的似绿非绿的相当肥硕的蛇，光闪闪的。这条蛇富有人工的色彩，这才觉察不是蔓草的一部分，但为时已晚。看样子，蛇正想盘住勋的脚踝，刚一意识到，早已被蛇咬住了。

死的寒战从热带正中央浮升上来。勋浑身发抖。暑热猝然被遮盖，蛇毒驱走全身血的灼热，每个汗毛孔都于死的严寒中愕然惊醒过来。呼吸只有艰难的浅吸，吐气极不充分，因而，吸气也就越来越浅了。其间，这个世上，已经没有进入勋的口中的气息了。但是，生命的运动仍在全身敏感的战栗中持续。出乎意料，肌肤犹如被骤雨扑打的池面，水波激荡。“不能这样死去，应当切腹而死！如此被动、可怜，因自然小小的恶意而死，实在不值得！”勋这样想着，身子仿佛是锤子敲不碎的冻鱼，像石头般坚硬。

勋醒来时，发现自己踢开了被子，横躺在早春时节寒气逼人的微明之中。

他还做了这样的梦。

这是一个奇异而使人不快的梦。这梦，残留于心灵的一隅，怎么也拂拭不掉。梦中，勋变成了女人。

但是，他不能确定自己变成什么样的女人。或许已经盲目，只能用手抚摸自己的身子，没有其他检验的方法。他感到，世界仿佛翻转过来，自己似乎从午睡中醒来，身子渗出了微汗，倚卧在窗边的躺椅上。

或许是以前蛇梦的重演吧。耳边听到了密林的鸟鸣，苍蝇的飞翔，落叶骤雨般的萧骚。接着，勋想起曾经一度打开过父亲珍爱的白檀香烟盒，闻到过白檀木的香气，蕴含着悒郁、寂寥，古木特有的腋臭似的甘甜。勋蓦然想起梁川田间小道上篝火黝黑的灰烬，两者的气味差可比拟。

勋感觉到，自己的肉体缺少明显的棱角，变成一堆柔软摇荡的肉了。他的体内充溢着温润而绵软的肉的雾气，一切都模糊不清，不管哪里都寻不到秩序和体系，也就是没有支柱。以往，他周围闪烁不定、不断赋予他魅力的光明的碎片消失了。欢乐与不快，高兴与悲哀，全都像肥皂一样，滑过肌肤，肌肉恍恍惚惚地尽皆浸渍在肉的浴池中。

浴池决不是囚室，随时都能出来。但慵懒的欢悦之余，就不想出来了。因而，永久浸渍的状态，永远不出来的状态，就是“自由”。所以，眼下，没有任何东西严格地约束他，控制他。白金绳索一般十重二十重捆绑他的东西松解了。

以往理所当然的存在，逐渐变得毫无意义了。

正义本该像一只苍蝇跌落进白粉盒里，窒息之后而献出生命，可是又被撒上香水，鼓胀起身子。荣光全都在温湿的淤泥中消融了。

晶莹的白雪尽皆化去，自己体内淤塞着春泥。这春泥徐徐成形，变成子宫。自己不久就要生育了，勋想到这里，不由战栗起来。

一种催促自己开始行动的那股激烈的充满焦躁的力量，曾经不断和暗示着广阔荒野的远方的呐喊互相呼应，如今，这股力量已经丧失，呼声也断绝了。代之而来的是，没有呐喊的外界逐渐靠近，接触。届时，自己也懒得离开这里了。

一种钢铁般锐利的机构死去了，同时，类似腐臭的海藻气息的完全属于有机物的气息，不知不觉浸满了身体。大义、热血、忧国和殊死的意志消亡了，代之而来的，自己便同日常用品、衣物、家什、针盒和化妆品等美丽而细琐的杂物，相互流通、相互融合了。这是一种难以言说的同事物相亲和的感情。这种亲和充满含情脉脉的微笑，几乎属于猥亵一类，是勋所不了解的东西。他所亲昵之物只有剑！

事物像糨糊一般粘贴过来，同时，那种超越的意味全都失去了。

要到达哪里，已经不成问题。对方正向这里走来。这里既没有水平线，也没有岛影。在不施用远近法的地方，也没有航海。海水一派沆荡。

勋从未想过要变成女人，他是男人，只希望像男人般地活着，男人般地死去。所谓是个男人，就是要求不断确认是个男人这一事实，今天比昨天更像男人，明天比今天更像男人。作为男人，就是要不断向男人的巅峰攀登，在山顶上有白雪般的死亡。

然而，女人是什么呢？一开始是女人，似乎永远都是女人。

香烟漂流过来了。响起了锣声和笛韵，窗外似乎走过送葬的行列。隐隐传来人们的啼哭声。可是，女人夏季午睡的欢欣并不黯然。浑身的肌肤渗出了细汗，腹部满储着各色各样官能的记忆，随着鼻息微微鼓胀，好似包孕着一团儿美妙的肉的风帆。从内部牵系着这面风帆的肚脐，散射着山樱蓓蕾谦卑的润红，谨小慎微地团缩于积聚着汗露的底层。美艳而丰腴的双乳，盛气凌人地挺立着，却又飘溢着肉的哀愁。但是，饱满而细嫩的肌肉玲珑剔透，宛若被内部的灯盏照亮。肌理的细腻一旦达于顶峰，毛皱皱出现在乳晕一旁，犹如粼粼水波向环礁涌来。乳晕呈现兰科植物那种沉静而周到的恶意之色，装点起让人们含在口中的毒素的颜色。从晦暗的紫色里，乳头新奇地抬起松鼠般狡狯的小脑袋，自身仿佛就要演出一场小小的恶作剧。

当勋清楚地看到这个睡眠中的女人的身姿时，虽然脸孔包孕在酣睡的迷雾中看不真切，但他心想，必是槙子无疑。于是，立即嗅到槙子临别时浓烈的香水味儿。勋射精后，醒了。

其后，依然残留着莫名的悲哀。这种不快，一方面来自梦中的自己变成女人这一记忆；另一方面，则因为弄不清曲折的演变过程，因为梦境的进路经过扭曲，又变成梦见可能是槙子的女体，这种转化不明不白。而且，自己所冒犯的既然是槙子，那么刚才发生在自己体内的那种翻江倒海的奇怪的感觉，仍然保留着新鲜的记忆，这本身就是奇怪的。

黑暗的情绪寂寞而可怖地包裹着身子（勋生来第一次尝到这种不可理解的情绪）。天棚上二十烛光的电灯，投射着昏黄的干枯花朵似的光芒。梦醒之后，这种情绪依旧荡漾在这种灯光之下，久久挥之不去。

监房看守穿着麻草鞋沿着廊下走来，勋没有及时听到脚步声。他慌忙闭上眼，但已经来不及了。看守从细长的监视口向里窥探，正好同勋圆睁的双眼碰到了一起。

“快睡！”

看守哑着嗓子撂下句话，回去了。

——春天临近了。

母亲经常来这里，但只准送东西，不许见面。他从母亲的信中得知本多答应为他作辩护，勋写了长长的信，表示万分荣幸，但又表示，如果不是为全体同志一起辩护，则只好加以谢绝。然而一直没有获得回复，当然也不会容许他和本多见面。母亲的信到处涂满了黑墨，抹去的部分，似乎都是勋最想知道的同志的消息。他仔细看了很久，那被浓墨涂抹的几行，一个字也认不出来，前后的脉络也模糊不清。

终于，他给最不情愿去信的人写了信。勋动笔时尽量控制感情，用不至于引起麻烦的词语，给因为捐款而肯定受到司法调查的佐和写信。他希望佐和良心发现，便宜行事。佐和的回信久等不来，勋的愤怒又增添一层忧郁。

母亲一直没有回信，于是，勋给本多写了一封很长的感谢信，寄到自己家里转去。信中热切希望能和同志一伙一起受到辩护。这回，很快接到了回信。本多使用十分得体的词句，表示很体谅勋此时的心境，既然接下这个案子，将不会吝惜为全体成员一同辩护，至于那些适用于少年法的人，则属另外的问题。再没有比这封信更能为狱中的勋带来力量的了。本多针对勋只想自己一人承担全部罪过、不愿累及同志的请求，这样写道：

> 你的心情我很理解，但审判和辩护都不能凭感情用事。悲壮的情绪，决不可能永远持续下去。现在最要紧的，是以平常心待之。因为你精于剑道，所以我所说的，你会明白的。一切交我处置（我将尽力而为），请务必注意健康，平心静气度日月。运动时间一定要努力锻炼身体。

这封回信打动了勋的心。本多明显看出，正如晚霞时时都在淡化，勋心中的悲怆感也在继续褪色。

同本多的见面看来不会获得允许，有一次，勋向一位能够体察人的心境的预审法官随口问道：

“究竟会不会获准见面呢？”

预审法官一时犯起犹豫，不知该不该回答，最后他说：

“只要禁止会客的规定不解除……”

“这规定是哪里做出的呢？”

“检察局。”

预审法官自己也好像对这种处理怀有不满，从他的话音里听得出来。

三十四

母亲来信最频繁。这阵子，用墨涂抹的部分依然很多，有时开天窗，有时丢了页。看来，母亲完全缺乏写信时避开敏感词语的本领。不过，一个时期来，情况有了变化。也许书信检查人员更换了，涂抹的部分明显减少。不过，母亲写信是以从前的信全都送达为前提的，有时候后写的信反而先读到，这就凭添了判读上的困难和焦躁。信中有一行写着：

……书成山，据说已有五千封。一想到……流下了眼泪。

带点儿的部分虽然用墨抹去了，但装做是误用了薄墨，检查人员鼓励勋的真实意图十分明显。就是说，“……书”

的部分，很清楚，应读作“减刑请愿书”，“一想到……”一句虽然暧昧，但还是能明白是“社会各界人士的厚意”的意思。勋开始了解了社会上对这个案件的反应。

他依然被人爱着！尽管他很不愿意被人所爱。

大概因为这个幼稚的年龄，或者由这种幼稚而推论出的未成熟的纯粹，人们期待着他那“有为”的未来，出于一片亲切而慈爱的同情心，才写出那么多减刑请愿书的吧？这种猜想多少给勋带来些苦恼。他想，这和“五·一五事件”当时堆积成山的请愿书，性质上不一样。

“社会没有采取认真的态度。”勋入狱后养成了从最坏的角度苦苦思索自身的习惯，“世上的人一旦对可怕的血腥的纯粹性多少有些了解，他们就不会再爱我了。”

人们既不怕他，也不恨他，只是一味爱他，这种状态伤害了他的矜持。春天来了。槙子总是定期写信来，这是现世上他最期盼的东西。勋所抱定的这种意识，同他的玻璃质坚强的意志不相符合。

这么说来，他感到人们爱自己爱得莫名其妙，这底里存在着不透明的东西。莫非国家、法律和社会一样，都没有认真对待他？

在警察审讯室进行审问笔录时，天冷时会有人劝他在火钵上烤烤火，肚子饿了，也会有人送上一碗油豆腐汤面。候补警部指着桌子上的插花说道：

“怎么样，这茶花很漂亮吧？我家院子里冬茶正在盛开，这是我早晨剪下来的，最适合审讯时用来调节心情。要知道，花儿能使人心平气和。”

这番话深深浸透着利用自然强调世俗风流意识的浓厚气味儿，那是和候补警部数日不换洗的衬衫袖口云纹形的污垢一样的气味儿。虽说如此，那三朵纯白的茶花，推开乌油油的强劲的绿叶，端然绽放。花瓣儿银白，宛如不沾水滴的凝脂。

“多好的阳光！”

候补警部命令在场的巡查打开窗户，从勋坐着的椅子那里望过去，视野的一半被冬茶占去了。因而，照射着铁格子窗的温暖而抽象的冬日的太阳，被更加给人以抽象感觉的铁格子阴影隔断了。

阳光照在勋的肩膀上，好像一只温热的手掌……这和曾在麻布联队见到的命令般金光闪烁的夏阳不同，这阳光仿佛倾诉着经过多次折射才到达他肩膀上的法官的温情。勋认为，这并不代表着天皇夏阳般仁慈的遥远的一鳞半爪。

“正因为有你们这帮国士，日本的未来才使人放心。当然，犯法总是不好，但是我们打算承认你们的一片耿耿赤心。那么，你和同伙一起宣誓是什么时候？在什么地点？啊？”

勋机械地作了回答，眼前浮现出这样的情景：夏天的黄昏，二十个人聚集在神前，大家的手重重相叠，相握一起，就像压弯枝条的雪白的果实。然而，如今被迫随便地回想起来，已经成为痛苦的记忆。勋回答问题期间，候补警部时时盯着他的脸，勋转过眸子，于是，冬日的阳光和一朵银白的茶花轮番映入他的眼帘。阳光下发眩的眼睛，将白色的茶花看得漆黑，成了一团团光亮的小发髻。而且，黑黝黝的绿叶，看起来犹如纯白的衣领。这种感觉的游戏，也和勋口里吐出的“真实”的语言一样，比如：

“是的，当时，二十个人在神前两拜两拍手，由我领头逐条念诵誓词，大家一起跟着朗读一遍。”这些决不是假造的陈述。然而，一旦在法官面前说出来，那么眼看着全身就像长满了鳞片，必须暗暗承受着令人恶心的谎言包围的心灵的龃龉。

此时，勋突然听到白色冬茶的呻吟。

勋愕然地回头看看候补警部的眼睛。候补警部没有露出惊讶的神情。

勋后来才觉察到，如果二楼审讯室偏偏那天被使用并非偶然的话，那么窗户被打开也并非偶然。审讯室隔着一条逼仄的小路就是道场，透过栅栏窗户可以看到那里。道场从白天开始，就紧闭着挡雨窗，可以窥见栅栏窗内的灯火。

“怎么样？听说你也是剑道三段，要是不干这种事儿而专念于剑道，我们在道场上不是可以愉快地交手吗？”

“现在那里有人训练吗？”勋问道。

其实，勋自己并不这样想，候补警部也没有回答。

听见了像是击剑的吆喝。茶花里含蕴着的呻吟，不是击剑的声音。竹刀的音响，也不像是打在绗得厚厚的剑道服上。那是被拷打的肉体迟钝而庄严的闷响。

勋想起来了，那时，在冬天透明的阳光下仿佛晒得出汗的白茶花，过滤了拷打的惨叫和呻吟，使之变成一种神圣的东西。茶花摆脱了候补警部鄙俗的风流意识，像国法本身一样散放着芬芳……他极不情愿地看到了闪光的茶花绿叶后面的栅栏窗内，粗大的绳索吊着沉重的肉体，在白昼的灯火中来回晃动。

勋再次看看候补警部的眼睛，候补警部不等问就主动地说道：

“瞧，他是赤色分子。头脑顽固的家伙，都是这种下场。”

与此相反，他们似乎要使勋铭记，自己处处受到温和的待遇，沐浴在宽厚的国法的惠顾中。然而，勋当时内心充塞着激情和屈辱，已经说不出话来了。“你们看我的思想怎样呢？假如被拷打就是思想的实质，那么，我的就算不上什么思想吗？”……勋很清楚，自己策划了这起案件，尚不足于被他们否定，勋为此感到焦躁不安。如果他们注意到勋的纯粹的可怕的内核，一定会憎恶他的。即使是天皇的官吏，也会憎恶他的。如果他们永远不注意，勋的思想决不会附带着肉体的沉重，不会被痛苦的汗水浸湿，最终也不会发出那种被拷打的肉体强劲的声响。

勋斜睨着审问者，厉声叫道：

“请拷打我吧！请现在马上拷打我。我为何不能获得这种待遇？是什么理由……”

“哎，冷静些，冷静些，不要再犯傻啦。道理很简单，你还没有那么难以对付。”

“你是说我的思想很右，对吗？”

“这个多少也有点儿，不过，不论是右是左，你要是跟我们过不去，那就只有让你受苦。至于那些赤色分子……”

“赤色分子否定国体吗？”

“说得对。比起他们来，饭沼，你们就是国士，思想方向没有错，只是因为年轻，太纯粹了，太过激了，这可不成啊！方向是好的，手段嘛，要循序渐进，要稍微缓慢一些、温和一些才好。”

“不，”勋全身震颤着加以反驳，“稍微温和一些那就成了另外一回事啦。问题正出自这个‘稍微’上。纯粹性之中，不存在‘稍微缓慢一些’的事。哪怕带有一丁点儿‘稍微温和’的意思，就完全成了另外一种思想，而不是我们的思想了。所以，这种不可减弱的思想本身，如果说天生就是对国家有害的，那么，这和那些家伙的思想，在‘有害’这一点上是相同的。所以，你们还是拷打我吧，你们没有理由不这样做。”

“你倒挺会摆道理的呢。我看，还是不要昂奋，有件事不妨告诉你，那些赤色分子中，没有一个人像你这样自动要求拷打的。他们都是被动者，他们都不像你这样相信一个拷打自己的人。”

三十五

槙子的信自然不会使用一些露骨的语言，但是却充满对勋的一片真情，而且必定附上两三首请父亲润色的和歌。虽说每封信都经过检查，盖上朱红的樱花小戳子，但只有槙子的信，不经大的删减，顺利地送到他手里。由此可见，鬼头中将是出了不少力的。然而，勋的回信她好像不是每次都能看到。

槙子在信中决不打听什么，也不会向他问起什么，她和现实不即不离，既不说什么，也不用回答什么，随着四季的变化，只管描述着瞩目的美景，各种趣闻和琐事：同去年春天一样，植物园的野鸡飞到院子里来了；最近买了些唱片；想起白山公园那个夜晚，现在还经常去那里走走，雨后地上落满樱花，污秽的花瓣儿粘在浪木上，在夜间的灯光下微微晃动，见此光景，想起刚刚离开的一对男女，乘在浪木上的姿影；神乐殿暗夜深沉，一只白猫迅疾地跑了过去；学习花道，用的是早开的桃花，还有小苍兰；去护国寺时，发现境内长满鸡儿肠，一采就采了好多，沉甸甸地塞满了衣袖……这些文字后面附着和歌，勋每每读着读着，也仿佛身临其境了。母亲所缺少的才干，槙子全都具备，看来，槙子很善于使用这样的文字，轻而易举通过严格的检查。尽管如此，出现于字里行间的槙子，同神风连那位远眺丈夫点燃的暴动之火、和婆婆一起欢呼雀跃的阿部以几子相比，缺乏共同的面影。

勋对槙子的信反复看了好几遍，虽说找不到一个和政治有关的词儿，但在有些语义双关的地方，令人联想到热情的比喻。勋被深深吸引住了，在苦苦的解读过程里，他觉得应该抵制这些信件对自己官能性的引诱，尤其发现信中并非只是些亲切和善意的内容。但他又怎能想象槙子是怀着恶意写了这些的呢？即便信中含有这类东西，对她来说也确实是无意的啊！

那种流丽的文字，酣畅的笔墨，明显是一种走钢丝的行为。为何要责怪她在练习走钢丝的过程中，期待自己穿越危险的愿望呢？甚至可以进一步说，她对走钢丝已经有着不道德的兴趣，她在借口逃避法官眼睛的名义下，一味热衷于感情的游戏。

槙子的信里丝毫没有这样的文字，只是有着某种气息，有着淡淡的情绪。由此可以察知，槙子有时似乎为勋的入狱而感到庆幸。无情的离隔维护了感情的纯度，不能见面的痛苦变成平静的喜悦，危险撩拨着官能，不确定因素培养了梦想……掠过狱窗的微风般的东西，不住诱惑着勋，使他的内心震颤不已。槙子明明知道这些，她依然把这种欢愉通过不经意的表现告诉了勋。这种近乎残酷的交流里存在着证据，证明槙子所希望的梦想提前实现了。带着这种想法再读她的信，一切就会迎刃而解。可以说，槙子从这样的状态中，发现了她本人的王国。

当勋凭借狱中生活磨练的感觉察知这些问题时，突然想一下子撕毁这些信笺。

为了转换心情，坚定意志，他叫家里送来《神风连史话》，但遭到阻拦。在“求购杂志”中，准许购阅的只限于《儿童科学》《现代》《雄辩》《讲谈俱乐部》《国王》和《钻石》等。不论官方版本还是私家版本，在一周只许阅读一册的书籍中，能够点燃胸中之火的一本也没有。所以，当他早先委托父亲物色的那本井上哲次郎博士的《日本阳明学派的哲学》一书获准送来时，勋感到空前的喜悦。他很想阅读其中的《大盐中斋》一章。

大盐平八郎中斋，于文政十三年三十七岁时辞去与力[1]

1　与力，江户时代的捕吏，警长。

之职后，专心于著述和讲学，作为阳明学派的一名学者，名望甚高。此外，他还精于枪术，天保四年至天保七年的全国大饥荒时期，不仅当政者和富商没有人救济荒民，就连大盐卖书救民的行为，也被看作沽名钓誉，养子格之助也蒙受责难。天保八年二月十九日，大盐终于举兵起义。门徒数百人焚烧豪商家中所藏，四散钱粮，赈济灾民。大盐烧毁大阪市四分之一以上，后战败，抱炸药自爆身亡，享年四十四岁。

大盐平八郎亲身实践了阳明学的“知行合一”之说，体现了王阳明“知而不行，只是未知”的思想。但勋更感兴趣的，不是基于阳明学派的知行合一或理气合一之说，而是其生死观。

井上博士写道：

“中斋关于生死所持之说，甚类似佛教之涅槃。”

中斋所说的“太虚”，不是灭绝一切心理作用的消极状态，而是摈除私欲之情，发挥良知之光。中斋以太虚作为我等之本体，当归常住不灭之太虚时，则入不生不灭之域。

博士时时引用《洗心洞劄记》，作进一步阐述：

“心若归太虚，则身死亦不灭，故不畏身死，唯畏心死。知心果不死，则于世无所惧也。于是而有决心。此决心无任何之物所能动摇也。若此，则可谓知天命矣。”

其中“不畏身死，唯畏心死”一句，刺疼了勋的心。他到底读到了对眼下的自己当头棒喝的文字了。

——五月二十日，预审最终判定书下达：

“本案提请东京地方法院公审判决。”

本多本来在预审阶段免于起诉的希望破灭了。

第一次公审定于六月末开庭。开审数日前，依然不许会客。槙子送来了东西，勋满怀感动地受领了。这是三枝祭的野百合。

这枝经过长途旅行、遭狱吏反复摆弄的百合花，略显衰微，花朵低垂。然而，比起决然奋起的早晨胸中所藏的百合，仍显得鲜洁、艳丽，无与伦比。它依旧蕴含着神前广场朝露的情韵。

为了掐一朵花送给勋，槙子想必特意去了一趟奈良，从带回来的众多百合中，选了一枝色彩最洁白、姿态最姣妍的花儿送给他的吧？

细想想，去年的现在，勋浑身充满自由和力量，神之山三光瀑布，熄灭神前剑道比赛获胜的余烬，以清静之心勤勉奉仕，采摘众多献神的百合，裹着白布巾的额头汗流津津，拉着货车走在前往奈良的道路上。樱井之里在夏日的太阳下闪闪放光，勋的青春和山的碧绿相映生辉。

百合就是那段记忆的徽章，不久将变成决心的印记。他此后的热情、誓言、不安、梦想、死的期待及光荣的憧憬……百合居于所有这一切的中心。

笔直的巨柱支撑着庞大的黑暗的计划，勋站立于这根耸峙着勋的意志的巨柱顶端，装饰着百合花的瞎钉，在晦暗的高空光芒四射。

他凝望着手中的百合，用手掌转动着花茎，倾斜的花茎一经转动，半干的叶子擦过手心，在向反方向猛地一晃，洒落了一些金黄的花粉。照在狱窗上的太阳已经很强烈了。勋感到，去年的百合又复活了。

三十六

预审结果判定书下达时，勋在集体被告的名单中发现佐和的名字，不由为自己长时间怀疑他而感到内疚。

使勋抱愧的是，每当心中浮现佐和的面孔、想起佐和的名字时，就会产生一种难以遏抑的不快。不过对于当时的自己来说，不是很需要有人起到叛徒的作用吗？即使不是佐和，不管谁都行，自己不是很需要有个难以排除的怀疑的对象吗？如果没有这样一个脚色，连他本人不也就自身难保了吗？

然而，更可怕的是，一旦将过去一直怀疑的对象佐和排除之后会是什么结果。勋很害怕将怀疑的目标转移到佐和以外的人。现场一同被捕的有宫原、木村、井筒、藤田、三宅、高濑、井上、相良、芹川和长谷川共十人，其中不到十八岁的芹川和相良，因适用于少年法，自然没有列在集体被告之内。勋时时想起那个形影不离跟在自己身边的个子矮小、戴着眼镜、头脑机敏的相良，还有那个在神社前哭诉“我不回去”的东北神官的儿子、带有几分孩子气的芹川。这两个人无论怎样是不会背叛自己的。那么，其他的人呢？……勋很怕再想下去。就像再向前拨开草丛将会见到白骨一样，他感到一个很不愿意见到的可怕的东西，就隐藏在前方。

离队的同伙自然知道举事是在十二月三日。但是，最后离队的人，只知道举事日三周以前的情况。既然计划已经彻底打乱，举事的日子或延期，或提早，甚至中止，都是可能的。即便离队者有人向法官出卖情报，那么为何一直等到举事前两天才开始逮捕呢？实在让人闹不明白。举事时行动本身简化了，提前实行的危险不就更大了吗？

勋决心不再想了，不再想了。可是他虽然这样打算，但心中的思绪仍然连着那个最不情愿的观念，就像被诱蛾灯引诱的蛾子，尽管眼睛不想望着灯光，但还是不由朝着那个方向飞去。

六月二十五日公审之日，天气晴朗，酷热难耐。

囚车披着明亮的阳光驶过护城河畔，进入红砖建筑的大审院的后门。东京地方法院就在这里的一楼。勋出庭时穿着家里送来的碎白花蓝布夏衫，外面套着宽腿裤子。明黄色的法坛光耀夺目。他在入口卸去手铐，因看守出于怜悯之情，身子硬是被转向能够看到旁听席的方向。那里坐着半年未见到的父母。当勋和母亲的目光相会时，他看见母亲用手帕捂住嘴角，似乎强忍着啜泣。不见槙子的身影。

被告们背对旁听席站成一排，同志一伙并肩而立，这给勋增加了勇气。他的身边紧挨着井筒。两人既未能交谈，也未能互相对望一下，只是井筒的身子一个劲儿微微颤动。这并非因为出庭的紧张，而是来自热汗淋漓的身子的颤动传递过来的阔别后重逢的激动。

眼前是被告席，对面是光耀夺目的桃花心木法坛，嵌镶着一长排露出木纹的镜板。法坛装饰得神圣而庄严，中央内部安设着同样是桃花心木仿巴洛克风格的庄重的尖形门扉。法坛上面摆着三张刻着木雕花冠的椅子，中央是审判长席，左右是陪审席。对面右端坐着法院书记，左端坐着检察官。审判官们黑色法衣从胸至肩膀，骑缝的紫色蔓草图案的花纹，幽幽闪光，崇高的黑色法冠上也绣着紫色的线条。放眼一看，就知道这里是世间非比寻常的一个场所。

略略沉下心来之后，勋在右侧的辩护席上，发现一直凝视着自己的本多的身影。

审判长询问了姓名、年龄。被捕以来，勋对来自上方总是厉声呼叫自己的声音已经习惯了，但他却是第一次断续听到来自高高法坛上的、代表国家理性的声音，那声音犹如光亮的雾濛濛的天宇传来的远雷的轰鸣。

“到！饭沼勋，二十岁。”

勋随口应道。

三十七

第二次公审于七月十九日开庭。天气晴朗，凉风满堂。因怕吹翻了文件，庭警将窗户半开着。勋流着汗水的腹胁越来越痒，好几次都想去摸摸两处被臭虫咬过留下的痕迹，但他强忍住了这个诱惑。

开庭不久，审判长就驳回了第一次公审时检察官提出的责成一位证人到庭的申请。本多满足之余，将红铅笔搁在桌面的白纸上轻轻滚动。

这是昭和四年任法官时，半无意识养成的癖好。自那之后，他极力抑制住了，可是过了四年又犯了。法官有这种癖好，对被告的影响很不好，但眼下的立场只能靠心中的感觉而为之。

被驳回的证人是堀陆军中尉，这是一个关键的证人。

本多看到检察官的脸上，立即出现不满的神色，就像风突然掠过水面。

堀中尉的名字多次出现于调查记录、审讯笔录、证词书，以及作为参考人传唤的离队者的证词之中，只有勋绝口不提这个名字。只是堀中尉在计划里所起的作用极为暧昧，在没收的最后一份名单中，他的名字也没有出现。这份所谓最后的名单，标着十二位财界巨头的名字，用连线分别附上全体被告的名字。可是，在四谷秘密房子里搜到的这份名单，并未明显地提示暗杀的企图。

大多数被告只承认受到堀中尉的感化，仅有一人清楚地供述出曾经接受过堀中尉的指导。离队的多数人很多都未见过堀中尉，也不知道他的名字。检察官怀疑在大批人员离队前还应该有更为庞大的计划，但是除了被告们各不相同的供词之外，竟没有发现任何线索。

另一方面，检察官曾一度见到的触及问题要害的传单，还有伪造的陛下委托洞院宫殿下行事的传单，已经暗暗处理掉了。检察官看到如此声势浩大的檄文和实际上规模弱小的暗杀团，显得极不相称，所以自然地就把中尉当作重要的证人了。

本多觉察到，之所以使得检察官如此焦灼不安，原因是来自佐和的努力。饭沼曾经作过这样的暗示。

“佐和是个好人。”饭沼说，“佐和打算永远和勋休戚与共，瞒着我劝勋立志完成自己的理想，自己也同时赴死。

因此，我这次告密，受到最大伤害的也许就是佐和。

“佐和到底是成年人了，对于一旦遭到失败也都做了周密的安排。通常从事这种运动最危险的是出现离队者。看得出来，佐和知道有人离队之后，立即展开积极活动，一个个进行说服工作。

“假若事件预先暴露出来，你们或许被作为知情人传唤。知情人和共犯只隔一层纸，如果你们不想成为共犯，就应该将自己同军人的关系，限定在只是受到精神影响的程度。否则事情一旦闹大，自己卷了进去，等于是自断后路。

“看来，佐和一方面决心参加举事；一方面为了防止万一，颇为周到地销毁了一切证据。年轻人是不会想得如此周全的。”

——审判长开庭不久，面无表情地以与本案没有直接关系为由，当即驳回了关于传唤堀中尉作为证人的申请，本多随即觉察：

“哦，报上那篇《陆军当局的谈话》看来起作用了。”

自从“五·一五事件”以来，军部对于此次事件在社会上引起的反应，变得有些神经质。特别是堀中尉，他在“五·一五事件”中是一位遭受怀疑的重点军官。为着这个原因，他才被调往满洲，如果在这里的民事案件中被作为可疑的证人，那将不可收拾。如果在这里以证人出庭，不论证言的内容如何，事件结束后所公布的《陆军当局者谈话》，将来就会失去公信力，甚至于会损害军队自身的威信。

军方无疑是怀着这般心情注视着这次公审的。而且，堀中尉作为证人传唤到庭的申请刚一提出，他们就对检察官满怀着不快，期待审判官能够冷冷地驳回。

总之，检察局从警察的调查中，已经得知堀中尉和学生们在麻布三联队后面“北崎”军人旅馆里见过面。

——本多从检察官满脸不快的表情里觉察出一种焦躁和不安，又进一步从中洞悉了那种焦躁的根源。

本多所觉察到的，大致如下：

检察官对预审结果仅以“单纯的预谋杀人罪”提请公诉这一事实认定表示不满，他们想把事件闹大，尽可能定性为内乱预谋罪。他们认为，只有这样，才能斩断这类事件的祸根。不过，这种自信打乱了逻辑推理的顺序。于是，再千方百计收集证据，将大计划缩小变更为小计划，在搜求构成杀人预谋罪的必要条件上，难免捉襟见肘。

“瞅准空子，可能的话，一举连杀人预谋罪也予以否定！”本多思忖着，“要做到这一点，最放心不下的是，勋的无垢和正直，必须使勋产生错乱，自己提出的证人，既是针对敌人的，也是针对我方的。”

一排年轻的被告之中，有一双特别明亮、优美而清澈的眼睛，本多打内心里呼唤着那双眼睛。刚知道这件案子时，本多倒觉得这双圆圆的大眼与这类事件极相符合，而眼下这种场景，又显得那样极不相称，那样格格不入。

“美丽的眼睛！”本多呼唤着，“年轻人美丽无双的眼睛啊！多么清澄、明媚，令人敬畏，犹如猝然沐浴在三光瀑布的水流中，体验着俗世所不曾有的责难。将一切都说出来吧，原原本本，老老实实都说了吧，哪怕尽情地自伤也行。你这样的年龄，应该学会维护自身之术了。一切尽情吐露出来，最后，你将会明白‘谁也不会相信真实’这一人生最重要的教训。对于这双美丽的眼睛，这是我所能施予的惟一的教导。”

——此后，本多窥视一下法坛上久松审判长。

这位刚刚越过六十岁的审判长，生着一副端正的面孔，白皙而干燥的肌肤上分布着浅淡的老人斑。他戴着金丝眼镜，言谈简明扼要，吐词铿锵有力，犹如嘴里含着象牙棋子，互相碰撞，发出无机质闲雅的响声。他的话的内容宛若法院大门上闪光的菊花徽章，平添一层严冷的威容，这一切仅仅来自他那一口假牙。

久松审判长人格上评价甚高，本多也很喜欢这种严谨正直的品德。不过，如此年纪仍在地方法院供职，看来至少是个不够称作秀才的人。律师们评价他的性格，说他看起来以理智为胜，其实感情颇为脆弱，为了同内心的火焰作战，外观上却摆出一副严冷的面孔。当他感到无比愤怒或深深激动的时候，只要看看老人那白皙而干燥的面颊泛起红潮，一切就不言自明了。

本多是多少知道些审判官的心理的，那是怎样的战斗啊！在这样的战斗中，他仅用一道法律的正义的岸壁，抵挡着感情、情念、欲望、利害、野心、羞耻、狂妄，以及其他各种杂沓的漂流物，木板、纸屑、油污、橘子皮，甚至孕育着鱼和海藻奔涌而来的全部人性的大海！

——作为预谋杀人罪的间接证据，久松审判长似乎很重视将日本刀换成短刀这一事实。关于证人到庭的申请一旦被驳回，立即进入对于证据的调查。

…………

久松审判长　饭沼，听着。举事前你们将日本刀全部换购为短刀，目的就是为了暗杀吗？

饭沼　是的，是这样的。

审判长　那是几月几日的事？

饭沼　记得是十一月十八日。

审判长　当时卖了两口日本刀，用卖掉的钱买了六口短刀，是吗？

饭沼　是的。

审判长　是你自己去换购的吗？

饭沼　不是，是托两个同伙去的。

审判长　那同伙是谁呀？

饭沼　井筒和井上。

审判长　为什么一口一口分开来卖？

饭沼　因为年轻人卖刀，两口在一起太惹眼了，所以尽量挑选两位明朗温顺的，分头到不同地方的刀铺去卖掉。我嘱咐他们，假如刀铺老板问起卖刀的原因，就说本来是练习剑道"跪刺"[1]用的，现在不练了，想换购几口白鞘短刀，分给兄弟们玩玩。两口换购六口短刀，再加上原有的六口，十二人每人一口。

审判长　井筒，讲一讲你去卖刀的情况。

井筒　是，我去的是麯町三丁目的村越刀剑店，尽量装出一副平静的样子。我说"卖刀"，那位小个子老婆婆，抱着猫在店里看店，我突然想到，猫害怕待在卖三弦琴的店里，在刀店里就不会有那种事情了。[2]

审判长　那些无关紧要。

井筒　是，我跟老婆婆说要卖刀，她马上走进里间，接着出来一个满脸不高兴的老板。他拔出刀看了看，带着轻蔑的神情，翻来覆去地看个仔细，最后卸掉销子瞧了瞧内芯。"不出所料，冒牌货。"他说。老板没有问我为什么卖

1　"跪刺"，原文作"居合"，剑道术之一。单膝立地，拔剑迅猛击倒敌方。

2　日本谚语："暴风卷地来，桶店大发财。"其原因是：风起沙飞眼失明，盲人弹琴走西东，杀猫蒙琴猫儿少，家家老鼠啃木桶。

刀，估量一下价钱，给了我三口白鞘短刀。我仔细验了验刃口，就带回来了。

审判长　他没有问你住址、姓名等什么的吗？

井筒　是的，他什么也没有问。

审判长　怎么样？辩护人有没有什么要问饭沼或井筒的？

本多律师　我想问井筒一个问题。

审判长　准许。

本多律师　你去卖刀的时候，饭沼是否对你说过，长刀不便于用来暗杀，要换成短刀才行呢？

井筒　……没有，我记得没有说过。

本多律师　那么说，他没有特别指示，只是叫你去换购短刀，你也不问清理由就到刀铺去了，是吗？

井筒　……是的……不过，我只是大致想象了一下，因为这是当然的事。

本多律师　那么，是否因为当时决定的内容临时有了改变？

井筒　不，不记得有这等事。

本多律师　你去卖的是自己的刀吗？

井筒　不是自己的刀，是饭沼的刀。

本多律师　你自己身上带的是什么刀？

井筒　我开始带的就是短刀。

本多律师　什么时候买的？

井筒　这个……那是……对了，去年夏天，在大学神社前起誓的时候，心里就觉得，没有一口短刀，显得多么寒碜。于是就到喜欢搜集刀剑的叔叔家里要了一口来。

本多律师　就是说，那时你还没有明确而具体的使用目的，是吗？

井筒　是的，我想总有一天会派上用场的……

本多律师　那么你是什么时候想到具体的使用目的的呢？

井筒　我想是被分配暗杀八木升之助先生这项任务的时候。

本多律师　我的意思是问，你是从什么时候开始明确意识到，只有短刀才可作为暗杀的武器的呢？

井筒　……这……这个，这我记不清了。

本多律师　审判长，下面我再讯问饭沼几个问题。

审判长　准许。

本多律师　你身上带的是什么刀？

饭沼　就是我让井筒卖的那口刀，上面刻有“肥前国忠吉”的铭文，是去年获得剑道三段时，父亲作为贺礼送给我的。

本多律师　用这般贵重的刀换购短刀，是不是为了自杀时使用的？

饭沼　啊？

本多律师　你的供词中说自己爱读《神风连史话》这本书，非常佩服神风连志士们的自刃。你供述说，自己想采取那样的死法，而且也向同志们提倡这种死法。志士们作战使用普通的刀，而自刃使用的是短刀。这样一来……

饭沼　对了，我想起来了。被捕那天的集会上，有人说："还需准备一把利刃藏在身边，以备不时之需。"大家一致赞成。这把准备的利刃明显就是为了自杀用的。但还没有买到手就被捕了。

本多律师　你是说在那之前，没有想到还需准备一把利刃，是吗？

饭沼　是的，是这样的。

本多律师　不过你很早以前就抱定自杀的决心，是吧？

饭沼　是的。

本多律师　就是说，换购短刀的目的是为了两者兼用，既可以杀人，也可以自刃，是吗？

饭沼　是，是这样。

本多律师　那么，故意将一般的刀换成短刀，这种行为出自既可杀人也可自杀，两种目的兼用，一开始就没有把这凶器限定于杀人这一目的，是吗？

饭沼　……是的。

检察官　审判长，本多律师的询问明显是诱导性讯问，我表示抗议。

审判长　辩护人的讯问到此为止吧。关于购刀一事就到这里。

允许检察一方的证人出庭。

…………

——本多回到席位上，他心里感到很满意。经过这般讯问，多少使得借助购刀推断出预谋杀人这一逻辑变得混乱起来。但是，久松审判长好像对于思想问题不太感兴趣，自第一回公审以来，他本来可以利用职权让勋畅谈自己的政治信条，但他根本不想给勋这样的机会。

……法庭入口传来拐杖击地的声响，人们一起转过头去。

一位高个子老人出现了，他佝偻着腰，似乎极力从上面捕住了什么，穿着麻布衫的胸口守护着自己的空间，白发皤然，一双深陷的眼睛向上翻转。他蹒跚地走到证人台，用拐杖支撑着身子，站在那里。

审判长起立宣读誓词，证人伸出战栗的手签名，捺印。讯问之前，先让他坐在椅子上。

老人回答审判长的讯问，嗓音极其低微，很难听得真切。

“我叫北崎玲吉，七十八岁了。”

…………

审判长　证人一直在现在这块地方经营旅馆业吗？

北崎　是的，是这样的。日俄战争时期，开始经办军人旅馆，直到今天，都在原地方营业。在这里住过的有各方面的伟大的军人，有大将、中将。都说我这里是吉祥旅馆，虽说房子破烂不堪，但托各位军人的福，尤其博得了三联队将军们的厚爱。虽说我孤身一人，但硬撑着还能活下去，不至于靠别人养活。

审判长　检察官有什么要讯问的吗？

检察官　有……那位堀陆军步兵中尉是什么时候住进你家旅馆的？

北崎　这个……嗯，三年……不，两年……近来，脑子不灵光啦，哎呀呀……嗯，两年光景吧……

检察官　堀中尉晋升中尉，是三年前，也就是昭和五年三月，他住进旅馆的时候已经是中尉了吧？

北崎　这点没错。一开始就是两颗星，不记得他后来又开过晋升庆祝会。

检察官　就是说，他住过三年以内一年之上了。

北崎　是的，是这样的。

检察官　堀中尉那里经常有客人来访吗？

北崎　有好多人来过。女客倒是没有一个，不过，经常有些年轻人和学生出出进进，他们是来听中尉谈话的。中尉当然也喜欢这些客人，到时候就从饭馆叫些饭菜来给客人吃，照顾得很周到，看来是花了不少钱啊。

检察官　这种事儿是从何时开始的呢？

北崎　从一住进来时就是这样的，是的。

检察官　中尉给你谈起过客人来访的情况吗？

北崎　没有，他和三浦中尉不同，待人很冷淡，不愿理睬我，哪里还会告诉我有关来客的事呢……

检察官　等等，那位三浦中尉是谁啊？

北崎　他一直住在旅馆二楼顶头的一间，位于堀中尉房间的斜对过。他虽说有点儿粗鲁，但人很风趣……

检察官　你说说，在堀中尉的来客中，有没有你所记得的人呢？

北崎　这个嘛，有的。一天晚上，我给三浦中尉送晚饭，经过堀中尉房间前，只见障子门紧闭，里面突然传来堀中尉的吼叫，像发布命令似的，把我吓了一跳。

检察官　堀中尉说了些什么呢？

北崎　这件事倒是记得很清楚。他大声喊到："好了，停止吧。"

检察官　到底是叫什么停止，你听见了吗？

北崎　呀，这个嘛，倒是不知道。当时只是打门前经过，只听见他的吼声，又怕饭菜凉了，再加上腿脚不便，就像这样子，只想着赶快送到三浦房里就完事了。那天晚上，三浦中尉似乎饿坏了，很早就催促道："喂，老头子，快点儿送饭来！"心想，要是在这里打翻了饭菜，就该轮到我挨三浦中尉的骂了。我把饭盘朝中尉眼前一放，中尉只是冷笑着说了一句："嗬，干上啦。"此外再没有听他说什么。我以为这正是军人的好处啊。

检察官　那天晚上有几个人来看堀中尉？

北崎　这个嘛，好像是一位……没错，是一位。

检察官　中尉叫喊"停止吧"，到底是哪天晚上呢？因为这很重要，请你好好想想吧，几年几月几日？你记不记日记呢？

北崎　不，哪里话呀。

检察官　你听懂我的问题了吗？

北崎　哎？

检察官　你写日记吗？

北崎　哦，日记？我不写日记。

检察官　那么，那天晚上究竟是何年何月何日何时呢？

北崎　这个，肯定是去年的事儿，不是夏天，也不像是初夏或初秋，似乎天气较凉，但也不是很冷。我想是去年的四月以前和十月以后，时间嘛，是吃晚饭的时候。哪天呢……唉，有点儿忘了。

检察官　能否判定一下，到底是四月或十月，还是三月或十一月呢?

北崎　好的，我现在正拼命回忆呢……嗯，不是十月就是十一月。

检察官　是十月还是十一月?

北崎　这一点确实记不清了。

检察官　是否可以确定在十月末到十一月初呢?

北崎　是的，我想可以。实在对不住啊。

检察官　当时的客人是谁啊?

北崎　我不知道他的名字，每次堀中尉只是吩咐我，几点钟有几位年轻人来访，叫我放行。

检察官　那天晚上的客人很年轻吗?

北崎　是的，好像是个学生哥儿。

检察官　还记得模样儿吗?

北崎　这个……记得。

检察官　证人请向后看看，那一排被告中，有没有那天晚上的客人?可以走过去一个一个地辨认。

…………

勋任凭那个弓着腰的高个子老人来到面前，仔细端详着自己的脸。老人深陷的眼睛像牡蛎一般混浊，焦褐色的血管布满眼白，瞳孔紧紧被包围在中间，变成一点毫无光泽的黑痣。

“那天晚上不就是我吗?”

勋当场被禁止开口，他只能用眼睛拼命向老人示意。老人的眼睛虽然面对着勋的脸，但两人之间仿佛卷入一团沆荡的迷雾，他的视线一直游移不定。

他的拐杖微微在地板上挪动了一下，这回轮到井筒了。除了勋，再没有谁被老人那般久久盯视，所以勋确信老人认出自己了。

北崎回到证人台的椅子上，看样子是在极力追索即将像烟雾一般飘离脑际的记忆。他用拐杖支撑手臂，手指按在前额上，神情茫然。

坐在法坛上的检察官，用苛酷的语气讯问道：

“怎么样？想起来了没有?”

北崎根本不看检察官，用难以听清的嗓音，似乎对着映在法坛镜板的自己朦胧的身影说话。

“唉，实在记不太清了，最左边的被告……”

“是饭沼吗?”

“我不知道名字，最左边那位青年的脸似乎有些面熟，他肯定是来过旅馆的，但弄不清楚是否就是那天晚上的那位客人。也许他不是来看堀中尉，偶尔被我撞见了，也有可能。”

“你是说，他是三浦中尉的客人吗?”

“不，那倒不是。从前有个青年，带着一位女子，曾在旅馆院内的厢房里待过，莫非就是他？……”

“饭沼带着女人来过吗？”

“我实在记不清楚了，不过看起来有点儿像。”

“那是什么时候？”

“我刚才还在想呢，算起来那是二十多年前的事了。”

“二十多年前，饭沼带女人来过？”

检察官随口问道，旁听席上腾起一阵笑声。

老人对大家的反应毫不在乎，他执拗地重复着。

“是的，是这样的。是二十多年前……”

由此可知，这位证人是否有作证的能力。起初，本多也跟着大伙儿一同嗤笑北崎的年迈昏聩，可是当他嘴里重复老人“二十多年前”这句话时，刚才的嘲笑突然转化为一阵战栗。

本多曾经听清显详细讲述过他在北崎军人旅馆院内厢房里幽会的情景。当时的清显和勋之间，除了年龄相同，外貌一点儿也不相像。但在接近死亡的北崎心里，已经产生了记忆的混乱，同在一座古老房子里发生的事情，色彩或浓或淡，已经超越时光结合到一起。昔日火热的情爱和如今新鲜、热烈的忠义，在超越规矩和摆脱准绳之处所，相互融汇，于被搅混得如泥沼一般生涯的记忆表面上，开出两朵俊秀的红白莲花。从观念上说，也可以看作一朵并蒂莲。这种阴差阳错，在老朽衰迈的北崎心里，犹如积淀的灰色池沼上欻然闪现一缕奇妙的澄明的光线，而老人一心要攫住这缕莫名的澄净的光线，所以他才不顾众人的嘲笑和检察官的盛怒，顽固地反复念叨着同一句话吧。

本多想到这里，他感到光明耀眼的浅黄的法坛和审判官们玄色的庄严的法衣，在窗外盛夏的阳光里，遽然褪色了。眼前炫耀着严密而精巧的机构的法律秩序，犹如一座冰城，在夏阳的强烈照射之下，眼看着融解了。北崎确实瞥见了常人眼里所看不到的巨大的光的纽带。夏日的太阳在窗前每一棵松树的枝叶上闪耀着光辉，较之占据室内的法律秩序，这种光辉确实来源于更加严峻、更加壮大的光明之绳。

“辩护人有没有向证人讯问的事情？”

“没有问题。”

听到审判长的话，本多依旧茫然地回答。

“好吧，你辛苦了。请证人退庭。”

审判长说道。

本多发言：

——“……我请求允许在庭证人[1]出庭。证人名叫鬼头

1　在庭证人，守在法庭外，不必履行任何手续，可以随时应召出庭作证的人。

槙子。为了饭沼被告和全体被告的利益，请求调查举事日前三天，饭沼被告翻然悔悟的事实。另有一份当时证人记下事实经过的日记，请求根据这份日记进行讯问。”

刑事诉讼法中没有在庭证人的规定，但根据搜集证据的需要，审判长征得检察官和陪审席的意见后，可以予以承认。本多律师就是利用这样一个惯例。

审判长征求检察官的意见，检察官冷然地接受了，同时表现一种无可无不可的态度。审判长随之转向右陪审席商量了一会儿，又转向左陪审席商量了一会儿，最后说道：

“可以，准许。”

这时，身穿明石产花格子和服、系着白色博多织腰带的槙子出现在法庭门口。雪白的肌肤冰清玉洁，乌黑的鬓鬟和蓝色的衣领，轮廓清晰地托起一张渺远的风景般的沉静的脸庞。一双动人的莹润的眸子下面，犹如毛刷倏忽掠过画布，留下一抹薄暮般的衰老。倾斜着的带扣中央，点缀着一颗浓绿的翡翠香鱼。那坚硬的玉石般绿色的光泽，紧紧兜勒着过于宽松的衣着，凸显了窈窕的身段。一副毫无所动的风情下，掩映着纤细的情感，她木然不觉的表情里隐藏着的不知是忧愁还是冷笑。

槙子对勋瞧也不瞧一眼，径直走向证人台，于是，勋只能看到槙子清凉的背筋和鼓胀的腰带结子。

“我宣誓，我将凭着良心，既不隐瞒也不添加，将全部事实陈述清楚。”

审判官宣读完这份誓词，被送到证人台的槙子手指毫不颤动地签上字，又从衣袖掏出小小印盒来。她用美丽的手指捏住细细的象牙印章，用尽力气一按，在一旁守着的本多，瞬间里瞥见她那手指缝里露出一点血红的印记。

本多的桌面上，摆着槙子同意公开的日记。本多顺利地将这日记作为文字证据，并且如愿以偿地实现了责成槙子出庭作证的请求。不过，他还摸不透审判长未进行任何阻难的真正意图。

…………

审判长　你是通过什么关系和被告认识的？

槙子　家父同勋君的父亲很熟悉，况且，家父也很喜欢年轻人。他经常到我家来玩，彼此交往，比亲戚还要亲热。

审判长　你同被告最后见面是什么时候，在什么地方？

槙子　是去年十一月二十九日晚上，他到我家来玩。

审判长　你交来的日记内容上跟事实有出入吗？

槙子　没有。

审判长　……下面请辩护人讯问。

本多律师　好的，这日记本是你去年的日记吗？

槙子　是的。

本多律师　这是一种不受页码限制的所谓自由体日记，你长久以来一直坚持写这种漫长的日记吗？

槙子　是的，是这样的。我一年四季也写和歌……

本多律师　你从来就是不改页数，空下一行，接着写第二天的日记，是吗？

槙子　是的，从两三年前就这样天天写日记，由于想写的事儿越来越多，要是改页，不论如何自由，就只能写到秋末，页数就用完了。

本多律师　那么，你能保证去年，也就是昭和七年十一月二十九日的日记，是当晚就寝前写的，而决不是后来增添的吗？

槙子　我能保证。我的日记一天也不漏，那天也是临睡前写的。

本多律师　那好，我把昭和七年十一月二十九日的日记内容宣读一下。

……晚上八点左右，勋突然来访。好久不见了，不知为何，今晚上总是闪现着勋的影子，在听到门铃声响之前，就跑到门口等待。也许是我的奇妙的预感所致吧，他那身穿学生服，脚上套着木屐的姿影，虽然一如往常，但一看那神色，就感到非同一般。他显得特别客气，紧绷着脸。他把提在手里的小木桶突然杵到我面前，说:“这是母亲叫我送来的，从广岛寄来的牡蛎，分一些给你们家。”

我站在天色暗淡的门口，听到小木桶水中泛起了牡蛎吐沫的声音。

他借口温课，慌慌张张就要告辞，我从他脸上，看出是在撒谎，不像是平时的勋君。我硬是留住了他，随手接过小木桶，进去报告父亲，父亲爽快地答道:“请他进来吧。”

我又立即跑回大门口，看到勋君正在准备逃走，我连忙追到外头，一心想知道他到底为着什么事来访。

勋应该知道我跟在他后头，可他头也不回，一个劲儿向前走。

来到白山公园前边，我问他:“你生气了?”他终于站住，转过头来，脸上泛起羞涩而僵硬的笑容。此后，我俩便冒着寒冷的夜风，坐在白山公园的长椅上聊起来了。

我问他，那件运动怎么样了。因为以前在家里，他和同伴一起讨论过，“日本不能这样下去”。我呢，也经常做牛肉火锅犒劳他和他的同志。这阵子，根本看不到勋的面，心想，他兴许正在为运动的事忙得不可开交吧?

经我这么一问，勋带着阴郁的神情说："其实，我就是来告诉你那件运动的事的。我一见到你，想起从前对你说的那些大话，实在觉得难为情，再也吐不出口了。所以，就趁机逃出来了。"他断断续续痛苦地诉说着。

经他一番说明，我才明白，运动在我毫不知晓的情况下，越来越迅速地转向激化。而实际情况呢？他们互相掩盖着恐怖的心理，为了探寻伙伴的勇气，口头上激烈地叫嚷，听到这种过激的言辞，同伙中许多人感到害怕，离队的一天比一天多起来。而剩下的少数铁杆儿，虽说举事的勇气一落千丈，但言语和计划依然朝着流血惨案的方向进展，到头来弄得相互无法收拾。由于人人都不愿示弱，所以大家看到开会的样子，定会大吃一惊。实际上，谁也不敢主张停止，因为那会背上胆小鬼的恶名。但是，这样坚持下去，必然顺势而动，弄不好会有走火入魔的危险。自己尽管身居领导地位，却早已不愿再继续干下去了。难道就找不到一条理想的退路吗？他今天晚上就是来取经的……事情就是如此。

我苦口婆心劝告他就此停止。我说，浪子回头才能显现男儿真正的勇气，尽管一时会遭到同志的误解，但随着时光的过去，将来总有一天他们会明白过来的。报国之路，不只是这一条，必要时我可以女子之心去说服大家，可是他说，我一出面反而会使他不知所措。我觉得他的话有道理，就不再坚持己见了。

到达白山神社前临分别时，我俩祈祷之后，勋君高兴地说：

“啊，听了你的话，心情很舒畅，我决定不干了。最近打算瞅准个好时机，说服大家就此刹车。”

听到他这么一说，我也松了一口气，但心中还是怀着几分不安。

越写越兴奋，今晚别想睡觉了。这位父亲所瞩望的优秀的青年，一旦执迷不悟，夸张些说，对整个日本是个很大的损失。今夜胸中苦闷，和歌也作不成了。

——就读到这里。这些确实都是你写的吗？

槙子　是的，是我写的。

本多律师　没有后来添加修改的地方吗？

槙子　正如您看到的，没有一处。

审判长　那么说，凭你的直觉，当晚饭沼被告完全放弃了作案的念头，是吗？

槙子　是的，是这样的。

审判长　饭沼说了举事的日子了没有？

槙子　没有，他没说。

审判长　当时，你不认为他是故意瞒着你吗？

槙子　因为他既然表明放弃举事，就不想再提以前定下的举事的日期了。平时他就是个老实人，他如果说谎，我相信自己立即就能看出来。

审判长　你和被告就这么亲密吗？

槙子　哎，简直就像亲姐弟呀！

审判长　既然你们的关系如此亲密，正如日记中所写的，如果仍然感到不安，你没有打算暗中四处奔走，劝说大伙儿中止行动吗？

槙子　我觉得女人出面，反而会把事情搞糟，我只是向神佛祈祷。就在这当儿，听到他们被捕的消息，不禁大吃一惊。

审判长　那天晚上的事情，你没有对你父亲或其他人说过吗？

槙子　没有。

审判长　这样重大的事情，况且发生了变化，你对自己的父亲说说，不也是很自然的吗？

槙子　那天晚上，我回到家中，父亲什么也没有问。首先父亲是个军人，平素很尊重青年们的热诚，我不愿意把发生变化的消息告诉父亲，那会使一直喜爱勋的父亲大大伤心的。我想，即使我不说，总有一天父亲也会知道的。所以就闷在了自己心里。

审判长　检察官有没有要讯问鬼头证人的？

检察官　没有。

审判长　那么，证人可以退庭了，辛苦了。

——槙子行了个礼，转过去束着白色腰带的和服鼓型结子，也不朝被告席看一眼，就翩然离去了。

……勋紧握拳头，掌心里浸满了汗水。

槙子作了伪证！她作了极大胆的伪证！如果被发现是伪证，槙子不但被追究伪证罪，有可能还会被当成被告的同谋。然而，她却不顾这样的危险，作了勋也明知是撒谎的供述。

本多请求将槙子作为证人出庭作证，想必也不知道她要说的全是谎言。因为本多不会冒着职业上的危险，同槙子绑在一起。看来，本多对槙子日记上的全部内容也信以为真！

勋感到自己的地盘丧失了。为了不使槙子陷入伪证罪，他必须牺牲自己最珍惜的“纯粹性”！

那天晚上，槙子要是真的写了这样的日记（虽说这一点是无可怀疑的），那么事后她为何又将那种美丽而悲壮的诀别，立即涂抹成如此丑恶的场面呢？这样的作为是出于恶意，还是不可理解的自我冒渎？不，不是的。聪明的槙子和勋分别之后，立即觉察到会有今日这样的一天，为了亲自出庭作证的这一瞬间，她早已准备好一切，严阵以待了。她为了什么？毫无疑问，她只是为了救勋啊！

勋认为，这明显是槙子告的密，但转念一想，法院是不会故意将一位直接的告密者作为间接证人传唤的。假定槙子是公诉事实的告密者，那么就和今天否定事实的伪证内容明显发生矛盾。随着急速的心跳，眼前连续出现令人不快的想象的几个场面，其中，稍许使勋放心的是，可以将告密者槙子这张花牌丢弃。

能够想到的动机是爱，这是在众目睽睽之下，敢于冒犯危险的爱。这是怎样的爱啊！如果是单单为了自己的爱，那么，槙子可以把勋最为珍视的东西随便糟蹋而不以为耻。但最使勋苦恼的是，他必须回应她的爱。他不能使槙子成为伪证罪的犯人。同时，知道那夜的真相，可以告发槙子作伪证的人，全世界只有勋一人。而且，槙子也彻底明白这一点！正因为她知道这一点，所以才作了伪证。她利用一种为勋所最厌恶的手法，设置了一个圈套，即勋通过救出槙子，也因而拯救了勋自身。不仅如此，她还明明知道，勋必然会钻这个圈套！……勋痛苦地挣扎着，他要挣脱捆在身子上的绳索。

再看和自己站在一排的同志们，听了槙子的伪证词会作何想法呢？勋认为同志们是相信自己的，然而他们很难相信，这种公开站在法庭上的证言，彻头彻尾全是虚假的。

槙子作证的当儿，大家犹如被圈起的野兽，夜间于兽舍中悄悄地低吼着，暗暗踢踏着板壁，骤然发散出莫名的不满和浓郁的粪臭，勋于沉默之中，感到大伙儿全身都有了反应。即便一位伙伴鞋后跟蹭到椅子腿上的轻微的响声，勋听来也是对自己的谴责。勋觉察到，狱中那种百般折磨自己的“被出卖”的不安，那种好似在黑暗中摸索掉落在地上的一根针一般的茫然无助的感情，如今却反转方向，犹如黝黑的毒液，迅速浸染着每位同伴的心灵。白瓷花瓶般的纯粹，已经劈劈啪啪炸裂了，满布着衅纹。

被鄙弃也好，被诬蔑也好，这些都能忍受。使他最难忍受的是，根据槙子证言的自然的类推，那突如其来的逮捕，会不会怀疑是勋出卖了同志呢？

洗却这种旷世难以容忍的污点，办法只有一个；为自己拂去这种疑云的也只有一人。那就是勋站出来，敢于揭露槙子的伪证……

——本多呢？其实本多也不相信槙子的日记的内容全都属实，他也不大相信法官会无条件地承认这份日记的法律效果。但本多相信这一点，那就是勋决不会使槙子陷入伪证罪，因为勋很清楚，槙子是在一心一意营救他。

本多希望在被告和证人之间挑起一场战斗。就是说，他要使多情女子感情的晚霞，染红勋所向往的纯粹、透明的密室，逼迫他们进行一场最为真实的白刃战，以至于不得不相互否定对方的世界。只有这种战争，才是勋以往二十年来的半生中，难以想象、甚至难以梦见、却又为“生之必要”所不可或缺的理应熟知的战斗。

勋过于相信自己的世界。必须将其摧毁，为什么呢？因为这是最危险的迷信，将会危及他的生命。

假若勋按照原计划举事、暗杀、自刃，他的一生将变成未曾邂逅任何一个“他人”而终结的一生。他所刺杀的“大人物”们，绝非同他对立的他人，只不过是被青年们单纯的意志所瓦解的丑陋的土偶。不，毋宁说是，当勋将刀刺进老丑的肉体，将其杀死时，勋长期在自己的世界被温热的具象化的观念中，抑或感受到远远超越骨肉的亲情。勋在供词中说：“绝非出于憎恨而刺杀。”这就是纯粹的观念的犯罪。但是，勋不懂得憎恨，也就意味着他谁也不爱。

如今，勋似乎懂得了憎恨。只有这样，他的纯粹的世界，才会出现异物的影像。任何锋利的刀刃，任何快捷的足履，任何机敏的行动，最终都无法将这种异物制约、降服。这可是强健的外部的异物啊！就是说，勋已经认识到，他所永驻的金瓯无缺的球体上，还有一个“外部”存在！

审判长一边目送着证人退庭的身影，一边摘掉老花镜，将蜡纸一般没有血色的肌肤，曝露于室内弥漫着的夏日的阳光中。

"他在思考着什么，他究竟在思考什么呢?"本多看到审判长的样子，带着轻轻的战栗忖度着。

老审判长当着众人的面，不会被槙子那副婀娜的腰肢所深深吸引，不如说，这位高踞法坛之上的久松审判长，年高德劭，他是站立于正义的法律的瞭望台上，孤独地四处张望。凭借他的一双老花眼，赢得了高瞻远瞩和善于遥望的美誉。因此，在宣读日记和讯问证人的过程里，槙子那种滴水不漏的举止进退，以及心安理得地翩然离去的倩影，无疑使得审判长想由此获得更多的东西。那渐去渐远的束着夏日腰带的背影，正在走向没有花草树木的荒凉的感情的旷野……眼下，审判长定是从那副身影上悟出了什么。他虽然没有"秀才"的荣冠，但他至少是通晓人心的，这没有什么奇怪。

审判长转向勋问道：

"刚才鬼头证人的证词没有错误吗?"

本多用食指使劲儿摁住在桌面上滚动的红铅笔，侧耳静听。

勋站起来。本多看到他紧握拳头，微微振颤着身子。勋稍稍敞开的白地蓝花布衬衫的胸脯上，闪耀着亮晶晶的汗珠。

“是的，没有错误。”

勋回答。

…………

审判长　十一月二十九日晚上，你去访问鬼头槙子，就是特意为了告诉她你改变了决心，是吗？

饭沼　是的，是这样的。

审判长　你们的谈话也和日记内容一样吗？

饭沼　是的……不过……

审判长　“不过”什么？

饭沼　我的心情有点儿不一样。

审判长　哪里不一样呢？

饭沼　我的心情……实际上……因为，很早之前，我就受到槙子小姐和鬼头中将的关照，举事前总想去告别一声。此外，鉴于以前我也多少对她表露过自己的志向，万一举事后把槙子小姐牵扯进去，那怎么行？为了使槙子小姐相信，我就故意撒谎，说我决心已经动摇，以便使她感到失望。这样一来……就可以斩断她对我的一片痴情。当时我说的全是谎言，槙子小姐完全被我的谎言蒙混住了。

审判长　是吗？这么说，当时你的决心根本没有改变？

饭沼　是的。

审判长　你这么说，是因为鬼头槙子亲口说出的证词中暴露了你的胆小怕事和反悔，当着同伙的面令你难堪，所以你才忙不迭地想蒙混过去，是吗？

饭沼　不，不是那么回事。

审判长　依我看，鬼头证人不是那么轻易受蒙骗的女子。当时鬼头证人唯唯诺诺地听着，你没感觉到实际上她是在装作被蒙骗的样子吗？

饭沼　没有，不是这么回事，因为我也是很认真的。

…………

——本多听着这一问一答，不由为勋杀开一条血路而喝彩。勋被追逼得走投无路，终于增长了大人的智慧。如今，他凭借自己的力量，找到既可救槙子也可救自己的一个方向。至少在这一瞬间里，勋不再是一头只知道到处乱撞的愚兽。

本多忖度着，所谓“预谋”罪的判定，不仅要有犯罪意识的表示，还必须有能够证明预谋的行为。在这一点上，槙子的证言只表明具有犯罪意识，而没有涉及任何行为，对于整个案子来说无足轻重。不过，考虑到法官的“心证”[1]这一因素，问题就不一样了。刑法第二百零一条关于预谋杀人罪这一款里，有着酌情免刑的规定。

1　“心证”，法官在审理案件的过程中，心理上形成的判别或确信。

法官根据这种情况进行处理所产生的“心证”，因个人的性格多少会发生变化。本多尽管观察过久松审判长以往审判的案例，但也没有把握清楚了解他的性格。为此，一个明智的办法，就是提供能使法官形成心证所必需的两种截然相反的数据。

假如法官是个所谓心理主义者，他就会凭借槙子的证言将犯罪意识的动摇作为情况的根据。假如法官是个所谓有思想的人，有信念的人，那么就会被勋一贯提倡的纯粹的意志所感动。不论倾向哪一面，准备好材料是当务之急。

“什么都可以说，什么都可以想，吐露出自己的一颗赤心，不管多么血腥的内容，都可以说。但是要始终停留于心灵的世界。这是拯救你的惟一办法。”

本多再次从内心里对勋发出呼喊。

…………

审判长　饭沼被告，你说到了举事，也说到了志向……这些在供词里都谈了不少。那么你对于志向和举事之间的关联是怎么考虑的？

饭沼　……什么？

审判长　就是说，为何光有志向还不行，光有忧国之志还不够，此外还得实现举事这种违法的行为呢？说说理由看。

饭沼　好吧，这就是阳明学的所谓“知行合一”，就是要实践“知而不行，只是未知”这样的哲理。当我知道现下日本的颓废，知道封锁日本未来的暗云，知道农村的疲弊和农民阶级的苦难，知道这些均来自政治的腐败，来自以腐败谋取私利的财阀阶级的非国民性格，诚惶诚恐还知道遮蔽天皇仁慈之光的根源就在这里，那么“知而行之”就变得自然而明白了。

审判长　不要说得这么抽象嘛，长一些也没关系。讲一讲你是如何感受、如何愤怒、如何下定决心这个过程吧。

饭沼　好的。我少年时代专心学习剑道，想到明治维新时期，青年们以剑道参加实际斗争，讨伐邪恶，成就维新大业，遂对于以竹刀作为道场产生莫名的厌倦，不过那时候，自己还没有考虑应该采取何种行动。

我从学校教科书知道，昭和五年，伦敦裁军会议召开，日本被强迫接受屈辱条件，大日本帝国的安全岌岌可危，我感到国防危机严重。当时，又发生了浜口首相遭到佐乡屋氏狙击的事件。我感到笼罩日本的暗云非同小可，接着听到了先生和高年级同学关于时局的论述，自己也阅读了各种书籍。

我也渐渐地开始观察社会问题，对于世界危机所造成的持续不断的慢性的萧条局面，以及政治家的束手无策感到惊讶。

高达两百万的失业者群体，以前外出打工，所赚的钱财寄回家乡，如今回到农村，加剧了农村的穷困。听说藤泽的游行寺，舍粥救济那些缺乏盘缠徒步回乡的人，盛况空前。然而，政府对于这些严峻的问题不闻不问，当时的安达内务大臣却胡说什么：

“发放失业救济金，会产生游民和惰民，应该极力防止这种弊害。”

第二年，昭和六年，东北地方和北海道大歉收，能卖的都卖了，房子、土地也失掉了。有的全家住在马厩里，忍饥受饿，靠着吃草根、嚼橡子打发日子。村公所门前贴着告示：“有卖女儿者请来本所商谈”。有不少士兵哭着同卖掉的妹妹告别后走向战场。

除歉年之外，解除黄金出口的禁令及紧缩财政，越发增加农村的负担，农业危机达到极点，丰苇原瑞穗国变成广大民众啼饥号寒的荒地。并且，由于进口外国大米，全国大米过剩，米价逐渐暴落。一方面，佃农增加，生产的大米一半交租，百姓的嘴里吃不到一粒大米。农民没有一分钱，一切都是以物易物，一升米换一盒“敷岛”香烟，二升米理一次发，一百把芥菜换一盒“金蝙蝠”香烟，三贯蚕茧只值十日元。

诚如大家所知道的，佃农和地主的争议频频发生，农村面临赤化的危险，作为皇国士兵和忠良的臣民而应召的壮丁的心胸，不能专心于爱国之念，此种灾祸甚至殃及军队。

撇开这些难局于不顾，政治一味腐败下去，财阀利用买进美元等亡国行为，积累巨额的财富，对国民涂炭之苦视而不见。经过广泛阅读和研究后得出结果，我深深认识到，使现在的日本陷入此种境况的，不但是政治家的罪恶，那些操纵政治家以谋取个人利益和欲望的财界巨头也负有责任。

但是，我决不打算加入左翼运动。说起来有失不敬，因为左翼是一种敌视天皇陛下的思想。日本自古以来，就是敬奉天照大神、拥戴陛下为日本人大家族一家之长，和乐相亲的国家。不言自明，日本具有皇国的真正形象，具有天壤无穷的国体。

然而，如此荒废、民众啼饥号寒的日本，究竟是怎样的日本呢？天皇陛下健在，就到了这般浇季的末世，是何缘故呢？那些守侍君侧的高官，那些东北寒村号泣的农民，他们都是一样的天皇的赤子，难道这不是我天子皇朝应该夸示于世界的特色吗？陛下皇恩浩荡，我确信，拯救小民于水火的一天必将到来。日本及日本人，如今只是稍微有点儿偏离轨道罢了。一旦时机到来，大和民心猛醒，忠良的臣民举国一致，定能使皇国恢复本来面貌。这是我曾经怀抱的希望。尽管阴云遮蔽天日，总会被风吹走，我坚信，万里晴空的日本终将到来。

但是，这样的时刻却久等不来。越等待下去，越是暗云密布。就在那时，我读了一本书，受到了启示，于是心有所感。

那本书就是山尾纲纪先生的《神风连史话》。我阅读之后，和从前相比，自己简直成了另外一个人。我深知，过去那种“坐待”的态度，不是忠诚之士应该采取的态度。以往，我不懂得“必死之忠”，不知道既然心中已经点燃忠义之火，那就意味着踏上了必死之路。那里艳阳高照，虽然从这里看不见，但身边沉淀的灰色的光亮，明显来自太阳，所以天空一角必然有灿烂的阳光。只有太阳才是陛下真正的姿影，假如身子直接沐浴于这种光明之中，民众必然欢声雷动，荒芜之地立即润泽，必然会回到往昔的丰苇原瑞穗国。

然而，阴云低低地覆盖着地面，遮蔽了阳光，天地被无情地隔绝了，本来一见面就喜笑颜开、互相拥抱的天与地，这回连那种悲哀的面容都无从相见。遍地百姓的哀怨之声无法达于天听。呼告无门，涕泣无应，悲诉无益。假若这种声音能达于天听，上天只需晃动一下小指，就能拂去暗云，变荒废的沼泽为阳光普照的田园。

谁去告知上天？谁能接受使者之大任，誓死以升天？我的回答就只有神风连志士们所信奉的祈求了。

天与地只是坐视，决不结合。为了使天地结合在一起，就必须有决然而起的纯粹的行为。为了这种果断的行为，就得超越一己之利害，献出身命。必须以身化龙，唤起龙卷风暴，以此一扫低迷的暗云，从而升上碧青的光明澄静的天空。

当然，我也曾经想借助众多的人手和武力，扫清暗云之后再升天，后来我逐渐明白，也不一定非要这样做不行。神风连的志士们，只靠日本刀就杀进现代化的步兵营。只要瞅准阴云密布、污点最浓的地方动手就行了。竭尽全力，打开缺口，即可升天。

我并不打算杀人，但是为了讨伐毒害日本的邪恶精神，必须撕去这些精神缠绕在身上的肉体的外衣，只有这样，他们的灵魂才会得以净化，还归明净、正直的大和心，和我们一同升天。不过，如果我们在破坏他们的肉体之后，不能立即果敢地切腹而死，一切都将来不及。因为，不尽早舍弃肉体，就无法完成魂魄升天这种火急的信使的任务。

揣摩圣上之心已属不忠。所谓“忠”，就是舍弃性命也应该尽忠于天皇陛下。要冲开乌云，升上天空，进入太阳中央，进入天皇陛下的怀中。

……以上就是我和我的同志从内心里发出的全部誓言。

…………

——本多两眼一眨不眨地直视着审判长的脸。他看到，随着勋的陈述，那张布满老人斑的衰老而白皙的面孔，渐渐地，渐渐地涌上了少年的红潮。勋陈述完毕，在椅子上一坐下来，久松审判长就急忙翻看文件。很显然，这是一种掩饰内心激动的无意义的动作。不一会儿，审判长开口说话了。

…………

审判长　就是这些了吧？检察官有什么意见吗？

检察官　按照顺序，先针对鬼头证人说一说。关于这位证人的传讯，我想本法院是有相当了解的。但以本职看，她的证言丝毫没有意义，尽管我还不想说是伪证，但不得不指出，日记本身的可信程度甚为可疑。关于作为判案依据的日记的证据能力，我感到很值得怀疑。还有，证言中有“姐弟般的爱”这句话，饭沼和鬼头两家经过长期交往，自然有种种感情上的考虑，饭沼被告也提到“挚爱”，可以说，就是一种相互的默契。因而，鬼头证人的证言和饭沼被告的陈述，都有一种不自然的夸张，这是令人遗憾的。本职认为，对于这位证人的唤问，不是一种适当的处置。

刚才饭沼被告的长篇陈述，总的印象是，具有强烈的空想的主观要素，乍看起来像是在热烈地畅谈志向，但在重大事情上却故意含糊其辞。举个例子，这一“借助众多的人手和武力”而举事的计划，怎么会因为在乌云上冲开缺口就获得满足的心境呢？这是一个不可忽略的飞跃。我认为这是该被告对于事件过程的故意的省略。

另一方面，北崎证人关于时间的记忆虽然有些模糊，但是关于去年十月末或十一月初，堀中尉大喝一声“好了，停止吧”这句证言，以我拙见，倒是一条重要的旁证。为什么这样说呢？因为这明显和饭沼被告陈述中提到的十一月十八日买刀的日期有关联。假如在买刀之前的某日晚上听到“停止吧”的喊叫，则是另外一回事，假如相反，前后就符合一致了。

…………

——审判长同检察官和律师商量好下次公审的日期之后，宣布第二次公审闭庭。

三十八

昭和八年十二月末临近官府一年最后一个办公日的二十六日，一审判决下来了，虽然不是本多所希望的无罪，但判决书上写道："被告免于刑事处分。"

刑法第二百零一条预谋杀人罪附款中写着"但因情况不同，可免除刑事处分"，这就是根据此规定具体活用的结果。判决书上详细说明了理由：虽然事实上认定为预谋杀人罪，但除佐和外，其余被告年龄尚轻，动机纯粹，明显是忧国之至情所驱使的结果，且谋划后执意犯罪的证据不足，故全员予以免刑。还有，佐和从年龄上说，如果是主谋，则难免判刑，但他只是中途参加谋划，又无指导，所以同样给与免刑。

本多满怀希望，他认为，如果无罪，则检察官上诉的概率很大，目前这种方式结案，则不大可能再行上诉。不论如何，一周之内即可见分晓。

被告全部获释，各自回到亲人身边。

二十六日晚上，靖献塾举行自家欢迎宴会，本多是主宾，塾长夫妇同勋、佐和及塾生一起举杯祝福。槙子也接到了邀请，但她没有出席。

宴会开始前，勋只是表情呆然地听着无线电广播。他听了六点儿童节目中的童话剧，听了六点二十分村冈花子的《儿童新闻》，听了六点二十五分的近卫师团军医部长关于《市民预防毒气须知》的讲演，还听了六点五十五分的哈罗德·帕玛的《时事述评》，这时他被催促着只得站起来。勋自从回到家后，只是微笑，什么也没说。

儿子释放归来，母亲大哭一场。她穿着洗得很光洁的下厨的罩衫，关在厨房里，手握菜刀，不停地切冬菜。为了祝贺这一天，主妇们都到厨房帮忙，由于地方窄小，母亲只是忙碌地用手指指点着，仿佛能发射出无形的光线，使得盘子里立即堆满生鱼片，以及各色各样的菜肴。女人们的笑声从厨房里飘荡出来，传入勋的耳朵，他仿佛有隔世之感。

饭沼和塾生去迎接勋与佐和，回来的路上，依礼参拜了宫城前神社和明治神宫。一回到家，全家人一道，立即参拜了另一座建筑内的神殿，这些都结束之后，勋才痛痛快快地洗了个澡。感谢神明的仪式就这样结束了，全家在宴席上坐下来，想到在这个人世上，最应该感念的当数本多了。身穿花纹裙裤的饭沼远远退居末座，左右坐着儿子和佐和，向对面的本多深深低头致谢。

勋一切按照嘱咐行动，仿佛连微笑也是听从父亲的意思。他的耳畔似乎有什么在鸣叫，在喧嚣，眼前有闪光的东西在流动，长久梦想的东西送进了嘴里。五官的感觉确实远离了现实，菜肴像梦中的美味一样充满虚幻的影子。勋坐在自己十二铺席的房间里，曝露于无情的阳光之下，他突然感到这里变成一座一百到二百铺席的大厅，看到一大群人团团围坐在祝贺宴席上。他们都是自己不熟悉的人物。

本多及早意识到，勋的眼睛里没有迸射出独特的光芒。

“这也不奇怪，他还在茫然之中，我也有过同样的感觉。当然，我在里边的时间虽说不长，但待了七天，总有一种虚脱感，没有任何解放的感觉。”饭沼笑话本多的不安，小声说道，“不用担心，本多先生。您知道吗？为了这孩子，我把今天当作怎样的喜庆日子吗？不为别的，我是想把今天当作他成人的日子加以祝贺呢。他虽然还不到二十周岁，但今天无疑是勋的一生中最激动的一天、是他获得新生的一天。从今夜开始，我多少要对他进行一些强制性的‘恶治’，使勋彻底醒悟，把他当作一个成年人进行调教。请先生理解我这个做父亲的心愿，不要从旁阻止我。”

另一方面，勋和佐和被塾生们一起围在中间，正在吃喝。佐和大声谈论狱中的故事，以此引逗大家的兴致。勋只是微笑着，不说一句话。

年轻的塾生中，最敬爱勋的津村，对这种过于轻松的说笑很看不惯，他紧紧依偎在勋身边，很想听一听他那坚冰般峻烈的谈吐。他见勋什么也不说，便一个人自言自语地说道：

“勋君，藏原干了一件坏事，你知道吗？”

藏原这个名字，如巨雷一般震动着勋的耳鼓。他一听到这个名字，四周看起来十分邈远的现实，忽然触及到感官，犹如汗湿的背心儿紧紧粘在皮肤上。

“藏原怎么了？”

“昨天我看了报纸，《皇道新闻》第一版整版刊登了这件事。”津村举出某右翼报纸的名字，“实在太混账啦！”

津村从怀中掏出一张折叠的小报，交给勋看。接着，他转到勋背后，越过正在读报的勋的肩头瞅着，将灼热的气息和愤怒的目光一起投向报纸的版面，重复道：

“实在太混账啦！”

刊登这篇报道的报纸印刷粗劣，好多字都缺笔少画。这篇报道未见于中央各报，是从伊势神宫系统和神道教有关系的报纸上转载的，内容如下：

去年十二月十五日，藏原参加关西银行协会会议，回来时到伊势一游，饱餐了他一向爱吃的松坂牛肉，翌日早晨，同知事一起参拜了伊势神宫内宫[1]。

此外还有秘书和几个随从，但仅仅为藏原和知事在碎石子地面放置了两只马扎，给予一种特别的照顾。举行玉串奉奠时，也只给他们两人预先分配了玉串。两人站起来，手捧玉串，听着祷辞。藏原似乎忽然觉得背痒，他把玉串换到左手，准备抓挠一番，但手够不到地方，于是又将玉串换到右手，将左手绕到背后，但这样还是够不到。

祷辞还在继续，看样子还没完了。藏原踌躇了一下，为手里的玉串发愁，于是下决心干脆放在马扎上，两手绕到背后抓搔。这时，祷辞读完，弥宜走来催促两人奉奠玉串。

藏原忘记自己手里已经没有玉串了，他和知事互相频频推让着，终于知事只得手捧玉串最先进去了。这时，弥宜发现藏原手里没有玉串，吓了一跳，然而为时已晚。藏原看到知事先行，自己放下心来，一弯腰坐回自己的马扎上，将放在那里的玉串压到

1　伊势神宫位于三重县伊势市，分为内宫（皇大神宫）和外宫（丰受大神宫），两者各不相连。

屁股底下了。

这样的失误在神乐声中，立即被毫不显眼地处理了，不容留下使人感到奇异的空间。藏原又捧着新的玉串进去了，但是亲眼目睹此番情景的青年神官之间，有人抑制不住愤怒，他把这件事写成文章登在内部的小报上，后来再由别人交到《皇道新闻》手里。

没有比这更加亵渎神明的了，津村的愤怒是理所当然的事。尽管是一次单纯的失误，然而，在参拜的前夜吃了一肚子兽肉，既不为自己在神前失态而谢罪，而且又捧着新的玉串，在圣洁的神明的面前，在众目睽睽之下，妄想将这种不折不扣的渎神之举胡乱遮掩过去，真是罪加一等……不过，勋突然觉得这还不够该杀头的罪。想到这里，勋回过头去，看见年轻的津村炯炯有神、怒目而视的眸子，不由感到一阵羞愧。

因为内心里的瞬间的动摇，拿着报纸的手指早已没了力气，那张四开的小报一下子被佐和抢走了。

“算了吧，算了吧，忘掉那些事吧。”

谁也不知道佐和醉到了什么程度，他用肥白的腕子揽住勋的肩膀，强使他喝酒。勋这才注意到佐和那副变得阴郁而惨白的肌肤。

——酒过一巡，大家拍着手，唱着歌，表演了两三个即兴节目，塾长就下命令散会了。接着，他提议，在自己卧室里点燃被炉，由妻子温酒，本多、勋、佐和留下来继续畅饮。

本多第一次被请进饭沼的卧室，十铺席大的房子正中，安设着世上艳冶的友禅织的被炉，盖被上绣着豪华的团形花纹，本多对此颇为惊讶。但是，根据本多生来具有的敏锐的观察力，他立即感到，这是美祢流连于王朝贵族生活趣味的体现。刚才的宴席上，本多对覆盖在饭桶上的蓝底棉盖被也同样感到惊讶。

本多眼看着饭沼和妻子的关系，立即有一种直感，饭沼似乎至今没有原谅妻子的过去。那究竟是往昔她同松枝侯爵的过去，还是此后比较近期发生的过去呢？本多自己也搞不清楚。不知为何，饭沼看起来始终流露决不原谅妻子的表情，与此相应，美祢又总是带有处处乞求原谅的卑屈的神色。尽管如此，另一方面，正如这种被炉一样，饭沼对于家中处处充斥着妻子邈远的淫荡的源流，鲜烈的淫荡的美的样式，虽然和自己的情趣相反，但一概给予默认，这倒是很奇怪的。本多以为，在饭沼心灵的深处，抑或也潜隐着对于宫中女侍趣味的乡愁。

本多被指派背倚房柱而坐。美祢一边注视着放在长火钵铜壶中的酒壶，一边用灵巧的纤长的手指尖儿抚摸着酒壶，就像不住地抚摸易于冲动的小动物一般。在本多眼里，美祢不管装得多么一本正经，看上去都永远是一位调皮的姑娘。

四个男人围着被炉，就着乌鱼子喝起酒来。

“今日勋也尽情地喝吧。”

饭沼一面给儿子斟酒，一面瞅瞅本多的表情，刚才所说的“恶治”似乎开始了。

“爸爸今天当着本多先生的面，打算说一说让你吓破胆的事。不过，你从今天开始，在身心两方面都算是个成年人了。作为父亲，今后要把你当成大人，看作是深知世俗表里的杰出的接班人。我单刀直入地问你一句，一年前你被逮捕，明显是有人报告了警察，那位告密者你知是谁吗？你认为是谁不妨直说。”

“……我不知道。”

“不必多虑，不论是谁，说出来都没关系。”

“……我不知道。”

“那人就是你这个爸爸，怎么样，没想到吧？”

“啊。”

勋当时的表情，看不出有什么特别的诧异，这使本多觉得有些可怕。饭沼在这一瞬间内，躲开儿子的视线，抢在头里问道：

“喂，你怎么想呀？将自己宝贝儿子送给警察，世上有这样冷酷无情的父亲吗？有笑着把亲儿子引渡给警察的父母吗？啊？我就这么干了。不过是边哭边干的，对吧，美祢？”

“是这样的，爸爸是哭着回家的。”

美祢从长火钵对面应合道。勋冷冷地不失礼仪地问父亲：

“爸爸，我知道是爸爸报告的警察，那么是谁告诉您我们所做的事情呢？”

饭沼的八字须微微战栗起来，他像慌慌张张按住飞翔的蝴蝶一样，用手摸了摸胡子。

“是我自己很久以来周密的观察，你以为我的眼睛什么也看不见，那是你的疏忽。”

“是吗？”

“这没有错，不过，我为何要叫他们逮捕你呢？这一点务必要使你明白才行。

“老实说，我很佩服你的志向，认为很了不起，甚至感到羡慕。可能的话，我也想让你实现自己的意志。那也就只能眼看着你去送死，要是放置不管，你肯定这么干了，而且必死无疑。

“但是，我必须让你明白，我并非像世上的父亲一样，为了挽救儿子的性命，就连儿子远大的志向也置之不顾了。这里有一点很重要，那就是用什么办法，既可挽救儿子，又能使他了却志愿。我彻夜不眠考虑这个问题，最后想出了如今这个办法，既挽救了你的性命，从大局着眼，从长远来看，也等于最大限度地遂了你的心愿。

“懂了吧，勋？并不是只有死才算能耐。胡乱对待生命，就是不忠不义。不胜惶恐，如天皇陛下，也是珍爱每一个人的生命的。

“纵观‘五·一五事件’以来的形势，你就会看到社会上对政治腐败深恶痛绝，而对这一事件却抱有同情和喝彩。况且，你们还年轻，又很纯粹，受到同情和喝彩的因素一应俱全。再说，你们要是在举事前一步被捕受审，社会上就更会放心地为你们喝彩。比起举事后受审，你们不如在举事前夕受挫，更能成为伟大的英雄。这样一来，今后的活动也更加容易，等到真正的大规模的维新到来之际，可以成为一支不可轻侮的力量，届时堂而皇之地进行战斗。我的这种预测不会错。你们被捕后，不论是看减刑请愿书的数量，还是看报纸的评论，社会上全都倾向于褒扬你们。我的做法没有错啊，勋！

“可以说我是学着故事中老狮子的做法，为了锻炼可爱的小狮子，不惜将亲儿子一蹄子踢进山谷里。如今，你勇敢地从谷底爬上来了，可以成为独立的人了。你说是吗，美祢？”

“爸爸说的很对，勋，你真的很出色地回来了。这些都多亏你爸爸具有狮子般的爱啊！你应当感谢爸爸，这些都是出于对你的疼爱才这么做的。”

犹如在海岸挖掘沙洞，不论如何试验，终将被潮水冲毁，本多感到，饭沼意气洋洋说出的话语，均被身边听者的不耐烦的沉默打消了。事实上，饭沼一旦说完，沉默的沙子早已遮盖了日光晶莹的水面。本多看看勋，又看看佐和。勋挺着胸脯，低着头，佐和小偷似的只顾自酌自饮。

本多不知道饭沼是否一开始就打算连下面的这些话都一起讲出来。总之，饭沼害怕沉默。

“好吧，我说的这些都属于你能理解的范围，不过，勋，要成为一个大人还须知道得更多，更多。你必须学会妇女、儿童所不能理解的各种痛苦的智慧。只有经过这一关，才能成为一个大人。过去一年，你在身体上闯过了这一关，如今还须从心灵上闯过这一关。

“从前，爸爸从未对你提起过这些，你知道靖献塾办得如此兴旺，是靠着谁的功劳吗？啊，你说说看。”

“不知道。”

“说出名字你会吓一跳，不是别人，是托新河男爵的福啊。你和佐和决不可将这件事告诉塾生，这是塾内的最高机密。就连这座建筑，事实上也是新河男爵匿名买下的。不用说，为了报恩，我也展开了各种活动。男爵到底是男爵，他没有白花那笔钱，不然，在那场倒买美元的众怒难犯的风暴中，男爵是很难平安脱身的，不是吗？”

本多又看看勋的脸色。他依旧冷冷的，没有任何惊讶的表情。本多这回不由战栗起来了，饭沼依然继续说下去：

“我和新河男爵就是这样的关系。‘五·一五事件’前夕，我曾经被男爵召去。本来，他每月都是通过秘书将钱送来，这次男爵急着要见我，看来非同小可。

“当时，男爵没有谈及金额，只把一个巨大的钱袋交到我手里，他说道：

“‘这钱不是为我自己出的，明白地说，是为藏原武介出的。不过，他那种人，不会为了买命才出这笔钱的。我因为受到藏原先生的多方照料，就瞒着他，私自拿出这笔钱来。请用这笔钱，保佑藏原的人身安全吧。如果不够，我还可以再添上一些，请讲吧。’于是我就……”

“您就收下了，是吗？”

“是的，收下了。因为我被新河男爵关心先辈的一番深情打动了，从那以后，私塾就走向了昌盛，这些你和佐和都看到了。”

“所以，爸爸就叫他们逮捕我们，以便保护藏原，是吗？”

“我估计你会这样想，这是小孩子的想法。

“对于父亲来说，不管拿到多少钱，面对毫无干系的财界巨头和自己的儿子，我知道哪个更重要。”

“您是说，这是最好的办法，既救了儿子的命，又救了藏原的命，还维护了新河男爵的面子。”

本多高兴地看到，勋的眼睛又开始燃起往昔的光焰。

“不对，这正是你浅薄的想法，你应该明白，这个世界是错综复杂的结合，只要不进入天国，人世上的这种结合就不会断绝，越想挣脱，就越是紧紧束缚着身子。但是，如果保持坚定的意志，就不会为这种结合所困扰。

“我不能受到这样的困扰，勋。

“作为我来说，不论我收取多少钱财，你如果要刺杀新河和藏原，你只管去干好了，大不了，我就去道歉、切腹。这点觉悟，在我收取重金的时候就想好了。商人收钱不交货，这就是欺诈。国士则不同，钱是钱，信义是信义，不能混为一谈。钱只当钱用，为了信义，可以切腹。仅此而已。

“说起觉悟，我想培养你具有男子汉的觉悟，所以才敢于说出这些话来。受污而不自污，这才是真正的纯粹。厌弃污浊将一事无成，永远也做不了英雄好汉，勋。

“说到这里，你总该明白了，让你被捕，并非为了救藏原的命，不，甚至也不是为了救你的命。如果我当时认定你举事舍命，是名垂青史的最好办法，我会高兴地让你奔赴死地的。我之所以没有这么干，就是因为我没有这样的想法。好了，刚才说过的，我不再重复了。正因为我想到你的志向，出于疼爱儿子，我才决心让你被捕。我是强咽着血泪才下这个决心的呀。你说是吗，美祢？”

“勋，你应该感谢爸爸这番用心，不然你会遭报应的。”

勋默默低着头，醉意为他的眼角染上一缕红霞，搭在被炉上的手微微颤动。

本多从刚才起就思忖着自己该如何向勋说点儿知心话，看到这种情况，他立即明白了。

本多要对勋说的只有一句话，那是在饭沼冗长而自私的训诫的间隙里，由本多的内心冲决而出的一句话。说出这句话，一切都会瓦解，或者勋也会因此而觉醒，奋起奔向毫无畏惧的光芒闪耀的广阔原野……然而，如今要是为安慰垂首不语的勋而说出来，弄不好则会把他一生中最纯粹的一次苦恼，当成世上最为愚钝的东西看待……本多的这句话，就是想告诉勋那个转生的秘密……过去一直保守的秘密，本多本想像放生一样，让这只鸟儿展翅飞向蓝天。可是，当他看到勋再次扬起的面颊上挂满泪水，他打消了这个念头。勋像一条备受青春的焦虑所折磨的狗，他狂吼道：

“我为幻想而生，以幻想为目标而行动，也因幻想而受到惩罚……我很希望获得不是幻想的东西。”

“一旦成为大人，就能得到了。”

“与其成为大人……对了，要是转生为女人该多好。女人不必为追逐幻想而活着，对吗，妈妈？”

勋龟裂般地笑了。

“都说些什么呀，女人，有什么好？傻瓜，醉得昏了头啦？说出这种混账话来。”

美祢愤怒地回答。

——不一会儿，连喝几杯的勋，面颊贴着被炉睡着了。佐和将他扶起来，送他回自己的房间躺下。本多本想借机告辞，又有几分不放心，随后跟了进去。

佐和小心照顾勋在被窝里睡下，他一直没有说话。这时，饭沼在走廊里远远召唤佐和回去，房子里只剩下躺倒的勋和本多两人。

睡着的勋醉得满脸通红，痛苦地直喘粗气，他在沉睡的时候，依然冷冷地剑眉紧锁。突然，他翻了个身，本多听到他大声而又模糊地说着梦话：

“遥远的南方。那里很热……在南国玫瑰红的光明之中……”

——这时，佐和来叫本多。本多心想，勋大概因为醉酒而浑身燥热，才说出这种含混不清的梦话吧。本多絮絮叨叨地嘱咐佐和照顾好勋，自己走向大门口。他竭尽全力拯救勋，今天终于获得了成功。然而，本多自己心里一点也不感到满足，这使他也觉得奇怪。

三十九

第二天，又是响晴天气。

一早，附近警察署的坪井警察走来串门，他是来看看情况的。

这位上了年岁的剑道二段，是来为署长传话的。署长希望勋依然每个星期天，前往道场指导少年剑道。

“唉呀，署长因职业关系，不便公开嘉奖你啊，可是背地里对你十分敬服。请你这样的人来指导少年剑道，向他们鼓吹日本精神，这也是家长们的希望。如果不上诉，过了新年就请上任。当然，我想是不会有上诉的。”

勋看到这位警察穿着皱巴巴的便衣裤子，想象着自己在教授少年们剑道的过程中，渐渐老去的样子，到那时，面罩后头布带节的隙缝里，露出扎着紫色线绳的白发，闪闪发亮。

警察回去后，佐和把勋叫到自己房间。

“好久没有睡在榻榻米上了，我枕着坐垫躺在上头，慢慢地翻阅一年来积攒的《讲谈俱乐部》杂志，说不出是什么心情。这倒罢了，再说，虽然处在自省时期，但像你这么年轻，一直待在家里怎么受得了？有我和你在一起，完全可以出去走走。今晚去看电影怎么样？”

“唔。”

勋不置可否地应了一句。然后又觉得有些不近人情，接着说：

“也可以去看看朋友……”

“算了，算了。眼下还是互不见面为好。弄得不好，会说些言不由衷的话来。”

“那倒也是。”

勋没有说出自己真正要去看望的人的名字。

“你有什么要问我的吗？”

一阵沉默之后，佐和问道。

“是的，其实，父亲所说的事情中，有一处还不明白，究竟是谁把我们的事告诉父亲的呢？这事恐怕发生在逮捕前夕。”

佐和一改刚才那种轻松自在的样子，顿时陷入了难堪的沉默，这使勋很感不安。这是毒害世界的沉默。勋实在忍耐不住，他呆呆凝望着眼前的情景：丰沛的阳光透过玻璃窗倾注在榻榻米上，给四周褪色的黄褐色的边缘镶上了闪光的指爪。

“你真想知道吗？你听了不后悔吗？”

“我要面对现实。”

“那我就直说吧。先生也早已说得很明白了。

“实际上，逮捕的前夜，也就是去年十一月三十日的晚上，槙子小姐给先生打来电话，是我通知先生来接的。她说了些什么，我不知道。接着，先生就急着准备出门，身边也没带随从。我知道的就是这些。”

佐和的温情里含着殷勤，像是过后给冻得发抖的人，肩膀上披上一块毛毯。

“我知道你喜欢槙子小姐，我也知道槙子小姐喜欢你。槙子小姐的热情要超出你的好几倍呢。可是，她那爆发热情的手段带来了可怕的后果。

“她在法院出庭作证的时候，我看到了她的根性。我以为她是个可怕的女人。这是我真实的感觉。她为了营救你的生命献出一切，但同时她又情愿你关在牢里。你懂吗？

“而且，你应该知道槙子小姐前一次婚姻的破裂给她带来怎样的痛苦。槙子从前的丈夫是很爱她的，但又是个花花公子。要是一般女子，也就认了，一个心性高傲的女子哪能受得了。正因为她心疼丈夫，所以忍无可忍，不顾使人怎么议论，一气之下回了娘家。

“她就是这么个人，这回一旦迷上了男人，就盯住不放了。越是着迷，就越是对将来抱着不安。以前有过那段痛苦的经历，她再也不会相信男人了。到头来，她宁可让自己所爱的男人不在身旁，宁可忍受见不到男人的无限的痛苦，也要把他变成专属于自己的私有物，这种心情是很自然的。一个男人决不可能有外遇的场所，也是女人最感放心的场所，哪里去找？监狱！正因为你被她所迷恋，所以才被关进牢狱。细想想，你这辈子没白做个男人，真叫我羡慕啊！”

佐和不顾一切地继续说着，抚摸着略显白皙而浮肿的面颊，看也不看勋一眼。

“今后要叫你避开那个危险的女子，让更多可爱的女人和你交往。先生已经这么说了，还给了一大笔钱。虽说这钱间接出自藏原之手，但正如先生说的，钱是钱信义是信义。想必你还没抱过女人吧？

“今晚去看看电影吧。是去芝园馆看外国片，还是去国学院大学旁的冰川馆？那里悬挂好多千惠藏的照片呢，去看看也好。然后到百轩店喝上一杯，咱俩再赶到圆山町。先生所说的成人祝贺会一定要举办。要是有上诉就坏了，一切都要赶在那件事前头做完。”

“那件事还是等决定不上诉以后再说吧。”

“可是要是有上诉怎么办？全都泡汤了。”

“只好到时候再说。”

勋顽固地坚持着。

四十

十二月二十八日又是响晴的一天。勋犯了踌躇。第二天二十九日，是皇太子殿下举行命名典礼的日子。在这个喜庆的日子里，要是不想使当天的早报笼罩着不祥的阴云，哪怕当日仪式完毕，庆典结束后再付诸行动也许是可以的。考虑到很可能有上诉，再等下去很危险。

十二月二十九日也是个大晴天。

勋邀约佐和一起参加皇宫前举办的提灯游行，他在学生服上穿一件外套，挑着祝贺灯笼离开家门。勋同佐和在银座提早吃过晚饭，他们看见装饰得花枝招展的电车通过银座大街，装饰着菊花写着“奉祝”两个字的彩灯，身穿制服的司机自豪地挺着镶着铜钮扣的前胸，慢悠悠从人群中向前移动。

从数寄屋桥到皇宫前，提灯的队伍人流涌动。人人手中绘有太阳旗的灯笼，映着护城河，照亮了冬日黄昏的松树。皇宫前的广场上灯火通明，驱走了浸满松林的黑暗，随处都是闪烁摇曳的灯火。“万岁”的欢呼声不绝于耳，呼喊“万岁”的人群，高擎的手中的光焰，将一张一合的嘴巴、咽喉，反衬得愈益暗淡。面孔时而向阴影里沉沦，时而又猝然凸现于闪动的光亮中。

不一会儿，佐和同勋走散了。佐和在人群中无目地寻找了四个多小时，最后回到靖献塾，报告了勋失踪的消息。

——勋回到银座，购买了一口短刀和一把有着相同白鞘的小刀。他把小刀藏在学生服里边的口袋，短刀装在外套里边的口袋。

事出紧急，他乘上出租车，到达新桥车站，赶上一班开往热海的火车。车厢很空，他一个人占据了四人的座席，从口袋里掏出剪裁下来的一页杂志，反复阅读起来。这是佐和借给他的《讲谈俱乐部》新年号上的一页。

这是一篇题为《新年前后的政界财界巨头》的报道。其中，关于藏原是这么写的：

藏原武介氏，新年前后不去打高尔夫，过年一向从简，每年一到年关休假，就一头扎进热海伊豆山稻村的别墅，拾掇他那一片骄人的橘子园。他最喜欢这样的生活。附近的橘子山大都年内采摘，唯有藏原家一直要到过年，在充分欣赏弯弯的枝条缀满蜜橘的情景之后，才肯采摘下来，要么分送给朋友，要么寄给福利院或孤儿院。由此可见，这位被称为罗马法王的人，具有一副朴素的品格和温馨的情怀。

勋从热海站乘公共汽车，到伊豆山稻村下车。这时已经过了十点钟。周围很静，可以听到海涛的声音。

沿途经过一些村子，家家紧闭着大门，不漏出一丝灯光。海风很冷，勋竖起外套的领子。沿着斜坡走向大海，半山腰有一座巨大的石门。外头有灯。勋立即看到门牌上写着“藏原”。隔着广阔的前庭，静静立着一座宅邸，灯火明灭。周围的石墙上又围了一道篱笆。

隔着道路是一片桑园，桑园外侧的桑树上绑着一块写有“零卖柑橘”字样的白铁皮招牌，不停在风中响动。勋躲在那块招牌后头，因为他听到正对大海的迂曲的坡道上，传来一阵响声。

坡道上走来一位警察。警察慢腾腾爬上来，在门口稍稍停了一会儿。只留下一阵嚓嚓的军刀声响，又沿着墙边的小径离去了。

勋从招牌后头闪出身子，轻手轻脚斜穿过坂坡，其间，他看到下面是一带没有月光的黝黑的海水。

勋一纵身跃上石墙，没想到墙上的树木篱笆中暗暗拉着铁蒺藜网，撕破了外套的下摆。

这座住宅的庭院里，梅、松和棕榈树丛之中，浸润着直逼屋宇近旁的橘子园，像是专为取悦主人而生长的。暗夜里，浮动着熟透了的果实的甜香。巨大的棕榈，干枯的叶子在海风里发出鸣板[1]般的响声，不住震荡着耳鼓。

一步一步地走着，脚下的泥土似乎饱含着温润的肥料，勋一点点挨近灯火明丽的宅第的一角。

这座房子屋顶是和式建筑的瓦顶结构，而窗户和墙壁则是西洋式风格，窗上悬挂着钩花窗帘。勋贴着墙根、跐着脚尖儿，清楚地看到了室内一个角落的情景。

部分的墙面是烟囱，像是西式的壁炉。勋看见站在窗前的一位女子的和服腰带。女子离开窗前，又闪出一张目无表情的老脸。那位老人和服外面罩上一件焦褐色的棉坎肩儿，身子矮小、肥胖。看来，他就是藏原无疑。

他和女子之间似乎正在交谈。女子走开时手里的盘子闪着亮光，看样子是来上茶的。女子走了，房间里只剩下藏原一人。

藏原似乎面对壁炉，身子埋在安乐椅里，透过窗户，

1　鸣板，原文作“鸣子”，田中驱鸟的响板。

只能看到那光秃的额头，随着壁炉的火焰，不时地晃动。他一边啜着身旁的茶水，一边读书，或者默想着什么。

勋寻找入口。从院子里登上两三段石阶，那里连着房门。勋把眼睛贴在微微露出灯光的门缝上，没有上锁，只搭着一个挂钩。他从外套取出短刀，脱掉外套，放在暗处松软的地面上。勋又在石阶下拔出短刀，扔掉刀鞘，刀身苍黑，发出凛凛寒光。

他悄然无声地登上石阶，将刀刃插入门缝，挑动挂钩。挂钩很重，好不容易挑开来，声音就像挂钟时针跑动的声响。

用不着再窥看房里的动静了。这响声想必惊动了藏原，勋猛地拧开房门的把手，一头闯了进去。

藏原背靠着壁炉站起来，但他没有叫喊。整个面孔绷得像一块薄冰。

“什么人？干什么来啦？”

藏原声嘶力竭地问。

“你在伊势神宫所犯的不敬之罪，现在要受到神罚！”

勋的声音抑扬顿挫，明朗有力，他自己抱有冷静的自信心。

“什么？”

藏原的脸上显现出一副老老实实、难于理解的表情。很显然，在这一瞬间里，他极力回忆着一切，实在想不起什么来。与此同时，他陷入一种阴森的被隔绝的恐怖里，清楚地证明他是在用疯子的眼睛盯着勋。藏原也许要避开背后的火焰，将后背移向旁边的墙壁。勋决定采取行动。

正如佐和曾经教给他的，勋猫着腰，将右臂紧紧收束于腹胁，右手紧握短刀把子，左手扼住右腕，不使刀刃向上翻转，整个身子向着藏原的身体猛冲过去。

比起刀刃进入对方体内的感觉，最先强烈感到的是刀把子顶在自己肚子上的巨大反弹力。这样还嫌不够，勋正要按住对方的肩头，打算进一步深刺下去，不料那肩头低得令人惊奇，而且按着的肌肉丝毫也不肥厚、柔和，僵硬得好似一块木板。

勋眼底下不是一张痛苦的面孔，而是一张松弛的面颜。藏原瞪着眼睛，咧着难看的嘴巴，上侧的假牙脱落下来。

勋想拔出刀来，又一时拔不出来。他有些着急。对方的体重全都压在刀刃上，藏原的身子以刀刃为中心，颓然崩溃了。勋终于用左手顶住他的肩膀，抬起右膝，支撑着对方的大腿，拔出了刀子。

鲜血喷涌而出，溅满勋的膝头。藏原顺着鲜血飞洒的方向朝前栽倒了。

勋转过身子，正要走出屋子。

通往走廊的房门打开了，迎面撞上刚才那个女人。女子发出惊叫，勋立即改变方向，钻出来时的房门，跑向院子。他的眼前只是浮现着那个女子吃惊地翻着眼白的残影。

勋穿过庭院，直奔大海跑去。

背后，整个府邸一片嘈杂，呼喊声此起彼伏。勋只觉得那声音和那光芒一直朝着自己袭来。

勋一边奔跑，一边摸摸学生服口袋的小刀还在。不过，他更留意手里的短刀，他只顾握紧短刀奔跑。

勋呼吸急促，两膝发软。他确实感到，一年的牢狱生活，使得腿脚变得柔弱了。

——按照常规，橘园总是种植在面朝大海的梯田上。藏原家的橘园却似摆放小偶人的木架，一棵棵橘树分别种在一个个单独的台地上，周围垒着坚固的石栏。无数个台地以各自微妙的角度承受着阳光，参差着面向大海倾斜。平均八九尺高的橘树，根部一律包裹着稻草，枝条从根干向四方扩展。

勋从一块田地奔向另一块田地，但不管到哪里，黑暗中压弯枝头的橘子，总是遮挡着去路，使他辨不清方向。勋一直努力不使自己迷路，本来觉得大海就在附近，就是很难到达海边。

不久，他终于钻出橘园，视野顿时开阔起来，眼前只有大海和天空。紧连着断崖的石阶，一直连接着橘园外的木栅栏门。

勋摘掉一只橘子，此时他发现手中的短刀没有了。或许奔跑时不住用手抓住树枝，以免枝条刮破脸孔，就在这当儿，短刀丢失了吧。

栅栏门立即敞开了，可以看到石阶下边，飞扬的白沫咬着岩石。勋第一次体验到海潮的轰鸣。

橘园外头，不知是不是也属于藏原家所有。这里有古木苍郁的悬崖，一条小路穿过茂密的树林。勋实在跑累了，但还是进入这条小路，不顾枝叶扑打着脸孔，一个劲儿向前奔跑。脚上缠满了蔓草。

不久，他来到山崖上一处深挖的洞穴旁边，一看，这里有一块被浸润的布满青苔的岩石，一株上下虬曲的常绿树，低垂着粗大的枝条，遮蔽了那块洼地。一条纤细的瀑布顺着长满羊齿苋的岩石蜿蜒地流泻下来，穿过草丛，似乎奔向大海。

勋藏身于此，平静一下剧烈的心跳。耳畔只有潮水的喧骚和海风的呼啸。他只觉得咽喉干得厉害，胡乱剥掉橘子皮，整个儿填进嘴里。他感到一股血腥气，原来橘子皮上粘着干涸的血块儿。

不过，这血块儿还不至于妨碍果汁润喉的甘甜。

透过枯草、干枯的芒草，透过眼前垂挂的常绿树的簇簇枝叶和蔓草，前方有夜的海。虽然没有月，海映照着空中的微明，闪耀着黝黑的光亮。

勋打坐在阴湿的土地上，脱去了学生服上衣，掏出内侧口袋中的白鞘小刀。当他弄清这把小刀确实还在的时候，浑身感到石头落地般的安然。

学生服下穿的是毛线衫和内衣，当他脱去上衣时，寒冷的海风冻得他直打哆嗦。

“离日出还早呢，不能这样傻等下去。没有升起的太阳，没有高大的松树树荫，也没有灿烂的大海。”

勋想。

脱掉毛线衫，半裸着身子，反而抖擞起来，不再觉得冷了。他松一松裤带，露出肚子。他拔出小刀的时候，橘园里响起杂沓的脚步声和喊叫声。

“到海边啦，定是乘船逃走啦!”

勋听到有人尖着嗓子喊叫。

勋深深呼了口气，左手抚摸着腹部，闭上眼，将右手里的刀刃抵住肚子，左手指尖儿定好位置，右腕憋足力气直刺进去。

刀刃突入腹部的瞬间，红日在眼睑内冉冉升起。

第二卷 终

译后记

《奔马》发表于一九六七年一月发刊的《新潮》杂志二月号上。作者完稿于一九六六年十二月，接着便乘夜班火车到熊本旅行去了。如果说《春雪》的风格是柔美的，那么《奔马》则显出了暴烈。通篇以前一卷主人公松枝清显“转生”饭沼勋为轴心构思故事，人到中年的本多繁邦，代表法理的世界，只是作为陪衬，生活于同英雄少年相对峙的伦理体系之中。小说中的勋，从小磨炼剑术，获剑道三段。年龄稍长，则以《神风连史话》为人生理想，网罗同道，秘密组织昭和神风连，企图暗杀财界巨头。事泄被捕后，赢得社会各界的同情，随后在法理和爱情的救助下获释。但勋雄心不死，又私自行动，杀死财界巨头藏原，遂了终生之愿，最后切腹自刃。

《奔马》所张扬的是以武士道为主调的所谓“日本精神”，天皇、神道、联队、军部、大和魂，切腹、自刃、杀戮、热血、烈火……所有这些词儿交杂混合在一起，编织出一幅残酷而阴惨的画图。

本书翻译于二〇一二年下半年。上半年译完三岛自选短篇集《殉教》，接着又翻译太宰治《斜阳》。六月开始集中译《奔马》，十月底告罄。列岛有人闹事，两国关系正值多事之秋，此书似乎给了我一些新的启示，促我警醒，进一步加深了对日本国民性的再认识。

三岛毕竟是文学家，和那些心怀叵测的所谓政治家不一样，我们似乎应该站在文学的立场看他，看他的作品。

三岛文学的意义，较之作品内容，似乎更在于文字，在于他那汪洋恣肆、波谲云诡的表达艺术。翻译三岛，译者时时受到原作文字的考问与追逼，不得不倾其全部语言库存，以便应接作者那些纷至沓来、细针密线的叙述和奇思妙幻的描写。

没有这些，三岛就不成其为三岛了。

陈德文

二〇一二年十一月

图书在版编目（CIP）数据

奔马 /（日）三岛由纪夫著；陈德文译. — 北京：北京联合出版公司，2021.1

ISBN 978-7-5596-4683-5

Ⅰ. ①奔… Ⅱ. ①三… ②陈… Ⅲ. ①长篇小说—日本—现代 Ⅳ. ① I313.45

中国版本图书馆 CIP 数据核字（2020）第 215656 号

奔马

作　　者：［日］三岛由纪夫
译　　者：陈德文
策划机构：雅众文化
策 划 人：方雨辰
出 品 人：赵红仕
特约编辑：蔡加荣
责任编辑：李艳芬
装帧设计：typo_d

北京联合出版公司出版
（北京市西城区德外大街83号楼9层　　100088）
北京联合天畅文化传播公司发行
山东临沂新华印刷物流集团有限责任公司印刷　　新华书店经销
字数280千字　　787毫米×1092毫米　　1/32　　15印张
2021年1月第1版　　2021年1月第1次印刷
ISBN 978-7-5596-4683-5
定价：59.80元